IVER NIKLAS SCHWARZ kam 1981 zur Welt und arbeitet unter anderem Namen als Archäologe und Historiker. Er lebt mit seiner Frau und zwei Katern im Herzen Deutschlands auf einem Bauernhof, der in den letzten einhundert Jahren unnatürliche Todesfälle, eine Epidemie und einen Großbrand erlebt hat. *Kummersee* ist sein Debüt.

IVER NIKLAS SCHWARZ

KUMMER SEE

Thriller

Ullstein

Besuchen Sie uns im Internet:
www.ullstein.de

Wir verpflichten uns zu Nachhaltigkeit
• Papiere aus nachhaltiger Waldwirtschaft
und anderen kontrollierten Quellen
• ullstein.de/nachhaltigkeit

MIX
Papier
FSC FSC® C021394

Originalausgabe im Ullstein Taschenbuch
1. Auflage Februar 2025
© Ullstein Buchverlage GmbH, Friedrichstr. 126, 10117 Berlin
2025
Wir behalten uns die Nutzung unserer Inhalte für Text und
Data Mining im Sinne von § 44b UrhG ausdrücklich vor. Bei
Fragen zur Produktsicherheit wenden Sie sich bitte
an produktsicherheit@ullstein.de
Umschlaggestaltung: bürosüd° GmbH, München
Titelabbildung: Getty Images / © Cécile Noyalet
Gesetzt aus der Scala powered by *pepyrus*
Druck und Bindearbeiten: ScandBook, Litauen
ISBN 978-3-548-06915-9

Für mein Rudel:
Evil, Slayer, Mirou
und die Motte.

Prolog

Samstag, 4. August 1990

»Es ist ganz still da. Fast ein bisschen unheimlich.« Tom geht in die Knie, damit sein Gesicht auf Lenas Höhe ist. Er senkt die Stimme. »Sicher, dass du mitwillst?«

Lena reckt ihrem Bruder das Kinn entgegen und nickt.

Was für eine dumme Frage! Wir sind doch schon auf halbem Weg.

Tom pustet sich eine verschwitzte Locke aus der Stirn. »Wenn wir erwischt werden, gibt's Ärger!« Er sieht sich um. Dann biegt er den Maschendraht auseinander. »Richtigen Ärger, meine ich. Für uns beide! Das weißt du, oder?«

Lena antwortet nicht. Sie teilt das Unkraut entlang des Zauns und späht zum Dorf zurück. Außer dem Flimmern der Luft über den Dächern ist keine Bewegung auszumachen, niemand, der ihnen nachsieht oder hinter ihnen herruft. Einzig die Grillen zirpen durch die Nachmittagsschwüle.

»Du hast keine Angst?«, bohrt Tom weiter.

»Nö.« Lena zieht die Oberlippe hoch und knurrt. »Ich bin eine Wölfin!«

»Mit Milchzähnchen und Zahnlücke! Du bist noch ein Welpe. Ein Wölfchen!«

Wölfchen ... Lena hasst es, wenn Tom sie so nennt. Sie kriecht durch den Spalt im Maschendraht am Rand des Walds.

Nichtdorthinein-Wald, so bezeichnen sie ihn, aber so heißt er natürlich nicht wirklich, sondern Horlower Forst. Doch Mama und Papa haben so oft gesagt, dass Tom und Lena dort nicht hineingehen dürfen, dass sich der Name durchgesetzt hat. Etwas muss dran sein an diesem Verbot. Sogar die Erwachsenen halten es ein. Nicht wie sonst, wenn Lenas Eltern etwas verbieten, es aber heimlich selbst machen. Das hier ist ernster, als nach dem Zähneputzen zu naschen.

Seit Herbst hat sich in Horlow irgendetwas verändert. Die Leute im Dorf sind aufgeregt deswegen. Lena versteht es noch nicht ganz, doch es hat mit dem Zaun am Waldrand zu tun. Papa hat seine Arbeit verloren, da er nicht mehr darauf aufpassen muss. So als sei das Schlimme, was hinter dem Metallgitter eingesperrt war, verschwunden und die Warnschilder am Maschendraht nun überflüssig.

Letzte Woche haben Tom und Andi Kujau den Schlitz in der Umzäunung entdeckt. Lena weiß davon, weil sie beim Spielen auf dem Speicher über die Badehose ihres Bruders gestolpert ist, die dort zum Trocknen auslag.

Erst wollte Lena Tom kein Wort glauben. Doch dann hat Tom ihr in Opas Werkstatt die Landkarte gezeigt und darauf die wasserblau eingefärbte Fläche. Da war tatsächlich ein See.

Der *Kummersee.*

Komischer Name, aber so stand es auf dem Papier. Keines der Kinder aus Horlow ist je dort gewesen. Wenn Familie Wolff schwimmen gehen will, fahren sie mit Papas Golf bis nach Gartow. Doch diese Zeiten sind jetzt vorbei. Tom und Andi sind unbeschadet von ihren Ausflügen in den *Nichtdorthinein-Wald* zurückgekommen, und die Erwachsenen reden davon, dass der Zaun eh bald wegkommt. Das haben auch die Fremden gesagt, die bei den Kujaus zu Besuch waren. Andi hat sie belauscht.

Lena spürt jedenfalls keine Gefahr, als sie durch den Schnitt im Drahtgeflecht steigt. Sie passt auf, damit sie den Badeanzug nicht zerreißt oder – schlimmer noch – gar ihr Jugendschwimmabzeichen verliert. Das hat sie erst vor zwei Wochen gemacht, an ihrem Geburtstag. Da Mamas Nähmaschine streikt, hält den Aufnäher lediglich eine Sicherheitsnadel.

»Jetzt gibt es kein Zurück mehr!« Tom zieht den Maschendraht wieder in seine Ursprungsposition. »Weißt du, warum der See Kummersee heißt?«

Lena zuckt die Achseln. »Warum?«

»Ist 'ne Gruselgeschichte. Andi hat sie in einem Buch gefunden. *Sagen aus dem Wendland.* Willst du sie hören?«

»Klar will ich das!« Lena streckt die Brust raus. Der Wald beeindruckt sie wenig. Kiefern, Birken, hier und da eine Eiche. Es riecht nach Harz und Moder. Nichts, wovor man sich fürchten müsste. »Mach schon, raus damit!«

Tom lächelt. Aber es ist ein trauriges Lächeln, das ihn älter aussehen lässt als dreizehn. Ihr Bruder ist ein Erzähltalent. Lena kann kaum entscheiden, ob sein Gesichtsausdruck echt ist oder zur Show gehört.

»Es ist wirklich passiert. Kein Märchen. Sicher, dass du dir das anhören magst?«

Lena nickt. Aber zugleich läuft ein Schauder über ihren Rücken.

»Du hast es so gewollt!« Tom räuspert sich. »Also, bei uns in Horlow gab es einst einen Müller. Er hatte Geld, ein schönes Haus und eine noch schönere Frau, aber eines war ihm bislang nicht vergönnt gewesen: ein Kind. Nichts wünschte sich der Müller so sehr wie einen Sohn, der die Mühle und seinen Namen weiterführen würde. Seine Frau und er liebten sich über alle Maßen, doch sie wurde einfach nicht schwanger. Verstehst du, was ich meine?«

»Ich bin neun. Ich weiß, wie das geht.« Lena merkt, dass sie rot anläuft.

»Jedenfalls saß der Müller in seinem Unglück Stunde um Stunde am Seeufer, ließ Steine übers Wasser hüpfen und horchte auf das Flüstern der Wellen. Aber hauptsächlich betete er für einen Sohn. Er würde alles dafür geben, Vater zu werden. Wirklich *alles*, so flehte er.«

Eine Lichtreflexion trifft Lenas Gesicht. Ein Glitzern, zwischen den Bäumen. Ist das der Kummersee? Lena schweigt und konzentriert sich auf die Worte ihres Bruders. Die einzigen anderen Geräusche im Wald sind das Schlappen ihrer Sandalen auf dem Teppich aus Nadeln und Moos und das Surren der Insekten.

»Eines Tages ging der Wunsch des Müllers endlich in Erfüllung. Seine Frau erwartete ein Kind. Das Glück der Familie schien vollkommen.« Tom schluckt und sieht Lena an.

Jetzt kommt der unheimliche Teil der Geschichte.

»Ich glaube nicht, dass es der liebe Gott war, der den Müller erhört hatte, als er dort am Seeufer sein Leid klagte.« Tom zögert. »Früher gab es keine Krankenhäuser, weißt du? Kinder wurden zu Hause geboren. So kam der Sohn des Müllers in einer stürmischen Herbstnacht zur Welt. Doch während das Baby gesund und munter durch die Kate schrie, hörte die Mutter nicht auf zu bluten.«

Das Krächzen eines Eichelhähers stört die Stille des Waldes. Lena fährt zusammen. Tom blickt sich um, bevor er weiterspricht, doch es scheint nicht der Vogel zu sein, nach dem er Ausschau hält.

»Als die Sonne aufging, war in Horlow ein Kind geboren, aber die Müllerin hatte die Nacht nicht überlebt. Tropfen für Tropfen war das Leben aus ihr gesickert, bis sie bleich wie Schnee und die Laken rot von ihrem Blut waren.«

Plötzlich schmerzt es Lena hinten im Hals. »Das ist eine furchtbare Geschichte!« Für mehr Protest reicht es nicht, sonst wächst sich der Schimmer in ihrem Augenwinkel zu einer Träne aus.

»Das Schlimmste kommt erst noch.«

»Was soll denn bitte noch schlimmer sein?«

»Soll ich zu Ende erzählen?«

Lena nickt. Sie will den Rest nicht hören. Aber sie

muss. Weil sie eine Wölfin ist. Und damit ihr Bruder sie nicht für einen Feigling hält.

Ist ja nur eine Geschichte.

»Als der Müller begriff, welchen Preis er für seinen Sohn gezahlt hatte, zerbrach etwas in ihm. Man hatte ihn betrogen.« Toms Stimme wackelt. »Der frischgebackene Vater nahm das namenlose, nach seiner Mutter weinende Kind aus der Krippe und stapfte los. In Wut und Kummer bemerkte er nicht, wie ihm Zweige ins Gesicht schlugen und Brombeerranken nach ihm griffen. Es war, als wollte der Wald ihn von dem Übel abhalten, das er zu begehen im Begriff war. Schließlich erreichte der Müller den Anleger am Seeufer. Jenen Platz, wo er gesessen und um einen Stammhalter gebeten hatte.«

Auf einmal hört Lena das Murmeln und Plätschern von Wasser. Nicht nur in ihrer Vorstellung, sondern wirklich und wahrhaftig. Das Glitzern zwischen den Bäumen steigert sich zu einem Feuerwerk aus Lichtpunkten. Eine Brise weht vom See herüber. Angesichts der Hitze müsste der Luftzug guttun, doch Lena fröstelt.

»Der Müller ruderte hinaus. Weder der Wind noch die spritzende Gischt vermochten die Wut auf das zitternde und schreiende Bündel vor ihm abzukühlen. Es hatte ihm seine Frau geraubt, seine wunderschöne Gefährtin. Das hatte der Müller nicht gemeint, als er die Wellen um einen Stammhalter angefleht und gesagt hatte, er würde alles für einen Sohn geben.«

Tom erkundigt sich mit einem Blick, ob er fortfahren soll. Ein Kopfschütteln, ein gehauchtes *Stopp!*, und er würde Lena verschonen. Doch statt um Gnade zu bitten, läuft sie weiter der Wasserfläche entgegen, die sich zwischen den Bäumen öffnet.

Der Kummersee.

Viel größer, als Lena ihn sich vorgestellt hat. Sie kann das Ruderboot mit Vater und Kind darauf fast vor sich über die Wogen schaukeln sehen. In ihrer Fantasie hallt das Echo der Babyschreie über den See. Lena bekommt eine Gänsehaut. »Er hat den Kleinen ins Wasser geworfen, oder?«

Tom stoppt an der Uferlinie und legt den Arm um seine Schwester.

»Ja, das hat er.« Toms Worte sind kaum zu hören, so leise spricht er jetzt. »Er hat das Kind ertränkt. Knotete einen Stein an das Tuch, in das sein Sohn gewickelt war, und übergab ihn den Wellen. Genau in der Mitte des Sees, an der tiefsten Stelle.«

Wie kann jemand so etwas nur tun? Mit einem Baby!

Lena hält die Tränen nicht länger zurück. »Was ist dann passiert?«

»Der Müller ging nach Hause und begrub seine Frau. Im Dorf behauptete er, das Kind habe die Geburt nicht überlebt. Die Leute zweifelten nicht an seinen Worten. Zu tief hatte der Schrecken sich ins Gesicht des Mannes gegraben. Selbst diejenigen, die des Nachts die Schreie des Babys gehört hatten, glaubten ihm.« Tom macht eine Pause und seufzt. »Aber das war immer noch nicht alles. Willst du den Schluss der Geschichte hören?«

Lena schnieft. Sie nickt.

Jetzt kommt es auch nicht mehr darauf an.

Tom tritt hinter sie und beugt sich herunter, sodass sein Gesicht direkt neben ihrem ist. Gemeinsam schauen sie auf den See hinaus, während er spricht. »Bei Wind und Wetter saß der Müller am Ufer und lauschte der Brandung. Nach und nach begriff er, was er getan hatte. Ja, er hatte seine geliebte Frau verloren. Er hätte ihr Andenken ehren und den Sohn großziehen können, für den sie ihr Leben gegeben hatte. Doch stattdessen hatte der Müller im Zorn alles in den Tiefen versenkt, was ihm von seiner Liebsten geblieben war. Von Trauer und Schuld gebeugt, starrte er hinab. Seine Tränen malten Kreise ins Wasser und speisten die Gier des Sees. Und wenn in mondlosen Nächten der Nebel übers Ufer wallte, glaubte der Müller im Murmeln der Wellen ein Stimmchen zu hören. Ganz zart und leise.«

»Was hat es gesagt? Was?« Lena krallt sich ins T-Shirt ihres Bruders. Er verschwindet hinter einem Tränenschleier. Der Augustnachmittag und die Geschichte sind längst zu einer neuen Realität verschmolzen.

Tom umfängt seine Schwester von hinten mit den Armen und streicht über ihr Haar. Sein Atem kitzelt Lenas Ohr. »Hörst du es nicht? Du musst ganz still sein.« Dann – mit einer Stimme wie aus den nassen Tiefen des Grabs in der Mitte des Sees – flüstert er:

»Papa? Bist du da? Warum hast du das getan, Papa? Es ist so kalt hier unten. Und so dunkel ...«

Lena quiekt auf. Tom lacht.

Das reicht! Genug ist genug!

Sie boxt und tritt sich aus Toms Umarmung. Ihr Bruder hat sie drangekriegt.

»Na, ist dir die Lust aufs Schwimmen vergangen, Wölfchen?«

»Du Idiot! Das hast du dir bloß ausgedacht!«, ruft Lena und geht, ohne sich umzusehen, auf den See zu.

Tom folgt ihr. Vor ihnen erstreckt sich ein halbmondförmiger Uferstreifen, an dem kein Schilf wächst. Ein Postkartenbadestrand. Wellen plätschern über Kiesel und spülen Sand zwischen Lenas Zehen.

»Unglaublich, nicht?«, sagt Tom.

Lena nickt. Die Sonne brennt auf ihren Schultern. Bei ihrem Aufbruch hat das Thermometer im Garten vierunddreißig Grad gezeigt. Lena schwitzt, und sie will jetzt endlich ins Wasser.

Andererseits fühlt sich dieser Ort ... nun ... *falsch* an. Und das liegt nicht nur an der Gruselgeschichte.

So ein großer See, viel größer als der in Gartow. Es ist still, wie Tom gesagt hat. Kein Boot, keine Schwimmer. Auch der Strand ist leer. Nur am Ufer gegenüber steht ein Turm aus Beton. Aus der Ferne erinnert er an eine erloschene Fackel, die jemand in den Sand gesteckt hat. Ringsum wachsen keine Bäume. Nicht mal Büsche gibt es. Dafür ist der See dort eingefriedet, und zwar mit einem noch größeren Zaun als der, durch den sie vorhin gestiegen sind.

Das muss die Grenze sein. Dahinter liegt ein Land, das *Drüben* genannt wird. Bis nach *Drüben* sind es von Horlow nur ein paar Kilometer. Doch es könnte auch

Taka-Tuka-Land sein, so wenig weiß Lena über die Leute, die auf der anderen Seite wohnen. Nur, dass sie die Kinder von *Drüben* ebenfalls mit einem Zaun am Schwimmengehen hindern.

Erwachsene sind seltsam.

»Tom?« Lena zeigt auf den Turm. »Meinst du, wir werden beobachtet?«

»Nee. Da ist keiner mehr.«

»Und wenn auf unserer Seite jemand kommt?«, fragt Lena weiter.

»Mama und Papa sind erst spät wieder da. Und außer Andi kennt sonst niemand das Loch im Zaun.« Tom spritzt ihr einen Wasserschwall in den Rücken. »Hat das Wölfchen Schiss, erwischt zu werden?«

»Ich hab keinen Schiss!« Lena revanchiert sich mit einem Schlag auf die Seeoberfläche und rennt los. Ihr Bruder setzt ihr nach. Sie toben und jagen einander. Die Einsamkeit um sie herum ist vergessen.

Schließlich wirft sich Tom mit einem Bauchklatscher in die Wellen und krault hinaus. Lena watet ihm nach, bis es zu tief zum Stehen ist. Sie greift sich an die Hüfte, wo die Sicherheitsnadel das Schwimmabzeichen hält.

Du kannst das. Du bist eine Wölfin!

Lena gleitet durchs Wasser. Sie macht ein paar Züge, schraubt sich um die eigene Achse und treibt auf dem Rücken. *Herrlich!*

Tom kommt zurückgepaddelt. Lena erkennt an seinem Grinsen, was er vorhat.

»Ohne Runterdrücken!«, kreischt sie. Aber zu spät.

Tom verlagert sein Gewicht auf ihre Schultern. Lena taucht ab. Ihre Sicht verschwimmt, das Plätschern der Wellen weicht einem Gluckern. Sie strampelt zurück an die Wasseroberfläche. Tom erwartet sie.

»Nicht!« Lena prustet. »Hier kann ich nicht stehen!«

Ihr Bruder hat ein Einsehen. Er hält sie an der Hüfte, damit sie nicht untergeht. Fast könnte man meinen, er sehe schuldbewusst aus. Sofort schämt sich Lena, gequietscht zu haben wie ein Baby im Nichtschwimmerbecken.

Oh Gott!, schießt es ihr durch den Kopf. *Wenn das arme Würmchen immer noch im See ist ... Nein! Besser nicht darüber nachdenken!*

»Tom?«, fragt Lena. »War die Geschichte vorhin nur ausgedacht?«

Toms Lächeln verfliegt. »Na ja, irgendwer hat sie sich bestimmt irgendwann mal ausgedacht«, druckst er. »Das ist ein ganz normaler See. Wie der in Gartow. Nur, dass er einen albernen Namen hat und wir ihn allein für uns haben. Da unten ist kein Kind.«

»Wirklich nicht?«

»Wirklich nicht. Kein Kind, kein verrückter Müller, keine Monster. Versprochen! Nur ein stinknormaler —«

Ein Stoß durchzuckt Tom. Sein Kopf verschwindet unter Wasser. Eine Wolke aus Luftblasen steigt auf.

»Tom?« Lena rudert hin und her, unter ihr nichts als Wirbel und Zwielicht. Soll sie ihm nachtauchen?

Etwas streicht über ihren Oberschenkel. Lena kreischt.

Ein Zupfen am Fuß. Sie tritt aus und trifft etwas Hartes.

Tom stößt durch die Wellen. Er japst und lacht und hält sich das Ohr.

Ihr Bruder hat sie zum zweiten Mal drangekriegt.

»Nicht witzig!« Lena lässt einen Hagel aus Schlägen auf ihn niederprasseln.

Tom ergibt sich seiner verdienten Strafe und lässt sich zurück unter Wasser drücken. Als er wieder hochkommt, spuckt er eine Fontäne. Lenas Wut fällt in sich zusammen. Sie kichert.

»Du solltest Karate machen, so wie du zutrittst.« Tom reibt sich den Kopf.

»Geschieht dir recht! Beim nächsten Mal treff ich deine Nase. Schwimmst du jetzt eine Runde mit mir? Bis zur Mitte!«

»So weit?« Tom mustert sie. »Packst du das?«

Statt zu antworten, wendet sich Lena ab. Vom Wassertreten geht sie ins Brustschwimmen über, wie sie es bei Frau Scheele im Sportunterricht gelernt hat.

Arme strecken. Wasser fassen. Nach hinten schieben. Beine wie der Frosch. Ausatmen. Arme strecken ...

Ein Fisch flitzt zwischen Lenas Händen hindurch. Unter ihr weicht das Blaugrün des Ufersaums Dunkelheit.

Arme strecken. Wasser fassen. Nach hinten schieben. Beine wie der Frosch. Ausatmen. Und von vorn.

Lena blickt über die Schulter. Ihr Badetuch ist zu einem Farbklecks am Ufer geschrumpft. Hinter ihr reckt Tom einen Daumen in die Höhe. Die Anerkennung ihres

Bruders spornt Lena an. Ein paar Meter traut sie sich noch zu.

Arme strecken. Wasser fassen. Nach hinten ...

War da etwas? Ein Schatten? Unter ihr?

Arme strecken ... Da! Wieder!

»Tom?«, fragt Lena über die Schulter. »Gibt es hier —«

Weiter kommt sie nicht. Etwas schnappt ihren Knöchel und reißt sie hinab. Die Wellen schlagen über ihr zusammen.

Lena strampelt und tritt. Der Griff um ihren Fuß wird nur noch fester. Was immer sie in die Tiefe zerrt, ist groß. Und unglaublich stark.

Der Druck auf ihre Ohren steigt. Kälte und Dunkelheit umhüllen sie.

Sie bekommt Panik.

Panik, weil *das* nicht Tom ist.

Panik, weil ihr Atem nur noch Sekunden reicht.

Panik —

Etwas packt ihr Handgelenk. Ein Ruck geht durch Lenas Körper. Wasser schießt in ihren Mund.

Ein Schemen taucht vorbei. Ein Schemen mit knallroter Badehose.

Tom!

Er stürzt sich auf das Ding, das sie angegriffen hat.

Ein Orkan aus Luftblasen umfängt Lena. Daraus starrt sie etwas an.

Mein Gott, das ist ein Auge!

Ein Auge, riesig und rund wie ein Unterteller.

Panik weicht Terror. Lena schreit ins Wasser. Sie windet sich und tritt abermals aus.

Ich werde ertrinken! Ich –

Plötzlich ist sie frei.

Tom! Ich muss Tom helfen!

Aber Lenas Bewusstsein zieht sich zurück, fällt durch einen Tunnel.

Keine Luft mehr.

Sie strampelt. Schluckt Wasser. Dann –

Sonnenlicht.

Lena bricht mit einem Keuchen durch die Wellen. Ihr Atem pfeift. Es tut höllisch weh in der Brust. Ihr Geist macht einen Satz. Raus aus der Schwärze, hinein in eine erschreckende Klarheit.

Ich wäre fast gestorben!

Das ist kein Spiel mehr.

Wo ist Tom?

Rings um sie: Luftblasen. Als koche das Wasser. Doch Lena friert.

Wo ist TOM?

Unter ihr ist nichts zu sehen. Keine rote Badehose. Kein braun gebrannter, schmächtiger Rücken.

WO IST TOM?

Soll sie fliehen? Oder wieder abtauchen? Doch was kann sie schon ausrichten? Das Ding da unten hat mehr Kraft als sie beide zusammen.

Was würde Tom tun?

Lena schreit um Hilfe, aber es ist niemand da, der sie hören könnte.

Lena schwimmt. So schnell, wie sie in ihrem Leben nicht geschwommen ist. Angst treibt sie vorwärts. Ihr Puls rast in den Ohren, dass die Herzschläge ineinanderfließen.

Was ist das für ein Ding? Verfolgt es mich?

Und WO IST TOM?

Er hat gesagt, hier gibt es keine Monster!

Er hat es VERSPROCHEN!

Lenas Arme schmerzen. Doch sie schwimmt weiter. Schwimmt und schwimmt und schwimmt. Sie bekommt kaum Luft. Die Beine sind schwer wie Anker, gemacht, um zu versinken. Gleich schließt sich der Griff abermals um ihren Fuß und –

Lena pflügt durch ein Büschel Seegras. Es fühlt sich an, als streiften Haare ihre Haut. Sie kreischt und tritt aus. Plötzlich findet sie Halt.

Oh Gott, Sand! Da ist Sand unter meinen Zehen!

Noch zwei Brustzüge, und sie kann stehen. Sie kämpft sich vorwärts. Ignoriert die spitzen Steine unter ihren Fußsohlen.

Raus! Nur raus aus dem See!

Sie wirbelt herum. Keine Verfolger zu sehen! Das Wasser reicht nur noch bis an ihre Knöchel. Aber selbst das ist zu viel. Sie rennt den Strand hinauf. Dann bricht sie zusammen. Sie hustet und schluchzt. Ihr Fuß ist geschwollen. Wo das Ding sie gepackt hat, läuft die Haut lila an. Der Badeanzug hat auch etwas abbekommen. Da klafft ein Riss über Lenas Hüfte. Das Schwimmabzeichen ist weg. Ein geringer Verlust in Anbetracht dessen, dass sie fast gestorben wäre. Doch das Fehlen des Aufnähers macht die Situation erst so richtig real.

Lena gestattet sich nur einen Augenblick der Schwäche. Ihr Bruder ist noch da draußen. Sie rappelt sich auf, wischt Rotz und Tränen aus dem Gesicht und holt Luft.

»TOM, WO BIST DU? TOM!«

Aus dem Schilf bricht unter Krakeelen ein Vogelschwarm hervor. Lena schreit auf. Doch sofort wendet sie sich wieder der Wasserfläche zu.

»TOOOM!«

Gleich taucht sein Kopf zwischen den Wellen auf. Alles nur ein Streich. Toms Meisterstück! Wir werden heimgehen und Cornetto essen. Später schieben wir eine Salamipizza in den Ofen und lachen darüber, wie Tom mich dreimal an einem Tag drangekriegt hat. Wir werden –

»TOOOOOOOM!!!«

Und noch einmal. Und wieder.

Der See liegt totenstill da.

Keine Luftblasen mehr. Keine rote Badehose.

Nur Stille und Einsamkeit.

Lenas Hals ist wund geschrien. Sie lauscht. Vielleicht ruft Tom um Hilfe. Irgendwo in den Wassermassen, von denen sie bis vor ein paar Tagen keine Ahnung hatte.

Wie lange kniet sie schon so am Strand?

Was, wenn das Ding im See mich holen kommt?

Sie nimmt allen Mut zusammen, den sie noch aufbringen kann, und rappelt sich auf. Die Hände auf die Schenkel gestützt lehnt sie sich übers Wasser, bis sie fürchten muss, vornüberzukippen. Ein letztes Mal ruft sie mit brechender Stimme den Namen ihres Bruders über die Wellen.

»TOOOOOOOOOOOM!!!«

Keine Antwort.

Tom bleibt verschwunden.

Angst und Verzweiflung werden übermächtig. Die Welt verschwimmt. Tränen strömen über Lenas Wangen. Von ihrer Nasenspitze fallen sie hinab in den Kummersee, wo sie auf dem Wasser Kreise malen.

I.
Sleepy Horlow

I

»Das ist nicht Ihr Ernst, oder?«

Lena schreckt hoch. Die Heizungsluft und das Schaukeln des VW-Busses haben sie eingelullt.

»Was soll das heißen? Wir haben angezahlt!«, grollt Detlev Kosinski auf dem Rücksitz ins Telefon.

Lena schickt einen Fluch zum Wagenhimmel und dreht den Kopf. Der Projektleiter der Firma *Alphaplus Sonderbauplanung* beantwortet ihre wortlose Frage mit einem Augenrollen. Sein Gesicht ist bis hoch zur Halbglatze rot angelaufen.

Lenas Blick wandert auf die andere Seite der Rückbank zu ihrem Kollegen Malik Nasiri.

»Ich hab's dir ja gesagt!«, formt er nur mit den Lippen. Alles zwischen Maliks grau meliertem Fassonhaarschnitt und den gezupften Brauen kräuselt sich zu einer einzigen Sorgenfalte.

»Nein, nein, nein!« Kosinski umklammert das Handy, dass seine Knöchel weiß anlaufen. »Hören Sie, Ihr Ruf ist mir egal! Wir haben eine gültige Buchung!«

Lena breitet die Hände aus. *Was ist los?*

Kosinski veranschaulicht den Gesprächsverlauf mit einer Scheibenwischerbewegung. Sein Schnauzer bebt. »Nein, dafür habe ich kein Verständnis.« Erneutes Augenrollen. »Ja, Sie mich auch. Wiederhören!« Der Ingenieur schleudert das iPhone auf den Papierstapel neben sich, nur um es gleich wieder zur Hand zu nehmen.

»Soll ich mal raten?«, fragt Björn Thoms am Steuer des Bullis. Der Vermesser spielt mit dem Zöpfchen, zu dem sein Bart geflochten ist. »Die Pension?«

»Storniert.« Kosinski wischt über das Telefondisplay. »So wie die Eingeborenen auf unseren Firmennamen reagieren, hätte ich uns auch als Hannibal Lecter und Kim Jong-un anmelden können. Damit hätten wir bessere Chancen gehabt als mit einer Reservierung auf *Alphaplus Sonderbauplanung*.« Er blickt auf und sieht Lena an. »Eure Zimmer sind natürlich auch futsch. Tut mir leid.«

Malik gibt einen Seufzer von sich.

»Könnt ihr da nicht was machen? Ganz offiziell, meine ich?«, erkundigt sich Björn Thoms. Er schielt auf die Ausbeulung der Jacke an Lenas Hüfte.

»Was zum Beispiel? Mit vorgehaltener Waffe reinstürmen?« Sie schmunzelt. Aber zugleich zupft sie an der Nagelhaut ihres Zeigefingers. Wie immer, wenn sie angespannt ist.

»Könnt ihr die gebuchten Zimmer nicht beschlagnahmen? Polizeibedarf oder so etwas?«, fragt Thoms. »Oder ihr ruft euren Chef an und lasst den Druck machen.«

»Bloß nicht«, wehrt Malik ab. »Petersen ist eh schon genervt, weil meine geschätzte Partnerin ihm über Wochen in den Ohren gelegen hat, dass unbedingt wir die Glücklichen sein dürfen, die euch eskortieren. Und das, obwohl die Kollegen vom LKA zuständig gewesen wären. Tja, ich schätze mal, die sitzen jetzt am warmen Schreibtisch, während wir im Nirgendwo umherirren.« Malik zwinkert Lena zu. »Danke dafür noch mal!«

»Und nun? Zurück? Ins Büro? Nach Hause?«, will Björn Thoms wissen.

»Ich hätte nichts dagegen«, grummelt Malik.

»Nichts da!«, widerspricht Lena. »Petersen killt uns, wenn wir einfach abbrechen. Uns wird schon was einfallen.«

»Vielleicht in ein Hotel?«, schlägt Thoms vor.

Kosinski winkt ab. »Ich habe alles im Umkreis von fünfzig Kilometern abgeklappert. Hat sich rumgesprochen, dass wir kommen. Spätestens, seit das Gericht am Montag die letzte Klage abgewiesen hat, war klar, dass es losgeht.«

»Es ist ja auch nicht so, dass ihr den Wilden die Zivilisation bringen würdet«, wirft Malik ein. »Wie würdet ihr reagieren, wenn es um euren Vorgarten ginge?«

»Es ist doch gar nicht gesagt, dass sich die Kommission für diesen Standort ausspricht.« Kosinski massiert seine Schläfen. »Wir sind eins von mehreren Teams im Bundesgebiet. Und ob wir die Plangrundlage erstellen oder jemand anderes, ändert nichts an der Sache.«

»Aber ...«, setzt Björn Thoms an und überholt einen Linienbus, der so leer ist wie die Straße selbst. »Was, wenn es *niemand* macht?«

»Verschwindet das Zeug trotzdem nicht«, kontert sein Kollege den Einwand. »Irgendwo muss man damit hin.«

»Schon«, erwidert der Vermesser. »Aber Gorleben hat man doch nur von der Liste der möglichen Endlagerstandorte genommen, um die Antiatombewegung ruhigzustellen. Und dann quasi nebenan zu erkunden, riecht nach 'nem abgekarteten Spiel.«

»Ich glaube, dass Wissenschaft und Fakten am Ende mehr zählen als Politik«, sagt Malik.

»Richtig«, bestätigt Kosinski. »Und es heißt *abgekartet*.«

Björn Thoms antwortet mit ausgefahrenem Mittelfinger.

Lena schweigt. Sie kennt solche Diskussionen, von klein auf. Auch mit Malik hat sie dieses Gespräch schon geführt. So fair ist sie gewesen, bevor sie in der Polizeidirektion Lüneburg alle Hebel in Bewegung gesetzt hat, um den Personenschutz für das Vorauskommando des umstrittenen Bauvorhabens übernehmen zu dürfen. Notfalls wäre Lena sogar mit jemand anderem losgezogen. Aber dazu ist es zum Glück nicht gekommen.

»Eigentlich ganz schön hier.« Detlev Kosinski schirmt die Augen gegen die Herbstsonne ab. »Nicht gerade der Ort, den man als Lagerstätte des schlimmsten Mülls erwarten würde, den die Menschheit je hervorgebracht hat.«

»Als Tourist mag das ja für eine oder zwei Wochen ganz nett sein. Aber stell dir mal vor, du lebst hier.« Björn Thoms schüttelt den Kopf. »Ich meine, hier ist doch nichts los. Nada, niente.«

»Vielleicht hat man die Gegend genau deshalb ausgesucht«, gibt Malik zu bedenken.

»Also, wohin in all diesem Nichts soll ich nun fahren?«, erkundigt sich Björn Thoms.

Lena kramt nach einem Taschentuch. Sie hat die Nagelhaut ihres Zeigefingers stärker als gedacht malträtiert. Ein Blutstropfen quillt hervor.

»Die Pensionsbuchung ist geplatzt, und wir können nicht pendeln. Dafür ist es zu weit«, erklärt der Vermesser am Steuer. »Wenn also niemand eine rettende Idee hat, kehre ich jetzt um. Oder was sagst du, Dede?«

Kosinski signalisiert mit erhobenen Händen, dass er mit seinem Latein am Ende ist.

Lena wendet sich ihrem Partner zu.

»Sieh mich nicht an«, wehrt Malik ab. »Ich sorge hier nur für Sicherheit.«

»Es wird mir bestimmt noch leidtun.« Lena lässt den Kopf in den Nacken fallen und fährt sich übers Gesicht. »Ich weiß, wo wir unterkommen können. Zumindest für eine Nacht.«

Sie dirigiert Björn Thoms über die B 493 durch Lüchow und weiter nach Nordosten. Beidseits der Straße ziehen die Stämme der Bäume vorbei wie ein niemals enden wollender Strichcode. Andere Autos begegnen ihnen nur im Viertelstundentakt. Niemand ist da, der sich beschweren könnte, als Thoms den Bulli auf halbem Weg zwischen Trebel und Gartow auf einer Kreuzung stoppt.

»*Enklave Rondel. Kunst und Kräuter*«, entziffert Malik

die verblichene Werbetafel vor dem Fachwerkhäuschen am Straßenrand. »Ob sich viele Kunden hierherverirren?«

»Wenn die mal nicht Dope anbauen«, vermutet Thoms. »Wohin jetzt?«

»Nach Süden.« Lena zeigt die Richtung an. »Da lang.«

»Sicher? Da steht nichts.«

Thoms hat recht. Straßenschilder weisen den Weg nach Meetschow, Schnackenburg und zurück nach Lüchow. Doch rechter Hand, wo eine vom Dreck der Holztransporter verkrustete einspurige Straße abgeht, fehlt jeder Hinweis, was jenseits der Wälder liegt.

»Das ist gemeindefreies Gebiet, größtenteils unbewohnt«, erläutert Lena. »Für die paar Häuschen dort lohnt sich kein Schild.«

»Und da gibt es eine Unterkunft?« Björn Thoms runzelt die Stirn.

Die Abfahrt schwenkt nach Osten – auf die einstige innerdeutsche Grenze zu. Bald endet die Asphaltdecke, und der Bulli rumpelt mit einer Staubfahne im Schlepptau durch die Dämmerung. Lena glaubt, jedes einzelne Schlagloch wiederzuerkennen, das Forstfahrzeuge und Traktoren hinterlassen haben.

»Das ist ja wie in einem dieser B-Movies über irgendwelche menschenfressenden Hinterwäldler!« Thoms manövriert durch die Kraterlandschaft im Schotter. »Was zahlt Leatherface, damit du uns herlockst?«

»Ich wünschte, es wären bloß Kannibalen«, murmelt Lena. Je näher sie ihrem Ziel kommen, desto mehr krampfen ihre Eingeweide.

»Du führst uns nicht zu einem dieser hippen Waldhotels aus dem *Lonely Planet*, oder?«, fragt Malik.

»Da ist Licht zwischen den Bäumen.« Björn Thoms deutet in die aufziehende Dunkelheit. »Immerhin scheint sie zu wissen, wo sie hinwill.«

Der Kiefernforst öffnet sich zu einer Insel aus Wiesen und Feldern, die keinen Kilometer durchmisst. Die Schotterpiste endet in einer Wendeschleife auf einem ovalen Platz. Darum drängt sich in einem Dreiviertelkreis ein Dutzend Häuser und Höfe wie eine Pfadfindergruppe ums Lagerfeuer.

Dorf kann man das kaum nennen. Ein grünes Schildchen mit gelber Schrift weist die Ansiedlung als Weiler aus:

HORLOW

Und daneben auf einer Holztafel mit einem Lötkolben eingebrannt:

WENN SIE DAS LESEN KÖNNEN,
HABEN SIE SICH VERFAHREN.

Thoms sieht Kosinski an, dann schauen sie beide zu Lena.

»Und nun?«, will der Ingenieur wissen.

Lena konzentriert sich auf den Schmerz, der vom frisch zugefügten Riss am Ansatz ihres Fingernagels ausgeht. Sie begegnet den Blicken ihrer Schutzbefohlenen, dann wendet sie sich an Malik. »Ich muss dir ein kleines Geständnis machen.«

»Wegen der Hinterwäldlerkannibalen?«

Malik bringt Thoms mit einer Geste zum Schweigen.

»Ich ...« Lena stockt. »Ich wollte den Auftrag, weil ich hier herkomme. Aus Horlow.«

2

Am Rand der fächerförmig gruppierten Gebäude steht ein wuchtiges Hallenhaus aus Fachwerkbalken und Backstein. Dorthin, zu Horlow Nr. 10 – Straßennamen gibt es in diesem Nest nicht –, führt Lena Malik und das Team der *Alphaplus Sonderbauplanung* jetzt. Das Gepäck haben sie im Wagen gelassen. Noch ist die Unterkunft für die Nacht keineswegs gesichert.

»Das ist mein Elternhaus. Ich hoffe, dass wir bleiben dürfen. Es ist eine Weile her, seit ich zuletzt mit meiner Mutter geredet habe«, erklärt Lena. Nicht, weil es die anderen etwas anginge, sondern, um sich Mut zu machen. Gespräche mit Sylvia Wolff sind wie ein Imbiss an einer Autobahnraststätte in der Provinz. Eigentlich ist alles okay, aber die Vorahnung, dass einem der Stopp später leidtun wird, sitzt von Anfang an mit am Tisch.

Das Haus ist für sein Baujahr in gutem Zustand. Das Reet auf dem Walmdach ist frisch gedeckt. Eine Buchsbaumhecke mit Astern und Sonnenblumen dahinter säumt die Auffahrt, an deren Ende ein silberner Mercedes SLK steht. Es ist nicht das Spitzenmodell, dürfte aber ein

Vielfaches von dem gekostet haben, was Lenas Mutter pro Jahr mit ihrer Kunst einnimmt. Zumindest, wenn die scheußlichen Skulpturen aus blasig glasierter Keramik im Vorgarten das Hauptbetätigungsfeld von Sylvia Wolff darstellen.

Detlev Kosinski betrachtet die Versammlung von Chimären und Fabelwesen. »Die sind wirklich ...« Er kramt nach einem Wort.

»Schräg? Creepy?«, bietet Björn Thoms Adjektive an.

»Die Dinger sehen aus, als wären sie in bloßer Erwartung des Atommülls mutiert.« Malik flüstert, als könne das Bestiarium der Töpferwaren ihn hören.

»Wartet hier.« Lena zeigt auf den Kiesweg zur Haustür. Zwei Hasenskulpturen flankieren den Eingang. Statt ihrer Löffel tragen sie Hirschgeweihe auf den deformierten Schädeln.

Über der Klingel fällt Lena ein Fleck an der Fassade ins Auge. Früher hing dort ein Schildchen aus bemaltem Salzteig. Lena hatte es in der zweiten Klasse gebastelt.

HIER WOHNT FAMILIE WOLFF

ERIK SYLVIA TOM LENA

Vermutlich hat es ihre Mutter weggeworfen, weil sie den Anblick leid war. Lena stellt sich vor, wie Sylvia Wolff nach und nach die Namen der Familienmitglieder weggekratzt hat, die sie verlassen haben. Erst Tom, dann – keine vier Jahre später – ihr Mann, Erik. Und schließlich Lena selbst, kaum dass sie das Abi in der Tasche hatte.

Lena drückt auf den Klingelknopf. Der Westminsterschlag ertönt. Jede Sekunde vor der speckig glänzenden Eichenholztür lässt Lena gefühlt eines ihrer zweiundvierzig Lebensjahre verlieren. Bis sie wieder neun ist und darauf wartet, dass ihre Eltern über sie richten.

Ein Schlüssel wird gedreht. Dann öffnet sich die Tür.

»Hallo, Mama.«

»Kind! Ich habe gehört, dass du kommst, aber ich wollte es nicht glauben.« Sylvia Wolff fällt über Lena her, drückt sie, herzt sie.

Lena lässt die Umarmung über sich ergehen. Sie bringt sogar die Hände hoch, um die Schultern ihrer Mutter zu umfassen.

Sylvia Wolff schiebt ihre Tochter auf Armeslänge von sich. »Du bist dünn geworden. Richtig dürr.«

Lena verkneift sich, daran zu erinnern, dass ihr letztes Treffen acht Jahre her ist. Zu Weihnachten war das, auf neutralem Grund beim Italiener in Hannover.

Ihre Mutter trägt jetzt einen Pixie-Cut in Hennarot. Krähenfüße an den Augen sowie Marionettenlinien entlang der Mundwinkel sind dem Alter geschuldet, und ihr Hals liegt – typisch für die Familie mütterlicherseits – in Falten. Aber sonst strotzt Sylvia Wolff vor Kraft und Vitalität.

»Mama, das ist Malik Nasiri.« Lena macht eine Pause, um Malik Gelegenheit für ein paar höfliche Worte und einen Händedruck zu geben. Dann winkt sie die anderen heran. »Und das sind Detlev Kosinski und Björn Thoms vom Planbüro *Alphaplus*. Malik und ich sind für ihren Personenschutz zuständig.«

Kosinski und Thoms murmeln »Hallo« und »Freut mich, Sie kennenzulernen«.

Sylvia Wolff versteift sich. »Ich weiß, was Sie tun« ist alles, was sie zur Begrüßung erwidert.

»Wir könnten einen Platz für die Nacht brauchen«, schiebt Lena nach. »Die Pension hat in letzter Sekunde abgesagt, und wir wissen nicht, wo wir sonst hinsollen.«

»Wie das nur kommen mag.«

»Ich werde nicht betteln, Mama. Hilfst du uns?«

»Niemand von hier bis Hamburg wird euch ein Zimmer geben. Nicht bei dem, was ihr vorhabt.« Lenas Mutter atmet geräuschvoll durch die Nase ein und wieder aus. Dann tritt sie zur Seite. »Eine Nacht. Morgen früh seid ihr wieder verschwunden.«

»Danke. Aber wir –«

»*Wir* reden *später*. Bringt eure Sachen hinein. Ich mache Spaghetti aglio e olio. Wenn ihr hungrig seid, dürft ihr mitessen. Nur wunder dich nicht, Kind, ich habe ein wenig umbauen lassen, nachdem du weg warst. Hier hat sich einiges verändert.«

3

Während Lena ihre Nudeln hin und her schiebt, essen Malik, Detlev Kosinski und Sylvia Wolff mit der Steife eines Diplomatenempfangs. Björn Thoms genehmigt sich als Einziger eine zweite Portion Spaghetti.

Das Tischgespräch ergeht sich in Banalitäten. »Hat was, so ein Leben im Grünen«, sagt Malik gerade.

»Vor allem in solch einem Haus«, ergänzt Kosinski.

»Graf Andreas Gottlieb von Bernstorff hat es 1768 als Jagdsitz gebaut«, nimmt Lenas Mutter die Vorlage auf. »Mein Vater hat das Haus in den Siebzigern gemietet. Nach der Wende haben wir es dann gekauft. Aber Geschichte will gepflegt werden. Zuletzt musste ich einiges machen lassen.«

»Arbeiten Sie hauptberuflich als Künstlerin?«, fragt Thoms zwischen zwei Gabeln Spaghetti.

»Ob ich mit meinen Werken genug verdiene, um mir all das leisten zu können, fragen Sie? Ob die Leute für *Art brut* bezahlen? Für Outsiderkunst?«

»Mama, ich glaube nicht, dass er das ...«

Ein Blick ihrer Mutter bringt Lena zum Schweigen.

»Nein, ich wollte nichts dergleichen andeuten!«, beeilt sich Thoms zu versichern. »Ich habe keine Ahnung von Kunst!«

Sylvia Wolff schnaubt, trinkt und füllt Rotwein in ihr Glas, kaum dass sie es geleert hat.

Gegen Ende des Abendessens ist die Unterhaltung zum Erliegen gekommen.

»Frau Wolff, es hat vorzüglich geschmeckt.« Detlev Kosinski faltet seine Serviette und erhebt sich. »Wir danken Ihnen für die Gastfreundschaft, besonders unter diesen Umständen. Es ist am besten, wir ziehen uns jetzt zurück.«

»Richtig.« Björn Thoms schützt ein Gähnen vor. »War ein Hammertag. Zeit fürs Bettchen.«

»Ich schließe mich an.« Malik sucht Augenkontakt zu Lena, in seinem Blick ein schlechtes Gewissen. Irgendwann ist auch die größte Loyalität erschöpft. »Gute Nacht, allerseits.«

Lena kann ihn verstehen. »Ja, gute Nacht«, wünscht sie mit aufgesetzter Fröhlichkeit.

Kosinski und Thoms teilen sich das Gästezimmer im ersten Stock. Bevor Lena nach Toms Tod ins Erdgeschoss gezogen ist, war dort ihr Refugium. Malik muss sich mit einem Matratzenlager im Abstellraum nebenan begnügen.

Sie tuscheln da oben bestimmt über mich wie Teenager auf einer Pyjamaparty. Nicht, dass ich es nicht verdient hätte …

Nichts wäre Lena jetzt lieber, als wie Malik nach oben gehen zu können und ein Buch zu lesen. Gerade verschlingt er den neuen Wulf-Dorn-Roman. Sie würde sogar mit Björn Thoms tauschen. Soweit Lena mitbekommen hat, ist er Deathmetalfan. Sie kann sich gut vorstellen, wie er über Kopfhörer dem Gegrunze und Geballer von Kapellen lauscht, deren Logos Lena nicht einmal entziffern könnte. Alles wäre ihr genehmer, als reden zu müssen. Doch diese Wahl hat sie nicht.

Lena ist allein mit ihrer Mutter. Zum ersten Mal seit Jahren.

4

Ihre Mutter nimmt Lena mit auf Sightseeingtour durchs Haus. »Wie ist die neue Dienststelle, Kind?«, fragt Sylvia Wolff. »Hast du den Fehlschlag beim BKA weggesteckt?«

»Ich bin jetzt seit fast sechs Jahren in Lüneburg, Mama.« Lena ignoriert die Spitze. Aus Erfahrung weiß sie, dass Gespräche mit ihrer Mutter umso erträglicher verlaufen, je mehr sie die Initiative behält. »Ist bei dir denn alles im Lot?«, startet sie eine Frageoffensive. »Gehst du noch zum Yoga? Oder hast du wieder Probleme mit dem Knie?«

Sylvia Wolff winkt ab. »Könnte schlimmer sein.«

»Was macht die Verwandtschaft?«

»Jürgen hat wieder geheiratet.«

»Und Nadine?«

»Die Zwillinge deiner Cousine sind seit Sommer in der Schule.«

Ihre Mutter hat untertrieben, als sie sagte, sie habe *ein wenig* umgebaut. Kaum ein Stein ist auf dem anderen geblieben.

»Toms Zimmer ...«, entweicht es Lena im Anbau des Erdgeschosses.

»Toms Zimmer«, bestätigt Sylvia Wolff. »Dann deines, und jetzt meine Keramikwerkstatt.«

Wo einst Lenas Schreibtisch gestanden hat, hockt eine Gruppe Katzenskulpturen mit geschmolzenen Gesichtern. Den Platz des Betts neben dem Fenster hat ein Brennofen eingenommen. Der Untergang ihres kleinen Reichs versetzt Lena trotz der Distanz vieler Jahre einen Stich.

Auch den Rest des Hauses erkennt sie kaum wieder. Die Wand zum Esszimmer besteht jetzt aus Glasplatten, die sich per Knopfdruck tönen lassen. Die Landhausküche dahinter ist Marmor und Metall gewichen.

»Wie findest du es? Die hier habe ich letztes Jahr einbauen lassen.« Sylvia Wolff fährt mit den Fingerspitzen über die Edelstahloberfläche der Kücheninsel.

»Vielleicht ein bisschen unpersönlich«, weicht Lena aus.

Sieht aus wie ein verdammter Seziertisch!

»Warte, bis du siehst, was ich aus unserer Stube gemacht habe!« Sylvia Wolff schiebt ihre Tochter vorwärts. Lenas Unbehagen perlt an ihr ab.

Das Wohnzimmer – einst *die Stube* – strahlt jetzt die Behaglichkeit einer Arztpraxis aus. Ein LED-Fernseher, der die Kinos aus Lenas Kindheit in den Schatten stellt, beherrscht das Ambiente. Die Sofagarnitur: Leder, schwarz. An den Wänden: Kunstdrucke. Klimt? Kandinsky? Malerei ist nicht Lenas Ding. Sie weiß nur, dass das Geschäft laufen muss für ihre Mutter. Oder Sylvia Wolff hat sich in Schulden gestürzt, damit nichts an die Zeiten erinnert, zu denen sie das Haus mit einer Familie geteilt hat. Keine Fotos mehr, nur eine einzige Porträtaufnahme in einem Silberaufsteller auf dem Eckregal ist verblieben, daneben eine Stoffrose und eine Stumpenkerze.

»Und, was meinst du?« Lenas Mutter öffnet die Glastüren des Barfaches. Sie zieht den Stöpsel einer Kristallkaraffe, lässt die Flüssigkeit darin kreisen und streckt das Gefäß ihrer Tochter entgegen.

Lena verzieht den Mund und schüttelt den Kopf. Ihre Ablehnung hält Sylvia Wolff nicht davon ab, sich selbst großzügig einzuschenken. Grappa, dem Geruch nach.

»Komm, Kind, sag schon. Die frische Farbe und das Umräumen haben dem alten Kasten gutgetan, oder nicht?«

Statt mit einer Antwort in die Falle zu tappen, greift Lena nach dem Bilderrahmen in der Ecke. Sie legt die Fingerspitzen auf die Gesichter ihrer Eltern und ihres Bruders. »Da waren wir im Harz, zu Nadines Konfirmation. Im Mai, kurz bevor Tom ...« Lena stockt. »Ich habe das gleiche Bild bei mir in der Wohnung.«

Sylvia Wolff leert ihr Glas und hüstelt. »Ich richte dir die Couch her.«

Lena nickt nur. Ihre Mutter verlässt das Zimmer und kehrt mit Bettzeug unter dem Arm zurück. Der Alkohol macht ihre Bewegungen fahrig.

Sie ist bald bettreif. Vielleicht komme ich um das Schlimmste herum.

Lena erwidert das Lächeln der Familie auf dem Foto und stellt es zurück an seinen Platz. Ihre Mutter mag die Erinnerungen wegsperren und mit Farbe übertünchen, doch das Haus bleibt ein Schrein voller Geister.

Als habe sie Lenas Gedanken aufgefangen, hält Sylvia Wolff beim Kissenbeziehen plötzlich inne. Ihr Kopf ruckt zur Seite. »Weshalb bist du zurückgekommen, Kind?« So viel Bitterkeit, so viel Vorwurf stecken in dieser Frage. »Von allen Aufgaben auf der Welt, warum suchst du dir ausgerechnet diese aus?«

Lena hebt die Hände. »Ich bin nicht hier, um zu streiten.«

»Wie kannst du diese Leute beschützen wollen? Dir ist klar, was die vorhaben, oder?« Ihre Mutter lässt sich auf das Schlafsofa fallen. »Bis das Endlager gebaut wird, bin ich längst unter der Erde. Aber Horlow wird noch da sein. Der Wald und der See und das Moor werden noch da sein. Doch das alles wird sich verändern. Niemand hier will das. Warum musst *ausgerechnet du* diese Leute bewachen, die aus unserem Zuhause eine Müllkippe machen wollen? Du bringst diese Menschen in mein Haus! Weißt du, was ich mir morgen von den Nachbarn anhören darf?«

»Ich will niemandem was Böses, Mama. Am Ende entscheiden doch nicht die Vermesser oder Malik und ich darüber, ob je auch nur ein Gramm von diesem Zeug nach Horlow gekarrt wird. Dafür gibt es Gutachten und Experten.«

»Aber du musst dazu doch eine Meinung haben!« Sylvia Wolff klingt nun fast flehend.

Lena sieht zu Boden. »Ich will ehrlich sein, ich hätte nichts dagegen, wenn dieses Lager hier gebaut wird.«

»Aber wieso, Kind? Weshalb bei uns?«

»Weil für die Erschließung der Salzstöcke das Horlower Moor trockengelegt werden muss.«

»Und dann trocknet auch der See aus.« Sylvia Wolff versteht sofort. Alles in ihrem Gesicht wird klein und hart. »Es ist wegen Tom. Du bist wegen Tom hier.«

Lena presst die Kiefer aufeinander. Ihr Blick verschwimmt, doch sie fängt nicht zu weinen an. Diese Blöße gibt sie sich nicht.

»Musst du die Wunden wieder aufreißen, Kind? Was damals passiert ist, war ein Unfall. Ein schrecklicher, schrecklicher Unfall. Darüber haben wir Hunderte Male gesprochen.«

»Und du hast mir Hunderte Male nicht zugehört!« Zwecklos, das Thema aufzuwärmen. Sylvia Wolff hat vor langer Zeit entschieden, was sie glauben will. Lena erdet sich im Schmerz, mit dem sich ihr Daumen ins Nagelbett des Ringfingers gräbt.

»Kind, das hatten wir doch alles. Du warst ... *Wir alle* waren völlig durch den Wind. Aber irgendwann muss man die Tatsachen akzeptieren.«

»Ja?« Lena schnaubt. »Wie die *Tatsache*, dass die Suchtrupps Tom über einen halben Kilometer von der Stelle entfernt gefunden haben, von der wir losgeschwommen sind?«

»Die Strömung –«

»Bullshit! Da ist keine Strömung! Und wenn, dann hätte sie ihn an der *gegenüberliegenden* Seeseite wieder ausgespuckt. Am Ablauf!« Lena funkelt ihre Mutter an. »*Tatsache* ist, dass kein Mensch weiß, wie Toms Leiche durch den Schilfgürtel gelangt ist. *Tatsache* ist, dass tote Jungs nicht ans Ufer schwimmen. Und sie kriechen nicht mit einer Lunge voller Wasser den Strand hoch. Auch das ist eine gottverdammte *Tatsache*.«

»Tom ist gestorben, weil ihr nicht gehört habt! Hättet ihr euch an das gehalten, was –«

»Es war nicht unsere Schuld!« Da ist er wieder, der alte Vorwurf. »Etwas hat uns angegriffen, unter Wasser!«

»*Etwas* hat euch ... *angegriffen* ... *unter Wasser*«, wiederholt Sylvia Wolff. »Kind, ich hatte gehofft, du wärst inzwischen weiter. Du solltest dich mal reden hören. Du bist Polizistin! Wie soll man dich denn ernst nehmen?«

»Du könntest zum Beispiel aufhören, mich zu behandeln, als wäre ich immer noch neun!«, braust Lena auf. Dann ruhiger: »Die Blutergüsse, die das Ding im See an meinem Fuß hinterlassen hat, habe ich nicht vergessen. Und ich habe sie mir auch nicht eingebildet. Ich weiß, dass Toms Leiche ebenfalls mit blauen Flecken übersät gewesen ist. Die wird er sich kaum beim Ertrinken zugezogen haben.«

»Woher ...« Sylvia Wolff versteift sich. »Wer hat dir das gesagt?«

»Ist doch egal.« Lena sucht den Blick ihrer Mutter. »Hör mal, es ist, wie du sagst: Ich bin Polizistin. Ich glaube doch nicht ernsthaft, dass im Kummersee Monster hausen. Oder dass das Böse wie Instantkaffee im Wasser gelöst ist. Aber dieser Scheißtümpel hat nicht nur den Säugling der Müllersfrau aus der Gruselgeschichte auf dem Gewissen, sondern auch Tom.«

»Kind, die ganze Gegend ist voller Schauermärchen über Wassermänner, Irrlichter und Geister.«

»Ja, und manche Sagen haben einen wahren Kern, eine rationale Erklärung hinter der Geschichte.«

»Und wie, bitte schön, lautet diese *rationale Erklärung*?«

»Die Natur hier draußen kann gefährlich sein.«

»Und jetzt willst du die Natur dadurch zähmen, dass du hilfst, sie zu zerstören?«

»Ich ... Ich muss einen Schlussstrich ziehen.«

»Indem du deiner Heimat so etwas antust? Ein *Atommülllager*?«

Lena starrt zu Boden. Ihre Wangen glühen.

Als die Antwort ihrer Tochter ausbleibt, stemmt sich Sylvia Wolff hoch. »Ich bin müde. Wir reden morgen weiter. Ihr werdet es jedenfalls nicht leicht haben. Schlaf gut.«

Lena sieht auf. Sie hofft auf eine Umarmung, eine Geste, irgendetwas. Aber ihre Mutter bringt es nicht über sich, sie zu berühren.

»Mama?«

Sylvia Wolff stoppt an der Tür.

»Nichts. Schon gut. Schlaf schön.«

5

Die Nacht in Horlow ist voller Schatten. Albträume quälen Lena. Die Bilder sind stets dieselben: aus flüssiger Schwärze zum Licht gereckte Kinderhände, Schreie, die in Strudeln aus Luftblasen zur Oberfläche steigen. Ein Schemen, der seine Beute umkreist. Ein riesiges Auge ...

Zum ersten Mal seit Jahren wünscht sich Lena ihre Medikamente zurück. Damals haben die Pillen ihr Kinderbettchen mit einer Decke ausgestattet, die *wirklich* gegen Monster half, wenn man sie über den Kopf zog.

In Lüneburg, wo sich ihre Dienststelle befindet, wäre Lena nach einer solchen Nacht zum Sportgelände am Schnellenbergskamp gefahren und gelaufen. Fünf Kilometer, zehn, zwanzig ... Aber durch die Wälder von Horlow will sie nicht laufen, schon gar nicht allein.

Es ist noch dunkel, als Lena nach unten geht, um sich einen Kaffee zu machen. Wie gern würde sie ihre Mutter aus dem Bett zerren, ihre Wohlfühlblase aus Landidyll, Designermöbeln und Kunsthandwerk zum Platzen bringen und ihr zusammen mit ihrem neunjährigen Ich jene

Frage ins Gesicht brüllen, die ihre Eltern nie beantwortet haben:

Warum sind wir nach Toms Tod nicht aus Horlow weggezogen?

Bevor Lena sich in ihre Wut hineinsteigern kann, tritt Malik durch die Küchentür.

»Gut geschlafen?«, begrüßt sie ihn.

»Nicht besonders«, antwortet er.

»Das tut mir leid.«

»Nicht deine Schuld.« Malik zieht einen Hocker heran. »Mit deiner Ma alles gut gelaufen?«

»Traumhaft.«

Malik wiegt den Kopf. »Deine Mutter hätte dich an der Tür fast nicht erkannt. Und das, obwohl du keine zwei Autostunden entfernt wohnst.«

Lena rührt in ihrem Kaffee und schweigt.

»Mir war von Anfang an klar, dass es bei diesem Auftrag nicht darum geht, dass du Fan von Atommüllendlagern bist, Lena. Da steckt mehr dahinter. Willst du darüber reden?«

Lena versucht sich an einem Lächeln. »Noch nicht, okay? Aber danke, dass du fragst. Was treiben Dede und Björn?«

»Björn bürstet sein elfengleiches Haar. Und Detlev wollte noch Geländedaten auf seinen Rechner laden.«

»Was ist mit der örtlichen Dienststelle? Wann stoßen die zu uns?«

»Ich habe Freitag auf der Wache angerufen. Sie kommen direkt aus Lüchow zum See. Ein Hauptkommissar Weickert. Kennst du ihn?«

Lena schüttelt den Kopf.

»Die vierte Bereitschaftspolizeihundertschaft steht auf Abruf, falls aus der ganzen Sache eine Großlage werden sollte«, fährt Malik fort. »Bis jetzt liegen aber keine Hinweise vor, dass es haarig werden könnte. Die Szene hat nur in vergleichsweise kleinem Umfang mobilisiert.«

»Drücken wir die Daumen, dass es ein ruhiger Ausflug ins Grüne wird. Gern ohne die Jungs von der BPH.«

»Wenn Hotels und Pensionen wussten, dass wir kommen, wissen Aktivisten und Berufsempörte auch Bescheid. Schlimmstenfalls geben wir Dede und Björn eben das Ehrengeleit durch ein Spalier aus Mittelfingern.«

Lena lacht. »Mit Hass kann ich leben, solange er von Herzen kommt. Ist mir lieber, als mit meiner Mutter zu diskutieren.«

Mit Sonnenaufgang treten Lena und Malik zusammen mit den Mitarbeitern der *Alphaplus Sonderbauplanung* hinaus auf den Dorfplatz. Außer Dunstschleiern regt sich nichts in der Morgenkälte.

»Jemand hat uns einen Willkommensgruß hinterlassen.« Björn Thoms zeigt auf die zerlaufenen Lettern auf der Flanke des VW-Busses. Blutrot auf weiß steht da:

ENDLAGER: ENDE!

VERPISST EUCH!

F/O

»*Future/Zero.*« Lena deutet auf die Signatur. »War klar, dass die mitmischen.«

»Wenn dir *Fridays for Future* zu Mainstream sind und du die *Letzte Generation* für weichgespülte Pazifisten hältst, komm zu uns! *Future/Zero.* Wir machen die Action!«, imitiert Thoms den Tonfall der Propagandavideos im Netz.

Lena zieht ihr Handy aus der Tasche. »Ich dokumentiere das. Ich gehe davon aus, dass ihr Anzeige erstatten wollt?«

Detlev Kosinski nickt resigniert.

»Wir sollten den Bulli auf weitere Überraschungen checken.« Malik schaut unter das Auto.

Eine Bewegung am Rand ihres Gesichtsfelds erregt Lenas Aufmerksamkeit. Vater, Mutter und zwei Mädchen im Grundschulalter verlassen eines der Fachwerkhäuser. Trauermienen und Sonntagskleidung ganz in Schwarz lassen vermuten, der Familie stünde eine Beerdigung bevor. Doch statt in den Nobel-SUV in der Auffahrt zu steigen, nehmen die vier vor dem Haus Aufstellung und starren herüber.

Lena hebt eine Hand zum Gruß.

Das Paar dort könnte sich als Max und Erika Mustermann vorstellen, so unscheinbar sehen die beiden aus. Dann erkennt Lena hinter dem Vollbart und der Hornbrille des Vaters noch einen Rückkehrer. Lars Virchow hatte Horlow einst verlassen, um Paläontologie zu studieren. Damals träumte er davon, Dinosaurier, Mammuts und Trilobiten auszugraben. Jetzt sind seine Gesichtszüge versteinerter, als es seine Forschungsobjekte je sein könnten.

Bei den Virchows bleibt jede Antwort auf Lenas Begrüßung aus. Sie lässt die Hand sinken.

Ein Haus weiter geht nun ebenfalls die Vordertür auf. Volker und Kirsten Rathenau erkennt Lena auf Anhieb wieder. Sie winkt, erntet jedoch auch hier keinerlei Reaktion.

Die Rathenaus – auch sie in Trauerkleidung – haben ihr Domizil zum Herrenhaus ausgebaut. Die Ferienhausvermietung von Kirsten Rathenau in Gartow muss florieren. Dem *Jagdbetrieb*-Saugnapfschild nach, das in der Scheibe des Range Rovers unter dem Carport klebt, ist ihr Mann Volker immer noch der Revierförster. Hinter den beiden steht ihre Tochter Friederike. Tom hat mehr als einmal eine Klausur in den Sand gesetzt, damit Mama und Papa ihm Nachhilfestunden bei Frieda bezahlen. Jetzt ist sie ergraut, als hätte das Leben in Horlow sie ausgesaugt. Wie die Virchows beziehen die Rathenaus mit verschränkten Armen vor ihrem Anwesen Position und spießen Vermesser samt Eskorte mit Blicken auf.

Lena macht einen Schritt rückwärts. Hinter ihr unterbrechen Kosinski und Malik die Kontrolle des Bullis.

Weitere Bewohner treten vor ihre Häuser. Lena entdeckt Simon Lintow. Nach der Wende hat Lintow den Thießen-Hof zwischen dem Grundstück der Rathenaus und dem der Kujaus gekauft. Damals war er nur ein Sportstudent mit Milchgesicht und Berliner Akzent, der die meiste Zeit für sich blieb. Niemand wusste, woher er das Geld hatte, das Gehöft zu sanieren. Heute dürfte Lintow die fünfzig geknackt haben, aber raspelkurze Haare und die noch immer durchtrainierte Figur lassen ihn jünger wirken.

»Irgendwie unheimlich, oder?« Björn Thoms betrachtet die Formation in Schwarz gehüllter Dorfbewohner.

»Mit Sprechchören und fliegendem Gemüse kann ich umgehen«, zischt Malik. »Aber ... *das*?«

»Kennt jemand *American Gothic*? Die da«, Björns Kinn zuckt nach vorn, »die sind mindestens so spooky wie die Freaks auf dem Gemälde.«

Lena hat das Bild von Grant Wood sofort vor Augen. Der Maler hat darauf ein puritanisches Paar vor seiner Farm porträtiert: stechender Blick, verkniffene Lippen, missbilligend vorgeschobene Kiefer, zwischen ihnen eine Mistgabel, die mehr Drohung als Werkzeug ist.

Lena läuft ein Schauer über den Rücken. Diese Mahnwache der Dorfbewohner schlägt das Geschmiere der Umweltaktivisten auf dem Bus um Längen.

Nur wenige Einwohner Horlows kann Lena nicht zuordnen. Die meisten erkennt sie wieder, trotz der Ewigkeit, die ihr letzter Besuch zurückliegt. Wilhelm Godehardt und seine Frau Ute haben die siebzig hinter sich. Auch sie zittern in Beerdigungsklamotten vor ihrem Haus – sei es vor Wut oder Kälte. Als Gemüsebauern kommen sie dem Paar in Woods Gemälde am nächsten. Der Riese mit dem einfältigen Gesichtsausdruck zwischen ihnen dürfte ihr Sohn Frank sein.

Marlies Kujau komplettiert die Versammlung. Als

Lena ihren Blick auffängt, verhärten sich die Züge der einstigen Nachbarin. Eine Zornesfalte schiebt sich zwischen ihre Brauen. Lena erschrickt.

Wie sehr sich Menschen doch verändern können!

Das ist nicht die nette alte Dame, auf die sie bei ihrer Rückkehr nach Horlow zu treffen gehofft hatte; nicht die Marlies Kujau, an die sie immer gern zurückgedacht hat.

Marlies' Mann Bernd ist nicht bei ihr. Entweder hat er sich entschieden, bei dieser Posse nicht mitzuspielen, oder er ist nicht zu Hause.

Sofern er nicht gestorben ist.

Der Gedanke schmerzt. Bernd Kujau war einer von Lenas wenigen Fürsprechern bei ihrer Entscheidung, Polizistin zu werden. Solange Lena sich erinnern kann, hatten Marlies und Bernd Kujau – ein paar Jahre älter als Sylvia und Erik Wolff – für Lena und Tom stets den Status von Onkel und Tante ehrenhalber. Ihr Sohn Andreas war Toms bester Freund.

Bester Freund und Mitentdecker des Lochs im Zaun am Rand des Horlower Forstes.

Als Tom plötzlich nicht mehr da war, übernahm Andi Kujau für Lena zuerst die Rolle des großen Bruders. Und später dann ...

Stünde Andi hier und würde mich anglotzen, ich würde losrasen und erst jenseits der Alpen wieder anhalten.

Auch wenn sich Lena nichts vorzuwerfen hat: Sie fühlt sich ertappt. Als hätte sie etwas verbrochen, das die stumme Anklage der Dorfgemeinschaft rechtfertigen würde.

Für die bist du eine Verräterin, kommentiert Lenas neunjähriges Ich. *Und sie haben recht.*

»Fahren wir«, regt Thoms an. »Bevor ihre Augen zu leuchten beginnen und sich Gegenstände in die Luft erheben.«

»Komm.« Malik tippt Lena auf die Schulter. Sie zuckt zusammen. Ohne es zu bemerken, ist sie erstarrt.

Der VW-Bus springt problemlos an. Kein Zucker im Tank, keine Bombe am Anlasser. Sie holpern los, über die Schotterpiste in den *Nichtdorthinein-Wald.*

Lenas Elternhaus schrumpft im Rückspiegel. Bevor es ganz verschwindet, tritt Sylvia Wolff über die Schwelle und reiht sich in die Phalanx der Dorfbewohner ein.

Lena wendet sich ab. Sie fokussiert sich auf das, was vor ihr liegt.

Jenseits der Wälder wartet der Kummersee.

6

»Nach dem Fall der Grenze haben die Horlower jeden Quadratmeter Land rings um den See gekauft, den sie ergattern konnten. Allen voran die Godehardts und Rathenaus. Mit der Wende kamen auch die Spekulanten, die hofften, der Kummersee nähme touristisch eine Entwicklung wie der Arendsee im Süden«, referiert Lena die Regionalgeschichte der letzten Jahrzehnte. »Die Investoren hatten nicht damit gerechnet, dass die Stücke des Kuchens bereits verteilt waren. Die Horlower dachten nicht daran, auch nur einen Krümel abzugeben. Statt die Seegrundstücke zu versilbern, zogen sie einen neuen Zaun hoch. Größer, mit noch mehr Stacheldraht. Sei es, weil sie ihre Ruhe wollten oder auf bessere Preise geschielt haben. Vielleicht auch nur aus Rache an der Welt. Die Leute hier haben sich als Verlierer der Wiedervereinigung gefühlt, als Vergessene.«

»Und jetzt haben sie Angst, zum zweiten Mal die Gekniffenen zu sein«, mutmaßt Detlev Kosinski.

»Ich bin aus den Horlowern nie richtig schlau geworden.«

»Und all das blieb die ganzen Jahre ungenutzt?« Malik macht eine ausholende Geste und lupft die Brauen.

Lena nickt. »Der Kummersee wurde Ende der Neunziger zu einem Teil des *Grünen Bands*. Die Umweltschützer brauchten länger als die Finanzhaie, um die Chancen der Einheit zu erfassen. Die vom BUND bekamen feuchte Augen, als sie ein Gewässer dieser Größe vorfanden, das nicht mit Bootsanlegern und Strandbädern zugepflastert war. Sie haben gemeinsame Sache mit den Horlowern gemacht, als es darum ging, den See von allem freizuhalten, was auch nur ansatzweise nach Tourismus aussah.«

Lena behält für sich, dass sie während ihrer Teenagerjahre froh war, dass die Einheimischen den See im Dornröschenschlaf hielten. So musste niemand erleben, was sie erlebt hatte. Niemand traf auf das, was sich unter den Wellen verbarg, falls dort wirklich etwas war. Und so blieb auch die wahre Erklärung für Toms Schicksal weiter im Trüben – wortwörtlich.

Für Lenas Eltern war die Sache ohnehin klar: Ihre Tochter hatte sich eine Gruselgeschichte ausgedacht, um jemandem – oder besser: etwas – die Schuld für das zuschieben zu können, was ihrem Bruder zugestoßen war.

All das Leid und all der Kummer wären vermeidbar gewesen. Hätten wir uns damals an die Regeln gehalten ...

»Okay, was war das da gerade auf dem Dorfplatz?«

Lena reagiert nicht auf Detlev Kosinskis Frage. Stattdessen bemüht sie sich, ihre viel zu schnelle Atmung wieder unter Kontrolle zu bringen.

»Alles gut bei dir?«, erkundigt sich Malik.

»Klar«, erwidert Lena. Aber nichts ist klar.

»Also, was sollte das?«, wiederholt Kosinski.

»Na, was schon? Die braven Bürger von Horlow haben ihre verlorene Tochter willkommen geheißen«, interpretiert Thoms das Geschehen.

»Die braven Bürger von Horlow wissen vermutlich nicht mal mehr, wer ich bin«, winkt Lena ab.

Ja, ja, mach dir ruhig etwas vor! Wenn es dir dann besser geht ...

»Wann warst du das letzte Mal hier?«, fragt Thoms.

»Ich bin nach dem Abi weggezogen.«

»Du warst seitdem nicht zu Hause?«

Lena bejaht. *Zu Hause* hat für sie eine andere Bedeutung als für die meisten Menschen. Kein *Happy-Place* voller glücklicher Kindheitserinnerungen ...

»Shit, das müssen zwanzig Jahre sein!«

»Zweiundzwanzig.« Lena dirigiert Björn auf den Wirtschaftsweg, der als Zugang für die Erkundungsarbeiten bestimmt wurde. Es ist die einzige Zufahrt auf dieser Seeseite. »Als Kinder haben wir die Gegend den *Nichtdorthinein-Wald* genannt«, erklärt Lena. »Unsere Eltern hatten uns verboten, hier zu spielen. Sie hatten Angst, dass uns was passiert. Wegen der Grenze.«

»Nicht der Empfang, den man erwartet, wenn man nach so langer Zeit zu seinem Elternhaus zurückkehrt, was?«, erkundigt sich Björn.

Lena bläst die Wangen auf. »Keine Ahnung, was ich erwartet habe.«

Vielleicht, dass sich die alten Wunden endlich schließen?

Ihr Psychiater hätte das *Konfrontationstherapie* genannt. Sie hat Doktor Harpstätter nicht mehr gesehen, seit er die Praxis nach Reyden verlegt hat. Das muss sieben, acht Jahre her sein. Die Zeit verfliegt, wenn man sich amüsiert …

Rechter Hand blitzt eine Reflexion durch die Bäume, Lichtpunkte auf Wasser; wie damals, als zwei Geschwister an einem heißen Augusttag zu einem harmlosen Badespaß aufgebrochen sind.

Lena hat ihre Rückkehr wieder und wieder durchgespielt. Legt sie ihre Gefühle zugrunde, muss sich dort hinter der letzten Baumreihe eine apokalyptische Landschaft erstrecken: Umgeben von Dschungel und Sümpfen wallen Nebelfetzen über schroffe Ufer und windgepeitschtes schwarzes Wasser. Weit draußen – da, wo Kinder nicht mehr stehen können – durchbrechen die Rücken fremdartiger Bestien die Wellenberge. Bestien, die in keinem Biologiebuch dieser Erde zu finden sind. Tödlich und böse. Wie der Kummersee selbst.

7

Björn nimmt die Kurve. Dahinter erstreckt sich eine offene Wasserfläche. Doch die letzten Meter zwischen See und dem Wendehammer am Ende des Weges sind blockiert. Ein Empfangskomitee erwartet das Team der *Alphaplus Sonderbauplanung*. Was dem stummen Tribunal in Horlow an Lautstärke und Aggression gefehlt hat, schlägt ihnen hier schon von Weitem entgegen. Trillerpfeifen und Gebrüll sind selbst durch geschlossene Fenster ohrenbetäubend.

Die lokale Polizei ist mit massivem Aufgebot vor Ort. Die Ordnungskräfte schirmen zwei Dutzend Pressevertreter und drei- oder viermal so viele Demonstranten ab. Den Transparenten der Protestierenden nach sind es die üblichen Verdächtigen: *Greenpeace, Ende Gelände, Robin Wood*. Aus Holz und Styropor haben Aktivisten ein scheunentorgroßes gelbes X gebastelt. Lena kennt das Symbol der Antiatomkraftbewegung aus ihrer Jugend. Kaum ein Auto, kaum ein Vorgarten im Wendland, wo nicht das X prangte. Auch heute ziert es jedes zweite Banner, an dem sie vorbeirollen. Zwischen den Klassikern der Szene –

Atomkraft? Nein danke! – finden sich Slogans, die witzig oder frivol für Aufmerksamkeit in den Medien sorgen:

RETTET DIE ERDE –

SIE IST DER EINZIGE PLANET MIT SCHOKOLADE!!!

Oder:

WENN MUTTER NATUR NICHT WIE EINE BILLIGE

NUTTE AUSSIEHT, WARUM FICKT IHR SIE DANN

SO?

Lena hat die Sprüche zu unzähligen Gelegenheiten gelesen. In allen Farben des Regenbogens, mal mit mehr, mal mit weniger Ausrufezeichen. Nur einer ist neu und lässt sie schmunzeln:

ICH BIN SO SAUER,

ICH HABE SOGAR EIN SCHILD GEBASTELT!

»Ich wünschte, sie würden begreifen, dass sie längst gewonnen haben«, kommentiert Kosinski eher mitleidig als genervt.

»Wusstet ihr, dass das Mädel, das in den Siebzigern das Motto *Atomkraft – Nein danke* erfunden hat, eine Dänin namens Anne Lund gewesen ist?«, fragt Björn. »Hätte sie für die lachende Sonne im gelben Kreis Markenrechte angemeldet, wäre sie heute reich. Als Studentin der Wirtschaftswissenschaften wird sie das im Nachhinein ziemlich abgefuckt haben.«

Angesichts dieser Ironie steigt ein Lachen in Lenas Brust auf. Doch es bleibt ihr im Halse stecken.

Eine Gruppe Protestler schlägt sich im Rücken der Polizeikette durchs Unterholz und stürmt auf den Bulli zu. Sie tragen Camouflage oder Schwarz, ihre Gesichter sind vermummt. Eine weiße, absichtlich zerfetzte Fahne zeigt drei Symbole:

F/O

Das Kürzel weist sie als Anhänger von *Future/Zero* aus, jener Bewegung, die die Botschaft auf dem Bulli hinterlassen hat. Die Maskierten entrollen ein Bettlaken. Darauf steht in scharlachroten Lettern:

AN EUREN FINGERN KLEBT BLUT!!!

»Malik?«, warnt Lena.

»Ich seh's.« Malik lehnt sich zum Steuer hinüber und drückt auf die Hupe, um die Einsatzkräfte auf die Bedrohung aufmerksam zu machen. Doch bevor die Polizei reagieren kann, geht ein Hagel aus Farbbeuteln auf den VW-Bus nieder. Die meisten Würfe geraten zu kurz, aber zwei oder drei finden ihr Ziel. Projektile zerplatzen auf Motorhaube und Frontscheibe.

Björn bremst abrupt. Trotzdem sie nur Schritttempo fahren, werden seine Mitfahrer durchgeschüttelt.

»Sorry!«, ruft er und betätigt den Scheibenwischer. Doch was die Wischerblätter dickflüssig und rot über das Glas schmieren, ist keine Farbe. Ein metallischer Gestank breitet sich im Wageninneren aus.

»Blut.« Malik spricht aus, was Lena sofort gedacht hat. Übelkeit erfasst sie.

»Das ist doch krank!«, stellt Detlev Kosinski fest.

»Bestimmt vom Schlachter«, vermutet Malik.

»Hoffentlich«, bekräftigt Lena.

Die Scheibenwaschanlage arbeitet sich durch die Lebenssäfte jener bemitleidenswerten Geschöpfe, die für politische Zwecke instrumentalisiert wurden.

Die Aktivisten von *Future/Zero* spritzen auseinander wie ihre Blutbeutel. Von Einsatzkräften verfolgt, tauchen sie in die Vegetation ab. Die gemäßigteren Demonstranten sind verstummt, dafür kommt nun Leben in die Pressevertreter. Vom Blut angelockt wie ein Mückenschwarm, umkreisen sie knipsend und filmend den VW.

Jemand pocht an die Seitenscheibe des Bullis. Lena blickt ins Gesicht eines Polizisten um die fünfzig. Seine Miene verrät, dass es ihn ankotzt, den Tag am Kummersee verbringen zu müssen statt in der warmen Dienststube. Er macht eine Kurbelgeste.

Lena lässt das Fenster herunter und zückt ihren Dienstausweis. »Kommissarin Lena Wolff, ZKI Lüneburg. Guten Morgen.«

»Was soll gut daran sein?«, brummt der Beamte. Tränensäcke und Bartschatten lassen ihn aussehen, als sei er seit Tagen auf den Beinen. »Polizeihauptkommissar Uwe

Weickert, Einsatzleitung. Ich bade vor Ort aus, was die feinen Herrschaften in den Ministerien verzapfen.«

»Sehr erfreut!« Lena versucht ein Lächeln. »Bringen Sie mich zum nächsten Bäcker, dann gehen Teilchen und Kaffee auf meinen Deckel.«

Weickerts Mundwinkel zeigen weiter auf seine Füße. »Erledigen Sie bloß Ihren Job, und ich mache meinen.« Mit der bulligen Statur und dem schütteren, zurückgekämmten Haar würde der Kommissar gut in die Rolle des verbrauchten Cops in einem Vorabendkrimi passen. Er beugt sich weiter zum Fenster herunter. An Lena vorbei wendet er sich an ihre Mitfahrer. »Sie legen los, wenn sich der Kindergarten hinter mir abreagiert hat. Bleiben Sie auf Abstand und lassen Sie sich nicht auf Provokationen ein. Falls es Probleme gibt, halten Sie sich an Ihre Babysitter. Im Notfall rufen Sie mich an. Verstanden?«

»Detlev Kosinski, Projektleitung. Wird gemacht.«

Björn und Malik nicken nur.

»Verstanden.« Bestätigt auch Lena. Sie kennt solche Typen. Weickert markiert den harten Hund, weil klare Fronten das Leben leichter machen. Vermutlich hat er den Anmeldern der Protestaktion zuvor einen Vortrag gehalten und ist jetzt sauer, dass seine Worte dort verpufft sind.

»Geben Sie für die Presse ein Statement ab?«, fragt Weickert.

»Maulkorb. Von oben verordnet«, antwortet Kosinski.

»Wollen Sie wegen dieser Spinner eben Anzeige erstatten?« Weickerts Mimik ist ein Appell, doch bitte darauf zu verzichten.

»Würde es was bringen?« Kosinski seufzt. »Wäre mir lieber, wenn Sie Ihre Zeit dafür verwenden, dass wir in Ruhe arbeiten können. Dann sind Sie uns bald wieder los.«

»Das wollte ich hören«, sagt Weickert.

»Kommissar Malik Nasiri, ebenfalls ZKI Lüneburg«, meldet sich nun auch Malik zu Wort. »Haben Sie ein ruhiges Eckchen? Dann können wir Kontaktdaten austauschen und den Zeitplan durchsprechen.« Detlev Kosinski und Malik steigen aus, um die Einsatzkräfte mit Informationen zu versorgen.

Derweil haben die Scheibenwischer die Frontscheibe vom Gröbsten befreit. Björn lenkt den VW an Reportern und Demonstranten vorbei hinter die Absperrung der Polizei.

Nun, da sich die erste Aufregung gelegt hat und das Vorhaben startet, das eines Tages das Ende des Kummersees bedeuten könnte, bekommt Lena weiche Knie. Sie wendet sich Björn zu. »Kommst du mit ans Wasser?«

8

Lena tritt ans Ufer. Der See ist nur ein See. Nichts weiter. Natürlich. Er liegt auch nicht inmitten der Höllenlandschaft aus Lenas Albträumen. Jenseits des Schilfgürtels erstrecken sich Quadratkilometer nahezu unberührter Natur. Blessgänse und Möwen schaukeln auf dem Wasser. Der Wind setzt den Wellen Schaumkrönchen auf. Die Luft riecht nach noch nicht gefallenem Regen und Erde. Schiefergraue Wolken und die auffrischende Brise künden davon, dass der Altweibersommer bald nur noch Erinnerung sein wird. So wie auch die innerdeutsche Grenze nur noch Erinnerung ist.

Eine grüne Woge hat den einst kahlen Todesstreifen mit Leben geflutet. Der fackelförmige Wachturm am anderen Ufer ist verschwunden. Hier und da ragen Zaunpfähle aus Stahlbeton aus der Vegetation, manche noch von Stacheldrahtresten bekrönt. Lena würde es nicht wundern, wenn die Käufer der Seegrundstücke die Zaunfelder *Drüben* an Ort und Stelle belassen hätten.

Alles am Kummersee ist einsam, verlassen und wild. Nur liegt diese Wildnis ausgerechnet über dem Salzstock, den die Endlagerkommission als Kandidaten für ein deutsches Atommüllendlager identifiziert hat. Ein Stück Natur muss dran glauben, um den großen Rest zu schützen. Lena wäre nichts lieber, als dass es *dieses* Stück wäre, das geopfert wird. Selbst wenn sie das Ende des Kummersees vielleicht gar nicht mehr miterlebt – geplanter Fertigstellungstermin des Endlagers ist in den 2050er Jahren.

Aus der fernen Zukunft wandern Lenas Gedanken rückwärts. Von dort, sie blickt auf das sandige Ufer links von ihr, sind sie damals losgeschwommen. Ihr Blick geht nach Nordwesten. Hinter einem natürlichen Sichtschutz aus Uferbewuchs liegt eine Bucht. Dort haben die Suchhunde ...

Lass es! Tu dir das nicht an!

Lena blendet den Lärm der Demonstranten aus, die Vogelschreie, den Wind im Schilf. Sie lauscht einzig dem monotonen Plätschern des Wassers.

Ob das Ding noch immer da draußen in den Wellen lauert?, fragt sich Lenas neunjähriges Ich.

Bei vierzig Metern Tiefe und knapp sechzig Milliarden Litern Wasser gibt es eine Menge Platz zum Verstecken. Auch der Schilfgürtel bietet ungezählte Rückzugsmöglichkeiten.

Was ist damals wirklich passiert?

Die alte Frage überrollt Lena im Angesicht des Kummersees mit lange nicht verspürter Wucht. Ihr schwindelt es. Sie taumelt.

Björn Thoms springt herbei, um ihr zu helfen. »Geht es?«, fragt er mit besorgter Stimme.

Lena signalisiert, dass sie okay ist. Bei ihren Grübeleien darüber, was Tom und ihr widerfahren ist, hat sie auch in ... *exotische* Richtungen gedacht. Aber die Bücher über Kryptozoologie, bei denen unscharfe Fotos Quellenangaben ersetzten, hat sie schnell zurück in die Regale der Buchhandlungen gestellt. Sie glaubt nicht, dass Nessies Verwandtschaft im See herumschwimmt.

Nein, es gibt wahrscheinlichere Erklärungen für Toms Tod. Vielleicht hat irgendein Arschloch sein Krokodil im See ausgesetzt, als es nicht mehr in die heimische Badewanne gepasst hat. Vielleicht haben die hier lebenden Welse durch jahrelange Abgeschiedenheit eine außergewöhnliche Größe und entsprechenden Hunger entwickelt. Vielleicht ...

Vielleicht willst du es gar nicht so genau wissen.

»Es ist scheißegal, was es war.«

»Wie bitte?«, fragt Björn verdattert.

»Vergiss es«, sagt Lena. »Nur laut gedacht und 'ne Menge schlechter Erinnerungen.«

»Für dich ist es mehr als nur ein Job, auf uns aufzupassen, oder?« Björn blickt aufs Wasser, versucht zu sehen, was Lena sieht. Aber er ist heute zum ersten Mal am Kummersee. Dieser Ort hat noch keine Macht über ihn. »Du hast noch eine Rechnung offen, stimmt's?«

»Kann man so sagen.«

»Schwierige Kindheit?«

Die Fragen des Vermessers haben längst die Grenzen des Small Talks überschritten. Aber in seiner offenen Art ist Björn Lena sympathisch. Er erinnert sie an die Person, die Tom hätte werden können.

»Eigentlich hatte ich eine schöne Kindheit. Nur zu kurz«, antwortet Lena.

»Sind deine Eltern geschieden?«

»Nein.«

»Was treibt dein Vater?«

»Hat sich totgesoffen.«

»Oh«, macht Björn.

»Nachdem mein Bruder in diesem scheiß Tümpel ertrunken ist.«

Jetzt stellt Björn keine Fragen mehr. Er läuft rot an.

Lena kann die Hitze seiner Wangen fast spüren. Sofort fühlt sie sich schuldig.

»Entschuldigung. Hätte ich gewusst ...«, stammelt Björn. »Ich hätte doch nie ...«

Lena gibt einen Stoßseufzer von sich. »Ist lange her.«

Björn sieht aus wie ein verlegener, zu groß geratener Teddybär. »Wenn du wen zum Reden brauchst ...«

Das Angebot rührt Lena, zumal Björn sie kaum kennt. Offenbar beruht die Sympathie auf Gegenseitigkeit. »Danke. Ich komme darauf zurück«, sagt sie und meint es auch so.

Björn ist Mitte zwanzig. Die Wahrscheinlichkeit ist hoch, dass er in seinem Leben noch niemanden verloren hat, der ihm nahestand. Lena beneidet ihn dafür.

»Äh ...« Björn räuspert sich. »Weiß dein Partner davon?«

»Er ahnt, dass ich nicht zum Angeln hergekommen

bin.« Lena schenkt dem Vermesser ein Lächeln. »Behalt das bitte für dich. Ich will nicht, dass alles, was ich tue, auf meine Familiengeschichte reduziert wird.«

»Oh, klar.« Björn nickt, dass Bart und Pferdeschwanz hüpfen.

»Vielleicht erzähle ich Malik die ganze Geschichte, wenn ich mal einen Moment der Schwäche –«

»Hallo, Wölfchen!«

Lena dreht sich herum und blickt der Vergangenheit ins Gesicht. Da ist er schon, ihr Moment der Schwäche.

9

Hallo, Wölfchen!

Zwei Wörter – Salz in ihren Wunden.

Sie kennt diesen Kerl mit der Kamera, der dort steht und sie angrinst. Die Haare sind kürzer, und unter der Lederjacke zeigt sich der erste Ansatz eines Wohlstandsbäuchleins. Aber das belustigte Funkeln in den Augen und die Grübchen unter dem Fünftagebart sind noch wie in Lenas Erinnerung.

»Andi?« Sie verflucht sich dafür, wie dümmlich diese beiden Silben aus ihrem Mund klingen.

»Wer sonst? Lass dich drücken, Wölfchen!« Andreas Kujau fällt ihr um den Hals.

Lena erträgt die Umarmung lange genug, um nicht panisch zu erscheinen. Dann schiebt sie ihn weg. »Was machst du denn hier?«

»Heimweh«, sagt Andreas in schwelgerischem Tonfall. Dann lacht er und schüttelt den Kopf. »Nein, Quatsch! Die Arbeit treibt mich. Ich drehe Dokumentarfilme. Hast du die Terra-X-Folge über Unterwasserarchäologie letztes Jahr gesehen? Die war von mir!« Er hebt demonstrativ die Kamera. Nun registriert Lena auch den Presseausweis vor Andis Brust. »Jetzt will ich eine Doku über die Endlagersuche machen. Aus neutraler Sicht.«

»Na, viel Glück dabei«, meldet sich Thoms zu Wort.

»Danke. Andi Kujau.« Andreas streckt die Hand aus. »Ich wollte nicht unhöflich sein. Lena und ich sind zusammen aufgewachsen.«

»Björn Thoms.« Thoms schüttelt Andreas' ausgestreckte Rechte und manövriert sich vor Lena.

Sie lächelt in sich hinein. Thoms schirmt sie ab wie ein Bodyguard. Er muss bemerkt haben, dass ihr das unverhoffte Wiedersehen unangenehm ist.

»Hör mal, Andi, es war schön, dich zu treffen«, sagt Lena am Rücken des Vermessers vorbei. »Aber ich bin dienstlich hier. Und wir haben eine Menge zu tun.«

»Klar, okay.« Andreas schaut zu Boden. Er gibt sich keine Mühe, seine Enttäuschung zu verbergen. »Vielleicht laufen wir uns ja noch mal über den Weg. Wo seid ihr untergekommen?«

»Pensionen und Hotels reißen sich nicht gerade um die Vorhut der bösen Atomlobby.« Lena seufzt. »Wir sind bei meiner Mutter.«

Schlagartig bessert sich Andis Laune. »Hey, dann sind wir ja quasi wieder Nachbarn. Ganz wie früher! Hast du Lust, heute Abend zum Essen rüberzukommen?«

»Warum nicht?«, stimmt Lena etwas zu schnell zu.

»So um acht?«

»Perfekt.« Lena kassiert einen irritierten Blick von

Björn. Aber sie würde alles sagen, um dem Sog der Vergangenheit zu entkommen.

»Ich freu mich!« Andreas Kujau imitiert mit zwei Fingern an der Schläfe einen militärischen Salut. »Willkommen zurück ins *Sleepy Horlow*!«

Thoms sieht Andi nach, bis der außer Hörweite ist. »Wölfchen?«, fragt der Vermesser.

»Kein Kommentar«, blockt Lena.

»Und *Sleepy Horlow*?«

»Kaff am Arsch der Welt, jede Menge Schauergeschichten. Wie in dem Tim-Burton-Film.«

Lena ist froh, dass Thoms sich mit ihren knappen Antworten zufriedengibt. Schweigend entladen sie den Bulli.

»Gute Nachrichten«, vermeldet Kosinski, als er von der Besprechung mit Hauptkommissar Weickert zurückkehrt. »Eure Kollegen haben zwei der *Aktivisten* geschnappt, die unseren Bus verschönert haben.« *Aktivisten* setzt er mit den Fingern in imaginäre Anführungszeichen.

»Außerdem hat Weickert ein gutes Wort für uns bei einer Pension in Dannenberg eingelegt«, ergänzt Malik. »Hier draußen kennt echt jeder jeden.«

»Hier draußen kannst du froh sein, wenn deine Eltern nicht verwandt sind«, sagt Lena. »Bis Dannenberg sind es fünfunddreißig Kilometer. Nicht gerade ums Eck, aber machbar. Wann können wir kommen?«

»Das ist der Haken.« Malik setzt sich auf die Stoßstange des Transporters. »Für heute gibt es nur drei freie

Zimmer. Und wir zahlen das Doppelte des Normalpreises.«

»Verstehe. Ihr wollt mich hierlassen.«

»Hältst du es noch eine Nacht bei deiner Mutter aus? Auch wenn es schwierig zwischen euch ist?«

»Wir reden von meinem Elternhaus, nicht vom *Bates Motel*.« Ihr Lächeln kostet Lena Überwindung.

»Ich habe auch schon Rücksprache mit dem Boss gehalten. Petersen ist einverstanden. Es geht nur um diese eine Übernachtung. Ab morgen hat die Wirtin in Dannenberg genug für uns vier frei.«

»Es ist okay, Malik. Ich habe für heute sowieso eine Einladung zum Essen bei einem ... *alten Freund*.« Lena überkommt die Sehnsucht nach einem sehr langen Arbeitstag, einer noch längeren Dusche und vierzehn Stunden Schlaf.

Stattdessen erst Familientherapie, dann rüber zu Andreas zum Essen. Yippi-yeah!

Sofort hat Lena den Gesichtsausdruck von Andis Mutter vom Morgen wieder vor Augen. Sie muss sich ablenken. Nur so lässt sich das Gedankenkarussell zum Stehen bringen. »Wir haben genug Zeit verloren. Ihr solltet jetzt loslegen«, ruft Lena aus.

Schnell sind die Mitarbeiter der Firma *Alphaplus* in ihrem Element: mit dem Laserreflektor durch die Landschaft wackeln, Messbolzen in die Erde und Pfade durchs Dickicht schlagen, nach Satellitenempfang fürs GPS suchen. Immer begleitet von Lena und Malik, die wenig mehr zu tun haben, als Zeit und die letzten verbliebenen Mücken der Saison totzuschlagen.

Als Björn Thoms und Detlev Kosinski außer Hörweite sind, nimmt Malik Lena beiseite. »Noch etwas«, sagt er. »Angesichts der Aktion von *Future/Zero* vorhin und der allgemeinen Bedrohungslage hat Petersen uns autorisiert, unsere Dienstwaffen über Nacht am Mann zu führen. Das Einschließen in den Gastschließfächern auf dem Revier in Lüchow entfällt.«

Lena schluckt. »Verstanden. Hoffen wir, dass wir sie nicht brauchen werden.«

Doch die Sorge scheint unbegründet. Das Einzige, was sie von den Umweltschützern an diesem Tag noch hören, ist das Surren einer Drohne. Im Tiefflug fegt sie das Seeufer entlang, um dann über ihnen zu schweben, bis Thoms dem Kameraauge des Fluggeräts den Mittelfinger zeigt.

Am späten Nachmittag frischt der Wind weiter auf. Gelb gefärbte Birkenblätter gehen am Ufer nieder. Sprühregen setzt ein, und das Tageslicht zieht sich verfrüht zurück. Detlev Kosinski gibt das Signal zum Aufbruch. »Das war's für heute. Einpacken!«

»Für den beschissenen Start ist es doch noch ganz passabel gelaufen, oder?«, macht Thoms gute Laune.

»Wir haben einen Kilometer Uferlinie mit Messpunkten versehen. Und fast alle Grenzsteine waren da, wo sie sein sollten. Nicht schlecht für den ersten Tag«, pflichtet ihm Kosinski bei. »Läuft es weiter so, kommen wir mit der veranschlagten Zeit gut aus.«

»Freut euch lieber nicht zu früh«, bremst Lena die Euphorie. »Wer weiß, was noch auf uns zukommt.«

»Ja, das kann noch eine harte Nummer werden«, sagt Thoms mit untypischer Ernsthaftigkeit und Blick zu Lena.

Ihr Gedankenkreisel rotiert sogleich mit neuem Schwung. Jener verhängnisvolle Samstag im August mag Jahrzehnte her sein, aber die Erinnerungen an Toms Tod verblassen nicht, im Gegenteil. Mit den Jahren sind sie intensiver geworden. Wie eine Spirituose, die wieder und wieder die Destille durchläuft.

Jetzt ist Lena müde und durchgefroren. Hoffentlich lohnt sich all das hier. Eine Erkenntnis nimmt sie aus diesem ersten Tag jetzt schon mit: Um mit diesem Kapitel ihres Lebens endgültig abschließen zu können, wird sie einen langen Atem brauchen. Die Befriedigung rollender Bagger, die das Ende des Kummersees besiegeln, wird erst kommen, wenn sie alt und grau ist. Doch sie ist geduldig.

Ich habe Jahrzehnte gewartet, um an diese Ufer zurückzukehren. Und vielleicht hat der See ebenso lange auf mich gewartet.

10

Der erste Weg im Feierabend geht zum Einkaufen nach Gartow.

»Die Leute auf dem Gehweg gucken, als würde ich sie gleich überfahren«, grinst Björn am Steuer.

»Das Blut vorn am Bulli«, weist Malik auf das Offensichtliche hin. »Der Bus sieht aus wie die Tatwaffe eines Terroranschlags.«

»Würde mich nicht wundern, wenn Hauptkommissar Weickert heute noch ein paar verstörte Anrufe hereinbekommt«, ergänzt Detlev Kosinski.

»Da vorn gab es mal eine Tanke mit Waschstraße«, erinnert sich Lena. »Vielleicht sollten wir da halten.«

Der *Hoyer-Tank-Treff* existiert noch. Er hat sich kaum verändert. Die Bürsten der Waschanlage haben Mühe, das verkrustete Tierblut von der Karosserie zu bekommen. Am Ende überlässt der Tankwart Björn gegen ein Trinkgeld einen Hochdruckreiniger.

Lena vertritt sich die Beine, statt zuzusehen, wie rosarot gefärbte Flüssigkeit im Abfluss verschwindet. Sie hat für heute genug von Blut und strudelndem Wasser.

Der nächste Halt führt zum Supermarkt.

»Früher kam mir das alles ... nun, nicht so abgerockt vor, nicht so *provinziell*«, raunt Lena Malik angesichts des schmalen Sortiments zu. »Unglaublich, dass dieser winzige Fleck einer der Fixsterne meiner Jugend gewesen ist.«

Am Weinregal wählt Lena einen Spätburgunder als Mitbringsel zum Abendessen. Beim Gedanken an den Gesichtsausdruck von Andis Mutter am Morgen wird ihr mulmig.

Noch mehr Bauchweh verursacht Lena jedoch, eine weitere Nacht in ihrem Elternhaus verbringen zu müssen. Sylvia Wolff hatte Jahre, Redebedarf anzuhäufen und ihren Groll zu hegen. Der Streit vom Vorabend war nur ein Vorgeschmack.

Zurück in Horlow ist der silberne SLK aus der Einfahrt vor Hausnummer zehn verschwunden. Lena atmet auf. Ihre Mutter ist nicht zu Hause.

Malik entgeht ihre Erleichterung nicht. »Wir könnten in der Pension zusammenrücken«, bietet er an.

»Ist schon okay«, wehrt Lena ab. »Ihr könnt fahren. Wirklich.«

Den anderen sind die Zweifel anzusehen, aber was sollen sie machen? Keine Minute später umrundet der Bulli die Wendeschleife, hupt und verschwindet zwischen den Kiefernstämmen.

Lena bleibt allein zurück. Horlow liegt ruhig und einsam da. Eine Geisterstadt, die noch nicht weiß, dass sie gestorben ist.

Bis zum nächsten Ort sind es drei Kilometer Luftlinie nach Westen. Im Osten – jenseits des Kummersees – liegen die Nachbardörfer sogar sieben, acht, zehn Kilometer entfernt und mehr. Das SED-Regime hat die Bewohner des Korridors entlang der Grenze in den Siebzigerjahren unter Zwang umgesiedelt. Zurück blieb ein Streifen unbewohntes Niemandsland. Kurzum: Horlow liegt mitten im Nichts. Diesem Nichts ist Lena nun ausgeliefert, bis Malik, Detlev und Björn sie wieder abholen. Auch wenn keine Menschenseele zu sehen ist, hat sie das Gefühl, dass Blicke auf ihr ruhen.

Lena atmet tief durch und schließt die Eichenholztür ihres Elternhauses auf.

Die Stille, die ihr aus der Leere der Räume entgegenströmt, ist beklemmend. Sie fühlt sich wie eine Einbrecherin. Die Töpferarbeiten ihrer Mutter verfolgen mit gläsernen Augen jeden ihrer Schritte. Im Zwielicht wirken die verdrehten Skulpturen noch abstoßender und unheimlicher.

Lena flüchtet vor den stummen Beobachtern unter die Dusche.

Als sie in einer Dampfwolke aus der Kabine steigt, ist die Herbstkälte aus Lenas Gliedmaßen gewichen. Nur gegen den Eisklumpen in ihrem Inneren kommt kein Warmwasser der Welt an.

Ist sie dem Essen bei den Kujaus gewachsen? *Soll ich Andis Mutter Tante Marlies nennen? So wie früher?*

Lena betrachtet sich. Der Standspiegel mit dem tordierten Messingrand ist einer der wenigen Gegenstände im Haus, die sich über die Zeit gerettet haben. In Kindertagen hat sie die Nase ans Glas gelegt und sich vorgestellt, hindurchzuschreiten. Hinein in eine fantastische Welt, die nichts weiß von ihren Sorgen und Ängsten. Eine Welt, wo die Monster am Ende stets besiegt daniederliegen.

Es erfüllt Lena mit Wehmut, jetzt der Reflexion einer desillusionierten Zweiundvierzigjährigen gegenüberzustehen statt der eines Mädchens, das noch an die Macht des Guten glaubt. Zuletzt hatte sie häufiger das Gefühl, im Spiegel dem Gesicht ihrer Mutter in jüngeren Jahren entgegenzublicken. Die ersten Anzeichen des Alters lassen sich nicht mehr leugnen. Klar, sie ist drahtig und schlank – vielleicht sogar zu schlank. Doch Lenas Haut ist längst nicht mehr so straff wie einst. Die Sorgenfalten auf der Stirn sind alte Bekannte, aber die Linien rings um ihre Mundwinkel sind neu. Auch schleicht sich das Grau ihrer Augen langsam in das Straßenköterblond auf ihrem Kopf.

Vielleicht sollte ich eine Tönung probieren. So wie Mama.

»Wie kommst du auf so was?«, fragt Lena ihr Spiegelbild. »Schon mal eine Wölfin ohne graue Haare gesehen?«

Sie muss über sich selbst lachen. Ein kläglicher Laut.

Wölfin ... So habe ich mich seit Kindertagen nicht mehr gesehen. Aus naheliegenden Gründen: Wölfe sind mutig.

Wölfe fliehen nicht, wenn das Rudel angegriffen wird. Sie kämpfen und sterben für ihre Brüder.

Lena hat gelernt, solche Gedanken wie Unkraut auszurupfen, bevor sie Wurzeln schlagen.

Danke, Verhaltenstherapie.

Ihr Blick zuckt zum Kosmetikarsenal ihrer Mutter. Auf der Schminkkommode liegt es aufgereiht wie OP-Besteck.

»Vergiss es, altes Mädchen!« Lena schüttelt den Kopf. »Es ist kein Date!« Mit dem Thema ist sie bei Andi durch.

Sie schlüpft in Jeans und Flanellbluse. Bequem genug, dass sie sich wohlfühlt, und ausreichend unsexy, dass Andreas nicht auf den Gedanken kommt, ihr Treffen könne mehr sein als Höflichkeit. Um daran auch den letzten Zweifel auszumerzen, steckt sie das Holster mit ihrer Waffe und das Lederetui mit der Dienstmarke an den Gürtel.

Was hat mich nur geritten, Andis Einladung anzunehmen?

Aber ein Abendessen bei den Kujaus ist allemal besser, als allein in diesem viel zu leeren Haus mit all seinen Gespenstern auf die Rückkehr ihrer Mutter zu warten. Weiterer Streit ist vorprogrammiert. Das ist er seit dreiunddreißig Jahren.

Punkt acht steht Lena vor der Tür des Nachbarhauses. Es ist der nächste Schritt zurück in eine Vergangenheit, der sie über Jahrzehnte zu entkommen versucht hat.

II

An der Haustür der Kujaus baumelt ein kinderkopfgroßer Traumfänger. Lena streicht darüber. So einen hatte sie auch mal, ein Geschenk ihrer Kollegin Annika zu Akademiezeiten. Sie hatte Annika von ihren Schlafstörungen erzählt. Doch viel konnte das Gewirr aus Fäden, Zweigen und Federn gegen Lenas Albträume nicht ausrichten. Und ebenso wenig vermochte der Talisman ihre Gedanken davon abzuhalten, auf Wanderschaft zu gehen: zu Tom, zu ihrem Vater, zu Andi.

Andi. Verdammt. Warum musst du hier aufkreuzen?

»Kein Date!«, versichert Lena sich abermals und klingelt.

Die Tür wird noch im selben Moment geöffnet. Marlies Kujau blinzelt Lena entgegen. Sie müssen das Eis, das am Morgen in mächtigen Schollen zwischen ihnen getrieben ist, gar nicht erst brechen. Andis Mutter umschlingt Lena mit erstaunlicher Kraft für jemanden um die siebzig. Sie beugt sich herunter, um die Umarmung zu erwidern. Mit eins fünfundsiebzig ist Lena groß geraten, während ihr Gegenüber im Alter zusammengesunken ist.

»Willkommen zu Hause, Lenchen.« Marlies Kujaus nie von einer Kehlkopfentzündung genesene Stimme quietscht und reibt noch so, wie Lena sie in Erinnerung hat.

»Hallo, Tante Marlies.« Auch ihre Worte wackeln. Die Wiedersehensfreude der Nachbarin rührt sie an.

Habe ich mir den Blick heute Morgen nur eingebildet?

»Komm rein, Kleines, du bist die Erste!« Mit den lupendicken Brillengläsern, der Prinz-Eisenherz-Frisur und dem langen dünnen Hals hat Tante Marlies etwas von einer Schildkröte ohne Panzer. »Aber zieh —«

»— die Schuhe aus«, vollendet Lena den Satz. »Manche Dinge ändern sich nie.«

Marlies Kujau lacht. »Ich bin zu alt, um mich zu ändern!«

Lena schnürt ihre Sneaker auf. »Wo steckt Andi?«

»Er müsste gleich da sein.«

Aus der Wärme des Hauses wabern lange vergessene Düfte heran, die Lena das Wasser im Mund zusammenlaufen lassen. »Wie geht es dir?«, erkundigt sie sich und steigt in ein Paar Filzpantoffeln für Gäste, das ihr verdächtig bekannt vorkommt.

»Ich kann nicht klagen. Ich habe Amazon Prime *und* Netflix!«

Sie lachen.

»Und ... Onkel Bernd?«, fragt Lena mit leiser Stimme.

Tante Marlies' Lächeln verblüht. »Krebs. Erst die Leber, später überall.«

»Das tut mir leid.« Lena streicht über die knochige Schulter der alten Dame. »Wann ...?«

»Letztes Jahr. Im April. Es ging sehr schnell.«

Scheinwerfer tauchen den Wald in gelbes Licht. Etwas, das aussieht wie eine Kühltruhe auf Rädern, rollt auf den Dorfplatz. Tante Marlies winkt dem Gefährt zu. Sie scheint so erleichtert über die Ablenkung wie Lena selbst.

Vor dem Haus der Kujaus hält das dreckigste und klapprigste Wohnmobil, das Lena je gesehen hat. Sein Motor erstirbt mit einem Röcheln. Es klingt nicht so, als spränge er je wieder an. Andreas klettert vom Fahrersitz.

»Was ist das denn für ein Schrotthaufen?«, ruft Lena ihm entgegen.

»Das, werte Dame, ist mein derzeitiger Arbeitsplatz und neues fahrendes Zuhause.«

»Neu? Was soll an dem Ding denn bitte neu sein?«

»Auf die inneren Werte kommt es an.« Andreas grinst. »Dieser Camper wird der *Millennium Falke* der Dokumentarfilmerszene!«

Lena lacht. Plötzlich verblassen ihre Befürchtungen. Sie ist bereit, all das zu vergessen, was zwischen besseren Zeiten und dem Jetzt liegt. Zumindest für einen Abend.

Es herrscht eine eigentümliche Atmosphäre in jenem Haus, in dem Lena ihre halbe Jugend verbracht hat. Beim Essen ringen ein Gefühl des Fremdseins und der vertraute Geist von neunzehnhundertpaarundneunzig in ihr. Am Ende lösen die harten Linien, die die LED-Leuchte über dem Tisch in die Gesichter zeichnet, die Illusion auf, dass die Zeit in Horlow in eigenen Bahnen verlaufen sei.

»Hat sich einiges getan, seit ich das letzte Mal hier war«, sagt Lena. Ihr Blick streicht über Sammelobjekte in Glasvitrinen und teure Möbel.

»Ach, nur ein neuer Teppich und ein anderes Sofa«, winkt Marlies Kujau ab.

»Von wegen. Meine Eltern hatten einen Innenausstatter!« Andreas schmunzelt. »Mama hat ihn in den Wahnsinn getrieben mit ihren Hummel-Figuren. Er hat gekündigt!«

»Ich habe ihn rausgeworfen! Aber dass er mit meiner Dekorationsarbeit nicht klargekommen ist, das stimmt!«

Lena lacht. Tatsächlich sind sämtliche Oberflächen mit Porzellanfigürchen, Blumen und herbstlichem Tand beladen. Doch wie in ihrem Elternhaus gibt es auch hier keine Familienfotos.

»Erzähl mir von deiner Arbeit, Lenchen!«, bittet Marlies Kujau. »Wie läuft euer Projekt?«

Lena rutscht auf ihrem Stuhl umher. »Das ist nicht *unser Projekt*. Ich passe nur auf die Vermesser auf. Die Endlagersuche –«

»Es heißt, Gorleben wurde aus der Auswahlliste der Standorte gestrichen, um die Öffentlichkeit zu täuschen«, unterbricht Tante Marlies. »Eigentlich wollen sie das Atommülllager doch im Wendland errichten. Hier, in Horlow. Stimmt das?«

»Darüber weiß ich nicht mehr als ihr.«

»Aber du arbeitest doch gewissermaßen auch für die da oben. Da bekommst du bestimmt so manches mit, was sie uns Normalsterblichen nicht erzählen.«

»Habt ihr deshalb heute Morgen diese Versammlung abgehalten? Weil ihr denkt, dass wir ... dass *ich* Teil einer Verschwörung gegen Horlow und das Wendland bin? Ich bin Polizistin, keine Politikerin. Glaubt ihr wirklich, ich wüsste etwas von Strippenziehern mit Geldkoffern in irgendwelchen Hinterzimmern?«

»Die Menschen mögen einfache Erklärungen. Ist ein prima Ventil für Frust und Hilflosigkeit«, mischt Andreas sich ein. »Derlei anzudeuten ist Lena gegenüber nicht besonders nett, Mama.«

»Lass gut sein, Andi«, bittet Lena. »Das macht mir nichts aus.« Ihr fallen schlimmere Themen ein, die Tante Marlies anschneiden könnte: der Verfall ihres Vaters. Der vierte August neunzehnhundertneunzig. Tom. »Andeutungen über Korruption und dunkle Machenschaften kenne ich zur Genüge. Was meint ihr, was ich mir alles anhören durfte, als ich zum BKA nach Wiesbaden gegangen bin.«

»Du warst beim Bundeskriminalamt?« Andreas macht große Augen. Seine Mutter schweigt und taxiert Lena mit einer Mischung aus Neugier und Argwohn. »Wie bist du wieder hier gelandet?«

»Das frage ich mich selbst manchmal. Nach dem Polizeistudium und meiner Zeit beim Kriminaldauerdienst wollte ich Profilerin werden. Und habe tatsächlich auch einen Ausbildungsplatz bekommen.«

»Und dann?«, will Andreas wissen.

»Tja, und dann ... Dann musste ich feststellen, dass ich mich geirrt hatte. Dass das nicht das Richtige für mich ist. Mein Ausbilder war ein brillanter, aber hoffnungslos selbstverliebter Kotzbrocken im Designeranzug. Er stand darauf, uns zu erniedrigen. Ein Jahr habe ich mich durch seine Kurse gequält. Dann habe ich geschmissen.«

Genau, schuld waren nur die anderen! Aber hast du da nicht einen Teil der Story ausgelassen?

Lenas Blick geht in die Ferne. »Nach dem BKA bin ich umhergereist, habe eine Weile dies und das gemacht. Aber mir hat was gefehlt, etwas, das mir Struktur gibt. Also habe ich mich auf die erstbeste Kommissariatsstelle in Niedersachsen beworben. Und das war eben zufällig die zentrale Kriminalinspektion Lüneburg. Ende der Geschichte.«

»Wolltest du nie eine Familie gründen?«, forscht Tante Marlies nach. »Kinder haben? Zur Ruhe kommen?«

»Der Job lässt kaum Luft für was anderes. Wenn ich mal eine Pause brauche, gehe ich laufen oder klettern.«

»Hai-Syndrom«, folgert Andreas. »Kenne ich gut. Wir müssen immer in Bewegung bleiben. Hören wir auf zu schwimmen, ertrinken wir.«

Lena zuckt ob der Worte zusammen.

»Verzeih, ich wollte nicht ...« Andreas schlägt die Augen nieder.

»Vergiss es«, gibt Lena matt zurück.

»Das ist nicht meine Welt da draußen, Kinder«, sagt Tante Marlies, als hätte sie den verbalen Fauxpas ihres Sohnes gar nicht mitbekommen. »Seit Bernd und ich von *Drüben* geflohen sind, habe ich Horlow nie mehr als zwei Wochen am Stück verlassen. Vierzig Jahre, und außer für einen Urlaub zwischendurch wollte ich nie weg. Niemals.«

Stille.

Lena bearbeitet die Mückenstiche an ihren Armen. Die Gesprächspause wird mit jeder Sekunde gefährlicher.

Gleich erwähnt einer der beiden Tom. Ich weiß es! Fuck, es ist noch zu früh für einen höflichen Abgang.

Das Knirschen eines Schlüssels im Schloss der Haustür rettet Lena. Aber der Begriff *Rettung* wird schnell relativ, als sie sieht, wer dort ins Haus der Kujaus tritt.

12

»Was macht sie hier?« Simon Lintow hält sich nicht mit Etikette auf. Marlies Kujaus Nachbar stößt den Zeigefinger in Lenas Richtung. »Sie hat hier nichts zu suchen!«

»*Sie*«, erwidert Tante Marlies mit demonstrativer Gelassenheit, »ist Gast in *meinem Haus*.«

Lena steht auf und streckt Lintow die Hand entgegen. »Lena Wolff. Wir kennen uns von früher. Die Tochter von Sylvia und Erik Wolff?«

Lintow verweigert den Handschlag. »Ich weiß, wer Sie sind. Sie spielen hier den Babysitter für die Giftmülltypen!« Sein Blick wandert zu Marlies Kujau und zurück.

Sekundenlang ist das Ticken einer Uhr der einzige Laut im Raum. Lena würde es nicht wundern, wenn sich das Geräusch splitternder Zähne dazugesellte, so fest presst Lintow die Kiefer aufeinander.

»Sie sind in Horlow nicht erwünscht«, knurrt er.

»Und wann hat das Dorf Sie zum Sprecher ernannt?« Lena hält Lintows Starren stand. »Ich bin in Horlow groß geworden. Ich habe jedes Recht, hier zu sein.«

»Sie mögen hier aufgewachsen sein, aber ich habe mit

Ihrer Mutter diese Woche häufiger gesprochen als Sie in den letzten zwanzig Jahren. Und was die Menschen davon halten, was Sie und Ihre Freunde uns antun wollen, haben Sie heute selbst erlebt.« Lintow schleudert seinen Parka auf die Couch. »Wenn ich Ihnen einen Rat geben darf, sehen Sie zu, dass Sie Land gewinnen!« Wie selbstverständlich stapft er in die Küche.

Beiläufig registriert Lena, dass Lintow schlammbespritzte Arbeitsstiefel trägt. Erstaunlicherweise sagt Tante Marlies nichts dazu. Sie hält den Kopf gesenkt und sieht zu Boden.

Lena blickt mit offenem Mund zu Andreas hinüber. Doch der hebt nur die Schultern.

Natürlich hat Lintow recht. Lena *ist* unerwünscht. Daran gibt es nichts zu deuten. Das hat die stille Demonstration am Morgen gezeigt. Dennoch fühlt sie sich im Stich gelassen, vor allem von Andi.

»Es war schön, dich wiederzusehen, Tante Marlies«, leitet Lena ihren Aufbruch ein. Sie wird nicht abwarten, bis Lintow sein Geklapper in der Küche beendet hat. Vermutlich macht er sich über die Reste des Abendessens her. »Ich muss mich hinlegen. Der Tag war anstrengend.«

Marlies Kujaus Blick huscht durch den Flur zur Küche und zurück. »Ist gut, Lenchen. Ich bring dich zur Tür.«

»Ich komme mit. Ich brauche frische Luft.« Andi erhebt sich, aber da ist Lena schon auf halbem Weg hinaus. Tante Marlies schleicht hinter ihnen her.

Lena bringt es nicht übers Herz, hinauszustürmen, ohne sich angemessen zu verabschieden. Also schluckt sie Frust und Enttäuschung herunter und lässt sich Zeit beim Schnüren ihrer Schuhe.

»Kann ich kurz mit dir reden?«, Andi blickt auf sie hinab.

Lena fordert ihn mit einer Geste auf, draußen auf sie zu warten. Als sie sich nicht länger mit ihren Schnürsenkeln beschäftigen kann, steht endlich Tante Marlies bei ihr.

»Er meint das nicht so. Die Leute sind aufgeregt und haben Angst. Nimm es dir nicht zu Herzen, Lenchen.«

»Sagt sich so einfach. Vor allem, weil ich nicht nur für die Arbeit hier bin. Ich will einen Schlussstrich ziehen.«

»Wegen Tommy?«

Lena nickt. *Tommy.* So haben ihn die Kujaus genannt.

»Marlies?«, dröhnt es aus der Küche. Das Besteckgeklapper verstummt.

»Ich komme!«, ruft Marlies Kujau. Dann greift sie Lena plötzlich am Arm und zieht sie zu sich herab. »Lass die Vergangenheit ruhen, Lenchen!«, zischt die alte Dame. »Vor allem: Lass den See ruhen!«

»Was meinst du?«

»Marlies!« Schwere Schritte im Flur.

»Der Kummersee ist gefährlich. Das Böse schläft darin! Ihr habt es schon einmal geweckt. Da hat es Tommy geholt.« Tante Marlies lockert ihren Klammergriff. »Lass nicht zu, dass es dich auch noch kriegt!«

Dann schlägt die Tür vor Lenas Nase zu.

13

Der Traumfänger an der kujauschen Haustür pendelt bedeutungsschwanger hin und her. Lenas Herz klopft. Am liebsten würde sie Tante Marlies sofort zur Rede stellen, aber das wäre zwecklos. Diese Frau hat Angst. Doch fürchtet sie sich vor dem, was ihrer Meinung nach im Kummersee lauert, oder vor etwas anderem? Vielleicht sogar vor Simon Lintow?

Lintow. Macht ganz schön dicke Backen für jemanden, der selbst nur zugezogen ist.

Lena wendet sich vom Haus der Kujaus ab.

Andi lehnt am Kühler des Wohnmobils und raucht. »Alles klar?«, fragt er.

»Danke für deine Hilfe dadrin!«, schnauzt Lena und lässt ihn stehen.

Andreas eilt ihr nach. »Warte!«

Lena wischt seine Hand von ihrer Schulter. Sie *will* sauer sein. Wegen eben und wegen tausend anderer Dinge. Aber sie will ebenso wissen, was die Szene im Wohnzimmer der Kujaus zu bedeuten hatte. Lena stoppt ihren Stechschritt. »Wieso hat Lintow einen Schlüssel für euer Haus? Und warum benimmt sich dieser Kerl, als würde er darin wohnen?«

»Er kümmert sich um meine Ma, seit mein Papa gestorben ist. Vieles kann sie nicht mehr allein. Auch wenn sie das nie zugeben würde.«

»Das gibt ihm noch lange nicht das Recht, sich wie ein Arschloch aufzuführen.«

Andreas lacht.

Lena stimmt nicht ein. »Ernsthaft, Andi, warum hast du nichts gesagt?«

»Hätte ich was gesagt, hättest du mich auch angeblafft. Denn das hätte ausgesehen, als kämst du mit einem großmäuligen Hinterwäldler nicht allein klar. Und deiner Autorität als Polizistin hätte ich damit einen Bärendienst erwiesen.«

Lena seufzt. Andi hat recht.

»Die hier hab ich mitgehen lassen.« Er schwenkt die angebrochene Weinflasche vom Abendessen im Licht der Straßenlaterne. »Genehmigen wir uns noch einen Schluck? Auf alte Zeiten?«

Ein paar Minuten später sitzen sie in Campingstühlen auf dem Dach des Wohnmobils und trinken aus ehemaligen Marmeladengläsern. Eine Fleecedecke hält die ärgste Kälte ab.

»Eins vor zehn.« Andreas blickt auf sein Smartphone. »Gleich müsste es so weit sein.«

Und tatsächlich: Horlows einzige Straßenlaterne verlischt. So wie sie es seit Lenas Kindheit Nacht für Nacht getan hat.

»Yes!«, freut sich Andreas. »Alles noch wie früher!«

»Früher war scheiße«, entgegnet Lena.

»Hey, wir hatten auch gute Zeiten!«

»Ich war das Mädchen, dessen Bruder vom *Monster* geholt wurde, an das niemand außer mir geglaubt hat. Schon vergessen?«

»Die verrückte Schwester des toten Jungen.« Ein Lächeln huscht über Andis Lippen. »Ja, ich erinnere mich.«

Lena blickt empor. Der Regenhimmel vom Nachmittag ist aufgebrochen. Aber ein schmutzig gelber Hof um den Mond kündigt mehr Schlechtwetter an. Durch die Wolkenlücken funkeln Sterne. Hier draußen, weitab vom Licht der Städte, sind es Tausende. Was erhaben sein sollte, lässt Lena frösteln. Sie fühlt sich verloren. Einsam. Zurückzukommen war eine dumme Idee. »Scheiß Thema. Können wir über was anderes reden?«

»Da gibt es tatsächlich etwas. Wegen damals ... wegen uns ...«

»Vergiss es.« Lena nimmt einen großen Schluck Wein.

»Ich will, dass du weißt, dass es mir leidtut.«

»Was? Dass du mich hast sitzen lassen?«

»Du hattest es selbst eilig, aus *Sleepy Horlow* rauszukommen. Ich dachte, wenn jemand versteht, warum ich gehe, dann du.«

»Herrgott, Andi, ich war sechzehn, hab Psychopharmaka eingeworfen und war bis über beide Ohren in dich verknallt. Nachdem du weg warst, musste ich noch zwei Jahre in diesem Kaff aushalten. Allein!«

»Du bist noch immer sauer.«

»Hast du eine Ahnung, wie sich das für mich angefühlt hat? Du vögelst mich, und keinen Monat später teilst du mir so ganz nebenbei mit, dass du zum Studieren nach London gehst.« Lena zwingt sich, ruhig zu bleiben. »Du hättest mit mir reden müssen. *Bevor* alles entschieden war.«

Andreas dreht sein improvisiertes Weinglas in den Händen. Er weicht ihrem Blick aus.

»Ich hatte eine Woche, um mich zu verabschieden, Andi. Eine Woche! Du hast mir bis heute nicht mal gesagt, warum du so Hals über Kopf aus Horlow weg bist.«

»Wegen Tom.« Seine Worte sind fast nicht zu verstehen.

»Wegen ... *Tom?*«

»War damals nicht alles irgendwie wegen Tom? Nachdem er ... nicht mehr da war, war ich wie ein großer Bruder für dich. Und was mache ich? Statt mich um dich zu kümmern, fange ich was mit der Schwester meines toten besten Freundes an.« Andis Stimme wird dünner, bis sie kurz vorm Brechen ist. »Tom war immer dabei, wenn ich mit dir zusammen war. Immer. Ich hab es nicht mehr ausgehalten.«

»Andi, das war sieben Jahre nach seinem Tod.«

Andreas fährt sich durch die Haare. »Ich kann dich nur um Verzeihung bitten. Ich war jung und dumm und wollte raus in die große weite Welt. Das war egoistisch und tut mir leid.«

Lena schweigt. Sie wickelt die Decke enger um sich, bis sie meint, der Stoff müsse reißen.

»Als ich dich vorhin am See gesehen habe, hatte ich eine Idee«, sagt Andreas nach einer Weile. »Was hältst du davon, wenn ich euch mit der Kamera begleite?«

»Du meinst, für deinen Film? Vergiss es!« Lenas Reaktion klingt harscher als beabsichtigt.

»Vielleicht kriegen wir raus, was Tom passiert ist.«

»Wie das?«

»Es ist das erste Mal, dass sich jemand mit diesem verdammten See beschäftigt, seit ... du weißt schon«, druckst Andreas. »Wenn jetzt Wissenschaftler kommen ...«

»Sie machen Vermessungen, Andi.« Lenas Tonfall taut, als sie den Schmerz in seinen Augen sieht. »Nur Vermessungsarbeiten, weiter nichts.«

»Aber andere werden ihnen folgen. Biologen. Zoologen.«

»Wie stellst du dir das denn vor? Wir können dich doch nicht einfach –«

»Denk darüber nach, ja? Mehr verlange ich nicht.«

»Andi, ich ...«

Ein Piepton kommt Lenas Antwort zuvor.

»Vergiss nicht, was du sagen wolltest.« Andreas zieht sein Handy aus der Tasche und liest die Nachricht. Er springt auf.

»Was Wichtiges?«

»Weiß ich noch nicht. Wir reden morgen weiter. Ich muss los.« Andreas faltet seinen Campingstuhl zusammen und wirft ihn durch die Dachluke. Dann zupft er Lena die Fleecedecke vom Schoß.

»Hey!«, protestiert sie. »Was ist denn los?«

Statt zu antworten, hält Andreas Lena das Smartphone unter die Nase.

*Komm zum See! Sofort!!! Und bring die
Kamera mit! Keizu.*

14

Das Wohnmobil schießt durch den Wald.

Lena klammert sich an den Halteriemen über dem Beifahrerfenster. »Wenn du uns an einen Baum setzt, gibt das bestimmt tolle Bilder. Nur nicht für dich. Weil du dann Matsch bist.«

Andreas reduziert das Tempo um eine homöopathische Dosis. Er kurbelt das Wohnmobil durch eine Kurve, die schon für einen PKW eng wäre.

Lena wird übel. »Ernsthaft, fahr langsamer! Ich will nicht noch jemanden an den Ufern dieses verfluchten Sees verlieren. Geschweige denn, selber draufgehen.«

»Niemand hat dich gezwungen mitzufahren.« Andreas nimmt den Fuß vom Gas. Trotzdem huschen die Stämme der Kiefern weiter viel zu schnell durch den Lichtkegel der Frontscheinwerfer. Ein Fahrfehler, ein Wildschwein auf der Straße, und das war's ...

»Was soll das überhaupt?«, will Lena wissen. Natürlich hat Andi sie nicht *gezwungen*, mitzufahren, aber die Zeile *Komm zum See* in der Nachricht hat den nächtlichen Trip zur Familiensache gemacht. »Wer ist dieser Keizu überhaupt?«

»Eine Quelle.« Das muss an Information genügen. Andreas verstummt und konzentriert sich aufs Fahren. Er biegt in den Pfad ein, der von der Schotterpiste ans Seeufer führt. Hier ist es vorbei mit der Raserei. Der Weg besteht aus kaum mehr als zwei parallelen Rinnen im Gras. Der Untergrund ist vom Regen durchweicht und durch Polizei, Presse und Demonstranten aufgewühlt.

Sie stoppen auf einer Lichtung. »Hat keinen Zweck. Die Räder fressen sich fest. Wir gehen zu Fuß weiter.« Andreas springt vom Fahrersitz. Ohne das Licht der Scheinwerfer ist der Wald stockfinster.

Auch Lena hüpft ins Freie und landet in einer Pfütze. »Fuck! Wehe dir, wenn das nicht wichtig ist!«

Andreas kramt in einem der Laderäume des Wohnmobils. Er drückt Lena wortlos eine Taschenlampe in die Hand.

»Lässt du dich von deinen Quellen immer so scheuchen?« Lena leuchtet an sich herab. Ihr Schuh ist bis zum Knöchel mit Schlamm überzogen.

»Nach zwanzig Jahren in der Szene hast du gelernt, solche Nachrichten ernst zu nehmen.« Andreas greift sich ebenfalls eine Taschenlampe und wirft das Gepäckfach zu. An seiner Seite hängt eine Kameratasche.

Lena folgt Andi durch den Wald. Sie ist erfüllt von einem Kribbeln, das sie nicht mehr gespürt hat seit jenem allerersten Gang zum Kummersee. Doch dieses Mal ist nicht Tom an ihrer Seite, sondern Andreas. Dieses Mal ist es tiefste Nacht, kein sonniger Nachmittag. Dieses Mal braucht es keine Gruselgeschichte, um Lena einen trocknen Mund und schweißnasse Hände zu bescheren.

Sie leuchtet in das Meer aus Dunkelheit. Birkenstämme schimmern in geisterhaftem Silber. Ihre in Streifen herabhängende Rinde erinnert an Hautfetzen. Knorrige Äste krallen sich in die Schatten. Im Laub außerhalb des Lichtkegels raschelt und wimmelt es. Die Nacht am Ufer des Kummersees gehört einer längst nicht vollständig erforschten, wilden Natur.

»Stopp!«

Andreas reißt Lena herum. Zu Tode erschreckt, springt sie zurück. Ihr Herz hämmert bis zu den Backenzähnen.

»Was soll der Scheiß?«, schnauzt sie.

Dann sieht Lena es auch. Vor ihrer Brust schwebt etwas quer über dem Weg. Eine knotige Schnur? Selbst im Strahl der Taschenlampe ist kaum etwas zu erkennen. Erst auf den zweiten Blick bemerkt Lena, dass eine weitere Knotenschnur auf Höhe ihrer Knie verläuft.

»Stacheldraht«, stellt Andreas fest.

»Danke. Ich wäre direkt reingerannt.« Lena leuchtet den Draht entlang bis zu zwei Bäumen beidseits des Weges. »Der war vorhin noch nicht da, als wir hier langgefahren sind.«

»Gut, dass wir das Wohnmobil stehen gelassen haben.«

»Ich muss das melden.« Lena flüstert. Sie weiß selbst

nicht, warum. Wer die Falle angebracht hat, lauert kaum mitten in der Nacht im Gebüsch auf Opfer.

Und falls doch? Eine menschliche Spinne am Rand ihres metallenen Netzes ...

Lena schüttelt den Gedanken ab. »Was wäre passiert, wenn wir da gegengefahren wären?«

»Ich will's nicht herausfinden.« Auch Andreas hält die Stimme gesenkt. Er kramt ein Taschentuch hervor und spießt es auf den Stacheldraht. »Wir kümmern uns später darum. Los, weiter!«

Sie eilen vorwärts, dem Kummersee entgegen.

»Mal dran gedacht, dass deine Quelle den Draht gespannt haben könnte?«, raunt Lena. »Und wir in einen Hinterhalt tappen?«

»Unwahrscheinlich.«

»Oder die Typen von *Future/Zero*?«

»Ich kenne ein paar dieser Leute. Die bellen nur. Die beißen nicht.« Andreas stoppt abermals. Eine weitere Stacheldrahtsperre blockiert den Weg. Auch sie bekommt ein Taschentuch zur Markierung. Es schwebt in der Dunkelheit wie ein kleines Gespenst.

»Bellen nennst du das, ja? Was kommt als Nächstes? Tretminen?«

Andreas geht in die Knie. »Ich sage mal so: An eurer Stelle würde ich nicht ohne Reserverad und Flickzeug hier durchfahren.« Er hält etwas ins Licht, das wie zwei verflochtene Stahlstifte aussieht. Die Spitzen bilden ein Tetraeder.

»Ein Krähenfuß!«, stößt Lena aus. »Stoppt verlässlich jedes Auto.«

»Im Laub liegen noch mehr. Da hat sich jemand richtig Mühe gegeben. Wir sollten eine Weile neben dem Weg gehen, wenn du nicht gerade Sicherheitsstiefel anhast.«

Lena beleuchtet ihre durchnässten, schlammigen Sneaker.

»O-kay.« Andreas stockt. »Trotzdem weiter?«

Lena nickt. Stacheldraht und Krähenfüße wären ein willkommener Vorwand umzukehren.

Du wirst jetzt nicht kneifen!, ermahnt sie sich.

Sie schleichen durchs Unterholz. Hier angeln wenigstens nur Wurzeln nach ihren Füßen. Dafür streifen Zweige und nasse Blätter durch Lenas Gesicht. Es fühlt sich an wie Streicheleinheiten welker, kalter Hände.

»Kann nicht mehr weit sein«, versichert Andreas.

»Hm-hm«, macht Lena. Sie wischt etwas mit zu vielen Beinen aus dem Nacken.

Was erwartet sie am Ende des Weges? Der Kummersee jagt ihr schon bei Tag Schauer über den Rücken. Und anscheinend geht es nicht nur ihr so. Mit jedem Schritt Richtung Ufer wird es ruhiger im Wald, bis die Stille kaum mehr auszuhalten ist.

Ein Schwall klammer Luft trägt den Geruch vermodernden Laubs und einen Hauch Verwesung heran. Ein Schimmer blitzt durch die Bäume.

Das Mondlicht auf dem Wasser?

»Deine Mutter hat mich gewarnt.« Lena wispert nur.

Dennoch hallen ihre Worte gefühlt wie Schreie durch die Nacht. »Ich soll mich vom See fernhalten.«

»Und? Du hast ja nicht vor, planschen zu gehen.«

»Ich meine es ernst!« Lena zieht am Gurt der Kameratasche und zwingt Andreas so, sich umzudrehen. »*Sie* meinte es ernst!«

»Was genau hat meine Ma denn gesagt?«

»Ich soll die Vergangenheit ruhen lassen.« Wieder glaubt Lena, ein Leuchten hinter den Bäumen wahrzunehmen. Doch es ist unmöglich, jenseits der Lichtkegel der Taschenlampen etwas anderes auszumachen als Schwärze. »Und sie hat gesagt, der See sei gefährlich.«

»Daran zweifle ich nicht.«

»Deine Mutter war ganz ...« Lena sucht das passende Wort, damit Andreas ihr Glauben schenkt. Damit er sie nicht als hysterisch abstempelt. »Sie wirkte eingeschüchtert.«

»Eingeschüchtert?«

»Ja, eingeschüchtert.«

Andi stöhnt. »Hat sie dir auch von *Czarnobóg* erzählt, dem schwarzen Gott der Slawen? Und davon, dass ihm früher im Horlower Moor Menschen geopfert wurden?«

Lena funkelt Andreas an. Doch er redet weiter. Viel lauter, als er es in Anbetracht dieses Ortes und dieser Zeit tun sollte. »Hat sie die *Bluds* erwähnt? Die weinenden Seelen toter Kinder, die als Irrlichter durch die Sümpfe streifen, um Wanderer ins Verderben zu locken? Mit diesen Ammenmärchen wollte sie mich nach Toms Tod abhalten, in die Wälder oder an den See zu gehen.«

»Deiner Mama ging es nicht um Märchen«, zischt Lena. »Sondern um etwas ganz Konkretes. Sie hat gesagt, das Böse schläft in diesem See. Das waren ihre Worte. Und dass wir es nicht wecken dürfen. Was kann sie damit gemeint haben?«

»Ich habe keinen Schimmer. Ich weiß nur, dass, was immer meine Quelle mir zeigen wollte, wahrscheinlich längst weg ist. Weil wir in der Pampa stehen und quatschen.«

Lena schnaubt und stapft an Andi vorbei. Geradewegs auf das Glitzern zu, das nun unzweifelhaft durch die Baumreihen funkelt. Für eine Reflexion des Monds auf den Wellen stimmt die Farbe nicht. Das Licht, es ist zu –

Lena durchbricht den Ufersaum. Sie gefriert mitten in der Bewegung. Mit offenem Mund und aufgerissenen Augen starrt sie auf die Wasserfläche, die sich vor ihr in die Nacht öffnet. Sämtliche Nackenhärchen stellen sich auf. Instinktiv greift sie nach ihrer Dienstwaffe, lässt die Pistole dann aber doch stecken. Wohin sollte sie schießen?

Keine Gruselgeschichte und keine Warnung der Welt hätten Lena auf das Schauspiel im See vorbereiten können.

Hinter ihr tritt nun auch Andreas aus der Vegetation. »Heilige Scheiße!«, entweicht es ihm. Er zerrt die Kamera hervor.

Andis Quelle lag goldrichtig, ihn an den Kummersee zu beordern. Es spielt keine Rolle, wohin genau. Das Phänomen ist nicht auf einen Teilbereich beschränkt, selbst wenn es sich auf die Ränder des Sees konzentriert.

»Was zur Hölle ...«, findet Lena die Sprache wieder, nur damit ihr erneut die Worte fehlen.

»Ich habe nicht den Hauch einer Ahnung.« Andreas presst die Silben zwischen den Zähnen hindurch. »Ich hoffe nur, das ist nicht das Böse, vor dem meine Ma dich warnen wollte.«

»Was ...«, stammelt Lena. »Wieso?«

»Weil es dann nicht mehr schläft. Es ist hellwach.«

Samstag, 25. April 1992

Sonnenstrahlen fluten die Halle mit ihren gläsernen Wänden. Sie werden von der Wasseroberfläche reflektiert und schillern unter dem Holzdach wie unzählige Diamanten. Das Gleißen ist so hell, dass Lena die Augen abschirmen muss, als sie aus der Dusche tritt. Sie könnte noch ein zweites Paar Hände brauchen, um sich die Finger in die Ohren zu stecken. Es ist unglaublich laut. So viele Kinder, die kreischen und johlen. Es riecht nach Chlor und Pommes.

Kaum zu glauben, ich bin wirklich hier!

Bislang hat Lena immer eine Ausrede gefunden, wenn jemand sie zum Schwimmen mitnehmen wollte. Keine zehn Pferde kriegen sie je wieder ins Naturbad am Gartower See. Und keine Macht der Welt könnte sie dazu bringen, sich dem Kummersee auch nur auf Sichtweite zu nähern. Sie ist das Mädchen, das behauptet, ein *Monster* habe ihren Bruder geholt. Ihre Mitschüler hänseln Lena dafür regelmäßig. Halten sie fest und ziehen ihr Schwimmflügel über. Einmal hat Carsten Bauer ihr einen gammligen Fisch in den Ranzen gesteckt.

Nur bei Tabea und Yvonne hat Lena das Gefühl, dass sie anders sind. Sie könnten die Freundinnen sein, nach denen sie sich so sehr sehnt. Vertraute, die in ihr mehr sehen als ein Objekt des Spotts, mehr als nur die durchgeknallte Schwester eines toten Jungen. Deshalb hat Lena beschlossen, sich ihrer Angst vor dem Wasser zu stellen.

Ihre Klassenkameradinnen haben sie seit Beginn der Osterferien bearbeitet, die neue Wendlandtherme in Gartow auszuprobieren. Jetzt wünscht sie sich, dass ihre Freundinnen endlich zu ihr in die Schwimmhalle kämen. Zwischen Umkleide und Dusche hat Lena erst Yvonne und schließlich auch Tabea verloren. Nun steht sie da in ihrem delfinblauen Badeanzug, der immer noch neu riecht, obwohl er fast ein Jahr alt ist. Gekauft, bevor ihr Psychiater sie für weitere zwölf Monate vom Schwimmunterricht befreit hat.

Je länger sie wartet, desto weniger klingen die Schreie der tobenden Kinder für Lena ausgelassen. Sie erlebt den Anfang einer Angstattacke. Nur, das zu wissen, macht es nicht besser. Sie weicht zurück, bis sie die Wandkacheln an den Schultern spürt.

Lena schließt die Augen, versucht, ihren Puls mit einer der Konzentrationsübungen zu beruhigen, die Doktor Harpstätter ihr gezeigt hat.

Die Panik ausatmen, Licht einatmen.

Oh Mann ... in der Sitzung am Mittwoch werde ich eine Menge zu erzählen haben.

Panik raus, Licht rein.

Panik raus –

»Hey! Da bist du ja! Alles klar?«

Lena reißt die Augen auf.

Yvonne klemmt ihr Badetuch an die Plastikhaken an der Wand. »Du warst auf einmal weg. Wir dachten schon, du hast es dir anders überlegt.«

»Ach, Quatsch.« Lena ringt sich ein Lächeln ab.

»Cool bleiben, du packst das.« Yvonne streicht ihr über den Arm. Erst zuckt Lena zurück. Dann erkennt sie das Mitgefühl im Blick ihrer Klassenkameradin.

»Du kannst jederzeit einen Rückzieher machen. Ist okay.«

Skeptisch beäugt Lena all die Strudel, Becken, Rutschen, Pools, Wasserkanonen und Fontänen, als sie sich von ihrer Freundin durch die Halle führen lässt.

Freundin. Wie ungewohnt das klingt.

Ungewohnt, aber auch so ... normal. Und nichts wäre schöner als Normalität.

»Wo ist Tabby?«, fragt Lena.

»Wir waren ihr zu langsam. Sie zieht Bahnen mit den Jungs aus der 6b.« Yvonne schiebt Lena weiter. »Wo willst du anfangen? Im Spaßbecken?«

Lena nickt. Sie ist dankbar, nicht gleich ins tiefe Wasser zu müssen. Yvonne geleitet sie zu den Stufen, die von Metallgeländern flankiert ins Becken führen. Selbst Kinder, die viel kleiner sind, können hier bequem stehen.

Lena nimmt einen abgehackten chlorhaltigen Atemzug. Bevor sie Zeit zum Nachdenken hat, setzt sie einen Fuß ins Wasser.

»Du kannst das!«, feuert ihre Freundin sie an. Yvonne

verscheucht ein paar Grundschüler, denen es an der Treppe nicht schnell genug geht.

Lena bekommt es kaum mit. Ein Geräusch fesselt ihre Aufmerksamkeit. Sie hatte es fast verdrängt: das Plätschern von Wellen. Wie damals am Kummersee. Alle anderen Laute dringen nur aus weiter Ferne heran – das Kreischen der Kinder, das Federn der Sprungbretter, Yvonnes Aufmunterungen.

Lena ballt die Fäuste. Bevor sie sichs versieht, steht sie bis zu den Knien im Becken. Zwei Schritte weiter ertasten ihre Zehen keine weitere Stufe mehr. Sie steht auf dem Grund des Beckens. Wasser schwappt an ihre Brust.

Geschafft!

Yvonne umfasst Lenas Hüfte und führt sie weg vom Einstieg. Dorthin, wo weniger los ist. »Und nun?«, fragt sie. »Meinst du, du kannst schwimmen?«

Beim bloßen Gedanken daran beschleunigt sich Lenas Atmung. Wenn sie die Angst jetzt nicht überwindet, dann nie.

Das ist der Nichtschwimmerbereich eines Hallenbads, nicht der verdammte Kummersee. Das Schlimmste in diesem Becken ist die Menge an Kinderpipi im Wasser.

»Hier gibt es keine Monster«, wispert Lena so leise, dass Yvonne es nicht hören kann. »Keine Monster. Hörst du, Wölfin? Keine Monster ...«

Keine Monster. Keine Monster. KEINE MONSTER!

Lena stößt sich ab. Ihre Zehen lösen sich von den Kacheln. Sie breitet die Arme aus, gleitet durchs Becken und ...

Ich schwimme!

Lena macht ein paar Brustzüge und lässt sich treiben. Ein Hochgefühl keimt inmitten der Angst, die ihr Innerstes füllt. Sie sieht zu Yvonne. Ihre Freundin paddelt neben ihr und grinst. Lena hat das Gefühl, dass sie gleich heulen muss. Nur mit den Lippen formt sie ein Wort: »Danke.«

Plötzlich spritzt hinter ihr eine Fontäne empor. Etwas schnellt aus dem Wasser. Greift nach ihr, packt ihren Arm.

Lena fährt herum. Sie kreischt.

Glupschaugen starren sie an. Wasser läuft aus einem Rüsselmaul voller Fangzähne. Ein Zackenkamm bekrönt den grün geschuppten Schädel einer Kreatur, die es gar nicht geben dürfte. Schon gar nicht hier. Das Ding brüllt seinen Triumph heraus.

Lena schreit. Sie schlägt um sich und strampelt. Ihr Kopf gerät unter Wasser. Sie schluckt Chlorbrühe. Taucht auf. Kreischt, weint, boxt, tritt, verliert den Verstand.

Dann hört Lena das Lachen.

Sie wurde verarscht. Wieder einmal.

Tabea zieht die billige Gummimaske vom Gesicht. Lena erkennt das Vieh aus einem von Toms Comicheften. Trotzdem kann sie nicht aufhören zu schreien.

Das Gelächter wird lauter. Es stürzt auf sie ein, befeuert ihre Panik. Abermals schluckt Lena Wasser. Sie prustet, verliert das Gespür für oben und unten.

Lenas Bewusstsein schaltet ab, sie versinkt.

Sie wird ertrinken.

Dann ist da eine Hand. Sie umklammert ihre Schulter. Zieht sie hoch und schleppt sie rückwärts. Wieder kratzt und tritt sie, außer sich vor Angst. Der Griff bleibt unnachgiebig.

In der Gischt taucht Yvonne auf. Häme verzerrt die Züge von Lenas *Freundin*. Sie ruft etwas, doch ihre Worte verlieren sich im Tosen des Wassers.

Lenas Retter stößt Yvonne zur Seite.

Das Nächste, was Lena weiß, ist, wie sie hustend auf einem Liegestuhl kauert. Ein Handtuch bedeckt ihren Körper. Es ist nicht ihres. Sie will aufspringen, flüchten.

Eine Hand drückt sie zurück. Lena krallt danach.

»Hey!«, ruft jemand. »Alles gut! Ich bin's, Lena!«

Andi Kujau beugt sich über sie. Wasser tropft aus seiner blonden Mähne auf sie herab. Ihr Widerstand erschlafft.

»Geht es dir gut?«

Lena wendet sich ab, damit er ihre Tränen nicht sieht.

»Ist okay.« Andi zieht sie in sitzende Position, das Handtuch schützend um sie gewickelt. »Komm her.« Er umarmt Lena. »Kümmer dich nicht um sie. Lass es raus.«

Nach einer Weile löst Andreas Lenas Klammergriff und schiebt sie zurück auf die Liege. »Also noch mal, was machst du hier?«

Lena erzählt ihm alles. Vom Versuch, sich ihrer Angst zu stellen, bis hin zum Wunsch, Anschluss zu finden und Tom und den See endlich hinter sich zu lassen. »Und dann lag am Sonntag eine Zehnerkarte für die Therme in meinem Osternest«, beendet Lena ihren Report.

Andreas mustert sie. Er schnaubt. »Ich hab von meinen Eltern auch eine Zehnerkarte bekommen. Frieda Rathenau und Lars Virchow ebenfalls. Ich wette, sogar Frank Godehardt hat eine gekriegt.«

»Du meinst, unsere Eltern haben sich abgesprochen?«

»Darauf kannst du Gift nehmen. Sie wollen uns vom Kummersee weghalten. Hast du den Zaun gesehen, den unsere Väter mit Simon Lintow und Friedas Pa im Herbst hochgezogen haben? Ich sage dir, hätten die die Grenzanlagen nach *Drüben* gebaut, gäbe es die DDR noch.«

»Ein neuer Zaun?« Lena versteht nicht. »Wofür?«

»Sie wollen nicht, dass sich so was wie mit Tom wiederholt. Bevor sie uns am Kummersee schwimmen lassen, kaufen sie uns lieber Jahreskarten für den Laden hier.« Andi lässt den Blick durch die Halle schweifen. »Ich hätte nichts dagegen! Würde mich nicht wundern, wenn dank Gorleben wirklich so ein Vieh im Kummersee rumschwimmt wie das Ding, das Tabby darstellen sollte.«

Lena weiß nicht, was sie antworten soll. Aber was Andreas Kujau – Toms bester Freund – gerade gesagt hat, kommt nahe an das heran, was sie sich seit fast zwei Jahren so verzweifelt wünscht. Was ihre Eltern, die Polizei und die Ärzte ihr bis heute verweigern, bekommt sie nun von Andi.

Endlich hat Lena jemanden gefunden, der sie ernst nimmt. Jemand, der ihr vielleicht glaubt, was sie an jenem Tag im Kummersee gesehen hat.

II.
Kummersee

15

Der Kummersee leuchtet. Weißblaue Blitze zucken in Zeitlupe durchs Wasser. Wogen aus Licht rollen an den Ufern entlang, sinken in die Tiefe und steigen wieder empor, um dort zu verlöschen, wo die Elemente aufeinandertreffen. Der See ist erfüllt von einem ätherischen Phosphoreszieren.

Lena wendet sich Hilfe suchend um. »Was ...«

Andreas schüttelt hinter seiner Kamera nur den Kopf.

Was ... ist ... das?

Lena vollendet in Gedanken die Frage, die sie auszusprechen nicht imstande gewesen ist. Sie zückt ihr Handy und aktiviert die Video-Funktion. Das Unterwassergewitter glüht und leuchtet auf dem Display des Smartphones nicht minder eindrücklich. Es sind also nicht Lenas Sinne, die ihr einen Streich spielen.

Verdammt, das passiert wirklich!

Nachdem die anfängliche Schockstarre überwunden ist, filmen sie die geisterhafte Lichtershow im Wasser. Lena mit ihrem Samsung, Andi mit der Kamera. Sie verhalten sich so lautlos wie die Erscheinung selbst. Keiner gibt einen Mucks von sich, keiner bewegt sich. Zwischen ihnen herrscht ein wortloses Einverständnis, sich dem Ufer nicht weiter zu nähern. Der Gedanke daran, ungewollte Aufmerksamkeit auf sich zu ziehen, schnürt Lena die Kehle zu.

Eine Ewigkeit verrinnt, in der sie auf die blauen Polarlichter unter Wasser starren.

»Das war's. Die Batterien sind platt.«

Lena unterdrückt einen Aufschrei. Dabei hat Andi nur geflüstert.

»Psst!«, zischelt sie. »Was ist los?«

»Ich habe jetzt achtzig Minuten im Kasten«, raunt Andreas. »Der Akku ist leer, und mir ist arschkalt.«

Lena antwortet nicht. Achtzig Minuten! Kaum zu glauben. Doch der Timecode auf dem Handydisplay bestätigt es. Fast anderthalb Stunden haben sie ausgeharrt und kein Wort gesprochen. Zu eindrücklich, zu ehrfurchtgebietend ist das Schauspiel im Kummersee. Lenas Blick versinkt wieder in den Tiefen.

»Lena?«

Stille.

»Lena!«

»Hm?«, macht sie, ohne Andi anzusehen.

»Wir sollten gehen.« Andreas fasst sie an der Schulter.

Lena bietet ihre ganze Willensstärke auf, um sich von der illuminierten Wasserfläche loszureißen. Nun erst bemerkt sie, wie sehr ihr die Kälte in Mark und Bein gekrochen ist. Die Lichter haben sie gefangen genommen.

Hätte ich weitergeglotzt, bis ich erfroren wäre?

Lena zittert. Und das liegt nicht nur an den Temperaturen. »Ja«, sagt sie. »Ja, wahrscheinlich hast du recht. Gehen wir!«

Lena konzentriert ihre Gedanken auf das Weltliche, Greifbare: Stacheldraht und Krähenfüße. Noch auf dem Weg zum Wohnmobil wählt sie Kommissar Weickerts Nummer. Doch der hat sein Handy ausgeschaltet, während das von Malik nur endlos klingelt. Am Ende muss eine Meldung der Fallen auf der Zufahrt zum Seeufer beim Polizeikommissariat Lüchow genügen. Der Diensthabende verspricht, alles Notwendige in die Wege zu leiten und Weickert gleich am Morgen in Kenntnis zu setzen.

Dann endlich erreichen sie den Camper.

Andreas räuspert sich. »Was wir da gesehen haben –«

»Lass uns morgen darüber reden«, unterbricht Lena. »Bei Tageslicht. Im Warmen.«

»Klingt vernünftig.« Andreas sieht sich um. »Jetzt nichts wie weg.«

»Der bisher beste Vorschlag des Tages«, stimmt Lena zu.

Es ist kurz vor zwei, als sie es nach Horlow zurückgeschafft haben. »Gott, ich bin erledigt.« Andreas gähnt und zieht den Zündschlüssel des Wohnmobils. »Ich schmeiße ein Back-up von der Speicherkarte der Kamera an und hau mich aufs Ohr. Morgen schauen wir, was wir da vor die Linse gekriegt haben. Schlaf gut.«

»Ja, du auch.« Lena klettert ins Freie.

Wie kann er nur so ruhig bleiben?

Als Andi die Tür hinter ihr schließt, ist Lena allein in der Dunkelheit der Horlower Nacht. Schnell schleicht sie sich ins Haus. Eine weitere Dusche – kurz und heiß –, dann liegt sie im Bett. Doch wie sollte sie jetzt schlafen können?

Lena wird das Gefühl nicht los, dass der See – oder etwas darin – versucht hat, sie zu hypnotisieren und, nun ja ...

Kontakt aufzunehmen.

Der Gedanke ist lächerlich, natürlich! Doch in den dunklen Stunden vor dem Morgengrauen ringen einmal mehr Lenas erwachsenes Ich und eine verängstigte Neunjährige miteinander. Eine Neunjährige, deren kindlicher Glaube an Monster auf die schlimmste aller Weisen Bestätigung fand.

Gegen vier wägt Lena den Gedanken, sich hinauszustehlen und Horlow den Rücken zu kehren. Wie wäre es, einfach loszurennen und erst wieder anzuhalten, wenn ihre Füße bluten?

Scheiß auf den Auftrag. Scheiß auf den Job.

Scheiß auf dieses Dreckskaff und den Kummersee.

Scheiß auf ...

Und dann fallen ihr doch die Augen zu.

16

Das Handy klingelt nach gefühlten fünf Minuten Schlaf. Draußen sickert das erste Tageslicht in die Wälder.

»Hallo?«, meldet Lena sich im Halbschlaf.

»Uwe Weickert.« Pause. »Frau Wolff? Sind Sie da?«

Nein, bin ich nicht.

Lenas Augen fühlen sich an wie mit dem Sandstrahler bearbeitet. »Ja«, stöhnt sie. »Ja, ich bin dran.«

»Was gab es um ein Uhr zweiundzwanzig, das so dringend war?« In der Stimme des Hauptkommissars liegt eher Neugier als Vorwurf. Die Nachtschicht seiner Dienststelle in Lüchow hat ihn offenbar noch nicht instruiert. Lena berichtet vom Stacheldraht und den Krähenfüßen. Die Lichter im See lässt sie aus. Vorerst. Immer eins nach dem anderen. Sie muss sich mit Andreas abstimmen; muss wissen, mit was sie es zu tun hat, bevor sie sich aus der Deckung wagt.

Weickert hört aufmerksam zu. »Um die Zufahrt kümmern wir uns.« Der Kommissar hüstelt. »Ist da noch etwas, das Sie mir sagen möchten?«

Lena zögert. Weickert ist gut. Er hat sofort gemerkt,

dass sie mit einem Teil der Geschichte hinterm Berg hält. Will sie weiter für voll genommen werden, wäre es vielleicht besser, der Hauptkommissar stieße selbst auf die Lichtshow am See, vorausgesetzt, sie war kein einmaliges Ereignis. »Sie sollten heute Nacht eine Streife den Weg zum Ufer abfahren lassen. Ginge das?«, bittet Lena. »Nur zur Sicherheit, damit sich so was wie mit dem Stacheldraht nicht wiederholt.«

»Meine Leute werden sich bedanken. Die schieben ohnehin schon Überstunden.«

»Ich würde nicht fragen, wenn ich es nicht für wichtig halten würde. Ich weiß nicht, was *Future/Zero* und Konsorten zuzutrauen ist.«

»Keine Sorge, sollten die wieder auftauchen, bleibt es nicht bei einer Gefährderansprache. Wegen der Streife schaue ich, was ich tun kann.«

Lena sieht den Einsatzleiter fast vor sich: Haare raufen, resignierter Blick in den Dienstplan. »Danke«, sagt sie. »Es tut mir leid, Ihnen Umstände zu bereiten. Meine Hoffnung, dass sich der Ärger in Grenzen hält, den unsere Schützlinge mitbringen, war wohl ziemlich naiv.«

Das entlockt Weickert ein Glucksen. »Frau Wolff, es war klar, dass so etwas passieren würde. Es ist nicht Ihre Schuld.«

»Wir machen nur unseren Job«, bestätigt Lena.

»Und wir den unseren. Wir sehen uns später«, sagt Weickert und beendet das Gespräch.

Nach der Morgentoilette kocht Lena in der Küche Kaffee. Noch eine halbe Stunde, bis die anderen sie abholen. Bis es zurückgeht an den Kummersee.

Lena muss eine Entscheidung treffen. Was bedeutet das seltsame Leuchten für die Mission der Vermesser? Geht eine Gefahr davon aus? Brechen sie ab? Machen sie weiter? Soll sie mit Weickert über die Lichter im See sprechen?

Lena klammert sich an ihren Kaffee. Nichts täte sie jetzt lieber, als das Internet zu durchforsten. Sie braucht eine Erklärung für die letzte Nacht. Fakten, die auch die verängstigte Neunjährige in ihr überzeugen. Google und Wikipedia wissen bestimmt mehr darüber, was sie gesehen hat. Sumpfgase, ein Wetterphänomen oder ...

Ihr fällt nichts ein.

Die Onlinerecherche wird ohnehin warten müssen. Mobiles Internet ist eine dieser Spielereien für Großstädter, die man in Horlow nur vom Hörensagen kennt. Natürlich könnte Lena ihren Laptop aufklappen, aber sie weiß das WLAN-Passwort ihrer Mutter nicht. Es ist der wohl höchste Grad an Entfremdung zu den eigenen Eltern, der im einundzwanzigsten Jahrhundert denkbar ist.

Die Küchentür geht auf, und Sylvia Wolff tritt ein.

Wenn man vom Teufel spricht ...

Lenas Mutter hält kurz inne, als sie ihre Tochter am Frühstückstresen sitzen sieht. Dann wendet sie sich der Kaffeemaschine zu. »Noch da?«

»Offensichtlich.« Lena widmet sich der Marter ihrer Fingernägel. Solange sie in Horlow ist, werden sie keine Chance bekommen nachzuwachsen. »Enttäuscht?«

»Nein, mein Kind. Nur verwundert«, antwortet ihre Mutter über das Rumpeln der Bohnen im Mahlwerk hinweg. »Ich hatte nicht erwartet, dass du mehr Zeit zu Hause verbringst als nötig.«

»Vergiss nicht, dass ich dienstlich hier bin. Ab heute habe ich ein Zimmer in Dannenberg.«

»Schön. Wie war die Nacht?«, fragt Sylvia Wolff.

»Na ja.«

»Wegen Andi?«

»Nein, nicht wegen Andi.«

»Ich will es hoffen. Um deinetwillen! Denk daran, wie es beim letzten Mal ausgegangen ist!«

Lena übergeht die Ermahnung. »Mama, kann ich dich was fragen?«

»Nur zu.«

»Hast du jemals seltsame Dinge gesehen? Am See? Oder im Wald?«

»*Seltsame Dinge* ... Wie zum Beispiel? Bigfoot? Nessie auf Landgang?«

Lena drückt ihren Nagel fester ins Fleisch. »Ich meine Lichter. Im Wasser.«

Sylvia Wolff mustert ihre Tochter über den Rand der Tasse hinweg. »Hast du gekifft? Mit Andi? Auf die guten alten Zeiten?« Sie lacht gekünstelt auf. Ihr Blick ist voller Bitterkeit und Spott.

»Ich mache keine Witze, Mama.«

»Denkst du, ich turne freiwillig an diesem elenden See herum, der mir meinen Jungen genommen hat?« Sylvia Wolffs Stimme bebt. »Nein, Kind, ich halte mich fern von diesem verfluchten Ort. Und das hättet ihr auch tun sollen!« Sie lässt offen, ob sie Lena und Tom vor dreiunddreißig Jahren meint oder die Endlagererkundung.

»Vergiss, dass ich gefragt habe.« Das Gespräch wird nirgendwo hinführen außer ins Land der Vorwürfe. Natürlich könnten die Videos Sylvia Wolff überzeugen, dass am Kummersee etwas vorgefallen ist, das erklärungsbedürftig ist. Aber Lena hat keine Lust, sie ihr zu zeigen, solange ihre Mutter Selbstmitleid und diffusen Anschuldigungen freien Lauf lässt.

»Wenn du mich fragst, Kind, pack zusammen und fahr dahin, wo du hergekommen bist, statt die alten Wunden aufzureißen.«

Nichts täte Lena lieber. Aber dafür ist es bereits zu spät. Die alten Wunden bluten längst wieder.

17

Weit vor der verabredeten Zeit steht Lena draußen und wartet auf Malik und die anderen.

Der Tag beginnt trüb und windig. *Sleepy Horlow* macht seinem Spitznamen alle Ehre. Nicht viel deutet darauf hin, dass der Ort überhaupt bewohnt ist. Ein hinter den Vorhängen zuckendes Gesicht im Haus der Virchows. Ein grau getigerter Kater auf dem Heimweg von der Jagd. Sonst regt sich in der Tristesse nur das rieselnde Herbstlaub. Dennoch spürt Lena auch heute wieder Blicke auf sich ruhen. Es fühlt sich an wie ein Nachhall der wortlosen Anklage der Horlower vom Vortag.

Andis Wohnmobil ist nirgends zu sehen. Sie nimmt sich vor, später mit seiner Mutter zu reden. Lena muss herausbekommen, was Marlies Kujau mit ihrer Warnung gemeint hat. Vielleicht weiß sie ja sogar etwas über die Lichter im See.

Mit Andreas selbst möchte Lena auch möglichst bald sprechen. Sie will ihm mitteilen, dass sie Björn Thoms und Detlev Kosinski seinen Vorschlag unterbreiten wird, die Geländeerkundung filmisch zu begleiten. Vorausgesetzt, Malik ist an Bord. Tatsächlich könnte es nach der gestrigen Attacke durch die Demonstranten und dem Geschehen der letzten Nacht nicht schaden, eine Kamera dabeizuhaben. Quasi eine eigene kleine Beweissicherungseinheit. Natürlich können sie Andis Dreharbeiten nicht offiziell zustimmen. Lenas Chef, Direktor Karl-Heinz Petersen, würde eine derartige Anfrage abschmettern. Und Seeger, der Pressesprecher der Direktion Lüneburg, würde einen Tobsuchtsanfall erleiden, ebenso die Zuständigen beim Ministerium, die die Vermessungsarbeiten beauftragt haben. Aber spräche sich unter den Aktivisten herum, dass die Vermesser nicht nur von der Polizei, sondern auch von Kameras begleitet werden, könnte das die Abschreckung gegen Angriffe erhöhen. Und Andreas scheint den Draht zu den Aktivisten zu haben, den es braucht, um eine solche Information zu streuen.

Das letzte Wort haben Kosinski und Thoms, beschließt Lena. Sie nimmt sich vor, Andreas zu texten, falls er bis zur Frühstückspause nicht von selbst aufgekreuzt.

Pünktlich um acht rollt der Bulli in die Wendeschleife. Alle Räder sind noch da, niemand hat die Scheiben eingeschlagen. Das Graffito vom Vortag wurde abgeklebt, ebenso das Firmenlogo. So wird die unerwünschte Aufmerksamkeit zumindest etwas reduziert.

Kaum, dass der Bus steht, klettert Lena auf die Rückbank. »Abfahrt! Und sobald der Ort außer Sicht ist, fahr rechts ran, Björn!«

»Dir auch einen guten Morgen!«, begrüßt Malik sie. »Gut geschlafen?«

»Beschissen.« Lena klopft an die Vordersitze. »Los jetzt. Ich muss euch was zeigen!«

Björn Thoms lenkt den Bus durch die Kehre. Mitten im Wald stoppt er. Der Motor erstirbt. Stille senkt sich herab.

»Was ist denn los?« Maliks Stimme klingt plötzlich viel zu laut. »Ist was passiert?«

»Ich war heute Nacht noch mal am See.«

»Warum?«

»Egal.« Lena zückt ihr Smartphone. »Seht euch das an!«

Die Männer beugen sich über das Display und klicken sich durch das Video.

»Das hast du aufgenommen?« Kosinskis Augenbrauen wandern die Halbglatze hinauf. »Letzte Nacht?«

Lena bejaht.

Malik reibt sich das Kinn. »Wäre das ein Clip aus dem Internet, würde ich sagen: eine gut gemachte Fälschung. Fehlt nur noch von unten angestrahlter Nebel. Dann könnte man das bei YouTube einstellen, mit einem Titel wie *Spuk im Wendland: Unheimliche Lichter im Kummersee.*«

»*Tanz der Wassergeister gefilmt. KEIN FAKE!!!*«, steuert Björn Thoms bei und lacht.

Lena verspürt einen Stich. Sei es, weil die anderen sich lustig machen oder weil längst die Assoziationen zu Tom wieder geweckt sind. Auch wenn die Vorstellung, dass der Geist ihres Bruders vor lauter Wiedersehensfreude den See zum Leuchten gebracht hat, nicht einmal für die neunjährige Version von Lena überzeugend klänge.

Etwas in ihrem Gesicht muss ihre Gedanken verraten haben, denn Björns Mundwinkel sinken herab. Er nestelt an seinem Bartzopf. »Eine Ahnung, was du da gesehen hast?«

»Kein Plan, wirklich nicht. Wir haben gefilmt, bis wir uns fast den Hintern abgefroren haben.«

»Wir?«, erkundigt sich Malik.

»Andreas Kujau und ich.« Lena schießt das Blut in die Wangen.

»Der abgehalfterte Beachboy mit der Kamera?«, fragt Thoms.

Lena verdreht die Augen. Doch zugleich muss sie lächeln. Die Beschreibung passt. »Ein Dokumentarfilmer. Ich kenne ihn von früher«, erklärt sie für Malik und Detlev, die Andreas am Vortag verpasst hatten. »Andi würde die Erkundung gern begleiten. Ich hab darüber nachgedacht. Wenn er einen Film über den Kummersee und die Endlagersuche drehen will, können wir ohnehin nichts dagegen machen, solange er euch nicht bei der Arbeit behindert oder Persönlichkeitsrechte verletzt. Aber vielleicht ist es möglich, Andis Anwesenheit zu unseren Gunsten zu nutzen. Als Plus für mehr Sicherheit, mit der Kamera als Abschreckung, für den Fall, dass *Future/Zero* und Konsorten aufdringlich werden. Vorausgesetzt, ihr stimmt zu, hätte ich nichts dageg–«

»Nein!«, unterbricht Thoms. »Einfach nur nein!«

»– hätte ich nichts dagegen, ihn dabeizuhaben«, vollendet Lena ihren Satz. »Das wollte ich mit euch besprechen. Und ihr solltet wissen, dass jemand auf dem Weg zum See Stacheldraht gespannt und Krähenfüße ausgestreut hat. Ich wäre reingerannt, hätte Andi die Fallen nicht bemerkt. Weickert weiß schon Bescheid. Seine Leute sichern die Zufahrt und organisieren die Spurensicherung.«

»Krass. Was kommt als Nächstes?« Björn rauft sich die Haare. »An Seilen schwingende Baumstämme, die den Bus zermatschen?«

»Wenn das hier ein neuer Dannenröder Forst oder Hambi wird, nützt uns ein Kerl mit Kamera herzlich wenig«, gibt Detlev zu bedenken.

»Andi kennt die Gegend«, erwidert Lena. »Und er hat Kontakte in die Szene. Der Tipp, dass es am See etwas zu sehen gibt, kam von einem Informanten namens Keizu. Wer immer das ist, er war heute Nacht da draußen.«

Schweigen. Die Scheiben im Bus beschlagen. Die Wälder um den Kummersee verschwimmen hinter einem Schleier.

»Hast du dir das gut überlegt?«, fragt Malik. »Du weißt, was passiert, wenn jemand mitbekommt, dass wir so einer Aktion eigenmächtig zugestimmt haben.«

»Es würde Regeln geben. Keine Nahaufnahmen, keine Interviews. Wir könnten ein, zwei Szenen drehen, wo wir Andi wegscheuchen. Vielleicht schmeißt Björn Steine nach ihm?« Lena knufft den Vermesser an den Oberarm. »Dann können wir behaupten, er hätte sich über uns hinweggesetzt. Und am Ende entscheidet ihr, was veröffentlicht wird.«

»Klar.« Thoms weicht ihrem Blick aus. »Er wird bestimmt auf uns hören.«

»Auf mich hört er«, behauptet Lena mit mehr Nachdruck, als in Anbetracht ihrer gemeinsamen Geschichte angemessen wäre. »Ich bürge für Andreas Kujau.«

»Ich bin nicht sicher, ob diese Sache eine gute Idee ist.« Malik atmet geräuschvoll durch die Nase aus.

»Hört mal, Leute, ich würde niemals etwas vorschlagen, was uns oder euch in Gefahr bringt. Ja, Andi ist anstrengend. Niemand kann das besser beurteilen als ich. Aber er ist ein guter Kerl, und er will helfen. Und wenn er euch auf die Nerven geht, schicken wir ihn nach Hause.«

»Eine Frage, Lena. Und sei bitte ehrlich.« Kosinski taxiert sie. »Sind wir in Gefahr?«

Lena denkt über die Frage nach. »Durch die Umweltaktivisten? Nein«, sagt sie schließlich. Damit folgt sie Andis Einschätzung und ihrer Intuition.

»Aber?«, hakt Thoms nach.

Die Kälte des Herbstmorgens kriecht ins Innere des Busses. Lena antwortet nicht.

»Lena? Gibt es noch etwas anderes, über das wir uns Sorgen machen müssten? Die Lichter im See?«

»Ich weiß es nicht.« Lena erwidert die forschenden Blicke. Spätestens *jetzt* macht sie sich Sorgen.

18

Sie treffen Uwe Weickert auf dem Weg zum See. Der Hauptkommissar steht in Einsatzmontur in den Spurrinnen der Uferzufahrt und signalisiert ihnen anzuhalten. Hinter ihm untersucht ein Polizist den Boden mit einem Metalldetektor.

Detlev Kosinski lässt das Fenster herunter und beugt sich aus dem Bulli. »Guten Morgen. Entschuldigung, dass wir Ihnen schon wieder Arbeit machen. Frau Wolff hat uns bereits in Kenntnis gesetzt, dass jemand Fallen gestellt hat.«

Weickert tritt an den VW-Bus.

Lena tippt Detlev an. »Er weiß noch nichts von den Lichtern.«

Kosinski bestätigt mit einem Nicken. »Wie schlimm ist es?«, fragt er den Kommissar.

»Bis jetzt zwei Dutzend Krähenfüße und Hakenkrallen. Dazu über die Fahrbahn gespannter Stacheldraht mit grünem PVC-Überzug. Der ist schwerer zu sehen als der verzinkte.«

»Ist so was legal?«, wundert sich Thoms.

»Können Sie in jedem Baumarkt kaufen.« Weickert schnäuzt sich die Nase. »Entschuldigung. Das Wetter ist nichts für mich.« Ein Blick in sein gerötetes Gesicht, und Lena glaubt ihm sofort. »Wir nehmen eine Anzeige wegen gefährlichen Eingriffs in den Straßenverkehr auf. Dazu kommen versuchte gefährliche Körperverletzung und schwerer Landfriedensbruch. Wir brauchen dann noch Ihre Aussage, Frau Wolff.« Er mustert Lena. »Was wollten Sie eigentlich mitten in der Nacht hier draußen?«

»Ich –«

»Wir hatten den Tipp bekommen, dass sich jemand am See herumtreibt. Da wollten wir mal nachsehen.«

Weickert dreht sich schwerfällig um. Dort steht wie aus dem Nichts gewachsen: Andi.

»Und Sie sind?«, fragt der Kommissar.

»Andreas Kujau. Freier Journalist.« Andi zeigt seinen Presseausweis. »Ich kenne Frau Wolff von früher.«

»Aha«, brummt Weickert, als sei damit irgendeine Frage beantwortet. Er wendet sich wieder dem Bulli zu.

»Können wir helfen?«, fragt Malik.

»Wir haben Schuhabdrücke gefunden, ungefähr Größe sechsundvierzig, Springerstiefel oder Knobelbecher. Die gehören nicht zufällig einem von Ihnen?«

Kopfschütteln bei Andi. »Stiefel: Ja. Aber nur zweiundvierzig, mehr wird es bei mir nicht.«

»Neununddreißig, Sneaker«, murmelt Lena. Etwas kratzt an der Schwelle ihres Unterbewusstseins, doch sie kommt nicht darauf, was.

Weiter vorn auf dem Weg winkt der Polizist mit dem

Metalldetektor. Er ruft Weickert etwas Unverständliches zu. »Alles klar«, sagt der Kommissar. »Das dürfte es gewesen sein. Wir sind den Pfad bis zum Ufer komplett abgegangen. Trotzdem rate ich Ihnen, die Augen offen zu halten. Demos sind für heute keine angemeldet. Ich habe aber vorsorglich Kräfte auf Abruf. Sollte es Ärger geben, rufen Sie uns.«

»Wird gemacht. Danke«, sagt Malik.

»Eine Sache noch, Frau Wolff«, Weickert beugt den Kopf zum Fenster, »schauen Sie bitte mit Herrn ...«

»Kujau«, ergänzt Andreas.

»Ja, richtig. Schauen Sie bitte zeitnah mit Herrn Kujau auf der Dienststelle in Lüchow vorbei. Für Ihre Aussagen.«

»Ist gut«, bestätigt Lena. »Ihnen dann einen ruhigen Tag.«

Weickert verabschiedet sich. Kosinski schließt das Fenster. Derweil öffnet Andreas wie selbstverständlich die Schiebetür des Bullis.

»Nehmt ihr mich ein Stück mit?«, fragt er und schwingt sich in den Bus, ohne eine Antwort abzuwarten.

»Wir haben wohl keine andere Wahl«, schmunzelt Kosinski.

»Danke, Andreas Kujau, Filmemacher und Journalist.«

»Ja, habe ich mitbekommen. Detlev Kosinski, Projektleiter für *Alphaplus*.«

Malik macht Andreas Platz. Lena besänftigt Björn

Thoms mit einer Geste, bevor der sich über die Vordersitze auf ihn stürzen kann.

Andi zieht die Tür zu, und sie tuckern zum Seeufer.

»Wir kennen uns auch noch nicht. Malik Nasiri, zentrale Kriminalinspektion Lüneburg.«

»Freut mich.« Andi schüttelt die angebotene Hand.

»Was machst du so früh hier draußen?«, fragt Lena.

»Ich hab mit den Leuten von *F/Zero* gesprochen, in ihrem Protestcamp.«

»Die haben ein ... *Protestcamp?*«

»Wenn man eine Handvoll Zelte plus Campingtoilette so nennen will, dann ja.«

»Ich hoffe, diese Aktivisten haben frische Unterwäsche eingepackt.« Kosinski schüttelt den Kopf. »Die Entscheidung über das Endlager fällt nicht vor 2031.«

»Das ist eher so eine Art Mahnwache. Das machen sie überall, wo Erkundungsteams im Einsatz sind«, erläutert Andreas. »Und natürlich beobachten sie euch.«

»Beobachten?« Thoms umklammert das Lenkrad, als wolle er es erwürgen. »Die Aktion mit dem Blut gestern hat sich für mich nicht nach Beobachten angefühlt. *Future/Zero* ist keine Pfadfindertruppe. Wenn so ihre Mahnwachen aussehen, was kommt danach, wenn sie Ernst machen? Wer sagt uns, dass sie bei Stacheldraht und Hakenkrallen haltmachen?«

»Sie sagen, sie waren das nicht«, gibt Andreas zurück.

»Klar.« Thoms schnaubt. »Das können sie ihren Followern auf Instagram erzählen. Oder besser gleich dem Kommissar!«

»Ich denke nicht, dass die Cops wissen, dass sie noch hier sind.«

»Bitte, was? Warum hast du Weickert nichts gesagt?«, fragt Lena.

»Da sind zehn, zwölf Gestalten, die vor sich hin bibbern. Die meisten kaum mehr als Kinder. Und selbst die sind nicht blöd. Was hätten sie davon, euch ein paar Stunden länger vom See fernzuhalten? Aufmerksamkeit ist damit nicht zu holen. Im Gegensatz zu der Schweinerei mit dem Blut. Das ist heute in sämtlichen Medien.«

»Wenn *Future/Zero* sagt, dass sie mit den Fallen nichts zu tun haben, von wem stammen sie dann?«, will Malik wissen.

»Tja, das ist die Frage, was? Nun, ich weiß es nicht.« Andreas zwinkert Lena zu. »Dafür weiß ich, wer gestern mit dreckigen Arbeitsstiefeln durch unser Haus geturnt ist.«

»Lintow!« Wäre Lena nicht so elendsmüde, wäre sie früher darauf gekommen.

»Wer?«, fragen Björn und Malik gleichzeitig.

»Einer der Einheimischen«, erklärt Lena. »Ein echtes Sonnenscheinchen. Aber warum sollte er so etwas tun?«

Andreas zuckt die Achseln. »Hättest du gern Atommüll im Garten? Wirkt sich ungünstig auf Grundstückspreis und Fortpflanzungsorgane aus.«

»Ist es denkbar, dass die Horlower entschieden haben, selbst aktiv zu werden?«, fragt Malik. »Mit Gewalt?«

»Keine Ahnung«, muss Lena zugeben. »Ich war zu lange weg, um das einschätzen zu können.«

»Die meisten hier in der Gegend sind harmlose Rentner, Familien mit Kindern oder Künstler wie Lenas Ma«, gibt Andreas zu bedenken. »Nicht gerade die klassisch militante Szene.«

»Gestern früh sahen die aus, als würden sie nach Feierabend zusammen Dämonen beschwören.«

Malik und Detlev lachen über Björns Kommentar, während Andreas fragend eine Augenbraue hebt. Nur Lena läuft ein Schauder über den Rücken.

19

Nach dem Trubel des gestrigen Tages herrscht auf der Lichtung am Ende der Zufahrt heute gähnende Leere. Ein einzelner Streifenwagen setzt mit blauer Metalliclackierung und gelben Reflektorstreifen einen Farbklecks ins allgegenwärtige Grau und Braun.

Es ist einer dieser Tage, um sich mit einem Buch und einer Kanne Tee am Kamin über Melancholie und Anflüge von Herbstdepression hinwegzuhelfen. Die Wolken rollen tief und schwer über den zinkfarbenen Himmel. Es nieselt. Ein steifer Nordostwind wühlt den See auf. Das gegenüberliegende Ufer – *Drüben* – ist in Dunst und Sprühregen nur als schmutziger Streifen auszumachen. Mit etwas Fantasie könnte dies auch ein verwaister Ostseestrand sein, den die Touristen bis zur nächsten Saison vergessen haben.

Nichts deutet auf die Ereignisse der Nacht. Die Wellen wirken dunkler als gestern, schwerfälliger, fast pastos. In der Uferzone schwimmt Laub, Schwebstoffe trüben das Wasser. Keine Spur jedoch von Knicklichtern, versteckten

Scheinwerfern oder Kabeln. Was immer man gebraucht hätte, um die nächtliche Lichtshow zu inszenieren.

Die Vermesser entladen den Bulli. Andreas kramt derweil ein Kameraetui aus dem Rucksack.

»Was soll das werden?«, will Thoms wissen.

»Lena hat bestimmt von meinem Filmprojekt erzählt, oder?«, sagt Andi. »Also, wenn das okay ist, eskortiere ich euch ab sofort mit der Kamera.«

»Wir haben bereits eine Eskorte.« Thoms zeigt auf Lena und Malik.

»Schon, aber kann ein zusätzliches Paar Augen schaden? Wir haben beide was davon! Ich dokumentiere die Vermessung und kriege Stimmungsbilder vom See. Und falls euch jemand dumm kommen will, wird er sich das zweimal überlegen, wenn er dabei gefilmt wird«, macht sich Andreas Lenas Sicherheitsargument zu eigen. »Wie klingt das?«

»Ich sehe nicht, wo das hinführen soll.« Björn Thoms richtet sich zu voller Größe auf. »Außerdem äußern wir uns nicht gegenüber der Presse.«

»Ihr müsst ja nicht mal mit mir reden.« Andi wirft Lena einen Hilfe suchenden Blick zu. Sie will etwas sagen, aber Malik hält sie mit einer Geste zurück. Und er hat recht: Das ist nicht ihr Streit. Andreas muss die Vermesser überzeugen.

»Ich störe nicht, ich bereite euch keine Umstände«, beharrt der. »Ich wäre einfach nur da. Eine Überwachungskamera auf Beinen.«

»Wir sind mehr als genug überwacht, danke.« Thoms

breitet die Arme aus. »Hier stand gestern ein halbes Dutzend Kamerateams.«

»Ja, genau. Gestern. Heute haben die ihre Siebensachen schon wieder woanders ausgepackt«, hält Andi dagegen. »Die kommen erst zurück, sobald es was Neues zu berichten gibt. Bevorzugt schlechte Nachrichten.«

»Es kann losgehen!«, unterbricht Detlev Kosinski die Diskussion. »Abmarsch in fünf Minuten.«

»Was ist jetzt mit ihm?«, Björn Thoms deutet mit dem Daumen auf Andi.

»Lasst ihr uns einen Moment allein?«, bittet Kosinski. »Damit wir uns beratschlagen können?«

»Natürlich.« Lena zieht Malik mit sich.

»Wenn das schiefgeht, bist du am Arsch. Dann kannst du bis zur Pensionierung den Verkehr regeln«, raunt der. »Das ist dir klar, oder?«

Lena nickt stumm.

»Ich hoffe, du weißt, was du tust.« Malik verschränkt die Arme und blickt mit verkniffenem Gesicht aufs Wasser. Lena hingegen schiebt mit dem Fuß Kieselsteine von A nach B, während sie darauf wartet, dass die Vermesser ihre Unterredung beenden.

»Lena? Malik? Auf ein Wort?« Detlev Kosinski winkt sie wieder heran. Thoms ist bereits dazu übergegangen, mit grimmiger Miene Equipment zu schultern.

»Dieser Kujau kann bleiben«, sagt Detlev. »Björn ist skeptisch, gelinde gesagt. Aber wir vertrauen dir, wenn du sagst, seine Ortskenntnis und seine Kontakte bedeuten ein Plus an Sicherheit. Sollte es jedoch Probleme wegen ihm geben, geht die ganze Aktion auf deine Kappe, Lena.«

»Damit kann ich leben«, stimmt sie zu.

»Gut. Drei Grundregeln.« Kosinski zählt an den Fingern ab. »Erstens: keine Veröffentlichung ohne Freigabe. Zweitens: Es darf nicht ersichtlich werden, dass wir kooperieren. Drittens – und das ist am wichtigsten: Dein Freund hält Abstand zu Björn. Er war da recht deutlich.«

»Geht klar. Danke, Detlev«, bestätigt Lena. »Ihr könnt jederzeit abbrechen. Ich kann Andi zwar nicht von öffentlichem Grund und Boden verscheuchen, aber wenn er gegen die Regeln spielt, ist sofort Schluss mit lustig.«

Malik sieht alles andere als glücklich mit diesem Arrangement aus, enthält sich jedoch eines Kommentars.

»Ich spreche mit Andreas.« Lena begibt sich zum Ufersaum, wo Andi auf den See hinaus filmt. Zu ihrer Erleichterung erklärt er sich mit den Bedingungen einverstanden.

»Hast du mittlerweile eine Idee, was das für Lichter gewesen sind?«, fragt er.

»Ich hatte gehofft, du hättest was herausgekriegt.«

Andreas schüttelt den Kopf.

»Hat sich deine Quelle noch mal gemeldet?«

»Sie weiß nichts. Aber die Leute von *F/Zero* haben es auch gesehen. Bei denen ist ein Biologiestudent. Der geht einer Ahnung nach. Vielleicht haben wir bald Antworten.«

Lena hasst es, nicht zu wissen, mit was sie es zu tun

hat. Dieses Gefühl schleppt sie seit einer Ewigkeit mit wie einen Anker, der an ihr zerrt.

»Okay, hergehört!« Detlev Kosinski hebt die Stimme, um Wind und Wellen zu übertönen. Er hat eine topografische Karte auf einem der Hartschalenkoffer ausgebreitet. »Das wird kein schöner Tag heute. Ab Mittag soll es nass werden. Und zwar richtig. Folgender Vorschlag: Wir können uns in zwei Teams aufteilen, sofern es euch – Lena, Malik – nichts ausmacht, dass wir euch einspannen.«

Lena und Malik signalisieren ihre Zustimmung.

»Fein«, freut sich Kosinski. »Lena, du und dein Freund mit der Kamera, ihr kommt mit mir. Wir setzen die Vermessung der Grenzpunkte nach Nordosten fort. Björn, du nimmst Malik mit und konzentrierst dich auf diese Flurstücke.« Er deutet auf ein Gebiet im Süden des Sees. »Dort liegen die Ausläufer des Horlower Moors, und es gibt jede Menge Bachläufe. Wenn wir Pech haben und die Regenmengen entsprechend ausfallen, können wir die nächsten Tage da nur mit Schwimmweste arbeiten. Deshalb will ich heute so viel wie möglich schaffen. Die Walkie-Talkies sind geladen. Kanal drei. Fragen?«

Allgemeines Kopfschütteln.

»Dann los! Umso früher sind wir wieder im Trocknen.«

Sie testen die Funkgeräte, dann stapfen sie in unterschiedliche Richtungen davon.

20

Lena lässt sich in ihre neue Tätigkeit als Vermessungs-
assistentin einweisen. Ihr Job besteht darin, Holzpflöcke
einzuschlagen und einen Stab mit einem Spiegelprisma
zu halten, den Detlev mit dem Lasermessgerät anvisiert.
Zusätzlich zum Personenschutz etwas zu tun zu haben
sorgt dafür, dass Lena warm bleibt und sie nicht zu viel
Raum zum Grübeln hat.

Während Kosinski Koordinaten misst, filmt Andreas
ihn aus gebührender Distanz vor der Kulisse des aufge-
wühlten Wassers und der im Wind wippenden Bäume am
Ufer.

»Je weiter der Erkundungstrupp ins ehemalige Grenz-
gebiet vorstößt, desto urwüchsiger wird die Natur«,
spricht Andi den Kommentar für seine Aufnahmen. »Es
ist eine Expedition in eine vergessene Welt. Keine Häuser,
keine Straßen, nicht einmal das weggeworfene Papier eines Schokoriegels. An diesem unberührten Stück
Deutschland entzündet sich der Streit um das Atommüllendlager.« Er schwenkt die Kamera. »Die einzigen Wege
sind Trampelpfade, auf denen Rot- und Schwarzwild

durch die Wälder um Horlow unterwegs ist. Doch keiner der Wildwechsel führt bis an die Wasserlinie. Und vielleicht sollten auch wir uns vom Kummersee fernhalten.«

»Die Tiere mögen das Wasser wegen des Salzgehalts nicht«, steuert Detlev Kosinski bei.

Oder sie wissen etwas, das wir nicht wissen, ergänzt Lenas Unterbewusstsein.

»Schnitt, Schnitt, Schnitt!«, lacht Andreas. »Ich dachte, Sie geben keine Kommentare für den Film?«

»Tue ich auch nicht«, erwidert Kosinski. »Aber vielleicht hätten Sie sich vorbereiten sollen. Der Kummersee entstand durch Auswaschung eines Salzstocks und Einstürze des darüberliegenden Gesteins. Ergo ist das Wasser leicht salzig. *Deshalb* trinken die Tiere nicht aus dem See.«

»Ich habe mich vorbereitet. Ich war sogar im Stadtarchiv in Lüchow. Wussten Sie zum Beispiel, dass ein Einbruch des Deckgesteins vor dreihundert Jahren eine Fischerkate in die Tiefe gerissen hat? Mitsamt der darin schlafenden Familie. Mutter, Vater, drei Kinder und ein Hund.«

»Keine Gruselstorys«, stöhnt Lena. »Bitte nicht.«

»Das ist keine Story, sondern historische Überlieferung. Eines Nachts im Winter 1722 vernahm man in Horlow ein Grollen wie von entferntem Donner. Am Morgen war der See um ein Viertel gewachsen und das Haus des Fischers vom Erdboden getilgt. Die Leichen der Familie wurden nie gefunden.«

»Toll, Andi. Danke, dass du mich an deinem umfangreichen Geschichtswissen teilhaben lässt. Tote im See interessieren mich brennend.«

»Entschuldige.« Andreas senkt den Blick. »Vielleicht hätte ich das nicht erzählen sollen, solange du dabei bist.«

Kosinski zieht fragend eine Augenbraue hoch.

»Schon gut«, blockt Lena. »Lasst uns weitermachen.«

Historisches, Sagen, Legenden. Die Übergänge zerfließen. Wie der Kummersee die Fischerkate verschluckt hat, verschlingt er auch die Gewissheit, was Wahrheit ist und was Fiktion. Lena kennt das Phänomen. Der Tod ihres Bruders ist längst selbst eine lokale Gruselstory. Sie hat so viele Versionen wie Erzähler. Aber keine deckt sich mit ihren Erinnerungen an jenen einen Tag im August.

Andreas ist der Einzige, der nie infrage gestellt hat, was Lena wieder und wieder unter Tränen schildern musste. Niemand hat sie beim Wort genommen – nicht ihre Eltern, nicht die Suchtrupps der Nachbarn und nicht die Polizei. Nach dem Fund von Toms Leiche interessierten sich die Erwachsenen nicht mehr für die Geschichte von einem unheimlichen *Ding* im Wasser. Bei Andreas war das anders. Auch wenn er ihr vielleicht nicht jedes Detail geglaubt haben mag: Er hat sie nie wie ein kleines Kind oder eine Hysterikerin behandelt. Das war einer der Gründe, warum sie zueinanderfanden, als Lena alt genug war, um in Andi mehr zu sehen als einen Bruderersatz. Sie waren Hinterbliebene – verbunden über die Erinnerung an Tom.

»Hörst du mich? Alles in Ordnung?«

Lena zuckt unter Detlev Kosinskis Stimme zusammen. Wie lange starrt sie schon Löcher in die Luft?

»Ich wollte dich nicht erschrecken, tut mir leid.« Der Projektleiter dreht den Bildschirm seines Toughbooks zu ihr. Tropfen überziehen das Display. Jenseits des Wasserfilms verschwimmen Grenzlinien und Messpunkte zu Zerrbildern. »Ich habe nur gesagt, dass wir besser abbrechen.«

»Sorry, ich war in Gedanken«, entschuldigt sich Lena.

»Wenn du sagst, es geht nicht mehr, machen wir Schluss.«

»Dann packe ich zusammen.«

Lena nickt. »Ich gebe Andreas Bescheid.«

Erst jetzt merkt sie, wie kalt ihr ist. Der Wind ist abgeflaut. Der See liegt ruhig da. Regenwolken bilden eine konturlose Masse darüber. Das Nieseln ist zu einem Vorhang aus Perlenschnüren angeschwollen, vor dem die Sicht auf wenige Hundert Meter zusammenschrumpft. Jenseits davon liegt nur verwaschene Düsternis.

Als Detlev Kosinski das Equipment verstaut hat, zieht er das Funkgerät hervor. »Björn? Bist du da?«

Ein digital verzerrtes Quietschen ertönt. »Wir hören dich, Dede. Wie ist die Lage?«

»Nass. Wir machen Schluss für heute. Wie sieht es bei euch aus?«

»Über uns lacht auch nicht unbedingt die Sonne. Du lagst mit deiner Einschätzung richtig. Hier säuft alles ab.«

Lena hört, wie sich Malik und Björn beraten, weil der Vermesser die Sendetaste gedrückt hält. »Dede? Keine

Chance, in diesem Modder später noch mal zum Vermessen zu kommen. Wir ziehen durch. Wir sind eh patschnass. Noch eine halbe Stunde, dann ist der Abschnitt im Kasten.«

»Ist gut, Björn«, funkt Kosinski. »Kommt zum Van, sobald ihr durch seid.«

»Ist gut, over!«

Detlev schultert das Dreibein seines Tachymeters. »Lasst uns sehen, dass wir ins Warme kommen.«

Andi wischt sich Wasser vom Gesicht. »Nichts lieber als das.«

Nach einem Balanceakt über schlüpfrige Baumstämme und glitschige Steine taucht der VW-Bulli als verschwommener weißer Fleck im Dunst auf. Weickert und seine Leute sind abgerückt. Lena, Detlev und Andreas flüchten sich unter die Heckklappe des Busses.

»Das gefällt mir nicht«, murmelt Kosinski beim Blick in die herabstürzenden Regenschleier. »Ich schaue, ob ich Björn unter die Arme greifen kann.« Er drückt Lena Autoschlüssel und Funkgerät in die Hand. »Bleib du ruhig hier und zieh dir was Trockenes an.«

»Du weißt, dass ich dich nicht allein gehen lassen darf«, schlottert Lena. »Personenschutz Gefährdungsstufe zwei, du erinnerst dich?«

»Ich bin ja nur ganz kurz ohne Aufpasser. Und momentan wäre es meiner körperlichen Unversehrtheit am zuträglichsten, wenn die Heizung im Bulli auf Anschlag läuft, sobald ich mit den anderen zurückkomme.«

Bevor Lena Einspruch anmelden kann, verschmilzt Detlev Kosinskis Silhouette bereits mit dem Regendunst.

»Hör mal, ich verschwinde auch kurz.« Andi hat die Arme um den Oberkörper geschlungen und trippelt auf der Stelle. »Wenn ich mir nicht den Tod holen will, brauche ich was Frisches zum Anziehen.«

»Soll ich dich irgendwo hinfahren?«

Andreas schüttelt den Kopf. »Ich parke auf dem alten Kolonnenweg an der Grenze. Querfeldein bin ich schneller.«

»Okay, wie du meinst.«

»Kann ich dich wirklich so stehen lassen?«

»Warum nicht?«

»Allein ...«, druckst Andreas. »Am Ufer ...«

»Ich komm klar.« Lena schleudert ihm ein Handtuch entgegen. Sie weiß, was er denkt. Trotzdem – oder gerade deswegen – ärgert sie sich. Sie krabbelt auf den Rücksitz und reibt sich energisch die Haare trocken.

»War nicht böse gemeint.« Andi lächelt verlegen. »Du kannst auf dich aufpassen. Du bist das mutige –«

»Wenn du jetzt *Wölfchen* sagst, schmeiß ich dich und deine Kamera eigenhändig in den See.«

Andi grinst. »Die ist wasserdicht.«

»Ja, aber du nicht. Hau schon ab!«

»Bin bald zurück!«

Lena widmet sich wieder ihren Haaren. Ein Becher Tee auf dem Armaturenbrett lässt die Scheiben beschlagen. Sie wartet, bis der Bus scheinbar in einer Blase aus Nebel schwebt. Erst dann schält sie sich die nassen Klamotten vom Körper. Es ist niemand da, der ihr zusehen könnte, und für Andi gäbe es nichts, was er nicht kennen würde. Dennoch ist es ihr unangenehm, sich hier auszuziehen.

Es ist der See. Er sorgt dafür, dass du dich beobachtet fühlst.

Trotz Tee und neuer Kleidung fröstelt Lena bei diesem Gedanken. Die Minuten verrinnen. Das behütende Gefühl beschlagener Autofenster verkehrt sich mehr und mehr ins Gegenteil. Jenseits des Schleiers am Glas könnte sich alles und jeder ungesehen heranpirschen.

Wann war der Funkspruch zwischen Björn und Detlev? Er ist länger her als die angekündigte halbe Stunde, deutlich länger. Aber wenn die Vermesser gerade die letzten Werte nehmen, will Lena nicht stören. Sie stellt ihr Funkgerät auf maximale Lautstärke, damit es gegen das Trommelfeuer des Regens auf dem Bulli ankommt.

Verdammt, die anderen müssten längst zurück sein. Und Andi auch!

Lena stößt die Tür auf. Ein Schwall eisiger Luft saugt die mühsam erzeugte Wärme aus dem Bus.

Draußen ist nichts. Nur der Regen. Und der Kummersee.

Das Walkie-Talkie knackt in Lenas Brusttasche. Sie bekommt fast einen Herzinfarkt. Der Lautsprecher kreischt los.

»Lena?« Maliks Stimme. »Bist du da?«

»Ich bin am Auto. Wo seid ihr?« Hektisch regelt Lena die Lautstärke herunter. Sie dreht zu weit. Maliks Antwort vergeht im Getöse der Tropfen auf der Karosserie. Doch er klingt aufgeregt.

Lena flucht und springt ins Freie. Sofort ist sie wieder klatschnass.

Hoffentlich ist Detlev wohlbehalten angekommen!

Was, wenn er gestürzt ist? Oder angegriffen wurde? Sie könnte sich in den Arsch beißen, dass sie ihn allein hat losziehen lassen.

Lena stellt sich an einer Eiche unter. »Malik? Kommen!«, beschwört sie das Funkgerät. »Bitte wiederholen! Malik?«

Das Walkie-Talkie knistert mit dem Prasseln des Regens auf dem See um die Wette.

»Malik? Geh ran!« Lena kämpft gegen die Panik. Wenn sie brüllt, wird er sie nicht verstehen. »Malik? Kommen!«

»Hallo?« *Endlich!* »Lena?«

»Ja! Was ist los bei euch? Ist Detlev gut angekommen?«

Dieses Mal versteht sie die Worte, die aus dem Lautsprecher neben ihrem Ohr kommen. Doch sie ergeben keinen Sinn.

»Lena? Detlev ist da.« Statisches Rauschen. »Aber Björn ist weg!«

21

Schweigen.

»Lena? Hast du gehört?« Maliks Stimme klingt blechern. Wie ein Radiosprecher aus dem entlegensten Winkel der Welt. »Lena? Hallo?«

Sie hebt das Funkgerät. »Wiederhol das, Malik!«

Es knackt. »Björn. Ist. Weg!« Jedes Wort deutlich abgesetzt und artikuliert. Dazwischen hektisches Atmen.

»Weg? Was meinst du mit *weg*?«

Störgeräusche zerhacken die Antwort.

»Scheiße!«, flucht Lena. Und überbetont zu Malik: »Ich probiere es auf dem Handy.«

Sie holt das Telefon aus der Hosentasche.

Kein Netz. Natürlich. Ausgerechnet hier und jetzt.

Wo bleibt nur Andi?

Lena läuft hin und her, das Smartphone gen Himmel gereckt. Richtung Seeufer blinkt das Anbieterlogo im Display auf. Ein Balken Empfang. Die Verbindung wird aufgebaut.

»Jetzt mach schon!« Lena lauscht. Mit der freien Hand zerrt sie die Kapuze über ihre tropfenden Haare. Es tutet.

Malik nimmt sofort ab. »Hallo? Lena?«

»Was ist los, Malik? Was heißt das, *Björn ist weg?*«

»Ich ... keine Ahnung. Wir waren fertig. Er wollte nur noch kurz hinter die Büsche am Ufer ... Aber dann ist er nicht wiedergekommen. Also sind Detlev und ich los und haben ihn gesucht.«

»Habt ihr ihn gerufen?«

»Klar haben wir gerufen! Was denkst du denn?«

Wie zum Beweis brüllt Malik abermals Björns Namen. Der Lautsprecher an Lenas Ohr übersteuert. Kurz glaubt sie, einen Widerhall von Maliks Ruf über den See zu hören. Doch der Regen erstickt jeden anderen Laut.

»Nichts«, sagt Malik, wieder an Lena gewandt. »Ich kapier das nicht!«

»Wie lange ist er schon weg?«

Stille. So tiefgreifend, dass Lena glaubt, die Verbindung sei abgerissen. Dann: »Vielleicht fünfzehn, zwanzig Minuten.« Es klingt wie eine Frage.

»Und wenn er sich verlaufen hat?« Lena weiß, wie unwahrscheinlich das ist. Wer geht denn hinter einen Busch zum Pinkeln und findet nicht zurück?

»Er müsste uns rufen hören«, führt Malik den Gedanken weiter. »Wäre er nur gestürzt ...«

»... würde er antworten.« Lena ist eiskalt. Und das liegt nicht am Wetter.

»Was, wenn er bewusstlos ist?«

»Im Wald gibt es Erdfälle. Tief genug, einen falschen Schritt sofort zu bestrafen«, denkt Lena laut. »Hast du es auf seinem Handy probiert?«

»Aus.«

Malik brüllt abermals nach Björn. Dieses Mal ist Lena sicher, ein dumpfes Echo über den See wabern zu hören. Sie kann das Telefon kaum noch halten. Plötzlich wiegt es eine Tonne.

Wo zur Hölle steckt Andi?

»Lena?« Maliks Atem im Handylautsprecher geht stoßweise. »Wir sollten Verstärkung rufen.«

22

Weickert verspricht, seine Einheiten sofort zu mobilisieren. Doch das Warten auf Verstärkung zerrt an den Nerven. Lena drückt den Rücken an den Bulli und starrt in den Dunst. Seit sie den Kommissar alarmiert hat, ist sie überzeugt, dass Björn Thoms etwas Schlimmes zugestoßen ist. Als hätte der Anruf eine theoretische Möglichkeit in Gewissheit verwandelt. Als hätte Lena sein Schicksal besiegelt.

Entgegen allen Ängsten analysiert sie die Situation mit der Routine einer langjährigen Polizistin: Niemand verschwindet einfach. Schon gar nicht, wenn er sich nur kurz zum Pinkeln in die Botanik schlägt. Thoms hat keinen schüchternen Eindruck gemacht. Er wird nicht kilometerweit ins Moor gewandert sein, weil ihm die anderen etwas hätten abgucken können. Außerdem ist er ein erfahrener Vermesser. Er weiß sich in fremdem Terrain zu orientieren. Und ein etwaiger Angreifer dürfte es schwer gehabt haben, jemanden mit seiner Statur zu überrumpeln. Vor allem nicht lautlos, zumal Björn Thoms nicht allein war. Malik und Detlev befanden sich in Rufweite.

Sagte Malik nicht, Thoms sei hinter die Büsche gegangen? Und zwar *am Ufer*?

Der Zusatz lässt Lenas Sorgen explodieren. Auch wenn das alles andere als rational ist. Abermals zückt sie das Handy, sucht nach Empfang und wählt. Erst Thoms – »*Björn kann gerade nicht. Ihr wisst, wie's geht!*«*piep –, dann Malik. Doch dieses Mal kommt keine Verbindung zustande.

Lena tigert umher. Ob bewusst oder nicht: Sie vermeidet es, dem See den Rücken zuzukehren.

Du hättest sie warnen müssen, meldet sich ihr neunjähriges Ich zu Wort.

Lena schüttelt das Stimmchen in ihrem Hinterkopf ab und wählt erneut. Beim dritten Versuch tutet es endlich. Als es in der Leitung klickt, lässt sie Malik keine Gelegenheit, etwas zu sagen.

»Haltet euch vom Wasser fern!«, stößt Lena ins Handy.

»Was ...?«

»Tut's einfach! Bitte!«

»Okay, aber ...«

»Am besten bleibt ihr, wo ihr seid. Wie finden wir euch?«

»Am Ufer entlang nach Südosten. Einen guten Kilometer, schätze ich. Hier mündet ein Bach in den See.«

Ein Motorengeräusch nähert sich. »Das ist Weickert!«, ruft Lena. »Wir sind gleich da, Malik! Passt auf euch auf!«

»Ja. Ja, du auch.«

Lena unterbricht die Verbindung. Sie winkt den Streifenwagen heran, der mit zuckendem Blaulicht über den Pfad zum See braust.

Spätestens, als Hauptkommissar Weickert aus dem Wagen steigt und Lena laut aussprechen muss, dass Björn Thoms vermisst wird, ist sie wieder im Jahr 1990 angekommen. Sie ist neun Jahre alt und soll der Polizei erzählen, was passiert ist. Doch anders als der ungeduldig grummelnde Beamte von damals, dessen Gesicht nur aus Schnauzbart und Hamsterbacken zu bestehen schien, nimmt Weickert sie ernst. Natürlich ist Lena heute Polizistin, und sie erzählt auch nichts von einem Monster im Kummersee, das Kindern nachstellt. Stattdessen berichtet sie knapp, was vorgefallen ist; warum sie davon ausgeht, dass Thoms etwas zugestoßen ist.

Weickert hört zu, nickt ab und an und wendet sich schließlich an die junge Kollegin, die ihn begleitet: »Nella, funk die Leitstelle an. Auch wenn schon Kräfte auf dem Weg sind, Lüchow soll schicken, was sie haben. Danach rufst du den ADAC in Perleberg an. Die Luftrettung dort hat eine Wärmebildkamera. Wir brauchen möglichst bald einen Hubschrauber in der Luft. In dem Gelände haben wir zu Fuß keine Chance. Ach, und ich will einen Krankenwagen hier haben. Nur zur Sicherheit.«

Die Beamtin – kräftig, mit schwarzen, streng geflochtenen Haaren – greift zum Funkgerät. »Sollen wir die Zufahrt abriegeln? Die Presse kriegt früher oder später spitz, was los ist.«

»Ja, unbedingt. Und frag bei der Hundestaffel in

Scharnebeck, wie lange die brauchen, bis sie einsatzbereit sind.«

Lena schluckt.

»Es sind Rettungshunde«, versichert Weickert. »Keine Spürhunde für ...« Er verstummt. »Wenn der arme Kerl verletzt da draußen liegt, sollten wir ihn schnell finden. Das Wetter ist nicht zu unterschätzen. Lassen Sie uns gehen. Frau Milani hält die Stellung.«

»Da müsste gleich ein riesiges schrottreifes Wohnmobil den Weg hochkommen«, wendet sich Lena an Weickerts Kollegin. »Der Fahrer heißt Andreas Kujau. Lassen Sie ihn bitte durch. Er gehört zu uns.«

Milani nickt und zieht den Reißverschluss ihrer Jacke zu.

»Können wir dann?« Weickert lässt sich die Richtung zeigen. Lena hat ihn falsch eingeschätzt. Mit einem Mal ist er alles andere als ein dröger Provinzcop. Sie muss sich anstrengen, Schritt zu halten.

Schnell wird deutlich, was Weickert mit »in dem Gelände« gemeint hat. Im Süden des Kummersees, am Übergang zum Horlower Moor, gibt es nicht einmal Wildpfade, denen sie folgen können. Bald hüpfen sie von Grasbüschel zu Grasbüschel, um nicht einzusinken.

Sie hören Malik und Detlev, bevor sie sie sehen. Die beiden rufen immer noch nach Thoms und klingen so heiser wie verzweifelt. Schließlich leuchtet Kosinskis bunte Outdoorjacke inmitten einer Kolonie von Schwarzerlen auf, beruhigend weit vom Ufer entfernt.

Lena unterdrückt den Impuls, Malik zu umarmen. »Was Neues?«

Kosinski schüttelt den Kopf. Er wendet sich an Weickert. »Danke, dass Sie so schnell gekommen sind.«

»Selbstverständlich.« Weickert macht eine ungeduldig kreisende Handbewegung. »Wo ist der Kollege abhandengekommen?«

Malik zeigt Richtung Ufer. Im Dreieck aus Kummersee, Moor und Dauerregen verschwimmt die Grenze zwischen den Elementen zusehends.

»Da habe ich ihn zuletzt gesehen.« Malik deutet auf eine kaum auszumachende Erhebung im Gelände. Gestrüpp und verkümmerte Birken bilden darauf die letzte Bewuchslinie vor dem Seeufer. Die Stelle, an der Thoms verschwunden ist, unterscheidet sich nicht von unzähligen anderen Inselchen im Feuchtgürtel an der Südseite des Sees.

»Und wo waren Sie?«, fragt Weickert.

»Hier drüben.« Kosinski weist auf das GPS-Messgerät, das weiter landeinwärts wie ein Speer mit pilzförmigem Kopf aus dem Morast ragt.

Weickert tritt durch die Büsche ans Ufer. Lena und Malik folgen. Hinter den Sträuchern erstreckt sich der Kummersee ins nebelgraue Nichts. Flachwasserzone und Strand sind mit abgestorbenen Pflanzen und Laub überzogen. Zwischen den Schilfhalmen hebt und senkt sich die Haut aus toter Biomasse im Takt der Wellen. Es sieht aus, als atme der See.

Malik formt die Hände zu einem Trichter und brüllt

Thoms Namen an der Uferlinie entlang. Erst in die eine, dann in die andere Richtung. Seine Stimmbänder vollbringen kaum noch mehr als ein Krächzen. Im strömenden Regen verhallt es nach wenigen Metern.

Lena zieht die Jacke enger um sich. Goretex und Innenfutter bewahren sie vor Nässe und Kälte. Als Panzer gegen Furcht und das Gefühl der Exponiertheit taugen sie nicht. Lenas Blick scannt das Horlower Moor und den Schilfgürtel. Die Landschaft wirkt trist und abweisend, fremdartig, ja, fast feindlich. Lena tastet nach dem Gewicht der Dienstwaffe an ihrer Seite.

Für den Fall der Fälle ...

Der Kommissar untersucht den Boden auf Fußabdrücke. Doch selbst ein Laie erkennt, dass Malik und Detlev jedwede Spur auf der Suche nach Björn Thoms zertrampelt haben.

»Hatten Sie noch mal Kontakt zu diesen Umweltschützern?«, fragt Weickert, ohne aufzusehen.

»Nur indirekt.« Malik klingt, als hätte er sich in einer Karaokebar an Thoms Deathmetalbands ausprobiert. »Heute Vormittag ist eine Drohne über uns geflogen. Die gleiche wie gestern, schätze ich.«

Die Erwähnung des Fluggeräts verstärkt Lenas Gefühl, dass sie hier draußen nicht allein sind. »Was denken Sie?«, fragt sie Weickert.

Der Hauptkommissar richtet sich auf und wischt die Hände an der Jacke ab. »Dass wir höchstens noch drei Stunden Tageslicht haben. Die sollten wir nutzen.«

»Und worauf warten wir dann?«, drängt Kosinski.

»Auf Verstärkung. Wenn die Kollegen da sind, gehen wir das Ufer ab. Immer schön in Zweierteams und auf Sichtweite zueinander.«

Die Art, wie Weickert die Worte *Zweierteams* und *Sichtweite* betont, verrät, dass er nicht daran glaubt, dass Thoms gestürzt ist und ein unfreiwilliges Nickerchen hält.

»Und falls wir Björn nicht bis zum Einbruch der Dunkelheit gefunden haben?« Detlev Kosinski zieht die Stirn kraus. »Vielleicht ist er verletzt und braucht Hilfe!«

Weickerts Schweigen in all seiner Ratlosigkeit ist brutal ehrlich. Schließlich räuspert er sich. »Ich schaue mal, wann wir mit dem Hubschrauber rechnen können.« Der Kommissar geht den Strand hinunter. Während er außer Hörweite in sein Funkgerät spricht, mustert er den verbliebenen Vermesser.

Stellt er bereits eine Liste von Verdächtigen auf?

»Björn!«, schreit Lena. Und dann noch mal, so laut sie kann: »Björn Thoms! Wo bist du?«

Im Gegensatz zu Malik ruft sie nicht landeinwärts oder am Ufer entlang. Sie ruft Richtung Wasser, raus auf den See.

»BJÖRN!« Es fühlt sich an, als ziehe jemand den Stacheldraht von letzter Nacht durch ihre Kehle. Metallgeschmack breitet sich in Lenas Mund aus. Trotzdem hört sie nicht auf. »BJÖRN THOMS!«

Malik legt ihr eine Hand auf die Schulter. »Sicher geht es ihm gut.« Sein Tonfall straft die Worte Lügen. »Er hat sich nur verlaufen.«

»Ja, bestimmt«, presst Lena mit brechender Stimme hervor. »Scheiße! Wo bleibt die verdammte Verstärkung?«

Sie eilt davon und ruft wieder und wieder nach Björn. Dreiunddreißig Jahre nach Toms Tod brüllt Lena erneut ihre Verzweiflung aufs Wasser hinaus.

Wie konnte ich nur denken, dieser Ort sei fertig mit mir?

23

Ein Schwarm Polizisten nimmt die Suche nach Björn Thoms auf. Weickert und seine Kollegin Milani haben beim Alarmieren der Verstärkung Druck gemacht. Jeder freie Beamte des östlichen Wendlands ist im Einsatz. Worüber Lena dankbar, aber zugleich beunruhigt ist.

Detlev Kosinski war nicht davon abzubringen, sich den Suchmannschaften anzuschließen. Weickert hat versprochen, ihn nicht aus den Augen zu lassen, sodass Malik und Lena Gelegenheit hätten, sich aufzuwärmen und in trockene Kleidung zu schlüpfen. Doch Lena ist entschlossen, nicht vom Seeufer zu weichen, bis Thoms gefunden wurde.

Seinen Namen hinaus auf den See zu schreien, hat sie aufgegeben. Sie ist nun dazu übergegangen, im Wechsel seine Nummer und die von Andreas Kujau zu wählen und den Sprüchen der jeweiligen Mailboxen zu lauschen.

So langsam macht sich Lena auch Sorgen um Andi. Er ist immer noch nicht zurück. Seit sie sich getrennt haben, fehlt von ihm jedes Lebenszeichen.

Lena probiert es erneut auf Björn Thoms Handy –

»*Björn kann gerade nicht*« –, da schneidet ein Dröhnen durch den Regen. Einer gelben Riesenlibelle gleich schwebt der Hubschrauber des ADAC über dem See. Der Rotor kräuselt das Wasser und verscheucht die aus dem Wald aufsteigenden Dunstschwaden. Zusätzlich zur Nässe von oben und unten fliegen nun auch waagerecht Tropfen heran.

»Wir können hier nichts mehr tun!«, krächzt Malik an Lenas Ohr. »Thoms nützt es wenig, wenn wir uns eine Lungenentzündung einfangen!«

Lena antwortet mit einem vorwurfsvollen Blick. »Er hat uns vertraut, Malik. Ich lasse ihn nicht im Stich! Es reicht, dass ich Tom habe hängen lassen.«

»Wovon redest du? Deine Lippen sind schon ganz blau!« Malik zupft sie am Ärmel. Ausgewaschenes Haargel läuft ihm über das Gesicht. »Komm, am Bulli haben wir heißen Tee und Wechselklamotten. Die Kollegen wissen, was sie tun. Außerdem müssen wir Petersen Bericht erstatten.«

Lena lässt sich mitziehen. Auf dem Weg zum Auto treffen sie auf Andreas. Er ist in Schlamm gebadet. Die Haare kleben ihm in Strähnen auf Stirn und Wangen.

»Lena!« Die letzten Schritte spurtet er ihnen entgegen. »Ich hab gehört, was passiert ist. Habt ihr ihn?«

Binnen eines Herzschlages mutiert Lenas Sorge um Andi zu Wut. Sie stampft an ihm vorüber, ohne ihn anzusehen.

»Die Suche läuft noch«, sagt Malik und eilt Lena nach.

»Hey!«, ruft ihnen Andreas hinterher. »Was ist denn los?«

Lena fährt herum. »Wo warst du?«, faucht sie. »Ich war kurz davor, auch noch nach dir suchen zu lassen.«

»Ich ...« Andreas deutet an sich herunter. » ... bin stecken geblieben. Bei dem ganzen Matsch —«

»Und da kommst du nicht mal auf die Idee anzurufen?«

Andreas' Blick irrlichtert. »Mein Akku —«

»Weißt du, was? Vergiss es!« Lena stürmt weiter.

»Lena, warte!«

Wieder macht sie kehrt. »Was?«

»Alles okay?«

»Jemand wird vermisst. Dort, wo mein Bruder gestorben ist. Ökofaschisten bespritzen uns mit Blut, ganz Horlow inklusive meiner Mutter hasst mich, und dieser verdammte Tümpel leuchtet nachts heller als die Reeperbahn. Und du fragst mich, ob alles okay ist? Ernsthaft, Andi?«

»Entschuldige. War 'ne dumme Frage.« Andreas zieht den Kopf zwischen die Schultern. Er wagt nicht, sie anzusehen. »Kann ich was tun? Bei der Suche helfen? Irgendetwas?«

Lenas Wut verraucht, so schnell sie gekommen ist. »Wir können nur warten und die Augen offen halten.«

»Brauchst du beim Warten Gesellschaft?«

»Ehrlich gesagt nicht. Aber wenn du mir einen Gefallen tun willst, arrangier mir ein Treffen mit deiner Mutter. Allein. Ohne Lintow. Ich muss wissen, vor was sie mich warnen wollte. Und ob es mit Björns Verschwinden zu tun hat.«

»Lässt sich machen. Dann fahre ich jetzt zurück. Sobald ich in Horlow bin, trommel ich Freiwillige für die Suche nach eurem Vermesser zusammen.«

»Viel Erfolg.«

Andi zieht einen Mundwinkel hoch und trabt los.

»Glaubst du ihm, dass er stecken geblieben ist?«, erkundigt sich Malik, als Andreas außer Hörweite ist. »Und dass ausgerechnet dann der Handyakku schlappgemacht hat?«

»Warum fragst du das?« Lena stoppt.

»Weil ich nicht weiß, was ich von ihm halten soll. Findest du es nicht seltsam, dass er genau in dem Moment unauffindbar ist, als Thoms verschwindet?«

Lena schüttelt den Kopf. »Er ist harmlos«, sagt sie, geht im Stillen jedoch erneut die Abfolge der Ereignisse durch.

Hätte Andreas nach seinem Abmarsch genug Zeit gehabt, die anderen zu erreichen, bevor Maliks erste Meldung zu Björns Verschwinden eingegangen ist?

Ja, wahrscheinlich.

Woraus sich sofort die nächsten Fragen ergeben:

Kenne ich die Person überhaupt, zu der Andi geworden ist? Und: *Traue ich ihm?*

»Von was für einer Warnung habt ihr eben gesprochen?«

Lena schreckt aus ihren Gedanken. »Das erzähle ich dir, wenn ich noch mal mit Andis Mutter geredet habe.«

Sie will nicht den Eindruck erwecken, dass Marlies Kujau sie mit ihren Unkenrufen in Panik versetzt hätte.

Lena stakst weiter. Ihre Beine sind vor Kälte ganz taub. Sie schafft keine drei Schritte, da fasst Malik sie am Arm und dreht sie sanft zu sich.

»Was du zu diesem Andreas gesagt hast ... Du hast nie erwähnt, dass du einen Bruder hattest. Geschweige denn, dass er gestorben ist. Ich weiß, dass du nicht gern über deine Vergangenheit sprichst.« Maliks Augen sind voller Mitgefühl. Aber sein Tonfall lässt keinen Zweifel, dass er das Nächste, was er sagt, bitterernst meint: »Wenn du auch nur die geringste Wahrscheinlichkeit siehst, dass der Tod deines Bruders mit Thoms Verschwinden zu tun haben könnte, musst du den Mund aufmachen.«

Lena schluckt. Malik bringt auf den Punkt, wovor sie sich am meisten fürchtet.

24

»Er ist ertrunken. Im See.« Lena verwandelt einen weiteren Fingernagel in eine blutige Ruine. »Ich bin bis heute nicht sicher, was passiert ist.«

»Nicht sicher, was passiert ist?«, wiederholt Malik.

Vierter August neunzehnneunzig. Einmal mehr. Lena ist verdammt, diesen Tag wieder und wieder zu durchleben. Sie gibt Malik den Schnelldurchlauf. Dabei umklammert er sein Handy so fest, dass Lena fürchtet, es könne zerbrechen. Am Ende bleiben ihrer beider Atem, das Gebläse der Standheizung und das ferne *Schrapp-Schrapp* des Helikopters die einzigen Geräusche im Inneren des VW-Busses.

»Gab es aufseiten der Behörden nie Zweifel, dass der Tod deines Bruders etwas anderes gewesen sein könnte als ein Badeunfall?«, fragt Malik schließlich.

»*Badeunfall.*« Lena lässt das Wort über die Zunge perlen. Es schmeckt nach Alkohol und jugendlichem Leichtsinn. »Der See wurde nicht einmal abgesucht, nachdem Toms Leiche am nächsten Morgen gefunden worden war. Schlicht, weil die offizielle Fassung der Ereignisse so schön passte: Klein-Schwesterchen will seinen Bruder beeindrucken. Sie schwimmt zu weit raus, verfängt sich im Seegras und bekommt Panik. Er rettet sie, bleibt aber selbst in den Wasserpflanzen hängen. Bruderherz geht unter und ertrinkt. Ende der Geschichte. Tragisch, doch so etwas passiert.« Lena schnaubt. »In jenem Jahr erging es in Deutschland siebenhundertvierundsechzig Menschen wie Tom. Ich hab die Zahl recherchiert.«

Nur, dass die anderen nicht unter Wasser gezogen wurden, ergänzt ihre innere Stimme.

»Das ist schrecklich, Lena.« Malik massiert sich die Nasenwurzel. »Wieso hast du nie davon erzählt?«

»Ist nicht die Art von Story, die man auf der Weihnachtsfeier zum Besten gibt.« Ein Seufzer stiehlt sich von Lenas Lippen. »Bist du mir böse, dass ich dir nicht die Wahrheit gesagt habe, warum ich diesen Auftrag wollte?«

»Alles wird gut, Lena.« Malik umarmt sie linkisch. »Noch etwas, das du mir verschwiegen hast?«

»Nein. Reicht ja auch.« Lena drückt eine Träne weg.

Malik, du treue Seele. Was wäre ich nur ohne dich?

Gern würde sie ihm mit einem Lächeln danken, doch an ihren Mundwinkeln zerren Bleigewichte.

»Bist du deshalb Polizistin geworden? Wegen deines Bruders?«, will Malik wissen.

»Unter anderem. Andis Vater war Polizist.« Lena atmet stoßweise aus. »Vielleicht wollte ich es besser machen als die Kollegen damals.«

»Jetzt hast du mir deine halbe Lebensgeschichte erzählt«, sagt Malik. »Aber eine Sache hast du ausgelassen.«

»Und die wäre?«

»Was, glaubst du, ist wirklich geschehen?«

Lena denkt länger darüber nach, als ihr guttut. »Ganz ehrlich: Ich weiß es nicht. Bis gestern hätte ich der offiziellen Version mit Zähneknirschen zugestimmt. Wir schwimmen raus, ich verheddere mich, Tom will helfen und geht unter. Der Rest ist die Fantasie eines traumatisierten Mädchens.« Lena zieht die Knie an die Brust. »Ich habe Jahrzehnte gebraucht, bis ich diese Geschichte geglaubt hab. Womöglich bin ich deshalb zurückgekommen. Um den letzten Zweifel zu ersticken. Und aus Rache, weil mir dieser Ort alles genommen hat. Tom, meine Kindheit, die geistige Gesundheit ...« Sie ächzt. »Wenn du mich jetzt aber fragst, ob der Kummersee auch Björn Thoms geholt hat und was diese seltsamen Lichter letzte Nacht damit zu tun haben ... tja, da muss ich passen. Ich weiß nicht, was ich noch glauben soll.« Lena sucht Blickkontakt. »Mal außerdienstlich gefragt: Glaubst du an so was?«

»An was?« Malik legt die Stirn in Falten. »An Monster?«

»Ja.« Lenas Wispern verliert sich fast im Luftstrom des Gebläses. »Glaubst du, Monster gibt es wirklich?«

»Ja, das tue ich. Aber ich glaube auch, dass die schlimmsten Monster Menschen sind. Wenn ich bei der Polizei etwas gelernt habe, dann das. Wir tun uns und anderen furchtbare Dinge an. Und jeder kann zum Monster werden.«

Maliks Worte hängen in der Stille. Draußen setzt die

Dämmerung ein. Angesichts der Übermacht des Schlechtwetters kriecht die Sonne vorzeitig in ihr Bett hinter dem Horizont.

»Ich rufe dann mal Petersen an«, sagt Malik irgendwann. »Wünsch mir Glück, dass der Chef mich nicht gleich durchs Telefon verspeist.«

Lena bleibt allein mit ihren Gedanken zurück. Als Malik schließlich wieder in den Fond des Bullis klettert, ist ihm die Unterredung mit dem Leiter der zentralen Kriminalinspektion anzusehen.

»Wie ist es gelaufen?«, fragt Lena.

»Manchmal sind die kurzen Gespräche die schlimmsten. Petersen will einen Bericht. Morgen bekommen wir die Lüneburger Hundertschaft, falls Thoms bis dahin nicht wiederaufgetaucht sein sollte.«

»Falls Björn nicht wiederaufgetaucht sein sollte ...«, wiederholt Lena das Unvorstellbare.

»Warten wir erst mal ab«, beruhigt Malik.

Jenseits der beschlagenen Scheiben des Bullis gleiten Schemen vorüber. Gedämpfte Stimmen erklingen. Dankbar für die Ablenkung öffnet Lena die Tür.

Andis eilig organisierter Suchtrupp ist zur Lichtung zurückgekehrt. Er besteht aus ganzen vier Personen. Vorneweg stapft Volker Rathenau. Für sein Alter und seinen Körperumfang wirkt Horlows Revierförster erstaunlich energisch. Vielleicht treibt ihn die Wut. Seine Glupschaugen über den zornesroten Wangen verorten die Schuld, dass er bei Wind und Wetter in der Wildnis nach einem Vermissten suchen muss, eindeutig bei Lena. Auf Rathenau folgt Lars Virchow. Regentropfen sprenkeln seine Brille. Die im Look einer Playmobilfigur geschnittenen schwarzen Haare triefen ebenso wie sein Vollbart. Er würdigt Lena keines Blickes. Ein Pärchen mittleren Alters – vermutlich Zugezogene, die Lena nicht kennt – komplettiert die Gruppe. Immerhin nicken sie ihr im Vorbeigehen aufmunternd zu.

Horlows Suchmannschaft erweckt den Anschein, als habe das Dorf gerade so viele Leute ausgeschickt, wie ein Mindestmaß Anstand gebietet. Niemand verlangt, dass Tante Marlies oder die Godehardts auf ihre alten Tage das Moor durchkämmen. Aber es ist bezeichnend, dass weder Lenas Mutter noch Simon Lintow die Suche unterstützen.

Andreas bildet mit hängendem Kopf die Nachhut. »Wir müssen für heute Schluss machen. Es ist zu gefährlich, im Dunkeln umherzustolpern, sagt Weickert. Tut mir leid.«

Lena antwortet nicht.

Andreas tritt einen Schritt näher, damit niemand mithören kann. »Lintow weicht meiner Ma nicht von der Seite. Aber sie kommt nachher zu euch rüber. Gegen halb neun.«

»Danke, Andi. Für alles.«

»Ich pack mich unter die Dusche. Der Kommissar will mit dir sprechen. Wir sehen uns?«

Lena nickt geistesabwesend.

Andreas macht Uwe Weickert Platz. Die Miene des Hauptkommissars ist unbewegt. »Wir brechen die Suche für heute ab, Frau Wolff.«

»Schon gehört.« Lena verpasst der Kopfstütze des Beifahrersitzes einen Boxhieb. »Scheiße!«

Weickert tritt von einem Fuß auf den anderen, als schäme er sich für den ausbleibenden Erfolg seiner Leute. »Falls es hilft: Ich glaube nicht, dass Ihr Schützling hier draußen ist.«

»Wieso das?«, fragt Malik.

»Der Hubschrauber hätte ihn gefunden. Selbst wenn er bewusstlos wäre, würde er nicht so schnell auskühlen, dass ihn die Wärmebildkamera nicht erfassen könnte.«

Die Besorgnis in Weickerts Blick alarmiert Lena. »Und was heißt das?«

»Um ehrlich zu sein, ich weiß es nicht.«

»Irgendetwas müssen Sie doch haben! Eine Spur, einen Verdacht? Was ist, wenn Thoms sich den Kopf angeschlagen hat und durch die Gegend irrt?« Lena greift nach jedem Strohhalm. Hauptsache, die Erklärung für Björns Verschwinden liegt nicht im Kummersee.

Hauptsache, er wurde nicht ins Wasser gezogen.

»Was ist mit *Future/Zero*?«, fragt Lena.

»Wir gehen dem nach. Der Hubschrauber hat ihr Camp entdeckt. Aber die meisten sind in die Wälder geflohen, bevor wir sie befragen konnten. Die noch da waren, beteuern, nichts mit dem Verschwinden von Herrn Thoms zu tun zu haben. Ein paar haben sich sogar der Suche angeschlossen.«

»Wenn sie so enthusiastisch an die Sache rangegangen sind wie die Horlower, ist Björn ja so gut wie gerettet.«

»Lena, nicht.« Malik legt ihr die Hand auf den Arm.

Dann wendet er sich an Weickert. »Wie geht es jetzt weiter?«

»Wir setzen die Suche morgen fort.« Der Hauptkommissar hebt beschwichtigend die Hände. »Sobald es hell wird, haben wir die Lüneburger und die Suchhunde im Einsatz.«

»Morgen. Toll.«

Weickert ignoriert Lenas Unmut. Hinter ihm zieht eine schweigende Prozession durchnässter Polizisten durch die Dämmerung. Entweder sie meiden jeden Blickkontakt, oder sie funkeln Malik und Lena an. Natürlich hat sich herumgesprochen, dass Björn Thoms trotz Personenschutz verschwunden ist.

»Wo können wir Sie erreichen?«, fragt der Kommissar.

»Die Pension, die Sie uns empfohlen haben –«

»Hier!«, unterbricht Lena Malik. »Wir sind *hier*! In Horlow! Irgendjemand muss sich ja um Björn Thoms kümmern.«

Weickert nickt resignierend. »Geben Sie acht auf sich. Ich möchte nicht auch noch nach Ihnen suchen müssen.«

25

Als einer der Letzten kehrt Detlev Kosinski aus dem Horlower Moor zurück. Bei ihm ist Weickerts Adjutantin Milani. Sie wirft Lena und Malik ein entschuldigendes, fast
verlegenes Lächeln zu, bevor sie sich verabschiedet. Kosinski lässt sich auf die Rückbank des Bullis fallen.

Malik reicht ihm einen Becher Tee. »Es tut mir leid«,
sagt er und schlägt den Blick nieder. »Ich sollte auf Björn
aufpassen, und ich habe es verkackt.«

»Ist nicht deine Schuld.« Kosinski fährt sich über die
Halbglatze. »Irgendetwas stimmt nicht. Eure Kollegen
oder die Einheimischen, irgendwer hätte ihn gefunden,
wenn Björn noch da draußen wäre.« Er schüttelt den
Kopf. »Den Hubschrauber nicht zu vergessen.«

Dem haben Lena und Malik nichts hinzuzufügen. Als
der Tross der Einsatzfahrzeuge von der Lichtung rollt,
wird es still am Seeufer. Der Regen hat nachgelassen.
Das Tropfen des Wassers von den Bäumen und das Gluckern der Wellen bilden die Klangkulisse der aufziehen-
den Nacht. Ein Rabe krächzt, ein Käuzchen antwortet. An

der Oberfläche des Kummersees glimmt ein erster blass hellblauer Schimmer.

»Das ist es, ja?«, fragt Kosinski. »Das von dem Video?«

Lena bejaht.

»Wie Glühwürmchen unter Wasser«, sagt Malik.

»Oder ein Gewitter in Zeitlupe«, ergänzt Kosinski.

Zu dritt starren sie auf den See hinaus. Mit Engelszungen überredet Malik Lena und Detlev schließlich, dem Bedürfnis ihrer Körper nach Wärme, Essen und Ruhe nachzugeben. Er versucht gar nicht erst, Lena dazu zu bringen, in die Pension nach Dannenberg zu fahren. Falls etwas geschieht – egal was –, dann müssen sie da sein. Sofort. Malik kennt sie gut genug, um zu wissen, dass sich selbst die kurze Fahrt nach Horlow für Lena anfühlt, als ließe sie Björn Thoms im Stich.

Der Bus rollt über die Schotterpiste. Das Glühen des Sees bleibt hinter ihnen zurück. Lena klammert sich an Weickerts Worte: Die Wärmebildkamera hätte Thoms aufgespürt.

Nicht einmal ein toter Körper kühlt so schnell aus.

Lena rammt ihren Daumennagel ins rohe Fleisch eines Nagelbetts, um den Gedanken auszumerzen. »Sie hätten ihn gefunden«, flüstert sie. »Ganz bestimmt.«

Unter der Wasseroberfläche haben sie nicht gesucht, gibt die Kleinmädchenstimme in Lenas Kopf zu bedenken.

Kurz vor Horlow drosselt Malik die Geschwindigkeit. »Angenommen, die Kids von *Future/Zero* haben sich einen Scherz erlaubt und Björn an einen Baum gebunden.

Oder er hat was über die Rübe gekriegt und wacht allein im Wald auf. Wie geht es dann für euch weiter, Detlev?«

»Gar nicht. Ich hab mit meinem Boss telefoniert.«

»Ihr brecht ab?«, fragt Lena. Angesichts der Entscheidung empfindet sie Enttäuschung und Erleichterung zugleich.

»Zumindest setzen wir die Arbeiten erst einmal aus.«

»Und ...«, Maliks Stimme schwankt, »falls Björn nicht wiederauftaucht?«

Kosinski antwortet nicht. Wenn etwas undenkbar ist, wie soll man dann dazu eine Meinung haben können?

In Horlow manövriert Malik den VW-Bus an den Straßenrand. Er steigt aus und begleitet Lena bis zur Auffahrt ihres Elternhauses. »Ich bringe Detlev zur Pension und hole meine Sachen. Unterwegs rufe ich Petersen noch einmal an. Die Fahrbereitschaft soll uns ein Poolfahrzeug nach Dannenberg schicken. Ich komme zurück, so schnell ich kann.«

»Du willst bleiben? Und Detlev?«, fragt Lena.

»Solange er in der Pension ist, kann nichts passieren, oder? Und wenn *Alphaplus* ohnehin abbricht, endet damit auch der Personenschutz.« Malik zögert. »Meinst du, deine Mutter überlässt mir das Gästezimmer?«

»Begeistert wird sie nicht sein. Aber wir kriegen das hin.«

»Ruf mich an, sobald sich etwas tut. Und, Lena?« Malik beugt sich herüber. »Pass auf dich auf, ja?«

»Du auch. Und mach dir keine Vorwürfe.«

Malik nickt ohne echte Überzeugung und fährt davon.

Die Rücklichter brennen rot glühende Löcher in die Dunkelheit zwischen den Baumstämmen. Dann umfängt Finsternis die Insel aus Licht in Horlows Zentrum.

Lena wendet sich ihrem Elternhaus zu. Nicht nur die Blicke der Keramikkreaturen im Vorgarten verfolgen ihren schweren Gang. Hinter den Gardinen der Nachbarhäuser zeichnen sich Schattenrisse ab. Damals, als Tom verschwand, waren die Gesichter der Einheimischen mitleidig und voller Anteilnahme. Heute dürften Hass und Schadenfreude ihre Mienen entstellen. Lena kämpft den Impuls nieder, ihnen allen den Mittelfinger entgegenzustrecken. Für sie gleichen Horlows Fenster den Augen eines als Weiler getarnten Ungeheuers, das seine Beute ins Visier nimmt.

Pass auf dich auf. Warum hat Malik das gesagt?

Lena läuft in der Diele ihrer Mutter in die Arme. »Ich habe gehört, was vorgefallen ist. Möchtest du reden?«

»Worüber?«, fragt Lena zurück. »Dass mir wieder einmal jemand abhandengekommen ist? Oder darüber, dass du nicht bei den Freiwilligen warst, die nach Björn gesucht haben?«

»Erwartest du ernsthaft, dass ich mich diesem verdammten See nähere? Jetzt, wo alles wieder losgeht wie damals?«

»Nichts geht los! Gar nichts!« Lena spuckt ihrer Mutter die Worte entgegen. Doch dann wird ihr bewusst, dass die Ereignisse nicht nur bei ihr Staub auf dem Grund der Erinnerung aufgewirbelt haben. »Entschuldige, ich mache mir einfach Sorgen«, schiebt sie nach.

Sylvia Wolff gibt den Weg durch den Hausflur frei. »Erzählst du mir, was passiert ist?«

»Wenn ich das wüsste.« Lena rutscht an der Wand hinab auf den Teppich. Wie das neunjährige Mädchen von einst umschlingt sie ihre Beine mit den Armen und lässt die Stirn auf die Knie sinken. »Wenn ich das nur wüsste ...«

Lena hört, wie ihre Mutter sie allein lässt. Mit nichts anderem hat sie gerechnet. Doch Sylvia Wolff kehrt zurück und hält Lena einen dampfenden Becher unter die Nase. Er verströmt Kräutergeruch. »Ich habe Tee gemacht.« Sie hockt sich neben ihre Tochter auf den Fußboden.

»Danke.« Lena schnieft, aber sie weint nicht. Weinen hieße zu kapitulieren. Noch ist nicht alle Hoffnung verloren. Sie trinkt. Dann berichtet sie von Björn Thoms Verschwinden und der vergeblichen Suche.

Sylvia Wolff folgt Lenas Ausführungen schweigend. Mal kaut sie auf der Unterlippe, mal schüttelt sie den Kopf. Als ihre Tochter geendet hat, ist ihr Mund ein verkniffener blasser Strich. Sie stemmt sich auf die Beine, verschränkt die Arme und sagt einen klassischen Sylvia-Wolff-Satz: »Ich habe es dir gesagt, Lena! Ich habe es gesagt!«

Jetzt ist Lena wirklich den Tränen nahe. Doch statt zurückzugiften, lässt sie die Attacke ins Leere laufen. Ihr fehlt die Kraft. »Mama? Kann ich noch bleiben, bitte? Und Malik braucht auch einen Platz für die Nacht. Wenn etwas passiert – wenn Björn Thoms wieder auftaucht –, müssen wir hier sein, in Horlow. Da können wir nicht erst von Dannenberg herfahren.« Lena sucht den Blick ihrer Mutter. »Ich muss die Dinge in Ordnung bringen. Verstehst du?«

Sylvia Wolffs Miene verhärtet sich, doch dann glätten sich ihre Züge wieder. »Alle wissen, dass ich euch geholfen habe. Machst du dir eigentlich eine Vorstellung davon, wie ich dastehe? Willi Godehardt hat mir die Hölle heiß gemacht, genauso Volker Rathenau. Und von Simon will ich gar nicht erst anfangen.«

»Ich kann sonst Tante Marlies fragen, ob wir –«

»Nein! Das lässt du bleiben!« Ein Flackern huscht über das Gesicht von Lenas Mutter. »Halt lieber Abstand. Marlies ist nicht mehr die, die sie früher einmal gewesen ist. Ihr könnt bleiben, bei mir. Aber nur, bis dieser Vermesser wieder da ist. Danach seht ihr zu, dass ihr Land gewinnt!«

»Danke, Mama.« Damit hat Lena nicht gerechnet. Doch sie macht sich nichts vor. Die Beziehung zu ihrer Mutter ist die eines Dompteurs zu einem Löwen.

26

Einer weiteren Unterhaltung entzieht sich Lena durch Flucht unter die Dusche. Sie dreht das heiße Wasser auf, bis sich ihre Haut rot färbt. Danach zwingt sie eine Mahlzeit herunter, die sie kaum schmeckt. Wieder und wieder greift sie zum Handy. Weiterhin gilt: »*Björn kann gerade nicht.*« Und ja, Lena weiß, *wie's geht*. Was würde sie nicht alles für einen Rückruf des Vermessers geben. Hauptsache, er meldet sich, damit sie verschwinden können, bevor dieser Ort noch mehr von Lenas Leben verschlingt.

Bei seiner Rückkehr von der Pension bringt Malik außer bekümmertem Schweigen einen schwarzen Golf Kombi mit, an dem äußerlich nichts darauf hindeutet, dass es sich um einen Wagen aus dem Fahrzeugpool der Polizei handelt.

»Neuigkeiten?«, fragt Lena.

Malik schüttelt den Kopf. »Ein Anruf von Weickert. Hat sich in den Feierabend verabschiedet und versprochen, sich zu melden, falls sich etwas tut.«

»*Falls sich etwas tut.*« Lena zerkaut den Satz. »Als suche er einen entlaufenen Hund und hoffe, dass Fiffi von einem Auto angefahren wird, weil er keine Idee hat, wie er ihn sonst finden soll.«

»Es ist total surreal. Man erwartet, dass Björn gleich lachend um die Ecke springt und Konfetti schmeißt. Weil er uns alle ganz wunderbar reingelegt hat.«

Statt zu antworten, lehnt Lena den Kopf an Maliks Schulter und gestattet sich ein paar Tränen.

Malik legt den Arm um sie. »Björn ist zäh. Egal, was ihm zugestoßen ist, er packt das. Morgen finden wir ihn.«

So sitzen sie am Wohnzimmertisch und warten. Warten auf ein Lebenszeichen, auf einen Anruf, auf eine Entwicklung, die den zermürbenden Status quo aufbricht. Mit jeder Stunde, die Thoms nicht wiederauftaucht, wird es wahrscheinlicher, dass etwas Ernstes passiert ist.

Während Malik und Lena nichts tun können, als Zeit totzuschlagen, ist Sylvia Wolff in ihrer Werkstatt zugange. Vermutlich probiert sie sich an neuen Schöpfungen, an denen Doktor Moreau auf seiner Insel die helle Freude gehabt hätte.

Gegen acht zerreißt die Türklingel das Gespinst aus düsteren Ahnungen und giftiger Stille, das Lena umfängt. Schon glaubt sie, Tante Marlies wäre zu früh dran. Aber es ist Andreas mit einer Flasche Wein. Lena schickt ihn weg. Ihr ist nicht nach Alkohol und – abgesehen von Malik – erst recht nicht nach Gesellschaft. Sie hat sich in die Hoffnung verbissen, das Gespräch mit Marlies Kujau könne Licht ins Dunkel bringen, das den Kummersee umgibt. Als wüsste sie, was Thoms zugestoßen ist. Tante Marlies, die Lena so oft den Tag gerettet hat. Tante Marlies, deren

Gutmütigkeit auch depressive Teenager nicht erschüttern konnten.

Halb neun kommt und geht. Die Klingel schweigt.

Lena verwandelt sich nun selbst in einen Schattenriss am Fenster. Doch nichts rührt sich. Der Dorfplatz liegt verlassen da. Malik reagiert auf Lenas Unruhe, indem er sich zu einer Meditation ins Gästezimmer zurückzieht.

Um Viertel vor neun trippelt sie im Hausflur auf und ab.

Warum besuchst du Marlies nicht selbst, statt hier umherzurennen? Vor was hast du Angst? Du bist Polizistin, Herrgott!

Es ist lächerlich. Lena ist den Weg zu den Kujaus Hunderte Male gegangen. Anfangs noch zur Haustür, die Onkel Bernd selbst nachts nie abgeschlossen hat. Später dann hat sich Lena über Terrasse und Rosenspalier zu Andi geschlichen.

Dass Tante Marlies nicht auftaucht, kann nur eines bedeuten: Falls sie die Verabredung nicht vergessen hat, hindert etwas oder jemand sie daran, herüberzukommen. Und dazu fällt Lena ein Name ein: Simon Lintow.

Sie schreibt Andreas eine SMS. Wie früher, als WhatsApp und Facebook noch keinen Einzug ins Kinderzimmer gehalten hatten. Doch Andi antwortet nicht.

Um Viertel vor zehn hält Lena es nicht länger aus. Sie ist aufgekratzt und hundemüde zugleich. Dass sie in der letzten Nacht kaum ein Auge zugetan hat, macht sich nun mit Wucht bemerkbar.

Aber *darf* sie schlafen?

Wie es wohl Björn geht? Liegt er zitternd im Moor? Halb erfroren, durchnässt und mit dem Gefühl, im Stich gelassen worden zu sein? Oder starrt er mit gebrochenem Blick in die wässrigen Weiten am Grund des Kummersees, wo Welse an seinen Augäpfeln saugen und Aale die Höhle seines zu einem letzten Schrei aufgerissenen Mundes erkunden?

Was immer Thoms zugestoßen sein mag: Es ist nur deine Schuld! Du musstest ja unbedingt zurückkommen. Hättest du es nicht gut sein lassen können?, zeigt sich Lenas neunjähriges Ich unnachgiebig.

Sie blinzelt. Ihr fallen die Augen zu.

Bleib wach, verdammt noch mal! Du musst herausfinden, was es mit Tante Marlies' Warnung auf sich hat.

Mit klopfendem Herzen stiehlt Lena sich hinaus. Sie weiß nicht, warum, aber sie möchte nicht, dass ihre Mutter mitbekommt, wie sie das Haus verlässt. Als wäre sie wieder sechzehn, unter der Jacke eine Flasche Southern Comfort aus dem elterlichen Barfach und eine Schachtel Kondome, für die sie extra mit dem Bus bis nach Dannenberg gefahren ist, weil sie dort niemand kennt.

Doch heute Nacht ist Lenas Nervosität beim Schleichen durch die Gärten eine andere als damals. Wieder ist da dieses Gefühl von Augen in der Dunkelheit, die keinen ihrer Schritte unbeobachtet lassen.

Es ist nasskalt. Böen treiben Laub über den Dorfplatz. Bei freundlicherem Wetter hätten die Blätter noch zwei, drei Wochen an den Bäumen vor sich gehabt, statt nun welk und braun ihr Leben auszuhauchen.

Es liegt an Horlow. Hier stirbt alles vor seiner Zeit.

Im Haus der Kujaus kämpft eine Leselampe im ersten Stock als einzige Beleuchtung gegen die Nacht. An der Haustür pendelt der Traumfänger in der Herbstbrise und verursacht ein leises Schaben. Lena betrachtet die Lichtreflexe der Straßenlaterne in den Tautropfen, die sich in den Federn und Schnüren des Talismans verfangen haben. Sie hebt die Hand, doch sie klingelt nicht.

Sie schaut zum Nachbarhaus. Dorthin, wo Simon Lintow sie vielleicht aus dem Dunkel hinter den Fenstern beobachtet.

Warum bist du nicht gekommen, Tante Marlies? Was hält dich ab, mit mir zu reden?

Lena wendet sich ab. Ihr Blick fällt auf Andreas' Wohnmobil. Der Rückraum des Campers ist erleuchtet.

Lena erwägt, hinüberzugehen und sich dafür zu entschuldigen, Andi vorhin so schroff abgewiesen zu haben. Da geschieht, was jeden Abend um Schlag zehn geschieht: Horlows Straßenlaterne verlischt. Die Dunkelheit gerinnt zu Schwärze.

Lenas Unbehagen kriecht ihr Rückgrat empor und über ihre Kopfhaut. Plötzlich stehen ihr die Haare zu Berge.

Ich bin hier nicht sicher. Der Gedanke blitzt in ihrem Kopf auf wie Neonreklame. *Ich bin nicht allein!*

Lena rennt los. Nach Hause, durch den Garten und das Spalier der mutierten Keramiktiere. Blicke aus Glasaugen folgen ihr. Was folgt ihr sonst noch?

Lena stürzt in die Terrassentür. Ihr Schwung lässt das

Glas im Rahmen klirren. Sie rammt den Schließhebel nach unten und drückt sich an die Wand neben der Scheibe.

Wenn du dich jetzt umdrehst, siehst du ein Leuchten. Ein blassblaues Licht, das aus dem Kummersee entkommen ist.

Lena fährt herum. Draußen ist nichts. Nur das Spiegelbild einer panischen Frau, gefangen in der Glasscheibe eines ihr fremd gewordenen Hauses. Jenseits dieser Frau – so fahl, dass sie als Geist durchginge – fällt der samtschwarze Vorhang der Nacht.

Kein Licht. Kein Monster. Kein Verfolger.

Aber auch keine Tante Marlies, kein Björn Thoms und – zuletzt – kein Anlass zur Hoffnung.

27

Lena schreckt hoch. Sie liegt auf dem Sofa, zwar ohne Schuhe, doch immer noch in Straßenklamotten. Auf ihrer Brust ruht eine Decke. Sie kann sich nicht erinnern, sich hingelegt, geschweige denn, sich zugedeckt oder die Sneaker ausgezogen zu haben.

Fuck. Wie spät ist es?

Lena setzt sich auf. Ihr Nacken ist steif, der Schädel brummt. In einem Aufwallen von Panik tastet sie erst nach ihrer Waffe – da, wo sie sein sollte –, dann nach ihrem Handy. Sie findet es auf dem Teppich. Es muss ihr beim Einschlafen aus der Hand geglitten sein.

Kein Anruf von Björn Thoms auf dem Display. Dafür eine SMS, verschickt um zweiundzwanzig Uhr sieben, unmittelbar nach Lenas Panikattacke und ihrer Flucht durch die Vorgärten. Die Nummer des Absenders sagt ihr nichts. Sie ruft die Nachricht auf:

> *Am Transformatorhäuschen. Sobald es hell wird.*

Für Überlegungen bleibt keine Zeit. Das erste Dämmerlicht des Tages dringt bereits durch die Vorhänge. Lena gestattet sich einen Kurzbesuch im Bad. Dann eilt sie nach draußen. Wer immer sich mit ihr treffen will, wird nicht ewig warten.

Lenas Schritte auf dem Rollsplitt klingen flach. Frühnebel ist aufgezogen und schluckt jedes Echo. Dunst malt einen Hof aus Licht um die Straßenlaterne auf dem Dorfplatz – seit sechs Uhr früh darf sie wieder erstrahlen. Die Sicht beträgt keine fünfzig Meter. Alles jenseits davon zeichnet sich allenfalls in Schemen ab.

Während sie geschlafen hat, muss der Nebel bis in Lenas Gehirn vorgedrungen sein. Es fühlt sich an, als wäre ihr Schädel mit verkochtem Reis gefüllt statt mit grauen Zellen. Dennoch ist ihr bewusst, dass sie vielleicht in eine Falle rennt. Doch wer sollte ihr auflauern? Und vor allem: warum?

Weil jedermann denkt, dass du hier höchstpersönlich ein Atommüllendlager hochziehen willst, du dumme Gans!

Sie muss das Risiko in Kauf nehmen. Der Absender der Nachricht könnte etwas über Björn wissen. Und er hatte ihre Handynummer.

Lena lässt die Häuser hinter sich. Sie friert.

Am Rande der Lichtung, die Horlow in die Wälder gefressen hat, schält sich das Transformatorhäuschen aus den Nebelschwaden. Es gleicht einem zu klein geratenen Kirchturm aus Beton, von dem aus Leitungen im Nichts verschwinden. Hier hingen früher die Dorfkids ab. Unter dem zerlaufenen Graffito auf der Rückseite – *Ganz Hor-*

low hasst Bayern München! – hat sich Lena das erste Mal betrunken. An diesem Abend hat sie Andi geküsst. Und später sein Zimmer vollgekotzt.

Eine Mischung aus Nostalgie und jäher Furcht ballt sich in Lenas Magen. Ihre Verabredung ist entweder schon wieder weg oder wartet hinter dem Häuschen – außer Sicht für zufällig vorbeifahrende Autos.

Wenn dir jemand etwas antun möchte, hat er sich den perfekten Morgen und den perfekten Ort dafür ausgesucht.

Bevor sie es sich anders überlegen kann, tritt Lena um die Ecke des Türmchens. Fast läuft sie in die Gestalt hinein, die dort an der Rückseite des Betonbaus im Schatten kauert.

»Tante Marlies!«

»Scht!« Marlies Kujau zieht Lena aus der Sichtlinie zur Straße. »Ist dir jemand gefolgt?«

»Ich glaube nicht, nein. Was ...«, setzt Lena an, aber Marlies Kujau schneidet ihr mit einer Geste das Wort ab.

»Wir haben nicht viel Zeit. Ich muss zurück, ehe sie merken, dass ich weg bin.«

»Wer sind *sie*? Was ist los, Tante Marlies?«

»Sei still und hör zu, Lenchen! Es geht um viel mehr als das Endlager. Du musst gehen! Bitte!«

Sanft löst Lena die arthritische Hand um ihren Oberarm. »Ich kann nicht gehen. Nicht, bevor ich nicht weiß, was vorgeht. Jemand wird vermisst, weißt du? Jemand, auf den ich hätte aufpassen sollen.«

»Dummes Mädchen!« Marlies Kujaus Augen zucken hinter der dicken Brille hin und her wie Goldfische in ihrem Glas. »Sie machen nicht halt vor dir, nur weil du aus Horlow kommst. Oder weil du bei der Polizei bist.«

»Wovon sprichst du? Wen meinst du mit *sie*?«

»Die *Wächter*, Lenchen!« Tante Marlies' kieksige Stimme springt noch eine halbe Oktave höher. »Die *Wächter*!«

»Was für *Wächter*? Weshalb –«

»Hör mir zu, Lena! Was denkst du, warum wir an diesem gottverlassenen Ort ausharren? Und von was wir leben? Die *Wächter* haben geschworen, den See zu schützen. Etwas Schreckliches ruht darin. Etwas, das den Tod bringt. Tausende werden sterben, falls es je das Wasser verlässt! Begreifst du das?« Marlies Kujau sucht Blickkontakt. »Ihr dürft seine Ruhe nicht stören! Wenn es entfesselt wird –«

Lena rollt mit den Augen. »*Czarnobóg*, der schwarze Gott der Slawen, der unter den Wellen schläft und darauf lauert, Verderben über die Menschheit zu bringen ...«

Tante Marlies funkelt sie an. »Dein Vater hat auch dazugehört.«

»Mein ... *Vater*?«

»Er wusste Bescheid. Über das Böse im See. Und darüber, was Tommy zugestoßen ist.«

»Was ...?« Lena macht einen halben Schritt rückwärts.

Marlies Kujau nickt. »Es stimmt. Er war ein *Wächter*. Er hing genauso mit drin wie die anderen im Dorf.«

»Ich ... ich verstehe das alles nicht«, stammelt Lena. »Was soll ich denn jetzt deiner Meinung nach tun?«

»Geh! Geh und melde, dass der Kummersee und Horlow nicht für diese verfluchte Müllkippe taugen! Sprich mit keinem über das, was ich dir erzählt habe. Und vor allem: Vertrau niemandem hier. Hörst du? *Niemandem!*«

»Ich kann doch Björn Thoms nicht einfach im Stich lassen!«

»Thoms? Ist das der Vermisste? Der taucht schon wieder auf. Falls die *Wächter* ihn haben, lassen sie ihn laufen, sobald sie sehen, dass ihr abzieht.«

»Und wenn das Ding im See ihn geholt hat? Wenn es längst wach ist?«

Tante Marlies blinzelt. »Dann sollten *wir alle* von hier verschwinden. Solange wir noch können.«

Das Summen des Transformatorhäuschens vibriert durch die Stille. Lena schaut auf die schildkrötenhafte, alternde Frau hinab. Ihr fehlen die Worte.

Marlies Kujau starrt zurück. Nichts in ihrer Mimik deutet darauf hin, dass sie Lena zum Narren halten will. Und selbst wenn, kann sie doch nicht ernsthaft glauben, dass Aberglaube und Verschwörungsfantasien genügen, um Horlow aus dem Rennen um den Standort des Atommüllendlagers zu nehmen.

Ein Brummen ertönt. Lena bekommt fast einen Herzanfall. Tante Marlies' Gesichtsausdruck nach geht es ihr ebenso. Es ist das Handy in Lenas Tasche. Hoffnung flammt in ihr auf. Ist das vielleicht Björn?

Doch am Ende der Leitung meldet sich Malik. Er hat Lenas Nachtlager auf der Couch verlassen vorgefunden und ist nun kurz davor, einen zweiten Vermisstenfall zu melden.

Lena würgt ihn ab.

Als sie sich wieder der kleinen Frau von nebenan zuwendet, verschwindet Marlies Kujau bereits um die Ecke des Betontürmchens.

»Tante Marlies!« Lena eilt ihr nach. »Was weißt du sonst noch über diese Sache? Über Tommy. Und über Papa. Was soll das mit diesen Wächtern?«

Marlies Kujau schnauft, bleibt jedoch nicht stehen. »Ich muss zurück! Ich habe schon zu viel gesagt. Mehr, als dir guttut! Mehr, als *mir* guttut!« Dann dreht sie sich doch noch einmal um. Ihr Blick ist ernst. »Wer diesem See zu nahe kommt, schwebt in Lebensgefahr. Egal, ob du das bist, mein Sohn oder irgendwelche Ökoheinis. Nicht einmal die Polizei sollte dort sein.«

»Warum kannst du mir nicht mehr erzählen? Vor wem hast du solche Angst?«

Marlies Kujau schweigt. Lena sieht, wie es in ihr arbeitet. Die Nachbarin schüttelt den Kopf. »Geh! Und komm am besten nie wieder.« Sie schlurft davon.

Lena bleibt allein im Nebel zurück. Fröstelnd und ratlos, was sie von alledem halten soll. Ein Geheimbund, etwas Böses, das in einem See schlummert, ausgestattet mit der Macht, unzählige Menschen zu töten ...

So ein Quatsch!

28

Klappe halten und die Beine in die Hand nehmen.

Tante Marlies' Ratschlag ist bestimmt gut gemeint. Doch Lena wird Horlow nicht den Rücken kehren, bis sie weiß, was gespielt wird. Wenn es einen Zusammenhang zwischen Toms Schicksal und Björns Verschwinden gibt, muss sie das wissen.

Lena versichert sich, dass ihre Mutter in der Werkstatt mit geflügelten Katzen und Häschendämonen beschäftigt ist. Dann bittet sie Malik ins Gästezimmer. Diese Sache ist zu groß allein für ihre schmalen Schultern. Sie braucht jemanden, der die Dinge geraderückt; der ihr sagt, dass kein Monster unterm Bett lauert. Nur Schatten und Mäuse im Gebälk und zu viel Fantasie, mehr nicht.

Lena erzählt alles, spuckt es aus wie ein Fastertrunkener einen Schwall Wasser. Nur Marlies Kujaus Andeutung, Lenas Vater Erik sei an dubiosen Machenschaften beteiligt gewesen, lässt sie vorerst beiseite. Darüber muss sie erst nachdenken. Und vielleicht in den sauren Apfel beißen, ihre Mutter damit zu konfrontieren.

Als Lena geendet hat, brütet Malik vor sich hin, den Blick zu Boden, die Hände im Nacken verschränkt.

»Kannst du etwas sagen?«, drängt sie. »Bitte!«

Malik seufzt. Er sieht auf. Seine Augen sind gerötet.

Noch jemand, der eine harte Nacht hinter sich hat.

»Und wenn sie dir diese Story aufgetischt hat, weil sie weiß, dass du wegen deines Bruders empfänglich für so etwas bist?« Malik spricht mit sorgsam gewogenen Worten, als würde er der neunjährigen Lena schonend beibringen wollen, dass der Weihnachtsmann eine Erfindung der Coca-Cola Company ist. »Was, wenn sie Björns Verschwinden und deine Vergangenheit benutzt und das alles Teil einer Inszenierung ist? Die Menschen hier würden alles tun und sagen, um das Endlager zu verhindern.«

»Daran habe ich auch schon gedacht.« Lena bemüht sich, weder beleidigt noch enttäuscht zu klingen. Vielleicht ist das zu viel Vernunft und Sachlichkeit. Vielleicht hätte sie sich etwas mehr ... *Fantasie* von Malik gewünscht.

Wäre er damals beim Schwimmen dabei gewesen ...

»Und wenn doch was dran ist?«, startet Lena einen letzten Versuch. »Du hast das Leuchten im See selbst gesehen. Und Thoms hat sich wohl kaum in Luft aufgelöst!«

»Ein uraltes Übel, versteckt in einem See, eine Geheimorganisation, die sich verschworen hat, um die Welt davor zu schützen ...« Malik hebt die Hände. »Klingt nach dem Plot eines B-Movies, oder?«

»Es muss eine Erklärung für das alles geben.« Lena

sinkt in die Sofakissen. »Was denkst du, was mit Björn Thoms passiert ist?«

»Was ich *denke*, ist irrelevant. Ich brauche Beweise.«

»Du wirst doch eine Meinung haben, was gestern am See vorgefallen ist. Du standest keinen Steinwurf entfernt, als er verschwunden ist.«

»Das weiß ich!«, braust Malik auf. »Es macht mich irre, dass ich minutenlang in der Gegend rumgestanden habe, ohne mitzubekommen, dass etwas nicht stimmt!«

»Hey, Malik, hey!« Lena setzt sich auf und nimmt seine Hand. Sie ist eiskalt. »Das sollte kein Vorwurf sein. Ich will nur sichergehen, dass wir nichts übersehen.«

Malik starrt sie an.

Entweder schreit er los, oder er bricht in Tränen aus.

Doch dann sagt er überraschend ruhig: »Ich gehe davon aus, dass Thoms entführt wurde. Vermutlich mit vorgehaltener Waffe. Nicht von Sumpfmonstern oder slawischen Göttern, sondern von Menschen.«

»Wer würde so etwas tun?«

»Die Einheimischen? Leute, für die der Schritt von Umweltschutz zu Ökoterrorismus nicht besonders weit ist?« Malik macht eine bedeutungsschwangere Pause. »Selbst dein Freund Andreas hätte ein Motiv, nämlich wenn er seinen Film hätte aufpeppen wollen.«

Lenas erste Reaktion ist Empörung. Aber Malik hat recht. Was weiß sie von Andi? Sie haben sich Jahrzehnte nicht gesehen. Ist es nicht verdächtig, wie er sich sofort an sie und das Vermesserteam herangeschmissen hat? Und dann sein Abtauchen, zeitgleich mit Björns Verschwinden.

Könnte es sein, dass …

»Also, wem können wir trauen?«, fragt Lena.

»Da bin ich ganz bei deiner durchgeknallten Nachbarin. Wir trauen nur uns selbst. Und den Kollegen.«

»Erzählen wir Weickert vom *Grauen aus dem Kummersee*?« Es soll lässig und ironisch klingen, aber über Lenas Arme kriecht eine Gänsehaut. »Reden wir mit ihm über diese ominösen *Wächter*?«

»Nicht, wenn er uns weiterhin für voll nehmen soll.«

»Und jetzt? Wie geht es weiter?«

»Wir suchen Thoms. Auch wenn das nicht viel bringen wird. Falls ich mit meiner Vermutung richtigliege, wird sich bald jemand melden, der Forderungen stellt. Und solche Leute machen Fehler. Immer und ohne Ausnahme. Und dann kriegen wir sie.« Malik vollbringt das tapfere Lächeln, an dem Lena zuvor gescheitert ist. Sie ist ihm unendlich dankbar dafür.

Das Frühstück gerät zur Pflichtmahlzeit. Danach fährt Malik zurück an den See, zu den Suchmannschaften und zu Hauptkommissar Weickert. Vielleicht entdecken die Spürhunde Björns Fährte oder die seiner Kidnapper. Noch gibt es Hoffnung.

Zumindest, solange die Spur nicht in den See führt …

Lena selbst geht einem anderen Verdacht nach. Er nagt an ihr, seit sie mit Malik gesprochen hat. Nun steht sie wieder draußen im Nebel und nimmt ihren Mut zusammen.

»Andi?« Lena pocht gegen die Seitentür des Wohnmobils. »Andi, bist du da?«

Ein Rumoren, dann blinzelt er ihr entgegen. »Lena!« Andreas reibt sich die Augen. »Was Neues von Thoms?«

»Nichts. Aber ich brauche deine Hilfe.«

»Klar. Nach einem Kaffee gern.« Andi gähnt. »Ich habe die halbe Nacht an meinen Aufnahmen gesessen.«

»Willst du mich nicht reinbitten?«

Andreas zuckt die Achseln. »Klar, komm rein. Aber sag nicht, ich hätte dich nicht gewarnt.«

Der innere Zustand des Wohnmobils passt zu seinem heruntergekommenen Äußeren. Ein mit Kabeln, Speicherkarten und Bildschirmen beladener Tisch dominiert die Einrichtung. Auf einem Klappbett zeichnet sich zwischen DVDs, Krimskrams und Schmutzwäsche ein menschenförmiger Umriss ab, wo Andreas bis eben geschlafen hat. Die Fenster sind stumpf vor Dreck. Verpackungen lange verdauter Mahlzeiten liegen herum, und es müsste dringend gelüftet werden.

Andi lässt sich auf die Sitzbank fallen. Er schiebt einen Stapel Outdoor-Magazine beiseite, um Lena Platz zu machen. Dann greift er nach einer Dose mit Instantkaffee. »Auch?«

Lena schüttelt den Kopf.

Andreas rührt in einer Tasse herum. Ohne Vorwarnung springt er wieder auf. »Das musst du sehen!« Er angelt sich einen mit Aufklebern zugepflasterten Laptop. »Das hatte ich gestern bei all der Aufregung völlig verdrängt.«

Andreas ruft den Screenshot eines Zeitungsartikels auf. Zwei Abbildungen illustrieren den Pressebericht: Ein Foto zeigt drei Männer in Ölzeug vor einem Motorboot mit einem seltsamen Anbau am Bug. Daneben grinst die Zeichnung eines langhalsigen Dinosauriers mit Flossen den Betrachter an. Die Schlagzeile lautet:

Jetzt geht es Nessie an den Kragen:
Suche mit mobilem 3-D-Sonar startet!

Lena überfliegt den Text. »Und?«

»Vergiss Nessie! Mir geht es um das Sonar!«

Lena erwidert Andis Blick unter zusammengekniffenen Brauen.

»*F/Zero* befürchtet, dass die offiziellen Gutachten für den Artenschutz manipuliert werden könnten«, erklärt er. »Deshalb haben sie leihweise so ein Ding organisiert. Das kommt heute noch aus Bayern hier hoch. Sie wollen zeigen, dass im Kummersee mehr Leben steckt als von der Endlagerkommission angenommen.«

Andreas muss nicht weiter ausführen, was er denkt.

»Wenn sich etwas in diesem See versteckt hält, kann man es damit aufspüren?«, erkundigt sich Lena.

»Jeden einzelnen Fisch. Bis ganz runter.«

»Woher weißt du davon?«

»Meine Quelle.«

»Deine Quelle.« Lena nickt.

Womöglich findet das Gerät etwas, mit dem weder Umweltschützer noch Behörden rechnen. Und auch sonst niemand, außer vielleicht Tante Marlies und diese obskuren *Wächter*.

Hauptsache, es findet keinen aufgedunsenen Körper, der in der neongelben Arbeitsjacke eines Vermessers steckt ...

Lena wägt ihre Optionen ab. Was ist von den Aktivisten von *Future/Zero* zu halten? Klar, sie könnten für Björns Verschwinden verantwortlich sein. Nur werden sie das Weickerts Leuten gegenüber kaum zugegeben haben, sollte dem so sein. Aber wie sorgfältig haben sich die Kollegen das Lager der Umweltschützer überhaupt angesehen?

»Du musst mir einen Gefallen tun«, bittet Lena Andi.

Es wird Zeit, die Leute kennenzulernen, die ihnen einen so herzlichen Empfang bereitet haben.

29

Die Aktivisten von *Future/Zero* haben ihre Zelte im Osten des Kummersees aufgeschlagen. Sie lagern gegenüber der Lichtung, die in den letzten Tagen Vermessern und Polizei als Operationsbasis gedient hat. Quer über den See wirken die anderthalb Kilometer kaum weiter als ein Steinwurf. Doch auf dem Landweg kommt der Trip einer halben Weltreise gleich.

Andreas steuert sein Wohnmobil um das Horlower Moor herum nach Süden, über die ehemalige Grenze. Das Ziel der Tour liegt innerhalb des früheren Sperrgebiets vor dem Todesstreifen. Außer dem alten Militärkolonnenweg gibt es keine Straßen und nur wenige Forstwege. Als Teil des *Grünen Bands* steht das Areal unter Schutz. Auch das macht ein Endlager in den Salzstöcken unter Moor und Kummersee so umstritten.

Als Andreas den Camper mitten im Nirgendwo parkt, braucht es noch einen zwanzigminütigen Fußmarsch. Der Frühnebel hat Sonnenschein und eisblauem Himmel Platz gemacht. Lena haucht in die Faust und reibt ihre Hände. Der strahlende Herbsttag will so gar nicht zu ihrer

Stimmung passen. Malik hat eben per SMS vermeldet, dass die Suche nach Björn Thoms außer falschen Fährten und Kaninchen jagenden Hunden noch nichts ergeben hat.

Das Schrillen einer Trillerpfeife signalisiert Lena und Andreas, dass sie sich den Wildcampern von *Future/Zero* nähern. Ihr Lager liegt dicht am Wasser auf einer mit Birken gesäumten Anhöhe oberhalb des Seeufers.

Trotz der erhöhten Position versinkt der Stützpunkt der Umweltschützer im Schlamm. Ein Gewirr aus Tarnnetzen, Wäscheleinen und Zeltbahnen hängt schlaff und durchnässt zwischen den Bäumen. So organisiert und martialisch die Aktionen der Aktivisten wirken, so zusammengewürfelt und hilflos mutet ihre Basis an.

Insgesamt gäbe es Übernachtungsmöglichkeiten für ein gutes Dutzend selbst ernannter Ökokrieger. Doch die haben sich beim Alarm ihrer Wache in die Büsche geschlagen. Übrig ist ein zweiköpfiges Empfangskomitee. Mit verschränkten Armen und verschlossenen Mienen vermitteln sie nicht unbedingt Gastfreundschaft.

Lena nimmt sich vor, höflich, aber bestimmt aufzutreten. Sie will nur Thoms wiederhaben. Sie hat nichts gegen diese Leute und ihre Ziele, nur gegen ihre Methoden.

»Das ist nah genug.« Kein Willkommensgruß, kein Austausch von Nettigkeiten. Der Ton der jungen Frau mit der zackigen Kurzhaarfrisur – Undercut auf einer Kopfseite, dazu ein strenger Seitenscheitel – ist so hart und abweisend wie ihr Blick.

Lena und Andreas stoppen inmitten der morastigen

Senke, die das Zeltlager der Umweltschützer umgibt. Sie müssen zu ihren Gastgebern emporschauen.

»Warum bringst du sie her?«, will die Frau mit dem Undercut wissen.

»Hallo.« Lena hebt eine Hand. »Wir –«

»Dich habe ich nicht gefragt«, unterbricht die Aktivistin. Alles an ihr – Lena schätzt sie auf Anfang zwanzig – strahlt Selbstsicherheit und Charisma aus. Kein Wunder, dass *Future/Zero* sie zur Wortführerin gemacht hat. »Ich habe mit Andi gesprochen.«

Doch Andreas schweigt.

Die Aktivistin hebt amüsiert einen Mundwinkel. Ihr Begleiter hingegen – gleiches Alter, hager wie ein Bleistift – blickt nur finster drein.

»Also, zweiter Versuch?« Lena lächelt einnehmend. »Ich bin Lena, Lena Wolff. Andreas kennt ihr ja. Gehe ich recht in der Annahme, dass einer von euch Keizu ist?«

Die Frau mit dem Undercut grinst. »Für dich bin ich auch gern *Keizu*.« Sie betont den Namen über. Dann deutet sie auf ihren dürren Freund. »Das ist Fatty.«

Das Kinn des Mannes zuckt zur Begrüßung nach oben.

Fatty. Was für ein Name für jemanden, an dem alles lang gezogen und dünn ist.

Lena weiß, dass sie auf den Arm genommen wird. Aber sie lässt sich nicht aus dem Konzept bringen. »Wir sind hier, weil seit gestern jemand vermisst wird. Björn Thoms. Mitte zwanzig, Statur wie ein Bär, lange dunkle

Haare, Bart mit Zöpfchen darin. Ihr habt ihn nicht zufällig gesehen oder wisst, wo er sich aufhält?«

»Die Bullen haben nach ihm gefragt.« Fattys Stimme steckt voller unverhohlener Abneigung. Unklar bleibt, ob die Antipathie der Polizei, Lena persönlich oder beiden gilt.

»Ich will ehrlich sein: Ich bin auch *die Bullen*. Aber ich bin heute nur inoffiziell hier. Björn Thoms ist ein Freund von mir.« Lena setzt einen treuherzigen Gesichtsausdruck auf. »Vielleicht gibt es ja etwas, was ihr vergessen habt, meinen Kollegen zu erzählen.«

Keizu schnaubt. »Wenn du fragst, ob wir deinem Freund etwas angetan haben, hast du nicht verstanden, worum es uns geht. Gewalt gegen Lebewesen lehnen wir ab. Und dazu gehören sogar Menschen, die bereit sind, ein einzigartiges Ökosystem zu vernichten, um Atommüll zu verklappen.«

»Ich bin nicht hier, um Grundsatzdiskussionen zu führen. Bitte, ich will nur Björn wiederhaben, dann verschwinden wir. Nicht nur aus eurem Zeltlager, sondern aus Horlow. *Alphaplus* erwägt, den Auftrag zu canceln.«

Keizu zuckt die Achseln. »Du und deine Kollegen, der Staat, die Industrie, ihr alle solltet genau das tun. Grundsätzliches diskutieren, meine ich.« Sie vollführt eine einladende Geste zu den Zelten. »Der Vermesser ist nicht hier. Und wir haben ihn seit eurer Ankunft auch nicht mehr gesehen. Ihr dürft euch gern umsehen, falls du mir nicht glaubst.«

Lena macht zwei Schritte den Hang hinauf, bis sie vor

den beiden Aktivisten steht. Sie will ihnen in die Augen sehen können, wenn sie lügen. »Und was ist mit eurer Drohne? Ihr seid über das Vermessungsteam geflogen, kurz bevor Björn verschwunden ist.«

Keizu runzelt die Stirn. »Wir haben keine Drohne.«

»Aber gestern war eine über dem Camp«, steuert Fatty bei. »Deshalb die Tarnnetze. Wir dachten, das Ding gehört den Bull– ... zur Polizei, meine ich.«

»O-kay«, sagt Andreas gedehnt. Es ist das Erste, was er von sich gibt, seit sie das Lager von *Future/Zero* betreten haben. »Was geht hier vor sich?«

»Vielleicht bist du ja nicht der Einzige, der gern Videos dreht«, sagt Keizu mit süffisantem Unterton. »Lass dir bloß keine Klicks abjagen! Wo es doch mit deinem letzten Clip gerade so gut läuft.«

Ein mulmiges Gefühl kriecht durch Lenas Eingeweide. Nicht nur wegen der Drohne. Ihr fällt nur eine Gruppe ein, die ein Interesse haben könnte, ihr Team *und* die Umweltschützer zu beobachten – und vermutlich auch alle anderen am See: die *Wächter*. Wenn es sie denn gibt. Aber noch beunruhigender ist, was die Sprecherin der Aktivisten mit ihrer Anspielung Andi gegenüber gemeint haben könnte.

Lena sieht sich zu ihm um. Er weicht ihrem Blick aus.

»Morgen nach der Pressekonferenz ist das ganze Theater sowieso vorbei«, fährt Keizu fort.

»Pressekonferenz?« Lena stutzt.

»Lebt ihr hinterm Mond? Google mal die Hashtags *#glowinthedark* und *#WunderWendland*. Der Clip vom

Kummersee gehört auf YouTube und TikTok zu den am stärksten trendenden Videos der letzten Stunden.« Keizu zieht ein klobiges Outdoorsmartphone hervor und wischt übers Display. »Ich habe einen Download. Hier!«

Lena kennt die Bilder. Der Counter unter dem Video zeigt vierundfünfzigtausend Klicks und zig Kommentare.

»Spätestens heute Abend wimmelt es hier von Schaulustigen!«, schwärmt Keizu. »Die Welt giert nach Antworten. Und wir werden sie liefern!«

Lena klappt der Unterkiefer runter. »Ihr ... ihr *wisst*, was es mit den Lichtern im See auf sich hat?«

»Du wirst den Pressetermin abwarten müssen. Wie alle anderen auch.« Keizu lacht. »Aber so viel kann ich verraten: Wenn bekannt wird, dass sich Fauna und Flora in diesem See möglicherweise komplett eigenständig entwickelt haben, hat der Spuk mit dem Endlager ein Ende. Das ganze Gebiet ist absolut schützenswert!«

»Wie zur Hölle ...«

Weiter kommt Lena nicht. Keizu erklärt die Audienz für beendet. »Was ist jetzt? Wollt ihr nun nachschauen, ob euer verloren gegangener Vermesser im Kessel über unserem Feuer schmort, oder nicht?«

»Danke.« Lena stapft davon. »Ich hab genug gesehen!« Im Vorbeigehen wirft sie Andreas einen Blick zu, der sie im Mittelalter als Hexe auf den Scheiterhaufen gebracht hätte.

»Hat uns gefreut!«, ruft Fatty ihr glucksend hinterher.

»Lena, stopp!« Andi eilt ihr nach. »Lass uns reden!«

Sie ignoriert die Entschuldigungsversuche und stürmt

Richtung Wohnmobil. Bleibt sie jetzt stehen, reißt sie Andreas den Kopf ab oder bricht in Tränen aus. Sie will weder das eine noch das andere, solange die Späher von *Future/Zero* sie unter Beobachtung haben.

Mit dem Verdacht, der ihr wie flüssiges Blei im Magen liegt, will Lena Andi erst konfrontieren, wenn sie allein sind.

30

Getrieben von Lenas Wut, brauchen sie für den Rückweg keine Viertelstunde. Andi dackelt ihr mit Abstand hinterher. Kurz bevor sie wieder den Kolonnenweg erreichen, fährt Lena herum. Andi läuft fast in sie hinein.

»Okay, was hast du zu deiner Verteidigung zu sagen?«

Andreas sieht ihr nicht in die Augen. »Ich wusste nicht, dass sie das Video veröffentlichen. Tut mir leid.«

»Lüg mich nicht an! Ich hab den Nutzernamen unter dem Clip gesehen. *AK1978*! Für was kann das bloß stehen? Scheiße, ich weiß! Wie wäre es mit Andreas Kujau und deinem Geburtsjahr?«

»Oh Mann ...« Andi lässt den Kopf in den Nacken fallen. »Lena, ich wollte doch nicht –«

»Was wolltest du nicht? Hm? Was?«

»Es war nur der See! Ihr seid gar nicht zu sehen. Ich –«

»Denkst du, das spielt eine Rolle? Hier geht es um Vertrauen. Fuck, Andi! Wir hatten eine Abmachung! Wir entscheiden gemeinsam, was veröffentlicht wird und was nicht.« Lena sammelt einen Ast vom Waldboden auf und schwingt ihn probeweise. Andreas zuckt zusammen. Sie wirft ihm einen verächtlichen Blick zu und drischt mit ihrer improvisierten Machete aufs Unterholz ein. »Was hast du dir nur dabei gedacht?«

Lena prügelt sich durch eine Phalanx von Brennnesseln.

Malik hatte recht. Du hättest Andi nicht vertrauen dürfen. Du hättest ihn nie auch nur in eure Nähe lassen sollen. Björn hat ihn aus gutem Grund nicht gemocht.

»Wie konnte ich nur so blöd sein?« Lena flucht. »Wie konntest *du* nur so blöd sein?«

Wie weit geht Andis Verrat? Das hier ist kein Verhör, aber sie muss ihn aus der Reserve locken, wenn sie die Wahrheit herauskitzeln will. »Du hast dich kein Stück geändert, seit du damals weg bist!«

Andreas schweigt, die Augen stur zu Boden gerichtet.

»Denkst du, ich hab nicht bemerkt, wie sie dich angesehen hat?« *Wusch!* Lenas Knüppel enthauptet einen Fliegenpilz. »Keizu! So heißt doch niemand!«

»Keine Zukunft«, murmelt Andreas hinter ihr.

»Was?« Lena wirbelt herum. »Ich versteh dich nicht. Du musst schon lauter wimmern!«

Endlich hebt Andi den Blick. Eine Mischung aus Scham und Trotz spricht aus seinen Zügen. »KeiZu. Das steht für *keine Zukunft*. Wie in *Future/Zero*.«

»Oho! Wie geistreich.«

»Ihr echter Name ist Tessa.«

»Schön für sie. Hast du was mit ihr?«

Andreas keucht. Nicht, dass es Lena interessiert. Sie

will nur, dass Andi denkt, dass es ihr etwas bedeuten würde.

»Ich ...«

»Ist okay, ich versteh das! Der alternde Skaterboy in der Midlife-Crisis und das sexy Hippie-Girl, das die Welt retten will. Wäre das nicht eine herzerwärmende Geschichte für eine deiner kleinen Dokus?«

»Das ist nicht fair, Lena! Ich habe nie –«

»Du hast mich in diesem Dreckskaff alleingelassen! Jetzt sehen wir uns nach einer halben Ewigkeit wieder, und das Erste, was du machst, ist, mein Vertrauen zu missbrauchen. Du interessierst dich nur für dich selbst und scheißt auf alle anderen. Und das Schlimmste ist, du merkst es nicht einmal! Also erzähl mir verdammt noch mal nichts von Fairness!«

In den Bäumen flattert ein Specht unter protestierendem Keckern über das Geschrei davon. Lena starrt Andi schwer atmend an. Sie wartet auf eine Antwort.

Andreas streicht die Haare aus der Stirn. »Wir müssen hier lang.« Er schiebt sich an ihr vorbei.

Du hast ihn fast so weit! Was führst du im Schilde, Andi?

Lena packt den Ast in ihrer Hand fester. Ist Andi nur ein armes Würstchen, das auf hübsche Titten und eine exotische Frisur hereingefallen ist? Oder hat er etwas mit Björns Verschwinden zu tun?

Könnte er gefährlich werden, wenn er merkt, dass du ihn durchschaut hast?

Lena weiß es nicht, und das macht ihr zu schaffen.

Zwischen den Bäumen zeichnet sich in schmutzigem Weiß das Wohnmobil ab.

Zeit, herauszufinden, was hier läuft ...

»Unser Treffen war kein Zufall, oder? Irgendwie hast du spitzbekommen, dass ich für den Personenschutz zuständig bin. Und da hast du dich schnurstracks auf den Weg nach Horlow gemacht. Du hast einen Deal mit diesen Kids, hab ich recht? Sie brauchten gar keine Drohne, um uns auszuspionieren. Sie hatten ja dich.«

Andi stoppt am Heck des Campers. Sein Kinn ruht auf der Brust. Er dreht sich nicht um.

Treffer.

»Was hat dir die Kleine gegeben? Keizu, Tessa oder wie auch immer sie heißen mag? Hat sie dich rangelassen? Du weißt, dass du alt genug bist, um ihr Vater zu sein, oder?«

»Fick dich, Lena.«

»Sie haben dich gekauft, Andi! So wie es die Politiker und Lobbyisten tun würden, die sie ja so sehr verachten. Wie hoch war dein Preis, mich zu hintergehen?«

»Vorsicht. Treib es nicht auf die Spitze.«

»Du kommst zu mir, um mich auszuspionieren, nachdem du jahrzehntelang kein Wort mit mir gewechselt hast! Auch einem selbstgefälligen Arschloch wie dir dürfte nicht entgangen sein, wie schwer es für mich ist, hier zu sein. Und um der Dreistigkeit die Krone aufzusetzen, behauptest du auch noch, du würdest deinen scheiß Film für Tom machen! Wer von uns treibt es auf die Spitze? Sag schon! Wer?«

Nun dreht Andreas sich doch um. Er funkelt Lena an. Dann bemerkt er ihre Finger, die nach dem Griff der Dienstwaffe tasten. Sämtliche Spannung weicht aus Andis Muskeln. Er sackt auf die Stoßstange des Campers und rauft sich die Haare.

Lenas Hand zuckt zurück, als habe ihr die Heckler & Koch an der Hüfte einen Stromstoß versetzt. Sie betrachtet Andi und wartet.

»Das Wohnmobil«, sagt er nach einer Weile.

»Was?«

»Sie haben mir das Wohnmobil gegeben.« Er klopft gegen die Karosserie. »Ich hätte es behalten dürfen.«

»Bitte, was?« Lena fasst es nicht.

Andreas sieht gequält zu ihr auf. »Weißt du, was so ein Camper für einen freischaffenden, chronisch abgebrannten Filmemacher bedeutet?«

»Ist mir scheißegal.« Lena fühlt sich verraten und verkauft. Wortwörtlich. Verschachert für den Preis einer monströsen Junggesellenbude auf Rädern. Andis Schädel übt plötzlich eine magische Anziehungskraft auf den Ast aus, den sie immer noch in ihrer Linken hält.

»Ich wollte euch nichts Böses. Für mich war es eine Chance, wieder auf die Beine zu kommen. Ich –«

»Halt die Klappe.« Lena legt all ihre professionelle Autorität in ihre Stimme. »Ich will, dass du mich ansiehst und mir eine Frage beantwortest. Ehrlich und aufrichtig. Danach sind wir beide fertig miteinander.«

Andreas gehorcht. Sein Dackelblick widert Lena an.

Bestimmt hat er die Mitleidsmiene vor dem Spiegel geübt!

»Wo ist Björn?«, fragt sie.

Andi begreift die Tragweite der Frage sofort. Er reißt die Augen auf.

Entweder hast du noch einen Volltreffer gelandet oder –

Die gezupften Anfangsakkorde von *Scar Tissue* von den Red Hot Chili Peppers tönen durch den Wald.

»Scheiße! Du rührst dich nicht von der Stelle!« Lena zieht ihr Handy aus der Tasche, ohne den Blick von Andreas abzuwenden.

»Was ist?«, spuckt sie ins Telefon.

»Lena?« Maliks Stimme. »Die Suchmannschaften haben etwas gefunden.«

31

»Was hat er gesagt?« Andreas jagt das Wohnmobil durch eine Schlammpfütze.

Lena antwortet nicht. Die kapitulierenden Stoßdämpfer lassen sie bis an den Fahrzeughimmel hüpfen. Der Streit mit Andi ist eingefroren, aber keinesfalls vergessen. Jetzt zählt nur Björn Thoms.

Andreas erhöht das Tempo weiter. »Komm schon, sprich mit mir!«

Lena schüttelt den Kopf und deutet auf das Handy an ihrem Ohr. Hauptkommissar Weickerts Telefon klingelt unbeantwortet vor sich hin.

Fuck!

Kaum hat Lena die Verbindung unterbrochen, kündigen die Chili Peppers einen Anruf an.

Malik.

»Sie lassen mich hier nicht weg.« Er klingt aufgebracht.

»Wo bist du?«

»Am Ende der Zufahrt. Und du?«

»Unterwegs. Gib uns zehn Minuten!«

»Nein, vergiss es! Hier ist alles weiträumig abgesperrt.« Lärm und Martinshörner im Hintergrund.

»Malik? Bist du noch da?«

Stimmengewirr. Dann: »Ja, Moment!«

Das Rumpeln der Reifen auf den Gitterbetonplatten des Kolonnenwegs übertönt weitere Gesprächsfetzen.

»Was ist los?« Andreas schickt Lena einen Seitenblick.

»Augen auf die Straße!«, herrscht sie ihn an.

»Hallo?«, meldet sich Malik wieder. »Lena?«

»Ich bin da!«

»Weickert zieht seine Kräfte zusammen, an einer Bucht im Nordwesten des Schilfgürtels.«

»Was gibt es da?« Übelkeit und Angst schwappen über Lena hinweg. Und das liegt nicht an Andis Fahrstil. »Ist Thoms dort?«

»Ich weiß es nicht.« Schnauben. »Die drehen alle völlig durch! Weickerts Kollegin Milani schneidet mich von allen Infos ab.«

Murmeln auf Maliks Seite der Verbindung.

»Was ist da los?« Lena versucht, ruhig zu bleiben. Sie versucht es wirklich. Aber in ihren Gedanken ist die Büchse der Pandora bereits geöffnet. »Malik? Hallo!«

»Ich muss Schluss machen. Ich melde mich, wenn ich mehr weiß!«

Die Leitung ist tot.

Lena starrt das Handy an. Ihr Brustkorb pumpt. Kalter Schweiß klebt auf ihrer Stirn. »Halt an!«

Andreas tritt in die Eisen.

Noch bevor der Camper steht, reißt Lena die Tür auf.

Statt sich zu übergeben, würgt sie nur trocken. Ihre Augen tränen. Sie spürt Andis Hand auf dem Rücken und schüttelt ihn ab. »Geht schon.«

»Was ist denn?«

»Sie haben die Zufahrt dichtgemacht. Malik sagt, sie hätten etwas gefunden in einer Bucht im Nordwesten.«

Andreas faltet die Hände vor Mund und Nase zu einem Zelt. »Du denkst das Gleiche, was ich denke, oder? Es ist wie damals.«

Lena muss nicht antworten. Zwischen ihnen herrscht das wortlose Verständnis zweier Überlebender, auch wenn sie gerade noch kurz davorstanden, sich an die Gurgel zu gehen.

Andi setzt zurück. Er mäht beim Wenden eine junge Birke um und rast über den Kolonnenweg in die Richtung, aus der sie gekommen sind. »Wenn sie den Weg gesperrt haben, kommt von Horlow aus niemand ans Ufer heran. Ich fahre zum Nordende des Sees. Von da schlagen wir uns durchs Dickicht.«

Lena umklammert den Griff über dem Beifahrerfenster. Einerseits, um nicht aus ihrem Sitz geschleudert zu werden. Andererseits, um sich im Hier und Jetzt festzukrallen, während der Camper Kilometer und Jahre auf dem Weg durch die Zeit zurücklegt.

Es ist wie damals. Andis Worte hallen als düstere Prophezeiung durch Lenas Kopf. *Wie damals ...*

Nein! Thoms geht es gut!

Womöglich haben *Future/Zero*, die *Wächter* oder wer auch immer ihn auf der anderen Seite des Sees ausgesetzt. Wahrscheinlich läuft dort die Fahndung nach seinen Entführern, wenn nicht gar ein Zugriff.

Siehst du? Das wird es sein!

Doch am Rande von Lenas Verstand erklingt das dünne Stimmchen einer zutiefst verstörten Neunjährigen:

Und wenn du dich irrst?, wispert sie. *Was, wenn es wieder passiert ist?*

Freitag, 4. August 1995

Für Anfang August ist es kühl, besonders im Schatten der Bäume. Das Billabong-Hemd mit den langen Ärmeln war definitiv die richtige Wahl. Allein schon wegen der Mücken. Doch die Gänsehaut auf Andis Armen rührt weder von frischen Temperaturen noch von stechenden Insekten her.

Als Polizistensohn erfordert jede Art von Ungehorsam doppelte Überwindung. Und über den *Neuen Zaun* zu steigen – nach fünf Jahren sieht er nicht mehr neu aus, wird aber wohl auf ewig so heißen –, kann ihn teuer zu stehen kommen. Vermutlich verlängert jeder weitere Schritt in den Wald die Zeit im Hausarrest, die ihm droht, sollten seine Eltern ihn erwischen. Doch für Lena ist es das wert. Und für Tommy. Er hätte dasselbe für ihn getan.

Andis Zugeständnis an die Verbote seines Vaters und die Gruselmärchen seiner Mutter ist, sich im Wald zu halten und parallel zum See zu gehen, statt am Ufer entlangzumarschieren. Doch irgendwann müssen sie zum Wasser abbiegen. Andi kann nur schätzen, wann es so weit ist. Er kommt nur einmal im Jahr hierher, und die Natur ändert sich ständig. Dass die ehemaligen Wege unbrauchbar und kaum noch auszumachen sind, erschwert Vorankommen und Orientierung. Man gelangt nicht mehr so leicht zum See wie zu Wendezeiten. Die Horlower haben die Pfade mit gefällten Bäumen und Gestrüpp blockiert, als sie im Herbst nach Tommys Tod den *Neuen Zaun* gebaut haben.

Andi hat Lena nicht überreden müssen, ihn zu begleiten. Sie *wollte* mitkommen. Alles, was sie brauchte, um das zu erkennen, war ein kleiner Schubser. Also hat er ihr von seiner Idee erzählt, und das Wölfchen hat sofort nach dem Stock geschnappt, den er ihr hingehalten hat.

Natürlich würde Andi seine Rolle als Großer-Bruder-Ersatz niemals ausnutzen; außer vielleicht, wenn es um Lenas musikalische Erziehung geht. Bei vielen in der Schule läuft immer noch Nirvanas *Nevermind* auf Dauerrotation. Lena mag das Album nicht. Wegen des Covers mit dem Baby unter Wasser, sagt sie. Also hat Andi ihr letzten Monat *Siamese Dream* von den Smashing Pumpkins zum Geburtstag geschenkt. Er will um jeden Preis verhindern, dass sie Richtung Dancefloor-Mucke abdriftet.

Er mustert Lena aus dem Augenwinkel. Sie bemerkt es und lächelt. Aber nur mit den Lippen. Ihre Augen lächeln nicht. Niemals.

Kaum zu glauben, dass dieses blasse, schmale Mädchen, das er buchstäblich seit dem Sandkasten kennt, mittlerweile vierzehn ist. Langsam kommt sie in das Alter, in dem Jungs interessant werden. Jungs wie ... *er selbst.*

Andi schüttelt den Gedanken ab. *Uncool.* Tommy hätte ihm dafür eine auf die Nase gegeben, und zwar zu Recht.

Sie haben das Ziel ihrer Wanderung jetzt fast erreicht. Offiziell sind sie an diesem Freitagnachmittag im Kino. Die Alte Brennerei in Lüchow zeigt *Batman Forever*. Der Film liegt so weit außerhalb elterlicher Interessen, dass sie nicht mit Nachfragen rechnen müssen.

»Was machen deine Leute heute?«, will Lena wissen.

»Mein Dad ist in Hannover bei den Chaostagen, Punker prügeln.« Andis Tonfall lässt keine Zweifel, wem seine Sympathie gilt. »Meine Mutter hat 'ne Lesung im Altenheim in Uelzen mit ihren bescheuerten Gedichten. Die ist nicht vor zehn zurück. Was treibt deine Ma?«

»Ich bin nicht mal sicher, ob sie Toms Todestag überhaupt auf dem Schirm hat.«

»Echt?«

Lena zuckt die Achseln, abgehackt und angespannt. »Sie ist bei einem ihrer Töpferkurse. Seit Papa gestorben ist, macht sie kaum noch was anderes. Hoffentlich bringt der Scheiß wenigstens was. Ihre hässlichen Vasen wird sich nämlich keiner freiwillig hinstellen. Und ich glaube nicht, dass sie genug gespart hat, damit wir über die Runden kommen.«

Andi grinst. »Ich weiß, was du meinst. Meine Ma hätte einen Job bei der Bücherei in Dannenberg kriegen können. Doch sie hat abgelehnt, weil sie Zeit braucht, sagt sie. Für ihre *Lyrik*.« Er setzt das Wort in imaginäre Anführungszeichen. Andi versteht nicht viel von Gedichten, die über den Deutschunterricht der Klasse elf hinausgehen. Aber die von seiner Mutter sind ausgemachter Käse. Geld lässt sich damit nicht verdienen. Immerhin scheint das Gehalt seines Vaters für einen Polizisten ganz ordentlich zu sein. Sie können sich einen 7er-BMW und zwei Urlaube im Jahr leisten. Erst Ende Juni waren sie auf Teneriffa.

»Da vorn ist es«, sagt Andi, als sie sich durch eine finale Reihe Gestrüpp kämpfen. »Letzte Chance für einen Rückzieher.«

Lena lacht auf. Es liegt keinerlei Vergnügen darin. »Mein Psychofritze meint, ich muss akzeptieren, was damals passiert ist. Konfrontation und so.« Sie hebt mechanisch die Schultern und lässt sie wieder fallen. »Vermutlich hat er das anders gemeint, aber wo wir einmal hier sind ...«

Hier, das ist eine Bucht, deren Ufersaum Sand, Kiesel und Grasbüschel bedecken. Schilf schirmt die Sicht zu den Seiten ab. Abgesehen vom natürlichen Blickschutz durch den Bewuchs unterscheidet sich dieser Strandabschnitt nicht von jenem, den Tommy und Andi selbst vor einer Ewigkeit jenseits des *Nichtdorthinein-Walds* entdeckt hatten.

Damals waren sie so sicher gewesen, dass man ihnen grundlos die Existenz eines Paradieses vor ihrer Haustür verschwiegen hatte. Tommy hat diese Fehleinschätzung mit dem Leben bezahlt. Und nach allem, was Andi weiß, hätte auch er es sein können, der in den Fluten des Kummersees versinkt, wenn er an jenem Tag vor fünf Jahren dabei gewesen wäre.

»Hier ist es gewesen?«, reißt Lena Andi aus seinen Gedanken. »An diesem Strand?«

Er nickt. »Ja, da vorn haben sie ihn gefunden. So stand es in der Ermittlungsakte im Arbeitszimmer von meinem Dad.«

Lena sieht sich um. Sie geht auf Zehenspitzen, als schleiche sie sich an etwas oder jemanden an. Vielleicht an den See selbst ... oder das, was ihrer Überzeugung nach darin lebt. An der Wasserlinie stoppt sie, hält aber genug Abstand, dass ihre Chucks nicht den kleinsten Tropfen Wasser abbekommen.

»Was stand noch in der Akte?« Lena umklammert die Gurte ihres Rucksacks.

»Ich ...« Andi reibt sich den Nacken. »Willst du das wirklich wissen?«

»Ich muss. Bitte! Du hast versprochen, dass du es mir heute endlich erzählst.«

Andi stöhnt. Er hasst es, an die großformatigen Schwarz-Weiß-Fotos zu denken. Er hätte die Aufnahmen nie sehen dürfen. Geschweige denn, sehen *wollen*. Er hätte Tommy lieber anders in Erinnerung behalten. Aber für einen neugierigen Jungen mit einem Polizisten als Vater wäre ein originelleres Versteck für den Schreibtischschlüssel nötig gewesen als unter dem Fuß des PC-Monitors.

Und so sieht Andi auch heute noch seinen toten besten Freund vor sich. Die Augen geschlossen, das Gesicht entspannt, ja, fast friedlich. Die Badehose so knallrot, dass sie selbst in Schwarz-Weiß noch leuchtet. Abgesehen von den blauen Flecken an Armen und Beinen schien Tommy unverletzt.

»Er lag da drüben.« Andi streckt den Zeigefinger aus. »Auf dem Rücken, die Füße im Wasser.«

»Irgendwelche Spuren?«

Andi schüttelt den Kopf.

Lena geht in die Hocke und scharrt im Boden.

»Wölfchen, nicht.« Andi hofft, sie mit dem ungeliebten Spitznamen abzulenken. »Es ist fünf Jahre her. Mein Dad und seine Kollegen haben bestimmt jedes Sandkorn umgedreht.«

Lena sieht zu ihm auf. Ihre Augen sind trocken, aber ihre Unterlippe bebt.

»Sie haben alles abgesucht«, erklärt Andi. »Es gab nicht den geringsten Hinweis, wie Tommy hergekommen ist. In der Nacht hatte es nicht geregnet. Fußspuren hätten sich im Sand also gehalten. Doch da war nichts. Deshalb war mein Vater so sicher, dass er angeschwemmt wurde.«

»Oder etwas hat ihn abgelegt. Etwas aus dem See.« Lena schaut ihn mit festem Blick an, bis Andi es nicht mehr aushält.

Sie ist süß. Aber manchmal auch etwas unheimlich. Vor allem, weil sie von dem überzeugt ist, was sie sagt.

Andi setzt den Rucksack ab. »Komm, lass es uns tun.« Sofort beißt er sich ob seiner Wortwahl auf die Unterlippe.

Lena scheint die Doppeldeutigkeit nicht bemerkt zu haben. Sie starrt hinaus auf den See, als lausche sie einer Stimme in den Wellen, die nur sie hören kann.

»Lena? Alles klar?«

Sie reißt sich los und nickt.

Gemeinsam breiten sie eine Decke am Strand aus, mit Sicherheitsabstand zum Wasser. Keiner von ihnen würde je wieder auch nur einen Zeh dort hineinhalten.

Andi kramt zwei Flaschen mit einer ungesund grünen Flüssigkeit aus dem Rucksack, dazu fünf Grablichter aus dem Drogeriemarkt, die sie im Sand aufstellen und entzünden.

Lena zieht das Resultat zweitägiger Bastelarbeit aus ihrem Rucksack, gefolgt von Hammer und Nägeln.

»Lass es uns dort drüben festmachen.« Lena zeigt auf einen Baum. »An der Kiefer da, mit Blick übers Wasser.«

»Guter Platz.« Andi lächelt. »Würde ihm gefallen.«

Wie eine Ikone in einer religiösen Prozession trägt Lena ihr Werk gemessenen Schrittes zu seinem Bestimmungsort.

»Soll ich ...« Andi bricht ab, bevor seine Stimme kippen kann.

Lena schüttelt den Kopf. »Das muss ich selbst machen.« Sie hat immer noch keine Träne geweint.

Andi bewundert, wie viel Entschlossenheit und Stärke in diesem dürren Mädchen stecken.

»Hilfst du mir hoch?«, fragt sie.

Andi geht in die Hocke und nimmt Lena auf die Schultern. Sie ist leicht wie ein Vogel. Als er sie nach getaner Arbeit wieder absetzt, wackeln ihm nicht einmal die Knie.

Andi folgt Lena bis ans Wasser. Dort öffnet er die Flaschen mit dem grünen Gesöff und reicht ihr eine davon.

»*Bacardi Breezer – Cactus Lemon*«, liest sie mit gerunzelter Stirn. »Meinst du, das ist angemessen? Sollten wir nicht Whiskey nehmen oder so was?«

»Ich wusste nicht, was dir schmeckt.« Andi lächelt verlegen. »Und es geht ja auch eher um die Geste.«

Lena seufzt zittrig. »Dann auf dich, großer Bruder.« Sie gießt einen Schluck auf den Strand. Dorthin, wo Toms Leiche gefunden wurde.

Andi folgt ihrem Vorbild. »Auf dich, Kumpel.«

Sie nuckeln an ihren Rum-Mix-Getränken und hängen schweigend ihren Gedanken nach.

»Und, wie ist es?«, fragt Andi nach einer Weile.

»Furchtbar süß.« Lena schmatzt.

Andi will lächeln, scheitert und nimmt einen weiteren Schluck, um die Tränen zurückzudrängen.

Am Ende läuft alles auf die Frage hinaus, wer das Loch im Zaun entdeckt hat. Tom oder er selbst? Damit hat alles angefangen. Es macht Andi wahnsinnig, sich nicht erinnern zu können.

Über ihnen, an der Kiefer am Rand des Strands, hängt jetzt ein Rahmen aus Birkenästen, etwas größer als ein Blatt Papier. Darin grinst Tommy von einem laminierten Porträtfoto auf seine Schwester und seinen besten Freund hinunter. Die letzten fünf Jahre stand das Bild auf Lenas Nachttisch. Ein Abzug haftet in Andis Zimmer zwischen Tony Hawk in der Halfpipe und Pamela Anderson im knappen Badeanzug.

So wie auf der Aufnahme wollen sie Tommy in Erinnerung behalten. Auf das Foto hat Lena in krickeligen, überhaupt nicht mädchenhaften Buchstaben geschrieben:

»*The king is gone – but he's not forgotten.*«

Thomas Georg Wolff

1977–1990

»Der Spruch ist schön. Woher stammt das?«, fragt Andi.

»Aus einem Lied von Neil Young. Meine Ma hört den. Der Song ist lahm, aber der Text gefiel mir. Kurt Cobain hat in seinem Abschiedsbrief daraus zitiert. ›*It's better to burn out than to fade away.*‹ Doch ich fand diese Zeile besser.«

Eine Wolke schiebt sich vor die Sonne. Die Temperatur fällt, als hätte der Herbst den Sommertag gestohlen. Andi hat plötzlich einen Kloß im Hals.

Lena holt ihren Discman hervor und drückt ihm einen der Ohrstöpsel in die Hand. »Hier, nimm.«

Andi blinzelt eine Träne weg. »Neil Young?«

»So weit kommt's noch!« Ein Laut zwischen Lachen und Schluchzen folgt.

Lena greift nach Andis Hand. Ihre Finger sind kalt und verschwitzt zugleich. Sie lehnt den Kopf an seine Schulter.

In Andis rechtem und Lenas linkem Ohr näselt Billy Corgan:

»*Today is the greatest day I've ever known.*

Can't wait for tomorrow – I might not have that long.«

Als dann die Sonne wieder hinter der Wolke hervorkommt und die Bucht in goldenes Abendlicht taucht, gibt es kein Halten mehr. Sie lassen den Tränen freien Lauf.

III.
Böses Erwachen

32

»Stopp! Warte!«

Lena ignoriert Andis Rufe. Zweige peitschen in ihr Gesicht. Dornen hinterlassen Striemen auf ihren Wangen. Schlamm umfängt ihre Beine bis zu den Waden. Lunge und Herz schaffen es kaum, die Muskeln mit genug Sauerstoff zu versorgen. Doch sie rennt weiter, dem Ende der Ungewissheit entgegen und in die offenen Arme ihrer schlimmsten Befürchtungen.

Zuerst sind da nur Geräusche. Gepresste Stimmen und geschnauzte Befehle. Das Brummen eines Stromaggregats erinnert an einen Bienenstock, in den ein sadistisches Kind einen Stock gerammt hat.

Dann glitzert der See durch die Bäume. Am Ufer wuseln Gestalten. Schatten und Gespenster im Feuerwerk der Lichtreflexe. Rot-weißes Flatterband hängt zwischen Birken.

Andreas ruft abermals nach ihr, doch zu spät. Lena zerfetzt die Absperrung und bricht durch den Uferbewuchs. Gleich darauf versagen ihre Beine den Dienst. Sie fällt, als hätte jemand ihre Achillessehnen durchschnitten.

Das Universum zieht sich zusammen, bis es ganz aus der kleinen schilfgesäumten Bucht besteht. Die Welt verliert ihre Farben, verbleicht wie eine alternde Fotografie. Die Geräuschkulisse verstummt. Da ist nur noch Stille. Der Fluss der Zeit versiegt zu einem Rinnsal. Die Szenerie am Ufer des Kummersees entfaltet sich vor Lena mit der erbarmungslosen Schärfe einer Blu-ray-Disc, abgespielt in Super-Slowmotion.

Der Strand ist übersät mit Ausrüstung, Markierfähnchen und Menschen. Uniformierte ballen sich im Halbkreis um etwas oberhalb der Wasserlinie. Eine Polizistin sprintet mit der Geschwindigkeit einer Schnecke auf Lena zu, die Arme erhoben. Ihr Mund bewegt sich, doch kein Laut dringt daraus hervor. Ein anderer Beamter stößt den Zeigefinger unendlich langsam in ihre Richtung. Still brüllt er nach seinen Kollegen. Überall Erstaunen und Überraschung, gemeißelt in erstarrte Gesichter. Eine Frau in Zivil lässt eine Kamera sinken. Neben ihr trägt ein bulliger Endvierziger trotz Sonnenschein Regenjacke. Sein Blick findet Lena. Müde Züge spiegeln Wiedererkennen, dann Entsetzen. Auch er hastet ihr entgegen. Nur wenige Schritte trennen sie. Doch bei seinem Tempo braucht er dafür Wochen.

Hauptkommissar Uwe Weickert, liefert Lenas Gehirn den passenden Namen. Hinter ihm reißt jemand eine schwarze Plane auseinander. Er erinnert an einen Magier, der etwas unter einem Tuch verschwinden lassen will. Lena wünscht sich so sehr, er hätte damit Erfolg gehabt.

Björn Thoms liegt oberhalb der Brandung, knapp außer Reichweite der unschuldig plätschernden Wellen des Kummersees. Alle Hoffnung und jedweder Zweifel werden hinweggefegt vom Anblick des geschundenen Körpers am Strand.

Wo Tom von blauen Flecken abgesehen unversehrt gewesen sein soll, als man ihn fand, ist Thoms auf grässliche Weise entstellt. Er liegt auf dem Rücken, die Füße dem See entgegengestreckt. Haare und Kleidung sind klatschnass. Sein Pferdeschwanz ruht neben dem Kopf wie ein elendig ersoffenes Pelztier. Das Gesicht des Vermessers – der Teil, der noch da ist – spiegelt grenzenlose Qualen. Das verbliebene Auge starrt in den Herbsthimmel. Wo sich das andere hätte befinden sollen, gähnt ein Krater. Die Wange darunter ist aufgerissen und gibt den Blick auf die Backenzähne frei. Der Mund mit den verstümmelten Lippen steht in einem Ausdruck der Verblüffung offen.

Björn Thoms' Kehle existiert nicht mehr. Das Zöpfchen seines Barts in der Wunde erweckt den Anschein, als habe sich eine bizarre Kreatur zwischen Speise- und Luftröhre ein Nest ausgepolstert.

Dort, wo der Vermesser das Logo des Büros *Alphaplus* auf der Brust getragen hat, verlaufen parallele Schlitze in seiner Jacke. Sie setzen sich bis tief ins Fleisch fort, entblößen durchtrennte Muskeln und Sehnen.

In der bleichen Haut eines Oberschenkels zeichnet sich unter den Fetzen von Thoms' Hose eine halbmondförmige Wundformation ab. Falls das Zahnabdrücke sind, ist der Kopf zu diesem Kiefer groß wie ein Medizinball.

Lenas Gehirn scannt mit unerbittlicher Präzision jedes Sandkorn in den zahllosen Wunden, registriert jede Pore des so grausam gemarterten Leibs. Dass nirgends Blut zu sehen ist, lässt den Körper am Strand unecht wirken wie die Requisite eines schlechten Horrorfilms.

Doch das hier ist kein B-Movie. Und auch kein Albtraum, bei dem man sich nur zwicken muss, um wohlbehütet im heimischen Bett aufzuwachen. Das hier ist die hässliche und bittere Wirklichkeit. Und die kennt nur eine Wahrheit:

Björn Thoms ist tot.

Fußspuren führen von der Leiche in den See. Es sind verwaschene, grob dreieckige Trittsiegel. An den breiten Enden haben Krallen Abdrücke in den Sand gegraben. Wind und Wellen hatten noch keine Zeit, die Spuren zu tilgen. Sie müssen also frisch sein.

Was immer Thoms das angetan hat: Es muss gewaltig sein, wenn ein Zwei-Zentner-Mann wie er keine Chance hatte, sich zu wehren. Sollte dies dasselbe Ding gewesen sein, das Tom getötet hat, dann hat es deutlich an Brutalität zugelegt.

Lenas Brust zieht sich zusammen. Vielleicht sitzt es im Dickicht des Schilfgürtels. Sitzt dort, vollgefressen und satt, und beobachtet sie, erfüllt von Vorfreude darauf, was es ihr noch antun wird; was es ihr alles nehmen wird, bis es sich endlich erbarmt, auch ihr Leben zu beenden.

In Lenas Verstand ploppt eine lange vergrabene Erinnerung auf: ein Auge, das sie anstarrt. Ein einzelnes großes Auge hinter einem Wirbel aus Luftblasen.

Lena schwindelt es. Ihr Sichtfeld verengt sich zu einem Tunnel. Schwärze stürzt von allen Seiten auf sie ein. Der Boden kommt näher. Weit weg ruft jemand ihren Namen. Gedehnt und viel zu tief für eine menschliche Stimme.

Dann – ohne Vorwarnung – nimmt die Zeit binnen eines Herzschlags ihr gewohntes Tempo wieder auf. Plötzlich steht die Welt kopf. Alles dreht sich. Unten wird oben, und oben wird unten und ...

Schmerzen. An Lenas Hinterkopf. Schreie um sie herum.

Vor ihr – fünf, sechs Meter entfernt – Thoms' Leiche.

Lena wendet den Blick ab. Sie hat das Gefühl, im Sand zu versinken. Erst langsam, dann immer schneller.

Über ihr ragt eine Kiefer in den Himmel. An ihrem Stamm hängt das unvollständige Skelett eines grob gezimmerten Bilderrahmens. Verschwommen erinnert sich Lena, wie sie selbst Toms Foto dort oben aufgehängt hat.

Hier, am Fundort der Leiche ihres Bruders.

Jetzt ist der Rahmen leer. Leer wie Lenas schwindender Verstand.

Sie sinkt tiefer. Über ihr wird der Schrein für Tom stetig kleiner, nun selbst umrahmt von nichts als Schwärze. Wie der Lichtpunkt in der Mitte eines alten Röhrenfernsehers beim Abschalten.

Lena wird ohnmächtig.

33

Minuten und Stunden ziehen vorüber. Lena liegt im Gästezimmer ihres Elternhauses. Sie ist wach, doch nicht bei Bewusstsein. Gesichter tauchen über ihr auf, reden auf sie ein, ohne dass sie auch nur ein Wort mitbekäme von dem, was sie sagen.

Malik und Andreas. Ihre Mutter. Ihr Vater. Tom. Tante Marlies. Detlev Kosinski. Hauptkommissar Weickert und seine Kollegin Nella Milani. Simon Lintow und Lars Virchow. Die Godehardts, die Rathenaus. Ein Mädchen mit auffälliger Kurzhaarfrisur ...

Und immer wieder Björn Thoms.

Mal steht er tropfnass da und starrt Lena anklagend aus seinem toten Auge an, mal lacht er auf sie herab. Durch das gezackte Loch in der Wange reicht sein Grinsen bis zum Ohr.

Welche Besucher sind real? Welche entspringen ihrem gequälten Verstand? Lena vermag es nicht zu unterscheiden.

Es tut mir alles so leid, so unendlich leid.

Es ist zu viel. Zu viel für einen Menschen. Minutenlang vergisst Lena zu blinzeln. Die Augen brennen. Weinkrämpfe schütteln ihren Körper. Jenseits des Schleiers der Tränen tauchen immer wieder dieselben Bilder auf wie in einer höllischen Dia-Show.

Björn Thoms' zerstörter Leib.

Das Loch im Zaun.

Ein riesiges Auge hinter Luftbläschen.

Eine knallrote Badehose ...

Bewusste Gedanken verlaufen ins Nichts. Wieder und wieder döst Lena ein, nur um sofort aus Albträumen hochzuschrecken. Sie hat jedes Zeitgefühl verloren. Seit wann liegt sie hier? Wann hat sie das letzte Mal etwas gegessen? Aber in ihrem Bauch ist kein Platz für Essen. Dort liegen schwer und unverdaulich Trauer und Schuld, als hätte sie Felsbrocken geschluckt. Zwischen den Steinen glimmt, einer zarten Flamme gleich, jedoch auch ein neues Gefühl: Wut. Lena spürt, wie sie wächst, immer größer und größer wird, bis sie stark genug ist, dass Lena sich daran aufrichten und in die Wirklichkeit zurückkehren kann.

Wieder starrt ein Gesicht auf sie herab. Zum ersten Mal seit Langem gelingt es Lena, den Blick zu fokussieren.

»Malik«, krächzt sie. Ihre Stimme ist vom Weinen heiser.

»Ich bin da.« Malik beugt sich hinab und streicht zum Beweis seiner Existenz über Lenas Arm.

»Wasser, bitte.«

Er reicht ihr ein Glas. Gierig trinkt sie und verschluckt

sich. Ein Hustenanfall schüttelt sie. »Wie lang war ich weg? Ich meine, seit ...«

Malik macht eine wegwerfende Handbewegung. Seine Stimme klingt, als habe er mit Säure gegurgelt. »Es ist gerade erst dunkel geworden.«

Lena hätte eher auf Tage denn auf Stunden getippt. »Wie bin ich hergekommen?«

»Sie wollten dich ins Krankenhaus bringen. Aber du hast dich mit Händen und Füßen gewehrt. Weißt du nicht mehr?«

Kopfschütteln. Seit sie die Bucht am Kummersee betreten hat, weiß sie kaum noch etwas. Dafür erinnert sie sich gestochen scharf, was sie dort gesehen hat. Sie fährt sich so vehement über Stirn und Wangen, als wolle sie ihr Gesicht herunterreißen.

Deine Schuld! Es ist alles deine Schuld!

»Was ist mit Andi?« Nicht, dass Lena vorhätte, je wieder ein Sterbenswörtchen mit ihm zu reden. Nicht, nachdem er sie so hintergangen hat. Ihr fällt nur nichts anderes ein. Und sie muss etwas sagen, weil die Stille unerträglich ist.

»Du hast ihn angeschrien und ihm eine verpasst, als du das erste Mal wieder zu dir gekommen bist.«

Lena verzieht die Mundwinkel. »Wie schlimm war ich?«

»Ich war nicht dabei. Was hatte er ausgefressen?«

»Er hat uns verkauft. An seine Aktivistenfreunde. Für das verdammte Wohnmobil.«

Maliks Brauen wandern empor. »Ich dachte –«

»Lass uns nicht darüber reden. Andi ist gestorben für mich.« Sofort bereut Lena ihre Wortwahl.

Malik betrachtet sie mit schief gelegtem Kopf. »Du hast Thoms gesehen, dort am Strand, oder? Was genau hast du ...?«

»Alles.« Wieder kommen Lena die Tränen. Mehr kann sie dazu nicht sagen. Es zerrisse sie. Sie kannte Björn Thoms nur wenige Tage, dennoch fühlt es sich an, als habe ein Freund sein Leben verloren. Weil sie einen Fehler gemacht hat. »Ich habe dir nie erzählt, warum ich beim BKA in Wiesbaden aufgehört habe, oder?«, fragt Lena.

»Nein, nicht genau«, erwidert Malik. »Ich dachte, du wolltest nicht darüber reden.«

Lena wendet sich ab. »Während meiner Ausbildung haben sie auf der Rettbergsaue einen Jungen aus dem Rhein gezogen. Er war ertrunken, nachdem man ihn an Händen und Füßen gefesselt in den Fluss geworfen hatte. Der Kleine muss eine Weile im Wasser gelegen haben. Sein Körper war ganz grau und aufgebläht. Die Fische hatten vom Gesicht nicht viel übrig gelassen. Aber soweit man das sagen konnte, war er zwölf oder dreizehn Jahre alt. In Toms Alter. Ich hab den halben Fundort der Leiche vollgekotzt. Mein Ausbilder hat getobt.« Lena sieht auf. »Rate, wer ab da bei jedem einzelnen Übungsfall eine Wasserleiche vor sich hatte.«

»Dein Ausbilder war ein Arschloch«, stellt Malik fest.

»Schon. Aber er hatte recht. Ich war dem Job nicht gewachsen. Nur, worauf ich hinauswill ...« Lena schluchzt.

»Keine der Leichen, die ich zu sehen bekommen habe, war so übel zugerichtet wie Björn Thoms.«

Malik greift nach ihrer Hand. Sie zuckt vor Schmerz zurück. Nietnägel reichen bis ins rohe Fleisch. Sie erinnern an die Wunden von –

»Björn.« Der Name entweicht Lena als Flüstern.

Malik schließt sie in die Arme.

Lena heult, bis keine Tränen mehr übrig sind. Bis in ihren Eingeweiden abermals dieses Empfinden von himmelschreiender Ungerechtigkeit überkocht.

»Der Boss will mit dir sprechen«, sagt Malik schließlich.

Lena stöhnt. »Klar will er das.«

»Es gibt eine interne Untersuchung. Direktor Petersen will uns so bald wie möglich sehen.«

»Scheiße, was wirft man uns vor?«

»Nichts bis jetzt. Schätze, Petersen will den Überblick behalten. Wissen, mit wem wir Kontakt hatten. Ob jemand *Alphaplus* bedroht hat.« Malik schüttelt müde den Kopf. »Das wird keine kurze Liste, wenn ich all die freundlichen Mails bedenke, die uns Kosinski weitergeleitet hat. Dann dieses ganze Dorf, *Future/Zero* ...«

»Weiß Detlev Bescheid?«

Malik deutet ein Nicken an. »Macht seine Aussage bei Weickert, dann fährt er zur Pension.«

»Wie geht's ihm?«

»Nicht gut. Mit uns möchte Weickert übrigens auch sprechen, sobald die Spurensicherung durch ist. Wir sollen morgen aufs Revier kommen.«

»Kein Problem.« Lena schnäuzt sich. »Ich hab nicht vor wegzugehen.«

Malik sieht sie aus großen Augen an. »Du willst bleiben? Nach dem, was passiert ist?«

Lena schiebt das Kinn vor. »Definitiv.«

»Und der Termin beim Chef?«

»Petersen muss warten. Ich gehe erst, wenn ich weiß, was für Björn Thoms' Tod verantwortlich ist ... oder wer.« Den Zusatz *oder wer* ergänzt sie Malik zuliebe. Er soll sie weder für durchgeknallt noch für hysterisch halten. Sie wird ihn später in die grausamen Details zu Thoms' Leiche einweihen müssen. Nachdem Andreas sie derart hintergangen hat, braucht sie Malik nicht nur als Kollegen, sondern auch als Freund, auf den sie sich verlassen kann.

Lena quält sich in sitzende Position. Sie muss von diesem verdammten Sofa runter und mit Tante Marlies sprechen.

Selbst die fantastischsten Märchen enthalten manchmal ein Körnchen Wahrheit. Sogar, wenn diese Wahrheit von *Czarnobóg* kündet, dem schwarzen Gott der Slawen. Oder von einer ominösen Gruppe von *Wächtern*, die die Menschen vor ihm schützen wollen.

Aber zuerst muss Lena ein Gespräch führen, das sie viel zu lange vor sich hergeschoben hat. Ein Gespräch, vor dem sie sich fürchtet, weil es alles zu ändern vermag, was sie über die Vergangenheit zu wissen glaubt.

Lena streicht sich die Haare aus dem verweinten Gesicht. »Wo ist meine Mutter?«

34

Lena lässt Malik im Gästezimmer zurück. Diesen Kampf muss sie allein ausfechten. Sie findet ihre Mutter im Wohnzimmer. Sylvia Wolff hat den Kamin mit zu viel Holz befeuert und starrt durch das Funkengitter in die Flammen. Zwei ihrer bizarren Zwitterwesen aus Ton flankieren das mühsam kontrollierte Inferno.

»Mama? Können wir reden?«

Sylvia Wolff blickt auf. Das Feuer spiegelt sich in ihren Augen. »Natürlich. Setz dich.«

Lena lässt sich in einen der Designersessel aus Chrom und Leder gegenüber der Couch fallen. Für das Geld, das sie gekostet haben dürften, müssten sie eigentlich bequemer sein. Aber Lena will nicht aufs Sofa. Dieses Gespräch braucht Abstand, physisch wie psychisch.

»Mama, ich –« Weiter kommt sie nicht. Die blutige Nagelhaut ihres Daumens zeugt von Lenas Unsicherheit, wie sie beginnen soll. Sylvia Wolff hat all die stillen Vorwürfe, all ihre heimliche Wut über Jahre konserviert. Sie hat den Verlust ihres Sohnes und des Ehemanns auf die schmalen Schultern eines kleinen Mädchens gelegt. Dieses Mädchen sitzt nun vor ihr und ist drauf und dran, die bissigsten aller schlafenden Hunde zu wecken.

»Ich habe gehört, was passiert ist«, überbrückt Sylvia Wolff das Schweigen. »Ich möchte, dass du weißt, dass es mir leidtut. Das muss furchtbar für dich sein, auf persönlicher Ebene und als Polizistin. Wenn ich etwas tun kann, sag es bitte. Du bekommst jede Unterstützung, die du brauchst.«

Die Worte ihrer Mutter klingen wie die sorgsam formulierte Solidaritätsbekundung eines Diplomaten. Klinisch, distanziert, voller versteckter Andeutungen. Als sei Björn Thoms' Tod die vermeidbare Folge eines individuellen oder dienstlichen Fehlverhaltens gewesen. Als habe mangelnde Professionalität und die Verquickung privater Interessen mit ihrem Auftrag dies alles erst ermöglicht.

Das Problem an dieser Sichtweise ist, dass Lena sie teilt. Umso schlimmer brennt das Salz, das ihre Mutter in die Wunde streut. »Ich fahre dich gern in eure Unterkunft. Wenn du willst, rufe ich auch Doktor Harpstätter für dich an, falls du darüber reden möchtest, was dem jungen Mann zugestoßen ist.« Sylvia Wolff greift nach ihrem Weinglas.

Björn Thoms ist nichts zugestoßen, möchte Lena schreien. *Er wurde ermordet. So wie Tom!*

Ihre Mutter lässt den Rotwein im Glas kreisen. »Es ist keine Schande, um Hilfe zu bitten.«

»Ja, weiß ich. Aber nein, danke.« Lena schenkt ihr ein falsches Lächeln. »Am meisten hilfst du mir, wenn wir noch bleiben könnten, bis mit den Kollegen vor Ort alles geklärt ist.«

»Das ist doch das Mindeste.« Sylvia Wolff erwidert das Lächeln. Auf Lena wirkt es so gezwungen wie ihr eigenes. »Also, über was wolltest du mit mir reden?«

»Da gibt es so einiges.« Lena folgt dem Tanz der Flammen auf den Holzscheiten im Kamin, während sie ihre Worte zurechtlegt. »Ich würde gern mit dir über Horlow sprechen. Über früher. Und ... über Papa.« Sie löst den Blick rechtzeitig von der Feuerstelle, um einen Ausdruck der Verunsicherung über das Gesicht ihrer Mutter flackern zu sehen.

Sylvia Wolff seufzt theatralisch. Sie wendet sich dem Barfach zu, wo Spirituosen aufgereiht warten wie treue, auf ihren Einsatzbefehl harrende Soldaten. Lenas Mutter entscheidet sich für einen Sambuca und füllt großzügig einen Tumbler mit dem hochprozentigen Anislikör. »Nun? Fang schon an!«

»Wie kommst du so klar?« Wie in einem Verhör startet Lena unverfänglich. Geht sie gleich in die Vollen, ist das Gespräch vorbei, bevor es richtig begonnen hat. »Wie läuft es mit deiner Kunst?«

»Ob ich mein Leben so ganz allein auf die Reihe kriege, willst du wissen? Und ob ich genug verdiene, damit für dich was zu erben übrig bleibt, wenn ich mal nicht mehr bin? Meinst du das?«

Lena verkneift sich ein Augenrollen. »Nein, natürlich nicht. Ich habe mich nur gefragt, ob es dir gut geht. Und was der Name Wolff in Sammlerkreisen so gilt. Es ist ja kaum zu übersehen, was du alles mit dem Haus gemacht hast. Chic, und bestimmt auch nicht ganz billig.« Lena packt eine Extraportion Kreide in ihre Stimme. »Mir gefällt es, ehrlich! Das kann ich zwar von deinen Skulpturen nicht unbedingt behaupten, doch ich finde es bewundernswert, was du dir aufgebaut hast.«

»Danke.« Sylvia Wolff mustert ihre Tochter misstrauisch. »Aber darüber wolltest du nicht mit mir sprechen, oder?«

»Nein, nicht wirklich.« Lena begegnet dem Blick ihrer Mutter. Sie will sehen, wie sie auf die nächste Frage reagiert. »Mama, hast du schon mal von einer Gruppe gehört, die sich die *Wächter* nennt?«

»Klingt wie etwas aus einem Dan-Brown-Roman.« Sylvia Wolffs Lächeln verschwindet hinter ihrem Glas.

»Papa soll dabei gewesen sein. Und ich glaube, Bernd Kujau auch. Sie müssen mit dem See zu tun gehabt haben.«

»Du hast mit Marlies geredet.«

Lena zögert. Dann nickt sie. »Sie sagt, dass etwas im Kummersee lauert. Und dass die *Wächter* geschworen hätten, die Welt davor zu schützen.«

»Das Ding aus dem Sumpf.« Ein Glucksen folgt. »Soll das jetzt unser großes Mutter-Tochter-Gespräch sein?«

»Mama, bitte! Was ist an der Sache dran?«

»Das will ich dir sagen. Es sind die Hirngespinste einer alten Frau, die bald in ein Pflegeheim wird umziehen müssen. Dort trägt dann ein Arzt ihre blauen und ihre grauen Tage in einen Kalender ein.«

»Tante Marlies hat angedeutet, dass noch andere in Horlow daran beteiligt waren. Und dass Geld geflossen ist.«

Sylvia Wolff sieht ihre Tochter mitleidig an. »Es geht dich zwar nichts an, aber ich sehe keinen Grund, es dir zu verheimlichen. Während der Wende kamen Männer hierher. Immobilienspekulanten von *Drüben*. Sie wollten investieren. Hohe Beträge. Dein Vater, Bernd Kujau und ein paar mehr sind eingestiegen und haben als Strohmänner das Land um den See aufgekauft, zur späteren Erschließung durch die Investoren.«

Lena runzelt die Stirn. »Warum die Grundstücke aufkaufen und jahrzehntelang liegen lassen? Und wieso brauchten diese Leute dazu die Hilfe von Einheimischen?«

»Das weiß ich nicht.« Lenas Mutter schürzt die Lippen. »Ich weiß nur, dass jedes Jahr im Juli eine Dividende auf unseren Konten gelandet ist. Im Gegenzug haben wir den *Neuen Zaun* in Ordnung gehalten und sichergestellt, dass der verdammte See nicht als Freibad endet. Aber dieses Arrangement dürfte sich jetzt wohl erledigt haben.«

»Warum das alles? Wie passt das mit Tante Marlies' Warnung und diesen *Wächtern* zusammen?«

Sylvia Wolff verzieht den Mund, als wüsste sie nicht, ob sie lachen oder schmollen will. Sie entscheidet sich für trinken. »Nach dem fünften Bier trommeln sich Männer gern auf die Brust. Dann geben sie ihren kleinen Garagenvereinen alle möglichen albernen Namen. Vor allem, wenn sie gerade das Geschäft ihres Lebens gemacht haben. Vielleicht hat Bernd seiner Frau unheimliche Geschichten aufgetischt, damit sie die Nase nicht in seine Angelegenheiten steckt.«

»Hältst du Tante Marlies für so naiv?«

»Bist du so viel anders? Du springst auf alles an, was geheimnisvoll oder zwielichtig klingt. Weil dieser Vermesser gestorben ist, geistern sofort wieder all die Räuberpistolen um Toms Tod durch deinen Kopf.« Sylvia Wolff leert ihr Glas und strafft sich. »Was hältst du davon: Ich hole eine Flasche Weißwein und gebe dir eine von meinen Zopiclon. Dann schläfst du dich aus. Und morgen früh haben deine Kollegen bestimmt schon einen von den Ökorambos verhaftet, der diesen Thoms auf dem Gewissen hat.«

Lena schweigt. Schlafmittel und Alkohol sind das Letzte, was sie will.

»Oder ist da noch mehr, über das wir reden müssen?« In den Worten ihrer Mutter schwingt Gereiztheit mit.

Ja, da ist noch was. Und es muss raus. Jetzt.

Lena beugt sich vor. »Gibt es etwas über Toms Tod, das ihr mir nicht erzählt habt?«

»Wie zum Beispiel?«

»Wusste Papa, was Tommy in Wahrheit zugestoßen ist? Hat er sich deshalb zu Tode getrunken?«

Sylvia Wolff zuckt unter Lenas Worten zusammen wie unter Schlägen. Sie starrt ihre Tochter so bitterböse an, dass sich ihre Brauen berühren. »Wie kannst du es wagen ...«

»Ich mache niemandem einen Vorwurf, Mama.« Lena

hebt die Hände. »Ich muss nur endlich wissen, was damals passiert ist. Mit Tom, mit Papa ... und wie das alles mit Björn Thoms zusammenhängt.«

»Du warst dabei, als dein Bruder und dein Vater gestorben sind. *Mein Sohn* und *mein Mann*.« Sylvia Wolffs Kiefer mahlen. »Du warst dort, Lena. Beide Male! Sag *du mir*, was passiert ist!«

Lena senkt den Blick. Das Knacken der Scheite im Kamin füllt die Stille.

Das hier führt zu nichts.

»Ich sage dir, was passiert ist, Lena.« Der Tonfall ihrer Mutter ist pures Gift. »Du bringst den Tod. *Das* ist wirklich passiert.«

35

Eine Dusche wäscht die Tränen fort, die nicht zu strömen aufhören wollen. Lena weint um Tom, um ihren Vater, um Björn Thoms. Sie weint darum, ihr Zuhause verloren zu haben, ihre Familie. Und sie weint um ihrer selbst willen. Weil sie sich so unendlich allein und schuldig fühlt.

Wenn doch nur die Wut von vorhin zurückkehren würde. Das Gespräch am Kamin hat das Feuer in Lenas Innerem erfrieren lassen. Zurückgeblieben ist ein schwarzes Loch. Sie könnte dieses Nichts mit Medikamenten und Alkohol zuschütten; den Schmerz betäuben, wie es ihre Mutter tut. Aber was brächte es? Ein schwarzes Loch ist nie gefüllt, niemals satt, ganz gleich, was man ihm zum Fraß vorwirft.

Wieder steht Lena vor dem Badezimmerspiegel. Irgendwo in diesem ausgezehrten Körper kämpft ein mutiges und starkes Mädchen immer noch um Gehör.

Ja, Monster gibt es wirklich. Egal, ob menschlich oder nicht. Es spielt keine Rolle, welches von ihnen Björn Thoms oder Tom erwischt hat: Es ist Lenas Pflicht, dafür zu sorgen, dass es nicht noch mehr Opfer fordert.

Fünf Minuten später ist sie angezogen und reißt die Tür zum Gästezimmer auf. Malik erschrickt. Er kauert im Lotussitz auf den Dielen. Wenn er Frieden und Zerstreuung in der Meditation gesucht hat, hat Lena diese Bemühungen soeben pulverisiert. Sie errötet. »Entschuldige. Ich hätte klopfen sollen.«

»Kein Problem.« Malik rappelt sich auf. »Ist immerhin dein Zuhause, nicht meines.«

»Das ist es schon seit Langem nicht mehr.« Wieder schmerzt es hinten in Lenas Kehle. Doch für Wehmut ist keine Zeit. »Wir fahren noch mal los. An den See.«

»Was, jetzt? Weshalb?«

»Wir müssen mit Weickert reden. Die Gegend muss abgeriegelt werden. Und wir müssen die Kids von *Future/Zero* warnen. Jeder dort draußen ist in Gefahr.«

»Bei allem Respekt, Lena, meinst du nicht, dass es viel wahrscheinlicher ist, dass einer von denen Thoms erwischt hat? Um ein Zeichen zu setzen?«

»Fängst du jetzt auch noch an?«

Malik blickt sie fragend an. Er hat Björn nicht so gesehen, wie sie ihn gesehen hat. Und er kann auch nicht wissen, dass ihre Mutter die gleiche Theorie darüber geäußert hat, was mit dem Vermesser passiert ist.

»Wie viel hat dir Weickerts Kollegin erzählt, diese Milani?«, erkundigt sich Lena.

Maliks Blick verliert sich in der Maserung der Wandvertäfelung. »Nur, dass Thoms ermordet wurde. Vielleicht erstochen, meinte sie. Sie war nicht sicher, weil ...« Malik schluckt. »Weil Tiere an der Leiche waren.«

»*Das* hat sie dir erzählt?« Lenas Wut kriegt neues Futter. Ein Brennen verdrängt die Kälte des schwarzen Lochs in ihrem Inneren. »Björn Thoms wurde nicht einfach ermordet. Er wurde abgeschlachtet, Malik. Aufgeschlitzt, zerfetzt und durchgekaut. Und anschließend weggeworfen wie ein abgenagter Knochen.«

Malik sinkt zusammen. »Ist das wahr?«

»Ja«, sagt Lena leise. Sie lässt sich neben ihn fallen. »Glaub mir, wenn du ihn da so am Ufer hättest liegen sehen ...«

Ja, was dann?

Dann wüsstest du, dass das kein Mensch getan hat, beendet Lenas neunjähriges Ich den Satz. *Dann wüsstest du, dass Tante Marlies mit ihren Gruselgeschichten recht hatte.*

Stille kriecht in den Raum. Malik schließt die Augen, während er die Informationen zum Zustand von Björn Thoms' Leiche verdaut. Gerade wirkt er älter als seine fünfundvierzig Jahre. Älter und zerbrechlicher.

Lena ist froh, einen Kollegen zu haben, der sich Empathie und Menschlichkeit bewahrt hat. Sie fasst seine Schultern und dreht ihn zu sich. »Ich brauch deine Hilfe, Malik. Ich pack das nicht allein.«

Er wiegt abwesend den Kopf. »Was macht dich so sicher, dass diese Umweltschützer unschuldig sind?«

»Thoms lag dort, wo man damals meinen Bruder gefunden hat. Der Kummersee hat über fünf Kilometer Küstenlinie. Wie wahrscheinlich ist es, dass eine Leiche da zufällig an *exakt derselben Stelle* auftaucht? Das war eine Botschaft, Malik. Aber nicht von *Future/Zero*. Als Tom starb, waren die nicht einmal geboren.«

»Lena, verrenn dich nicht –«

»Du musst mir nicht glauben«, unterbricht sie ihn sanft. »Sei nur da und vertrau mir.«

Mit viel Wohlwollen deutet Lena eine fast unmerkliche Bewegung als Nicken. »Danke schön, Malik. Danke!«

»Und jetzt?«

»Jetzt fahren wir raus und sprechen mit Weickert. Jeder da draußen ist in Lebensgefahr.«

Die Härchen auf Maliks Arm stellen sich auf. »Du meinst das alles wirklich ernst, oder?«

Lena antwortet nicht. Aber auch sie hat eine Gänsehaut.

Als sie auf den Dorfplatz treten, zeichnen sich an den Wohnzimmerfenstern der Godehardts und Virchows Schatten gegen die Beleuchtung ab. Die Beobachter haben jede Heimlichkeit abgelegt. Sie zucken nicht einmal zurück, als Lena die Hand hebt und ihnen demonstrativ zuwinkt. Zwei Häuser weiter steht Friederike Rathenau mit Lebensmitteleinkäufen im Arm in der Haustür. Auch sie starrt ungeniert herüber. Lena grüßt sie mit einer nicht eben enthusiastischen, aber doch höflichen Geste. In Retour erntet sie ein Grinsen so voller Gehässigkeit und Schadenfreude, dass es einem Faustschlag in den Magen gleichkommt.

»Kannst du fahren?«, bittet Lena Malik. »Ich glaube, ich muss gleich kotzen.« Wenigstens steht das Wohnmobil nicht auf dem Dorfplatz. So kann sie immerhin Andreas nicht über den Weg laufen.

Der Gedanke an Andi führt weiter zu seiner Mutter. Das Haus der Kujaus ist das einzige in Horlow, in dem kein Licht brennt. Eher früher als später wird Lena noch einmal mit Tante Marlies reden müssen. Trotzdem – oder gerade weil – Sylvia Wolff sie am liebsten für dement erklären möchte. Die alte Dame weiß mehr, als sie sagt. Björn Thoms könnte vielleicht noch leben, wenn Marlies Kujau Klartext geredet hätte. Ohne die elende Geheimniskrämerei wüsste Lena, was Tom und ihr selbst an jenem Sommertag in grauer Vorzeit passiert ist. Und ob hinter dem Selbstmord auf Raten ihres Vaters mehr gesteckt hat als die Trauer um seinen Sohn.

Hätte, könnte, würde.

Als Lena sich auf den Beifahrersitz des Kombis schwingt, hasst sie ganz Horlow, jeden seiner Einwohner und jeden Quadratzentimeter dieser gottverlassenen Gegend am Arsch der Welt. Es ist verlockend, Malik zu bitten, loszufahren und erst wieder anzuhalten, wenn das Benzin ausgeht.

Du würdest es den Rest deines Lebens bereuen, weggelaufen zu sein. So wie es dir für immer und ewig leidtun wird, zurückgekehrt zu sein.

Nein, die Flucht anzutreten würde den ganzen Wahnsinn nur noch sinnloser machen, als er ohnehin schon ist.

»Wie ist es mit deiner Mutter gelaufen?«, durchbricht Malik das Chaos in Lenas Gedanken. Er startet den VW.

»Viel ist nicht herausgekommen«, sagt sie, als Horlow

endlich hinter ihnen zurückbleibt. »Aber es gibt da etwas, das mir auf der Seele brennt.«

Malik sieht zu ihr herüber und legt den Kopf schräg.

»Du bist mein letzter Verbündeter, mein einziger echter Freund«, hält Lena ihre kleine Ansprache. »Ich würde dich niemals zwingen, das hier mit mir durchzustehen. Ich kann dich nur mit Aufrichtigkeit und Vertrauen überzeugen, weiter für mich da zu sein.«

»Das hast du längst.«

»Nein, hab ich nicht«, widerspricht Lena. »Ich muss dir etwas sagen. Über meinen Vater.«

36

»Noch mehr Geheimnisse?« Malik mustert Lena.

»Marlies Kujau hat gesagt, mein Vater sei ein *Wächter* gewesen. Und dass er gewusst habe, was meinem Bruder wirklich passiert ist.«

Malik lenkt den Golf an den Rand der Schotterpiste. »Okay, erzähl mir von ihm.«

»Wo soll ich anfangen? Mein Vater war ein stiller Mensch. Liebevoll, geduldig ... aber auch zerrissen.« Lenas Blick aus dem Fenster geht zurück durch die Zeit. »In meiner Erinnerung gibt es ihn zweimal. Da ist ein Erik Wolff vor dem Tod meines Bruders und einer danach. Damals ist etwas in ihm zerbrochen. Schon bevor Tom gestorben ist, war es für uns nicht leicht. Mein Papa war Grenzer. Nach der Wende wurde er arbeitslos, er hat nie wieder richtig Fuß fassen können.«

»Muss eine schwere Zeit gewesen sein«, sagt Malik.

»Ich glaube, mein Papa hat da schon mit dem Trinken angefangen. Wenn ich mich an die Wochen erinnere, bevor wir Tom verloren haben, fallen mir vor allem die dauernden Streitereien meiner Eltern ein. Oft ging es ums

Geld, ob wir das Haus halten können, so etwas.« Lena reibt sich die Augen. »Mein Bruder und ich waren froh, wenn wir mal rausgekommen sind. Und als er und Andi dann das Loch im Zaun und dahinter den Kummersee entdeckt haben ...«

»Du musst nicht weiterreden, wenn du nicht willst«, sagt Malik. »Aber ich verstehe noch nicht, was dein Vater mit diesen *Wächtern* zu tun gehabt haben soll.«

»Ich auch nicht. Laut meiner Mutter war er in Immobiliengeschäfte verwickelt, die dazu gedient haben sollen, den See der Öffentlichkeit zu entziehen. Ihn zu schützen. Oder etwas, das darin ist.«

»Wann ist dein Vater gestorben?«

»April vierundneunzig. Herzinfarkt. Mit vierzig. Da war er jünger als ich heute. Krass, oder?«

Malik nickt verlegen.

»Die Herzattacke war die Quittung für vier Jahre exzessiven Alkoholmissbrauch nach Toms Tod.« Lena schnaubt. »*Exzessiver Alkoholmissbrauch*. Wie sich das anhört! Weniger hochtrabend könnte man sagen, mein Papa hat sich gezielt ins Grab gesoffen. Er hat sich die Schuld an Toms Tod gegeben. Bislang habe ich nie verstanden, wieso. Aber falls er zu diesen *Wächtern* gehört hat, hat er vielleicht zu vertuschen geholfen, was meinem Bruder zugestoßen ist.«

»Warst du da, als es passiert ist? Als er gestorben ist?«

»Ja, ich war dabei.« Die Erinnerung schmerzt, doch sie muss raus. »Es war der erste Samstag nach den Osterferien, ein sonniger Frühlingsmorgen. Meine Ma war einkaufen. Als zwölfjährige Außenseiterin mit Depressionen hab ich gemacht, was man am Wochenende tut, wenn man keine Freunde hat. Ich hing vor der Glotze und habe Kellogg's Smacks in mich reingeschaufelt.« Lena lächelt. Es ist antrainierte Mimik ohne Bedeutung. »Auf VIVA lief ein Bericht nach dem anderen über den Selbstmord von Kurt Cobain. Also hab ich gezappt. Ich weiß noch, dass ich bei *Scooby Doo* hängen geblieben bin. Mein Papa hat hinter mir auf der Couch seinen Kater weggeschlafen.« Lena schließt die Augen, taucht tiefer in die Erinnerung. »Die Glotze hat ihn nicht gestört. Irgendwann hab ich Musik aufgedreht, *Smash* von The Offspring war gerade erschienen. Nicht mal da ist er aufgewacht. Geweckt haben ihn erst die Schmerzen. Plötzlich hat er sich aufgesetzt und seine Brust umklammert. Es muss so wehgetan haben, dass er kein Wort rausbekommen hat.« Eine Träne rinnt über Lenas Wange. »Im ersten Moment dachte ich, eines dieser grässlichen Viecher aus den *Alien*-Filmen bricht zwischen seinen Rippen hervor. Aber mit zwölf weiß man natürlich, was ein Herzinfarkt ist.«

»Gott, Lena«, bringt Malik heraus. »Du musst nicht ...«

»Ich hab sofort den Notruf gewählt. Die Frau am Telefon war so ruhig, als verstünde sie gar nicht, dass mein Papa –« Lena stockt. »An die nächsten Minuten erinnere ich mich nur in Bruchstücken. Jedenfalls hab ich die Haustür aufgemacht, damit der Notarzt ohne Klingeln reinkann. Dann bin ich zurück zu meinem Vater.«

»Bist du sicher, dass du mir das erzählen willst?«

Lena ignoriert die Frage. »Er hat sich gekrümmt wie ein Hund. Hat die Lider aufgerissen und mich angesehen. Seine Augen waren blutunterlaufen, die Lippen ganz blau. Er hat meinen Namen geflüstert, als sehe er mich zum ersten Mal seit langer Zeit. Weißt du, was er gesagt hat?«

Malik schüttelt den Kopf.

»*Verzeih mir.* Das waren seine letzten Worte. *Verzeih mir.* Dann ist sein Körper schlaff geworden.«

»Das ist zu viel für eine Zwölfjährige. Viel zu viel.«

»Ich habe mir die Kehle blutig geschrien, damit uns jemand hilft. Später hab ich erfahren, dass die Kujaus an diesem Morgen ebenfalls beim Einkaufen waren. Simon Lintow als nächster Nachbar war zu weit weg, um mich zu hören.« Lena sieht auf. »Der Rettungswagen brauchte vierzehn Minuten bis nach Horlow. Vierzehn! Damit hatte er die vorgeschriebene maximale Hilfsfrist um eine Minute unterboten. Aber es war zu spät. Als die Sanitäter mich fanden, hab ich auf der Brust meines toten Vaters rumgedrückt, zum Rhythmus von *Stayin' Alive*. Ich hatte aufgeschnappt, dass man an den Song denken soll, wenn man jemanden reanimiert. Ich hatte doch schon Tom nicht retten können. Also musste ich jetzt wenigstens meinen Papa ...«

»Es ist gut, Lena.« Auch Maliks Augen werden feucht.

»Die Ärzte haben noch versucht, ihn zurückzuholen. Aber es war zu spät.«

»Komm her.« Malik umarmt Lena.

»All die Jahre dachte ich, mein Papa hätte im Augenblick seines Todes um Verzeihung gebeten, weil er mich verlässt«, schluchzt Lena an Maliks Schulter. »Aber jetzt frage ich mich, ob er sich nicht für etwas entschuldigt hat, das er getan hat. Etwas Schreckliches, wegen dem Tom gestorben ist.«

37

Als die Tränen getrocknet sind, setzen sie die Fahrt fort.

Du bringst den Tod. Das ist wirklich passiert.

Die Stimme ihrer Mutter hallt zwischen Lenas Schläfen.

»Du solltest gehen, Malik. Was, wenn Thoms' Tod mit mir zu tun hat? Vielleicht könnte er noch am Leben sein, wenn ich nicht wäre. Vielleicht ist das alles meine Schuld.«

»Unfug!« Malik schüttelt den Kopf, ohne den Blick von der Schotterpiste zu heben. »Als Björn Thoms verschwunden ist, stand ich keine hundert Meter weit weg. Und ich habe nicht das Geringste mitbekommen. Lass uns also nicht von Schuld anfangen.«

Lena lehnt die Schläfe ans Fenster und nimmt die Kühle des Glases in sich auf. »Wo soll das nur alles enden, Malik?«

»Thoms hat es nicht verdient, dass wir klein beigeben. In einem Punkt hast du recht: Hier passieren seltsame Dinge. Auch wenn ich nicht einmal einen Bruchteil davon verstehe, eines ist offensichtlich: Außer den üblichen Kandidaten will noch jemand oder etwas, dass die Erkundung eingestellt wird.«

»Jemand oder *etwas*«, wiederholt Lena. »Theorien?«

Malik kommt nicht zum Antworten.

Ein Streifenwagen blockiert den Abzweig zum See. Davor reiht sich eine Autoschlange, darunter zwei mit riesigen Antennen ausgestattete Übertragungswagen. Vor der Straßensperre hat sich eine Menschentraube gebildet. Schaulustige und Journalisten liefern sich Wortgefechte mit der Polizei.

»Okay ...« Malik stoppt. »Das ging schnell.«

»Viel zu schnell«, stimmt Lena zu. »Wir brauchen Weickert. Die Leute müssen weg!«

»Ob sie wegen Thoms hier sind?«

»Ein paar. Die anderen eher wegen Andis verdammtem Video und der romantischen Abendbeleuchtung am Kummersee.«

»Denkst du, sie sind in Gefahr?«

»Hier vielleicht nicht.« Lena zückt ihr Handy und wählt die Nummer des Hauptkommissars. »Aber wenn sie es bis zum Wasser schaffen ...«

Lena lauscht dem Tuten an ihrem Ohr. Währenddessen parkt eine Männergruppe ihren SUV am Wegesrand, um sich mit Taschenlampen und Bierflaschen ausgerüstet ins Unterholz zu schlagen. Die Beamten an der Straßensperre bekommen es nicht mit. Oder sie lassen die Neugierigen gewähren. Sie wären ohnehin zu wenige, um eingreifen zu können.

»Weickert geht nicht ran. Bestimmt hat er alle Hände voll zu tun.« Lena schwingt sich vom Sitz. »Los, komm!«

»Lena, warte!«

Doch sie stapft Richtung Polizeisperre.

»Stopp!« Malik hält sie am Oberarm. »Was, wenn einer der wackeren Horlower beschlossen hat, sich seine fünfzehn Minuten Ruhm mit einem Exklusivinterview über die tragische Geschichte der Familie Wolff zu verdienen? Falls die Pressetypen mitbekommen, wer du bist ...«

»Daran hab ich nicht gedacht.« Lena stöhnt. Die Medien werden noch früh genug über einen Todesfall am Kummersee vor über dreißig Jahren stolpern. Taucht dann ihr Name auf, wird jemand eins und eins zusammenzählen. »Besser, wir halten Abstand«, sagt sie.

»Selbst Andreas Kujau könnte sich an die Fernsehleute ranwanzen, wenn er so abgebrannt und illoyal ist, wie du sagst«, gibt Malik zu bedenken.

Lena schiebt die Kapuze ihres Hoodies in die Stirn. Malik sieht von ihrer Tarnung nicht eben überzeugt aus, aber es muss reichen. An der Straßensperre überlässt sie es ihm, sich im Rücken von Kamerateams und Schaulustigen zum Polizeiwagen durchzuschlängeln. Dort glaubt Lena, im Gegenlicht Weickerts Kollegin Nella Milani zu erkennen. Nach kurzer Diskussion mit Malik tritt die Polizistin zurück und spricht ins Funkgerät. Schließlich winkt Milani.

Unter gemurmelten Entschuldigungen wühlt sich Lena gesenkten Hauptes durch Reporter und Gaffer.

»Wir können durch. Aber den Wagen müssen wir stehen lassen«, nimmt Malik sie in Empfang. Gemeinsam schieben sie sich an der Absperrung vorbei. Hinter ihnen erhebt sich Protest, als hätten sie sich an der Einlassschlange im Nachtklub vorgedrängelt.

Nella Milani bedeutet ihnen, ihr zu folgen. »Hauptkommissar Weickert ist noch an der Einsatzstelle. Ich habe Order, Sie zu begleiten.«

»Werden Sie hier nicht dringender gebraucht?«, fragt Lena. »Wir finden den Weg auch allein.«

»Bitte, haben Sie in Anbetracht der Umstände Verständnis, dass ich bei Ihnen bleiben muss.« Milani lächelt verkniffen.

»Umstände?«

»Dazu darf ich nichts sagen. Nur so viel: Es gibt neue Erkenntnisse. Und die sind ziemlich beunruhigend.«

38

Mehr ist aus Milani nicht herauszubekommen. Schweigend folgen Lena und Malik ihr den Pfad zum See entlang. In regelmäßigem Abstand stehen Lampen, wie sie auch zur Absicherung von Unfallstellen Verwendung finden.

Auf der Lichtung am Ende der Fahrspur hält eine Handvoll Beamter die Kälte mit Kaffee und Zigaretten auf Distanz. Ihre Blicke kleben auf der Wasseroberfläche. Manche filmen mit ihren Handys.

Der Kummersee fackelt sein nächtliches Unterwasserfeuerwerk ab. Schimmernde Wogen, ätherische Leuchtkaskaden, das volle Programm.

Milani grüßt die Kollegen und bugsiert Lena und Malik zwischen den Einsatzfahrzeugen hindurch. Malik stolpert, weil er den Blick nicht vom lautlosen Spektakel im See lösen kann. Lena hingegen schreitet mit starr zu Boden gerichteten Augen und zusammengebissenen Kiefern voran.

Parallel zum Ufer ist ein Trampelpfad entstanden. Sie halten auf eine Insel aus Lärm und Helligkeit zu, die sich aus der Schwärze der Nacht schält. Das Rattern eines Generators übertönt jedes andere Geräusch. Scheinwerfer gleißen zwischen den Bäumen. Der Fundort von Björn Thoms' Leiche sieht aus wie die dramatisch mit Kunstnebel und Licht geflutete UFO-Absturzstelle aus einer Folge von *Akte X.*

»Warten Sie hier.« Milani dirigiert Malik und Lena an einen Klapptisch am Rand der ausgeleuchteten Zone. »Ich hole den Hauptkommissar.«

Sie haben nicht einmal Zeit, sich umzusehen, da tritt Uwe Weickert bereits zwischen improvisierten Sichtschutzwänden aus Gewebeplane hervor. Milani folgt mit zwei Schritten Abstand.

»Frau Wolff, Herr Nasiri!« Der Hauptkommissar wirkt abgespannt und müde. »Was tun Sie hier?«

»Nach Ihnen suchen«, erwidert Lena. »Für jemanden, der mit uns sprechen will, sind Sie schwer zu erreichen.«

»Mit Ihren Aussagen hatte ich erst für morgen gerechnet.« Weickert greift nach einer Thermoskanne. Im Halblicht wirken die Schatten unter seinen Augen, als habe sein Gesicht die Finsternis absorbiert, die ihn umgibt. »Die Spurensicherung ist ein Wettlauf gegen die Zeit. Speziell bei diesem Wetter.«

»Sagen Sie nicht, Thoms liegt immer noch da draußen.« Der Gedanke bricht Lena das Herz.

»Was? Nein, natürlich nicht. Die Leiche ist in der Rechtsmedizin im Klinikum Lüneburg.«

»Die Leiche heißt Björn Thoms«, sagt Malik leise. Es klingt fast wie eine Drohung.

»Gehen Sie davon aus, dass wir alles in unserer Macht Stehende tun, um herauszufinden, was Herrn Thoms zugestoßen ist.« Weickert gießt sich Kaffee ein, ohne etwas anzubieten. »Also noch einmal: Warum sind Sie hergekommen, Frau Wolff?«

»Sie müssen das Areal abriegeln. Wir glauben, dass Thoms' Mörder noch immer dort draußen ist«, wählt Lena eine unverfängliche Formulierung.

»Was macht Sie so sicher, dass es sich um einen Mord gehandelt hat?«, will Weickert wissen.

»Sie haben hinter diesen Planen das Gleiche gesehen wie ich, oder?«, fragt Lena zurück. »Also? Werden Sie das Gebiet räumen lassen?«

»Die Zufahrt ist gesichert. Aber wir können keinen ganzen See absperren. Geschweige denn, zig Quadratkilometer Wildnis kontrollieren.«

»Ihnen ist doch klar, dass hier bald die Hölle los sein wird?«, beharrt Lena.

»Wegen dieses Videos im Internet?« Weickert schüttelt ungläubig den Kopf. »Zuerst habe ich es für einen Trick gehalten, bis es dann dunkel wurde. Es ist faszinierend, das muss ich zugeben. Aber erstens tippe ich auf eine natürliche Ursache, und zweitens sind die Lichter im See wohl kaum für unser Mordopfer verantwortlich.«

»Björn Thoms«, zischt Malik.

»Ja, *Björn Thoms.*« Weickert stellt geräuschvoll den Kaffeebecher ab. »Und wegen *Björn Thoms* machen wir auch Überstunden. Nicht wegen Gaffern auf der Suche nach Schnappschüssen. Die können sich gern im Dunkeln die Haxen brechen, mir egal.«

»Sobald die Leute am Ufer umherrennen, sind sie ein gefundenes Fressen für –«

»Sie werden Spuren zerstören«, unterbricht Malik. »Und wir gehen davon aus, dass der Täter immer noch am See unterwegs ist und über Ortskenntnis verfügt.«

Lena schluckt eine bissige Erwiderung herunter.

Der Täter. Ja, wenn man dieses Ding so nennen mag, ist der Täter seit über dreißig Jahren hier unterwegs.

Aber damit wird sie bei Weickert auf Granit beißen.

»Hören Sie, wir haben klare Prioritäten. Meinen Leuten steht eine anstrengende Nachtschicht bevor, damit die Spurensicherung ihre Arbeit abschließen kann. Ich bin sicher, das ist ganz im Sinne von Herrn Thoms.«

Der Hauptkommissar klingt nun hörbar genervt. Doch auf Weickerts Befindlichkeiten kann Lena keine Rücksicht nehmen. »Jeder Mann und jede Frau hier draußen ist in Gefahr. Dort drüben«, sie bohrt einen Zeigefinger in die Nacht, »auf der anderen Seeseite, campt eine Gruppe Jugendlicher und Studenten. Schon jetzt sind Dutzende Gaffer unterwegs. Morgen werden es Hunderte sein. Dann gnade Ihnen Gott, falls es weitere Tote gibt.«

»Ja, es ist ein schräger Fall. Das gebe ich zu. Aber wir sind hier nicht in einem Horrorfilm.« Weickert presst die Worte zwischen den Zähnen hindurch. »Sie haben Insiderwissen? Dann raus damit! Wenn nicht, lassen Sie uns arbeiten.«

Was soll Lena dazu sagen? *Das Monster hat Jahrzehnte*

auf meine Rückkehr gewartet, um wieder zuzuschlagen! Oder: *Mein abergläubisches Tantchen hat mich vor dem Bösen gewarnt, das niemals aus dem See entkommen darf!*

Selbst in ihren Ohren klingt das lächerlich.

»Frau Milani sagte, es gebe neue Erkenntnisse«, interveniert Malik. »Können Sie uns dazu etwas sagen?«

Weickert funkelt seine Untergebene an. Nella Milani weicht dem Blick aus. »Tut mir leid, kein Kommentar zur laufenden Ermittlung. Vielleicht, wenn die Spurensicherung abgeschlossen ist und Sie ausgesagt haben.«

»Verstehe.« Lena hat plötzlich einen bitteren Geschmack auf der Zunge. »Direktor Petersen hat Sie angerufen, richtig? Er prüft, ob wir einen Fehler gemacht haben.«

»Jemand, der unter Personenschutz stand, ist tot. Natürlich wird das untersucht. Was dachten Sie denn?« Weickert wartet auf Widerspruch. Als der ausbleibt, wendet er sich ab. »Kommen Sie morgen in mein Büro. So ab elf Uhr. Dann sehen wir weiter.«

»Schicken Sie wenigstens jemanden ins Camp von *Future/Zero*«, bittet Lena. »Womöglich sind sie gewillt, ihre Pressekonferenz zu verschieben.«

Der Hauptkommissar verharrt mitten in der Bewegung. »Pressekonferenz?«

»Sie wissen nichts davon? Diese Aktivisten glauben, sie hätten herausgefunden, was das Wasser zum Leuchten bringt. Morgen haben sie zum großen Schaulaufen geladen.«

Weickert wischt sich mit der Hand durchs Gesicht. »Gibt es denn nur noch Bekloppte hier?«

»Bitte.« Malik legt ein Maximum an Vernunft in seine Stimme. »Die meisten dieser Kids mögen nervtötende Idioten sein. Aber sie verdienen nicht, dass ihnen das Gleiche widerfährt wie Björn Thoms. Vielleicht können Sie ja jemanden entbehren, der nach dem Rechten sieht.«

Uwe Weickert starrt Malik düster an. Dann nickt er in Richtung seiner Kollegin. »Milani, den Ausflug hast du dir redlich verdient! Aber vorher geleitest du die Kollegen wieder auf ihre Seite der Absperrung. Guten Abend!«

Nella Milani ringt sich ein angestrengtes Lächeln zur Bestätigung ab. Weickert verschwindet hinter dem Sicht- schutz. Lena und Malik bleiben mit Milani zurück.

»Vaffanculo!«, grummelt sie. »Los, gehen wir!«

»Na, das hat es ja gebracht«, sagt Malik.

Lena zuckt hilflos die Achseln.

Schweigend folgen sie dem Trampelpfad zurück. »Entschuldigen Sie, dass Sie jetzt wegen uns Ärger ha- ben«, wendet sich Malik an Milani.

»Er ist verunsichert«, erwidert sie. »Weickert, meine ich. Keiner weiß, mit wem oder was wir es zu tun haben.«

»Und was denken Sie?«, forscht Lena nach.

»Ich? Ich weiß es auch nicht.« Die Polizistin gibt einen undefinierten Laut von sich, der vor allem Resignation er- kennen lässt. Doch dann stoppt Nella Milani unvermittelt und baut sich vor Lena auf. »Sind Sie absolut sicher, dass am Kummersee weiterhin eine Bedrohungslage besteht? Und dass Menschenleben in Gefahr sind?«

Lena zögert keine Sekunde. »Ja, definitiv.« Sie hält Milanis Blick aus großen, dunklen Augen stand. Ist es Angst, die sie darin liest?

Weickerts Untergebene atmet geräuschvoll ein und wieder aus. »Was ich Ihnen jetzt sage, haben Sie nicht von mir.«

39

Milanis Pupillen zucken zwischen ihnen hin und her.

»Na los, spucken Sie es aus«, animiert Malik sie. »Was haben Sie gefunden?«

Die Polizistin zieht die Luft ein und lässt sie in zwei gehauchten Silben wieder entweichen. »Zähne.«

»Zähne«, wiederholt Malik. »Was für Zähne?«

»Von Raubtieren. In den Bisswunden des Opfers.«

»Sie sagen *Raubtiere*. Plural. Woher wissen Sie, dass es mehrere waren?«, fragt Lena.

»Es waren Zähne von verschiedenen ... *Tierarten.*«

Etwas an der Betonung des letzten Wortes lässt Lenas Alarmglocken schrillen. »Welche Tierarten?«

Im Unterholz knackt ein Zweig. Milani sieht sich hektisch um.

Hat sie Angst, dass jemand mithört? Oder fürchtet sie etwas anderes?

»Kommen Sie, was für Tierarten?«, hakt Lena nach.

»Frau Milani?«, sekundiert Malik.

Der irrlichternde Blick der Polizistin bleibt an Lena hängen. »Das ist völlig verrückt.« Milani schüttelt den

Kopf. »Tiere, die es hier gar nicht geben dürfte. Nicht mehr, jedenfalls.«

Malik hebt die Brauen. »Wie zum Beispiel?«

»Im Oberschenkel von Herrn Thoms steckte der Zahn eines Höhlenbären. Ein zweiter könnte zu einer Säbelzahnkatze gehören.«

»Das ...«, setzt Lena an und verstummt. Sie weicht einen Schritt zurück, als hätten die Raubtiere nach ihr geschnappt.

»Da muss ein Fehler vorliegen«, zweifelt Malik.

»So lauten die Ergebnisse der ersten Untersuchung. Die Rechtsmedizin hat einer Zoologin von der tierärztlichen Hochschule in Hannover Fotos geschickt.« Milani wirkt fast beleidigt über Maliks und Lenas Widerwillen, ihr zu glauben.

»Wie soll denn so etwas möglich sein?«, will Malik wissen. »Das sind Raubtiere aus der letzten Eiszeit.«

Milani hebt die Schultern. »Vielleicht haben sie überlebt.«

»Ausgerechnet hier? Über Tausende von Jahren?«

»Das dürfen Sie mich nicht fragen.« Milani blickt sich abermals um. »So sind nun mal die Untersuchungsergebnisse.«

»Was ist mit den Spuren im Sand?«, fragt Malik. »Konnte die Spezialistin die identifizieren?«

Milani wendet hilflos die Handflächen zum Himmel.

»Das passt nicht zu dem, was mir Marlies Kujau erzählt hat«, findet Lena die Sprache wieder. »Und schon gar nicht dazu, was ich damals gesehen habe.«

»Wer ist Marlies Kujau? Und was haben Sie wann und wo gesehen?«, erkundigt sich Milani.

»Es ist nicht der richtige Ort, das zu diskutieren.« Malik will Lena offenbar davor schützen, sich als paranoid oder durchgeknallt zu outen. Ihr selbst wäre das egal, solange nur niemand mehr zu Schaden kommt.

»Ich muss Hauptkommissar Weickert beipflichten.« Milani strafft sich. »Wenn Sie Informationen haben, die Licht ins Dunkel bringen können, sollten Sie damit rausrücken. Sie haben gesehen, was mit Ihrem Schützling passiert ist.«

»Ja, danke für die Erinnerung, aber –« Das Handy in Lenas Tasche klingelt.

»Geben Sie mir eine Minute?«, entschuldigt sie sich. »Könnte wichtig sein.« Lena verlässt den Pfad. Außer Hörweite für Malik und Milani tippt sie auf Annehmen.

»Was willst du?«, faucht Lena ins Telefon.

Auch Andreas hält sich nicht mit Höflichkeiten auf. »Meine Mutter ist nicht da.«

»Was meinst du damit, deine Mutter ist nicht da?«

»Unauffindbar. Fort. Weg.« Andi verschleift die Worte. *Ist er betrunken oder aufgeregt?*

»Wann hast du sie zuletzt gesehen?«

»Ich hab sie nicht gesehen. Deshalb sage ich ja: Sie ist weg.«

»Nachdem sie gestern Abend nicht aufgekreuzt ist, haben wir uns heute früh getroffen. Am Türmchen. Sie ...« Plötzlich ist da ein Gefühl des Fallens in Lenas Magen. »Deine Mutter wollte mich sprechen. Allein.«

»Was wollte sie?«

»Zu viel, um am Telefon darüber zu reden.«

»Lena, das ist kein Spaß. Wenn sie sich aufgeregt hat, irrt sie jetzt vielleicht allein durch den Wald. Sie könnte sich das Genick brechen oder erfrieren!«

»Marlies ist ein bisschen zerstreut und keine hilflose Demenzpatientin.«

»Du kennst sie nicht. Du warst jahrelang nicht hier!«

Du doch auch nicht!, denkt Lena. Laut sagt sie: »Lintow macht ihr doch den Aufseher. Hast du den gefragt?«

»Er weiß nichts. Ich hab an sämtlichen Türen in diesem Scheißkaff geklingelt. Niemand hat meine Mutter nach heute Morgen noch gesehen. Und ich muss dich wohl kaum daran erinnern, dass hier kein Bus fährt, den sie genommen haben könnte.«

»Kein Grund, sarkastisch zu werden.«

»'tschuldige. Ich mache mir Sorgen.«

Lena kann Andreas förmlich vor sich sehen, wie er Kette raucht, zum tausendsten Mal aus dem Fenster schielt und gegen den Ball aus Furcht ankämpft, der in seinem Magen wächst wie ein Tumor. Sie hat erlebt, was es heißt, wenn so ein Angstgeschwür aufbricht und die schlimmsten Befürchtungen Realität werden.

Er tut mir leid. Egal, wie sehr er mich hintergangen hat.

»Hallo? Lena? Bist du noch dran?«

Sie seufzt. Sorgen sind ansteckend. »Ja, bin ich.«

»Was soll ich tun?«

»Ruf die Polizei. Und lass dich nicht abwimmeln. Ich

komme.« Sie beendet das Gespräch, ohne Andis Antwort abzuwarten.

Wie groß ist die Wahrscheinlichkeit, dass Marlies Kujau zufällig an jenem Tag verschwindet, an dem sie Lena in eine Verschwörung in ihrem Heimatdorf einweiht? Am selben Tag, an dem Björn Thoms tot aufgefunden wird, nachdem auch er vermisst wurde? Man muss die Augen schon mit aller Macht zukneifen, um da keinen Zusammenhang zu erkennen.

Lena tritt zurück auf den Pfad.

»Was ist los?«, will Malik wissen.

»Marlies Kujau ist verschwunden.«

Milani stemmt die Hände in die Hüften. »Auf die Gefahr hin, dass ich mich wiederhole: Wer ist Marlies Kujau?«

»Die alte Dame von nebenan? Deine Informantin? Das kann kein Zufall sein.« Im Gegensatz zu Weickerts Kollegin erfasst Malik die Situation sofort. »War das Andreas Kujau am Telefon, ihr Sohn?«

Lena bejaht.

»Dann ist an den Schauergeschichten seiner Mutter entweder etwas dran, und diese *Wächter* haben sie ...«

»Oder sie ist unterwegs, um selbst zu verhindern, dass das Böse aus dem See entkommt«, führt Lena Maliks Gedanken zu Ende. »Wenn es sie noch nicht erwischt hat, heißt es.«

»Sta minghia!« Nella Milani wirft die Arme in die Luft. »Würde mir bitte jemand verraten, wovon zum Teufel Sie reden?«

»Frau Milani«, antwortet Malik, »ich fürchte, Sie bekommen einen weiteren Vermisstenfall.«

»Ich muss zurück nach Horlow.« Lena trabt los, Richtung Lichtung und Zufahrt zum See.

»Ja, und ich habe noch eine ordentliche Nachtwanderung vor mir, um Babysitter für diese Hippies —«

»Psst!«, unterbricht Malik.

Lena stoppt. »Was denn?«

Malik legt den Zeigefinger auf die Lippen und dreht ein Ohr in den Wind. Schließlich schüttelt er den Kopf. »Ich dachte, da wäre was gewesen.«

Lena will weitereilen, doch Milani zupft sie am Ärmel. »Jetzt habe ich es auch gehört.«

Da ist nichts. Nur das Rascheln des Schilfs und das Rauschen der Baumkronen.

Ein jähes Gefühl der Bedrohung befällt Lena. »Was ...«

Ein Kreischen. Leise, weit entfernt. Eine Bö trägt es übers Wasser. Der Laut ist so von Qualen durchdrungen, dass er kaum mehr menschlich klingt.

Lenas Nackenhaare stellen sich auf.

So plötzlich die Schreie die Dunkelheit durchschnitten haben, so abrupt reißen sie ab. Stille folgt, beunruhigender als das Kreischen selbst.

Dann zerreißt ein Knall die Nacht.

Nella Milani löst sich als Erste aus der Erstarrung. »Wir müssen nach diesem Zeltlager schauen. Sofort!« Sie zieht ihr Funkgerät vom Gürtel.

»Zu spät.« Malik deutet in die Finsternis, quer über

den See. Am anderen Ufer erhebt sich in der Schwärze ein rot-oranger Schimmer.

Feuer.

40

Nella Milani stößt eine Lagemeldung ins Walkie-Talkie. Es folgen italienische Flüche. Dann wendet sie sich an Lena und Malik. »Gehen Sie zum Sammelpunkt und weiter zur Straßensperre. Keine Abstecher, keine Ermittlungen auf eigene Faust.« Der Tonfall der Polizistin lässt keinen Zweifel, dass sie es ernst meint. »Sonst macht Weickert Ihnen die Hölle heiß. Egal, was Sie durchgemacht haben. Das ist nicht Ihr Fall, verstanden?«

»Keine Sorge«, erwidert Lena matt. »Ich hatte genug Tod für heute.«

»Melden Sie sich morgen auf der Wache. So wie der Hauptkommissar gesagt hat.« Milanis Gesichtsausdruck weicht etwas auf. »Ich muss los. Geben Sie auf sich acht!«

»Ja, Sie auch.«

Die Polizistin eilt in die Nacht. Lena blickt ihr nach und über das Leuchten des Sees hinweg zum Schimmer der Flammen am anderen Ufer. In der Ferne jaulen Martinshörner.

»Denkst du, dass es das ist, was sie dort drüben finden werden?«, erkundigt sich Malik. »Tote?«

Lena fürchtet die Antwort auf diese Frage. Noch mehr fürchtet sie, dass sich Marlies Kujau als Horlows Kassandra entpuppen könnte.

»Lena?«

»Ja, das denke ich. Sie werden Tote finden.« Sie zittert. »Und es werden nicht die letzten sein.«

»Was geht hier vor?« Malik schiebt sich vor Lena, sodass sie gezwungen ist, ihn anzusehen. »Du glaubst doch nicht etwa, was Milani über Björn Thoms verzapft hat?«

Lena schüttelt den Kopf. »Ich habe dir alles gesagt, was ich weiß. Du solltest gehen, solange du noch kannst, Malik.«

»Ich bleibe. Ende der Diskussion. Was machen wir jetzt?«

»Zurück nach *Sleepy Horlow*. Wir müssen mit Andi reden und seine Mutter finden.« Lena seufzt. »Er hält sie für dement und meint, dass sie hier irgendwo hilflos durch die Wälder wandert. Aber das glaube ich nicht.«

»Hoffen wir, dass Marlies Kujau wiederauftaucht. Sie scheint als Einzige nicht im Dunkeln zu tappen.«

»Wir müssen davon ausgehen, dass diese *Wächter* sie haben. Sie schützen ihre Geheimnisse. Stand jetzt könnte potenziell jeder in diesem Dreckskaff dazugehören.«

»Wir können aber auch nicht ausschließen, dass ihr Sohn recht hat und seine Mutter eine sehr verwirrte Frau ist, die sich verlaufen hat.«

»Finden wir es heraus.«

Sie setzen den Weg fort. Es hat zu nieseln begonnen.

Jedoch nicht stark genug, dass es die Flammen auf der anderen Seeseite beeinträchtigen würde.

Lena schlägt die Kapuze hoch, weniger zum Schutz vor dem Regen, sondern weil sie so das Feuer nicht mehr sehen muss. Das Lager der Umweltaktivisten brennt lichterloh. Noch leuchten am Ufer *Drüben* keine Blaulichter. Viel wird nicht übrig sein, wenn Feuerwehr und Polizei eintreffen. Die Schreie sind längst verklungen, *Future/Zero* ist verstummt.

Lena und Malik erreichen den Sammelpunkt am Ende der Zufahrt. Die meisten Einsatzfahrzeuge sind verschwunden. Die Kräfte, die als Wache abgestellt wurden, stieren auf den See und hinüber zum neusten Tatort.

»Weißt du, was mir zu denken gibt?«, bricht Malik die Stille.

»Was?«, fragt Lena zurück.

»Falls hinter dem Verschwinden deiner Informantin die *Wächter* stecken, wissen sie, dass die alte Dame mit dir geredet hat. Warum sonst sollten sie Marlies Kujau aus dem Verkehr ziehen?«

Dieser Logik kann sich Lena nicht entziehen.

»Und wenn Höhlenbär und Säbelzahnkatze nicht gelernt haben, mit Streichhölzern umzugehen«, fährt Malik fort, »geht der Brand womöglich auch aufs Konto der *Wächter*. Es sei denn, die Typen von *Future/Zero* haben ihr Lager aus Versehen selbst abgefackelt. Was – nebenbei bemerkt – noch das am wenigsten beunruhigende Szenario wäre.«

»Das und dass Marlies Kujau nur einen Aussetzer

hatte und ausgebüxt ist«, ergänzt Lena. Es ist verlockend, sich solchen Hoffnungen hinzugeben. »Worauf willst du hinaus?«

»Na ja, dieser Geheimbund hat doch angeblich geschworen, dafür zu sorgen, dass das Böse niemals aus dem See entkommt. Deine Worte, Lena! Aber dafür, dass sie die Welt vor Unheil schützen wollen, verhalten sie sich nicht gerade wie die *good guys*. Ich frage mich ...« Malik zögert.

»Was? Raus damit!«

»Was wäre, wenn sie auch mit Thoms' Tod zu tun haben? Vielleicht ist das alles inszeniert. Vielleicht gibt es gar keine Monster. Oder nicht so, wie du denkst. Was wäre —«

»Ich weiß, was ich gesehen habe«, knurrt Lena.

»Ja, aber du sagst selbst, dass das nicht zu dem passt, was der Pathologe und diese Zoologin aus Hannover gefunden haben, oder?«

»Um ehrlich zu sein, mir schwirrt der Kopf. Keine Ahnung, was ich noch glauben soll und was nicht.« Lena zwingt sich zur Ruhe. Für Diskussionen fehlt ihr die Kraft, und ihre spärlichen Energiereserven wird sie gleich für Andi brauchen. »Können wir uns einfach darauf einigen, dass heute einer der beschissensten Tage aller Zeiten ist?«

»Einverstanden«, stimmt Malik zu. »Und er ist noch nicht zu Ende.«

41

An der Abzweigung zum Kummersee wird es langsam
eng. Zwei weitere Fahrzeuge von Fernsehsendern sind
aufgetaucht. Ein Kamerateam macht gerade eine Drohne
startbereit. Um die Hashtags *#WunderWendland* und
#glowinthedark mit Futter zu versorgen, riskiert es sogar
einen Nachtflug. Björn Thoms' Tod ist für sie eine Nachricht, die Klicks verspricht. Dass jetzt bei den Aktivisten,
die mit viel Trara morgen eine Sensation verkünden wollten, ein Brand ausgebrochen ist, ist ebenfalls ein gefundenes Fressen für die Medien. Dazu kommen das Leuchten im See und der Streit über das Atommüllendlager. Die
Gemengelage liefert den Reportern Munition auf Tage.

Malik und Lena passieren den Aufmarsch mit gesenkten Köpfen und in die Taschen gerammten Fäusten. Die
Rückfahrt nach Horlow verbringen sie schweigend.

Noch ist der Trubel nicht bis ins Dorf geschwappt. Lediglich ein Smart mit Werbung für das Lokalblatt darauf
parkt vor dem Haus der Rathenaus. Der zugehörige Reporter ist nicht zu sehen. Auch die Einheimischen – und

mit ihnen die *Wächter* – zeigen sich nicht. Doch sie sind da, im Verborgenen. Lena weiß es.

Malik manövriert den Kombi so an den Straßenrand, dass kein anderes Auto mehr davorpasst. Fluchtbereit.

Sie finden Andreas auf der Türschwelle seines Elternhauses hockend. Die Ellenbogen auf die Knie gestützt, umklammert er mit hängendem Kopf eine Glasflasche ohne Etikett. Über ihm an der Haustür baumelt der Traumfänger. Der Talisman hat seiner Besitzerin kein Glück gebracht. Wäre Marlies Kujau zurückgekehrt, würde ihr Sohn nicht dort hocken wie ein Häufchen Elend.

Auch wenn Andis Zustand mitleiderregend ist, kocht in Lena sofort die Wut hoch. »Deine Mutter ist weg, und du bist am Saufen?«, schleudert sie ihm entgegen. »Ernsthaft?«

»Wasser.« Andreas streckt ihr die Pulle hin. »Ich *wollte* was trinken. Zur Beruhigung. Aber Ma hat nur Obstler da. Konnte das Zeug nie leiden. Hab also rechtzeitig aufgehört.«

»Gratulation zu dieser Glanzleistung.« Lena schnaubt.

Malik greift nach der Flasche und schnüffelt daran. Mit einem Nicken bestätigt er, dass Andreas die Wahrheit sagt. »Neuigkeiten von Ihrer Mutter, Herr Kujau?«

»Andi reicht. Herr Kujau war mein Vater.« Er holt sich die Flasche zurück. »Lintow sucht nach meiner Ma. Fährt die Straße nach Gartow und die Forstwege ab. Ich halte die Stellung, falls sie zurückkommt.«

»Hast du die Polizei angerufen?«, fragt Lena.

Andi nickt schwerfällig. »Klang so, als wären eure Kollegen gut gebucht. Ich soll morgen früh anrufen, wenn Ma da noch nicht wiederaufgetaucht ist. Dann starten sie 'ne Suche. Sie haben ja jetzt Übung.« Er stockt und blinzelt. »Sorry, falls ... falls ihr ...«

Malik winkt ab. Lena zwingt sich, die Fäuste in den Taschen zu belassen.

»Na, jedenfalls halten die Cops die Augen offen«, fährt Andi fort. »Ist ja einiges los am See.«

»Das ist die Untertreibung des Jahres«, stellt Malik fest.

»Hab mein Video gelöscht.« Andi leert seine Flasche. Er sieht Lena mit einem Dackelblick an. »Zufrieden?«

»Sehr rücksichtsvoll von dir«, kommentiert sie. »Trotzdem hat die Presse Wind von der Sache bekommen. Die wollen Bilder. Ist Weickert schlau, lässt er das Ufer abriegeln, wenn die Feuerwehr durch ist.«

»Feuerwehr?«, fragt Andi.

»Du weißt es noch gar nicht?«

»Nee. Was denn?«

»Das Lager deiner Freunde von *Future/Zero* brennt«, berichtet Lena. »Über den See waren Schreie zu hören.«

Andi verzieht das Gesicht. »Mit denen bin ich fertig. Morgen kriegen sie ihren beschissenen Camper zurück. Danach bin ich weg hier.« Er steckt sich eine Zigarette an. »Eigentlich müsste ich dir danken, Lena, dass du mir eine geklebt hast. Ich hab's verdient. Wirklich! Nur füllt Integrität leider nicht den Kühlschrank.«

Lena lässt den versteckten Vorwurf abprallen. »Bist du

fertig, dich in Selbstmitleid zu suhlen? Dann möchte ich dich daran erinnern, dass jemand ermordet wurde. Und deine Mutter wird vermisst. Wir müssen reden, Andi. Jetzt.«

»Wollen wir reingehen?«, schlägt Malik vor. »Einen Kaffee kochen? Es wird langsam ungemütlich.«

Im gelben Licht der Laterne schimmern Tropfen. Nieselregen setzt ein. Doch Malik spricht nicht vom Wetter.

Lena schaut sich um. Sie spürt es auch.

Blicke. Blicke aus erleuchteten Fenstern, Blicke aus der Dunkelheit.

42

Andi stürzt den Kaffee hinunter, kaum dass er aus der Maschine tröpfelt. Für Lena ist der Espresso das Erste, das sie seit Stunden zu sich nimmt. Angesichts von Björn Thoms' Tod sind ihr Hunger und Durst nichts als eine banale Last. Lena weiß, dass sie so nicht denken darf. Ihr Körper stellt ihr sonst die Quittung dafür aus, zumal er keine Reserven hat, auf die er zurückgreifen könnte. Entsprechend froh ist Lena, dass Andi Brot und Käse auf den Tisch stellt.

»Also?«, eröffnet er die zweite Gesprächsrunde. »Worüber müssen wir reden?«

Lena holt Luft. »Andi, deine Mutter wollte sich heute Morgen in aller Herrgottsfrühe mit mir treffen.«

»Ja, sagtest du bereits. Und weiter?«

»Hat sie dir je von einem Geheimbund erzählt? Hier in Horlow? Eine Gruppe, die sich selbst *Wächter* nennt?«

Andreas faltet die Hände vor dem Gesicht und kneift die Augen zusammen. »Nein. Diese Story ist neu.«

»Unsere Väter sollen dazugehört haben. Und noch andere.«

»Und was, bitte schön, bewachen diese *Wächter*?«

»Etwas im See. Etwas Böses, dessen Ruhe wir gestört haben. Ein Übel, das nicht hinaus in die Welt gelangen darf. Tausende könnten sterben, wenn es freikommt. Das waren die Worte deiner Mutter.«

Der Effekt der Gruselstory sollte sich abnutzen, doch das Gegenteil ist der Fall. Je öfter Lena die Warnung wiederholt, desto mehr Schauder jagen über ihren Rücken.

»Ich kenne dich, Lena.« Andreas mustert sie. »Wenn du nicht denken würdest, dass da etwas dran ist, hättest du mir nicht davon erzählt. Nicht nach dem, wie ich euch getäuscht habe. Ich fange jetzt nicht mit den Geschichten vom *Czarnobóg* und all den anderen slawischen Götzen und Dämonen an. Daran erinnerst du dich bestimmt noch von früher.«

Lena bleibt stumm. Malik hingegen sieht aus, als schaue er einen Gruselfilm – jederzeit bereit wegzusehen, wenn etwas sein Nervenkostüm zu sprengen droht.

»Du denkst, dass meine Ma recht haben könnte«, vermutet Andi. »Dass allen Ernstes etwas aus dem See gekrochen ist und diesen Vermesser geholt hat, oder?«

Lena ignoriert die Frage. »Als du mir damals erzählt hast, wie Tom ausgesehen hat, als man ihn fand, hast du mir da die Wahrheit gesagt?«, will sie stattdessen wissen.

»Habe ich. Ich schwöre.«

»Entschuldige, wenn ich das ansprechen muss, Lena«, mischt sich Malik ein. »War die Leiche deines Bruders genauso zugerichtet?«

»Tommy war unversehrt«, übernimmt Andreas die

Antwort. »Abgesehen davon, dass seine Arme und Beine mit blauen Flecken bedeckt waren, als hätte er sich geprügelt.«

»Woher kommt diese Information?«, hakt Malik nach.

»Fotos«, sagt Andi. »Ich ... Ich habe Fotos gesehen.«

»Wie das?«

»Mein Vater war einer der Beamten, die Lenas Bruder am Ufer gefunden haben. Eines Nachmittags war meine Mutter im Garten und mein Vater beim Dienst. Da bin ich ins Arbeitszimmer geschlichen und hab mir die Fotos angesehen, die die Polizei von ihm gemacht hat.«

»Die Bilder der Leiche lagen einfach so da herum?«

»Eine Kopie der Ermittlungsakte lag im Schreibtisch meines Vaters. Lange noch. Da war Tommys Tod offiziell schon zu einem Badeunfall erklärt worden. Lenas Bruder war mein bester Freund, natürlich habe ich in die Akte geschaut.« Andreas schließt die Augen. »Ich wünschte, ich hätte es nicht getan.«

Lenas Unterlippe bebt, sie schüttelt den Kopf.

Ich pack das nicht. Ich muss es beenden. Ich muss –

»Enthielten die Unterlagen auch die Ergebnisse der Spurensicherung?«, fragt Malik weiter.

»Ich wüsste nicht, dass so etwas überhaupt stattgefunden hätte.« Andreas sieht zu Lena auf. Eine feuchte Linie zieht sich über seine Wange.

»Keine Spurensicherung?« Malik stutzt. »Das ist seltsam. Sehr seltsam sogar. Es hätte zumindest eine Leichenschau durchgeführt werden müssen.«

Andi wischt sich die Augen. »Für meinen Vater und

seine Leute gab es nie Zweifel, dass Tommy ertrunken ist und ans Ufer gespült wurde.«

»Oder er wurde abgelegt. Vom See aus«, ergänzt Lena im Flüsterton.

»Du glaubst, dass dasselbe Ding, das den Vermesser erwischt hat, auch Tommy auf dem Gewissen hat«, mutmaßt Andreas. »Habe ich recht?«

»Was Björn Thoms angegriffen hat, kam nicht aus dem Wasser«, wirft Malik ein. »Zumindest nicht nach dem, was die Gerichtsmedizin gefunden hat.«

»Und das wäre?«

»Zähne.«

»Zähne?«

Malik nickt. »Sie steckten in den Bisswunden.«

»Was für Zähne?«

Lena und Malik wechseln einen *Wer-sagt's-ihm*-Blick.

»Kommt schon, Leute!« Andi beugt sich vor. »Was für Zähne?«

»Von einem Höhlenbären«, sagt Lena.

»Und von einer Säbelzahnkatze«, ergänzt Malik.

Andreas blickt zwischen ihnen hin und her. »Von einem Säbelzahntiger ... und einem Bären«, wiederholt er.

»Säbelzahnkatze«, verbessert Malik.

»Schön, dann Katze.« Andreas verschränkt die Hände im Nacken und schickt einen Stoßseufzer zur Decke. »Korrigiert mich, wenn ihr in der Schule besser aufgepasst habt als ich. Diese Tiere sind ausgestorben. Und zwar schon 'ne ganze Weile. Seit wann? Seit der letzten Eiszeit?«

»So in etwa«, bestätigt Malik.

»Hör zu, Andi, wir wissen, wie das klingt –«

»Ja, das klingt, als wolltet ihr mich verarschen. Oder als hätte jemand *euch* verarscht.«

Stille im Raum. Lena zupft Hautfetzen von ihren niemals heilen wollenden Nagelhäuten.

Andi stöhnt auf. »Und ihr glaubt diesen Mist? Echt jetzt?«

»Es ist das, was die erste Untersuchung ergeben hat«, beharrt Malik.

»Ist das offiziell?«

»Wir haben die Info unter der Hand bekommen. Aber die Einschätzung stammt von Fachleuten.« Lena versteht die Zweifel. Andi spricht aus, was sie selbst gedacht hat, als Nella Milani vom Befund der Pathologie berichtet hat.

»Lena, ich habe diesen armen Kerl dort am Strand liegen sehen. Zwar nur aus der Ferne, aber das hat gereicht. Er hatte definitiv eine Begegnung mit etwas, das scharfe Krallen hat und zubeißen kann. Ein durchziehender Wolf, wilde Hunde, frag mich nicht. Nur glaube ich nicht, dass sich ausgerechnet hier – in *Sleepy Horlow* – eine seit zehntausend Jahren ausgestorbene Tierart unbemerkt gehalten haben soll. Geschweige denn, gleich zwei.«

Andi hat recht. Diese Vorstellung ist wie ein schlechtes Essen. Man kann kauen, soviel man will, man bringt es nicht herunter. Und falls man es dann doch hineingewürgt kriegt, liegt es so unverdaulich im Magen wie ein Stein.

»Was du unter Wasser gesehen hast, als Tom gestorben ist, das hat weder nach Bär noch nach Katze ausgesehen«, legt Andreas nach. »Oder?«

»Ich verstehe, wenn es dir schwerfällt, darüber zu reden, Lena.« Malik druckst. »Aber was hast du damals ...«

»Es war groß. Schwarz. Mit einem Auge, riesig wie ein Unterteller.«

»Nicht zu vergessen, dass ihr mitten im See wart, nicht am Ufer«, fügt Andreas hinzu.

Malik schüttelt den Kopf. »Das passt alles vorn und hinten nicht zusammen.«

»Vielleicht gibt es ein drittes Urzeitvieh. Eines, das im Wasser lebt«, spekuliert Andi.

Niemand antwortet. Jeder im Raum scheint diese Möglichkeit für sich auf Plausibilität zu prüfen.

So weit außerhalb rationaler Denkmuster bewegen wir uns bereits ...

Lena kommen die Tränen. Sie kann nichts dagegen tun. Ihre Kräfte sind am Ende.

Die Männer springen gleichzeitig auf, um sie zu trösten. Zum Glück ist Andi schlau genug, Malik den Vortritt zu lassen.

»Du musst dir das nicht antun.« Er legt einen Arm um Lena. Sie nimmt die angebotene Schulter dankbar an. »Lass uns fahren. Unser Auftrag hat sich erledigt. Und mit deiner Mutter hast du dich nur gestritten, seit wir hier sind. Lass uns gehen, Lena. Nach Hause.« Malik streicht ihr über den Rücken. »Wenn wir gleich aufbrechen, könntest du bis Mitternacht im Bett liegen und müsstest keinen Gedanken mehr an diesen verfluchten

See verschwenden. Du könntest dich krankschreiben lassen. Klar, Petersen wird uns den Kopf waschen, aber wenn
wir –«

»Nein.« Lena schiebt Malik von sich.

»Er hat recht, Lena«, sekundiert Andreas. »Du solltest
heimfahren. Meine Ma wird schon wieder auftauchen.«

»Nein!« Alle Wut und aller Trotz, den Lena empfindet,
verschmelzen in einer Silbe. »Nein. Einfach nur *nein!*«

»Dann in die Pension –«

»Du kannst fahren, Malik.« Lena wischt sich die Tränen aus dem Gesicht. »Ich bleibe. Bis ich weiß, was vor
sich geht.« Der Wunsch, den Wahnsinn hinter sich zu lassen, ist verständlich. Doch wenn Lena Horlow jetzt zum
zweiten Mal den Rücken kehrt, wird sie daran zerbrechen.
Dann wird ihr kein Neuanfang, keine Therapie und kein
Medikament der Welt einen Weg aus der Finsternis weisen können, in die sie sich selbst gestürzt hat.

»In Ordnung«, stimmt Malik endlich zu. »Dann
bleibe ich bei dir. Den Einlauf von Petersen gibt es sowieso.«

Lena ist erleichtert. »Und du, Andi?«

»Scheiße, ja«, murrt er. »Bin dabei.«

Wieder schnürt sich Lenas Kehle zu. Diesmal vor
Dankbarkeit. Allein stünde sie das nicht durch.

»Und nun?«, fragt Andreas in seine Kaffeetasse.

»Nimm es mir nicht übel, aber ich kann nicht mehr.
Ich will nur noch schlafen.« Sofort meldet sich Lenas Gewissen. »Ist das okay für dich, Andi? Wegen deiner Ma?«

»Klar. Vermutlich sammelt Lintow sie auf halbem Weg

nach Gartow auf, weil sie vergessen hat, Butter zu kaufen.« Andi ringt sich ein Lächeln ab.

Er hat mehr Schiss, als er sich anmerken lässt. Immer noch ganz der Große-Bruder-Ersatz. Selbst jetzt, wo es gute Gründe gibt, sich Sorgen zu machen.

»Danke, Andi. Tut mir leid wegen vorhin.«

»Passt schon. Ich hatte es nicht anders verdient.«

Lena nickt müde. Gemeinsam mit Malik macht sie sich auf den Weg zu ihrem Elternhaus. Bleibt nur zu hoffen, dass sie nicht noch Sylvia Wolff begegnen. Lenas Gesprächsbedarf mit ihr ist für alle Zeiten gedeckt – und zugleich riesengroß. Nur wie soll sie ihrer Mutter ohne Mord und Totschlag unter die Augen treten?

Gerade kramt Lena den Hausschlüssel hervor, da erlischt die Straßenlaterne in der Mitte des Weilers. Sofort wirkt die Geräuschkulisse um ein Vielfaches lauter. Der Wind, das Tropfen des Regens, die Tiere des Waldes ...

Lena fröstelt. »Malik? Darf ich bei dir schlafen? Auf der Matratze auf dem Boden? Ich kann jetzt nicht allein sein.«

»Natürlich.« Malik verfällt in ein Flüstern. »Wir sollten das Zimmer heute Nacht abschließen. Nur zur Sicherheit.«

43

Die Begegnung mit Sylvia Wolff bleibt aus. Sie ist bereits zu Bett gegangen. Wenigstens diese Gnade wird Lena zuteil. Sie macht sich schlaffertig und rollt sich auf der zusätzlichen Matratze im Gästezimmer zusammen. Was für Björn Thoms gut genug war, wird auch ihr genügen.

Bevor Malik in sein Bett steigt, dreht er den Schlüssel im Türschloss. Das Klicken des Schließriegels hallt wie ein Schuss durch die nächtliche Stille des Hauses.

Da liegt Lena nun in ihrem alten Zimmer, das Holster mit der Dienstwaffe in Griffweite, und starrt an die Decke. So viele Jahre, und nichts hat sich geändert. Lange hat sie sich nicht so klein gefühlt, so voller Schuld und Elend. Aber egal, wie müde und emotional ausgelaugt sie ist, für mehr als ein Dahindämmern reicht es nicht. Irgendwann überwältigt sie dann doch die Erschöpfung. Nur kommen mit dem ersehnten Schlaf auch die Albträume.

Lena schlägt die Augen auf. Sie ist an einem fremden Ort. Wie sie hergekommen ist, weiß sie nicht. Der Himmel über ihr hat die Farbe von Eis. Daran pinnt eine fahle Sonne und bescheint kraftlos eine mit Rinnsalen und Bächen geäderte Ebene aus Sumpf und Grasland. Birken und flache Nadelgehölze gedeihen in Gruppen zwischen Wollgras und Schneefeldern. Die Tundralandschaft erstreckt sich bis zum Horizont.

Trotz der sie umgebenden Schönheit vibrieren Lenas Sinne vor Gefahr. Das Gefühl, beobachtet zu werden, brennt zwischen ihren Schulterblättern.

Lena fährt herum.

Nichts.

Nur endlose Kältesteppe, so weit das Auge reicht.

Wie still es ist! Kein Geräusch dringt an Lenas Ohren. Da ist nichts außer dem kaum wahrnehmbaren Murmeln von fließendem Wasser.

Lena dreht sich im Kreis, hält Ausschau nach der Quelle für das immer stärker werdende Gefühl, in all der Weite dieses Landstrichs nicht allein zu sein. Sie spürt eine Präsenz, spürt die Anwesenheit von etwas, das ihr nicht wohlgesinnt ist.

Die eben noch sanfte Brise frischt jäh auf. Plötzlich verpestet Aasgeruch die so klare Luft.

Wieder lässt Lena ihren Blick in alle Richtungen schweifen, nun nicht mehr nur auf der Suche nach einem potenziellen Angreifer, sondern auch nach etwas, das der lauernden Gefahr möglicherweise schon zum Opfer gefallen ist. Doch alles, was sie entdeckt, ist eine grüne Woge, die durch die Vegetation auf sie zurollt.

Nur der Wind in den Halmen. Weiter nichts.

Dennoch bekommt Lena es mit der Angst zu tun. Sie

rennt los, weg von der Welle, die das Wollgras hinter ihr erzittern lässt. Sie sprintet über die Ebene, springt über Pfützen und Bäche. Die Tundra fliegt nur so an ihr vorbei.

Aber Lena ist zu langsam. Entsetzt blickt sie über die Schulter zurück. Da ist nur der Wind in den Gräsern. Wispernd folgt er ihr nach, holt Meter um Meter auf.

Und schließlich überrollt er sie.

Lena versteinert. Aus vollem Lauf. Ein Flüstern hüllt sie ein, wie von tausend wortlosen Stimmen. Gestank umfängt sie, so intensiv und schwer, dass Lena ihn bitter und faulig auf der Zunge schmecken kann. Sie würgt trocken. Die Gegenwart des Bösen ist erdrückend.

Dann zieht der Wind vorüber.

Lena sackt zusammen. Doch sogleich verfliegt ihre Erleichterung. Sie setzt sich in Bewegung, als habe jemand eine Lockpfeife geblasen, der sie nun folgen muss, ob sie will oder nicht. Auf steifen Beinen wankt sie durch die unbekannte Landschaft. Dahin, von wo die unsichtbare Woge mit ihrem unheimlichen Murmeln und dem Geruch nach verdorbenem Fleisch hergekommen ist. Sosehr sie sich auch gegen jeden einzelnen Schritt stemmt, Lena kann nicht anhalten. Sie wird vorwärtsgezogen wie von einem Magneten. Mit jedem Meter, den sie so zurücklegt, steigt ihre Bestürzung darüber, keine Kontrolle mehr über ihren Körper zu haben.

Was geschieht hier nur?

Lenas unfreiwilliger Marsch führt über eine Anhöhe. Jenseits davon öffnet sich die Landschaft zu einem Talbecken. Im Zentrum der Senke liegt – umgeben von unzähligen kleinen Erdhügeln – ein See. Wo seine Oberfläche blauen Himmel und Schäfchenwolken reflektieren müsste, ist nichts als Schwärze. Das Gewässer ist angefüllt mit einer Dunkelheit, wie sie im Nichts zwischen den Sternen nicht vollkommener sein könnte.

Schritt um Schritt nähert sich Lena dem Ufer dieses Flecks aus Finsternis. Dann begreift sie: Das ist der Kummersee. Der Kummersee, wie er vor Tausenden von Jahren ausgesehen hat.

Wieder erhebt sich der erstickende Gestank nach Tod. Was Lena aus der Ferne für Erdhügelchen gehalten hat, sind die Überreste verendeter Tiere in unterschiedlichen Stadien des Verfalls. Ihre Leichname umringen den Kummersee wie Gräber eine Kirche. Lena passiert einen verwesenden Bären mit Pranken vom Durchmesser eines Autoreifens. Ein paar erzwungene Schritte weiter liegt etwas, das aussieht wie eine muskelbepackte, mit Räude geschlagene Kreuzung aus Löwe und Luchs, der jemand zwei Krummdolche in den Kiefer gerammt hat. Da sind Riesenhirsche, aus deren eingefallenen Brustkörben Rippen stechen. Elche mit Moos und Pilzen im verfilzten Haarkleid. Ein nashornähnliches Wesen, dessen Fell von Maden wimmelt. Moschusochsen, halb skelettiert und faulend. Kreaturen, groß wie Traktoren, mit zersplitterten Stoßzähnen und milchig trüben Augen.

Lena kennt diese Tiere. Aus der Schule, aus Büchern und Dokumentationen. Sie alle wurden von der Evolution aussortiert, sind ausgestorben. Und auch sie wird heute sterben. Jetzt gleich. Sie spürt es.

Nacktes Grauen überkommt Lena. Verzweifelt kämpft sie dagegen an, doch ihre Füße schlurfen beständig vorwärts; auf den See zu, der sie lautlos ruft, sie lockt und umgarnt.

Lena schreit. Sie kreischt, bis ihre Lungenbläschen platzen und ihre Kehle blutet. Doch sie kann nicht stoppen. Sie schlafwandelt über Kiesel und Gras bis an die Wasserlinie. Hier werden in ferner Zukunft die Leichen von Tom und Björn Thoms liegen.

Schwarze Wellen umfassen Lenas Knöchel, wollen sie verschlingen und bei lebendigem Leib verdauen. Weiter, immer weiter watet sie in den See hinaus.

Die Füße verlieren den Kontakt zum Grund.

Die Wogen schlagen über ihrem Haupt zusammen. Plötzlich ist da nur noch Kälte. Nichts als flüssige Trauer, Einsamkeit und Kälte.

Lena schreit in die undurchdringbare Finsternis der Fluten. Ein letzter Atemzug füllt ihre Lungen mit lebendiger Dunkelheit.

Dann ist es vorbei.

Dann ist sie eins mit dem Kummersee.

Sonntag, 1. Juli 1990

Tom findet keine Ruhe. Und das liegt nicht daran, dass er sich drüben bei Andi durch einen Stapel *Gespenster*-Comics gearbeitet hat. Nicht die Angst vor dem *Haus der bleichen Schatten* oder der Gedanke an *Die Insel der verlorenen Seelen* rauben ihm den Schlaf – obwohl das Bikini-Girl auf dem Cover das Zeug dazu hätte. Es ist auch nicht der Regen, der gegen das Rollo prasselt. Nein, es ist sein Vater, der Tom wach hält. Auf seine eigene, geräuschvolle Weise versucht der zwar, leise zu sein, aber immer öfter bilden die Laute seines Papas die Klangkulisse schlafloser Nächte im Kinderzimmer.

Tom beschwert sich nicht. Meist liest er, bis das Rumoren aufhört. Einen Stephen-King-Roman oder etwas von Dean Koontz. Es ist tröstlich, von Leuten zu hören, denen Schlimmeres passiert als ihm. Am Ende gewinnen die Guten ja doch.

Erik Wolff schlägt sich nicht mit Killerclowns oder mordenden Autos herum. Seine Sorgen sind realer, und Toms Vater schlurft umher, als läge die Lösung aller Probleme am Ziel einer endlosen Wanderroute durchs Haus.

Jede Rast am Barfach lässt ihn auf seiner Tour häufiger gegen die Möbel stoßen. Irgendwann kommt dann Mama angestapft. Zum Streiten schließen Toms Eltern die Küchentür. Trotzdem hört er jedes Wort. Da könnten sie sich auch gleich in einem dieser japanischen Häuser mit Wänden aus Papier zoffen.

Meist zieht Papa den Kürzeren. Danach knallen seine Schritte auf den Dielen, als wolle er den Fußboden bestrafen. Aber am schwersten zu verdauen sind die Abende, an denen unter Toms Zimmertür nichts anderes als trübes gelbes Licht und Stille hindurchsickern. An diesen Abenden sind die einzigen Laute aus dem Wohnzimmer das Klickern von Eiswürfeln in einem Glas und gelegentlich ein dumpfes Pochen.

Pock!

Es ist der Klang, den ein betrunkener Kopf macht, wenn er mit der Stirn auf die Tischplatte schlägt.

Pock!

Am Morgen plagen Papa dann Kopfschmerzen. Ob vom Trinken oder vom Esstisch, weiß wohl nicht mal er selbst.

Heute ist wieder einer dieser *Pock!*-Abende. Die Geräusche auf der anderen Seite des Flurs klingen wie kleine Verzweiflungsrufe. Freitag hatte Toms Vater seinen letzten Arbeitstag. Wieder einmal.

Pock!

Die Männer, die jetzt aus Wismar und Rostock in die Werft nach Lauenburg kommen, arbeiten für weniger

Geld. Und sie wissen, was sie tun. Im Gegensatz zu Erik Wolff.

Toms Papa trauert immer noch seinem Job bei der Lkw-Abfertigung am Horster Damm hinterher. Doch seit letztem Herbst gibt es nichts mehr zu überwachen. Keine Grenze, keine Kontrollen ...

Tom glaubt, dass sein Vater die Diensthunde vermisst. Die und die Kollegen. Die meisten wurden versetzt. Zwei Häuser weiter – da, wo bis Mai Papas Chef Herr Thießen mit seiner Frau gewohnt hat – ist jetzt ein Fremder aus Berlin eingezogen. Soweit Tom sich erinnert, ist es das erste Mal, dass jemand aus Horlow weggezogen ist.

Papa hätte weiter bei den Grenzern arbeiten können. Herr Thießen hat angeboten, ihn in seine neue Dienststelle mitzunehmen, nach Nordhorn. Das ist auf der anderen Seite von Niedersachsen, fast in Holland. Tom hat die Strecke im Schulatlas abgemessen, dreihundertfünfzig Kilometer. Doch dafür hätten auch sie weggehen müssen. Stattdessen hat Papa den Job in der Werft angenommen, den er nun wieder los ist.

Pock!

Hoffentlich kommt jetzt nicht wieder das Gerede von wegen Umzug. Tom will bleiben. In Horlow, bei Andi, bei seinen Freunden, bei der Freibad-Gang von Gartow. Mama will auch nicht weg. Schließlich hat sie das Haus von Opa übernommen. Sie würde es dem Vermieter gern abkaufen. Nur wovon denn? Das ist einer der Gründe, warum Toms Eltern streiten. Es ist ein Segen, dass Lena noch zu klein ist, um zu begreifen, was passiert. Tom versteht selbst kaum, wie die Politiker in Bonn und Berlin einfach so Entscheidungen treffen können, die das Leben der Familien zwischen den Hauptstädten derart durcheinanderwürfeln.

Pock!

Tom seufzt. Es hat keinen Zweck. Nicht einmal mit dem Kissen auf den Ohren. Zum Lesen kann er sich heute nicht überwinden. Sein Buch, *Shining,* ist megamäßig spannend. Aber es frustriert Tom, wie sehr die Hauptfigur Jack Torrance ihn an seinen eigenen Vater erinnert. Selbst wenn der – im Gegensatz zum Dad von Danny Torrance – seinem Sohn niemals etwas antäte.

Tom schlüpft in seinen Bademantel. Wenn schon nicht an Schlaf zu denken ist, kann er sich wenigstens nützlich machen; Papa ablenken, bevor Mama runterkommt und es richtig laut wird. Dann wird nämlich auch Lena kein Auge mehr zutun können. Und seine Schwester braucht ihre Ruhe. Sie ist völlig erledigt vom Training für den Freischwimmer.

Tom schleicht in die Küche – begleitet vom nächsten *Pock!* aus dem Wohnzimmer. Er füllt zwei Gläser mit Milch und rührt Nesquik hinein. Dazu schnappt er sich eine Packung Knabberkoalas. Tom balanciert beides in die Stube. Als er eintritt, schnellt der Kopf seines Vaters von der Tischplatte hoch. Er sieht aus, als bringe ihm die Geisterfrau aus Zimmer 217 Kakao und Kekse.

Auch Tom erschrickt. Die Augen seines Papas sind gerötet, die Wangen glänzen. Zum Glück kriegt seine Schwester davon nichts mit. Sähe sie Tränen im Gesicht ihres Vaters, wäre das für Lena, als hätte sie den lieben Gott beim Weinen erwischt.

»Tommy!« Erik Wolff klingt überrascht, entsetzt, verschämt. Alles zugleich. »Was machst du denn hier?«

»Ich hatte noch Hunger und konnte nicht mehr schlafen. Willst du auch was?«

»Komm her, Kleiner!« Sein Papa drückt ihn. Er riecht nach Schnaps und Schweiß. Dennoch: Tom genießt es.

»Was ist los, Papa?«

»Nichts. Alles gut.« Sein Vater entlässt ihn aus der Umarmung und reißt die Tüte mit dem Gebäck auf.

Tom lutscht an einem der bärenförmigen Kekse, bis er an die Schokofüllung gelangt. Er muss nichts sagen. Sein Papa wird von allein damit herausrücken, was ihn so mitnimmt.

»Da schwadroniert Birne heute im Fernsehen tatsächlich von blühenden Landschaften.« *Birne*, so nennt Toms Vater den Bundeskanzler. Und er sieht ja auch so aus. »Verdammter Heuchler. Hier ha'm wir *blutende Landschaften*.«

Dazu kann Tom nichts sagen. Die Nachrichten schaut er nur selten an. Aber er hat eine Ahnung, was sein Vater meint. Sie haben in der Schule darüber gesprochen. Plötzlich liegt Horlow nicht mehr am Ende der Welt, sondern mittendrin. Mit einem Mal ist die Gegend nichts Besonderes mehr. Das bedeutet weniger Förderung durch die Regierung. Weniger Geld, weniger Jobs, weniger Aufmerksamkeit.

»Weißt du, alle verdien' sich 'ne goldne Nase mit dem, was grade passiert. Nur an uns denkt keiner.«

»Du findest bald einen neuen Job.« Tom kratzt allen Optimismus zusammen, den er mitten in der Nacht aufbringen kann. »Du könntest Polizist werden, wie Onkel Bernd. Oder du arbeitest bei Willi Godehardt auf dem Hof.«

»Ach, Tommy!« Sein Vater lächelt ihn schief an. »Wenn's nur so einfach wär.«

»Wir packen das, bestimmt! Irgendwer wird dir Arbeit geben. Ich gehe morgen los und frage für dich.«

»Das lässt du mal lieber bleiben, sonst bekommen wir beide Ärger von deiner Mutter.« Erik Wolff lacht auf. »Weißt du, ich bin da an was dran. 's gibt 'ne Möglichkeit, für alle hier. Viel Geld, aber nich' ganz astrein. 'ne Menge Leute müssten dichthalten. Mal sehen, ob's klappt.«

»Klaro, Paps!« Tom hat keine Ahnung, um was es geht. Doch sein Vater braucht Zuspruch, um die finsteren Gedanken zu verscheuchen, die wie Fledermäuse um seinen Kopf flattern. »Es klappt bestimmt. In Horlow halten wir doch zusammen!«

»Ganz genau, Tommy!« Sein Vater wuschelt Tom durch die Haare. »Alles wird gut, wenn wir zusammenhalten ...«

Abermals schließt sein Vater ihn in die Arme.

Und für einen Moment ist tatsächlich alles gut.

IV.
Unter den Wellen

44

»Lena, wach auf!« Ein Rütteln an ihrer Schulter. »Lena!«

Sie grummelt und dreht sich auf die Seite. Versucht, wieder in die schützende Blase des Schlafs zu kriechen. Ein Teil ihres Unterbewusstseins ahnt, dass die Realität schlimmer ist als alle Albträume.

»Los jetzt, Lena!«

Mit einem Ruck fährt sie hoch und atmet pfeifend ein. Wie damals, als sie mit brennenden Lungen aus dem Kummersee aufgetaucht ist.

Lena krallt die Hände ins schweißgetränkte Laken. Ihr Herz rast. Dann finden ihre verklebten Augen Malik.

»Was?«, macht Lena. Es ist mehr Geräusch als Frage.

»Du musst aufstehen.« Malik beugt sich über ihre Schlafstätte. »Sie sind hier.«

»Die Monster?«

»Nein. Jedenfalls nicht die mit Klauen und Zähnen.« Malik schiebt die Vorhänge einen Spalt auseinander. Draußen röhren Dieselmotoren. »Ich meine die Presse. Sieht aus, als bereiten sie eine Belagerung vor. Die halbe ZKI ist auch da.«

»Der Boss ist hier?« Lena befreit sich von der zerwühlten Decke. Sie friert. Ihr Schlafshirt klebt an ihr. »Wie spät ist es?«

»Fast zehn. Petersen selbst ist nicht da. Aber sein Büro hat versucht, uns zu erreichen. Ich bin nicht drangegangen. Hast du schlafen können?«

»Mehr schlecht als recht.« Lenas Muskeln schmerzen, als hätten die Wanderung durch Zeit und Raum und ihr Todeskampf im See wirklich stattgefunden. Sie lupft die Vorhänge und späht hinaus. Genauso haben es die Horlower in den letzten Tagen gemacht, um sie zu beobachten. Doch für diese Ironie ist Lena zu müde, zu erschlagen.

Draußen reihen sich die Übertragungswagen der Medienanstalten. Andreas' Wohnmobil wirkt winzig zwischen ihnen. In der Mitte des Platzes hat sich eine Menschentraube gebildet. Kamerateams umringen zwei Kleinbusse der Polizei. Davor bilden Europaletten ein Podest. Einsatzkräfte in Schutzmontur halten Reporter auf Abstand, die ihre Mikrofone der improvisierten Rednerbühne entgegenrecken, obwohl dort noch niemand steht.

»Sieht nach mehr als einem normalen Pressebriefing aus«, vermutet Malik.

»Ich muss wissen, was da los ist.« Lena rafft ihre Klamotten zusammen und eilt ins Bad.

Malik fängt sie auf dem Weg nach unten ab. »Wenn du da rausgehst, nehmen sie dich auseinander. Nicht nur die Presse, auch Petersens Leute. Überleg mal, wir haben heute früh unseren Boss versetzt und eine Dienstanweisung ignoriert.« Malik streckt ihr einen dampfenden Kaffeebecher entgegen. »Hier! Trinken, nachdenken, handeln. In dieser Reihenfolge.«

»Dafür hab ich keine Zeit.« Lena schiebt sich an Malik vorbei. »Wir müssen wissen, was gestern Abend am See passiert ist. Und ich muss mit Andi reden.«

»Lena, warte!« Malik folgt ihr. »Es gibt einen anderen Weg.« Er deutet den Flur hinunter. Aus dem Wohnzimmer dringt die Geräuschkulisse eines laufenden Fernsehers. Erst jetzt begreift Lena das Ausmaß dessen, was draußen vor sich geht. Die Pressekonferenz wird von mindestens einem Sender als wichtig genug erachtet, um sie live zu übertragen. Lena gibt nach und lässt sich von Malik mitziehen.

Sylvia Wolff sitzt dort, wo sie während des gestrigen Streits gesessen hat. Abgesehen von verquollenen Tränensäcken und glasigen Augen – sichtbare Folgen eines Katers –, wirkt sie quicklebendig. Körperhaltung und Mimik signalisieren Genugtuung. Die Begrüßung für Lena beschränkt sich auf ein vorwurfsvolles Nicken Richtung Fernseher.

Da! Schau, was du angerichtet hast!, lautet die Botschaft.

Und Lena schaut hin.

Die Pressekonferenz läuft. Ein älterer Uniformierter – Halbglatze, Hornbrille, grauer Henriquatre – spricht. Neben ihm steht Uwe Weickert. Die Miene des Hauptkommissars verrät, dass er am liebsten woanders wäre. Eine Einblendung verkündet eine Sendung *LIVE aus Horlow* und weist den Mann vor den Mikrofonen als Gerald Seeger aus, Pressesprecher der Polizeidirektion Lüneburg.

» ... waren nach Stand der Ermittlungen auslaufendes Lampenöl und die anschließende Explosion einer Gasflasche für das Feuer verantwortlich. Ob der Brand auf einen Unfall zurückgeht oder vorsätzlich gelegt wurde, um ein Verbrechen zu vertuschen, ist Gegenstand der Untersuchung. Derzeit gehen wir von zwei Toten aus. Spekulationen zur Todesursache werden aus ermittlungstaktischen Gründen nicht kommentiert. Mehrere Mitglieder der Organisation *Future/Zero* werden noch vermisst. Jedoch liegen uns Hinweise vor, dass das Protestzeltlager zum Zeitpunkt des Brandes bereits aufgelöst war und sich nur noch die Anführer der Gruppe vor Ort befunden haben sollen.«

Während Seeger noch spricht, wechselt das Fernsehbild zu einer Luftaufnahme. Zu sehen ist, wie Gestalten in weißen Ganzkörperanzügen hektisch eine Plane über eine verpixelte Leiche ziehen. Ein Blick genügt, und Lena weiß trotz der Bildverfremdung, wessen verkohlte Überreste dort zwischen Zeltgerippen in der Asche liegen. Der hagere Körperbau des Toten lässt kaum Zweifel zu. Es ist Fatty.

Lena sinkt auf die Sofalehne. Sie ignoriert, wie nah sie ihrer Mutter damit kommt.

Egal was für selbstgerechte Arschlöcher Fatty und Keizu gewesen sein mögen, *das* hatten sie nicht verdient.

Schnitt zurück zu Polizeisprecher Seeger: »Einen Zusammenhang der Ereignisse mit dem Tod des Vermessungstechnikers Björn T. können wir weder bestätigen noch ausschließen. Auch hier bitten wir um Verständnis, dass wir uns nicht zur laufenden Untersuchung äußern.«

»Sie stochern im Dunkeln«, murmelt Malik.

Sylvia Wolff zischt ihn an und deutet auf den Fernseher.

Lena driftet ab. Die Worte ihrer Mutter spuken in ihrem Kopf herum: *Du bringst den Tod. Das ist wirklich passiert.*

» ... Geschäftsstelle in Hamburg bestätigt, dass es in der angekündigten Pressekonferenz von *Future/Zero* um die jüngst im See beobachteten Lichtphänomene hätte gehen sollen. Weitere Einzelheiten sind nicht bekannt.« Seeger schaut von seinem Manuskript auf. »Derzeit können wir das Fortbestehen einer Bedrohungslage am Kummersee nicht ausschließen. In Rücksprache mit dem Landrat des Kreises Lüchow-Dannenberg ergeht daher ein Betretungsverbot des Uferbereichs. Die Arbeiten im Rahmen des Endlagersuchgesetzes werden eingestellt. Weiterhin ...«

»Als ob das noch wichtig wäre«, echauffiert sich Malik.

» ... besteht ein Überflugverbot. Dies schließt Drohnen ein. Um den Kummersee wird eine Bannmeile von einem Kilometer Breite errichtet. Die Ortslage Horlow wird mit Ende dieser Verlautbarungen Teil der Sperrzone.«

Gemurmel erhebt sich auf dem Dorfplatz.

»Auch Medienvertreter sind aufgefordert, den Bereich unverzüglich zu verlassen«, übertönt Seeger die Unruhe.

»Bei Nichtbefolgen ergehen Platzverweise. Der Landrat behält sich vor, eine Ausgangssperre zu verfügen.«

Die Presse rumort. Hinter den Reportern verfolgen die Rathenaus zusammen mit Ute und Wilhelm Godehardt das Spektakel mit versteinerten Mienen. Ein Stück abseits hat Simon Lintow ein dünnes Lächeln auf den Lippen. Die Kamera schwenkt weiter. Kurz kommt Andreas ins Bild, der nebenan den Kopf aus der Haustür streckt.

»Ich appelliere an die Vernunft aller«, ruft Seeger über Protest und Nachfragen hinweg. »Machen Sie es den Einsatzkräften nicht schwerer, als sie es bei diesem Fall ohnehin schon haben.«

Die Kamerafahrt über die Szenerie endet mit einer Einstellung des letzten Hauses am Platz. Jenes Haus, in dem Lena auf den Bildschirm starrt und in einem Gedankenstrudel aus Entsetzen und Schuld zu versinken droht.

Sylvia Wolff bringt den Fernseher zum Verstummen. »Die können doch nicht alles dichtmachen!«

Lenas Blick klebt an den nun tonlosen Livebildern. Da war etwas, hinter der Reporterin mit dem roten Blazer. Nur einen Wimpernschlag lang.

Ist es möglich ...?

»Können und haben sie«, antwortet Malik auf Lenas Mutter. »Es ist unmöglich, den See in Gänze zu kontrollieren. Da ist es naheliegend ...«

Da, wieder!

Im Hintergrund, verborgen im Schatten. Dieses Mal ist Lena überzeugt, etwas gesehen zu haben – oder besser: jemanden. Jemand, der nicht da sein sollte. Jemand, der die Kapuze bis zur Nase herabgezogen hat, um unerkannt zu bleiben.

Lena springt auf und stürzt durch den Flur.

»Du willst nicht echt da raus?«, ruft Malik ihr nach. »Was, wenn die Pressefuzzis dich erkennen? Was ist mit Petersens Leuten?«

Doch Lena hat bereits die Jacke und eine Schirm-mütze ihrer Mutter von der Garderobe gerissen. Sie rammt die Füße in die Sneakers und rennt los. Mitten ins Getümmel, auf der Suche nach einem Gesicht in der Menge. Dem Gesicht von jemandem, den Lena für tot ge-halten hat.

45

Mit gesenktem Kopf und tief in die Stirn gezogener Mütze schlängelt sich Lena durch die Grüppchen der Journalisten und Schaulustigen. Würde sie rennen, fiele sie zu sehr auf. Dann müsste sie damit rechnen, von den grimmig in die Runde schauenden Polizisten angehalten zu werden. Zu allem Übel kennt Lena einige vom Sehen.

»Lena?«, fragt eine Stimme im Vorbeigehen. Sie hastet mit klopfendem Herzen weiter, ohne zu reagieren.

Plötzlich erspäht sie, wonach sie gesucht hat: die dunkle Kapuze. Der Kopf darunter sieht sich nach etwaigen Verfolgern um, dann verschwindet er zwischen den Übertragungswagen der TV-Stationen. Dass die Kapuze zu einem Stricktroyer gehört, lässt Lenas Puls weiter anziehen. Sie folgt ihr durch eine Lücke im Ring der Fahrzeuge, die Horlows Dorfplatz einrahmen.

Auf der Außenseite des Walls aus Hightech-Trucks und Einsatzfahrzeugen ist niemand zu sehen. Lediglich zwei Techniker und eine Handvoll Einsatzkräfte der Lüneburger Hundertschaft haben sich für eine Zigarettenpause hierher zurückgezogen. Die Kapuze hingegen ist weg. Wie vom Erdboden verschluckt.

Lena traut sich nicht, die rauchenden Männer anzusprechen. Das Risiko, erkannt und in ein Gespräch verwickelt zu werden, ist zu hoch. Es dürfte sich herumgesprochen haben, dass Malik und sie Direktor Petersen versetzt haben.

Lena grüßt mit einem beiläufigen Nicken und versucht auszusehen, als kenne sie ihr Ziel. Und plötzlich kennt sie es tatsächlich.

Die Kapuze mag verschwunden sein, aber eine Bewegung verrät, wohin. Sie ist unscheinbar, doch zugleich so offensichtlich, dass Lena sicher ist, auf ein Zeichen gestoßen zu sein. Wenn nicht gar auf eine Einladung.

Oder auf eine Falle ...

An der Seitentür des übernächsten Fahrzeugs in der Reihe steckt ein Schlüssel. Er wurde eben erst benutzt. Der Schlüsselanhänger – eine kleine Billardkugel mit der Nummer acht darauf – klopft beim Ausschwingen ans Blech unter dem Türschloss.

Lena bezweifelt, dass die Kapuze den Schlüssel aus Nachlässigkeit hat stecken lassen. Zumal es sich um das einzige Fahrzeug der Wagenburg handelt, das nicht zum Tross der Fernsehsender oder zur Polizei gehört. Es ist ein ramponiertes Wohnmobil.

Abseits von Andreas kann sich Lena nur eine Person vorstellen, die über einen Schlüssel zum Caravan verfügt.

Im Camper herrscht Schummerlicht. Die Gardinen sind geschlossen. Es riecht nach Junggesellenbude.

Die Kapuze wartet in der Sitznische. Sie hat die Ellenbogen auf den Tisch gestützt. Ihre Stirn ruht auf den geballten Fäusten.

»Hallo, Keizu.« Lenas Ton ist sanft, als spräche sie zu einem scheuen Reh im Wald.

Die Anführerin von *Future/Zero* bietet einen desolaten Anblick. Von ihrer Selbstsicherheit und natürlichen Autorität ist nichts geblieben. Stattdessen hockt dort eine schmutzige und zitternde junge Frau mit verweinten Augen.

»Darf ich mich setzen?« Lena unterdrückt den Impuls, Keizu in den Arm zu nehmen und gemeinsam mit ihr eine Runde zu heulen.

»Hätte ich gewusst, was für eine alte Pottsau Andi ist, hätte ich ihm den Camper erst nach Ablieferung des Videomaterials überlassen.« Keizu richtet sich auf.

»Wenn Ordnung das halbe Leben ist, ist Andi definitiv in der anderen Hälfte zu Hause.« Lena rutscht ans freie Ende der Sitzbank. »Tut mir leid um deine Leute. Ich wünschte, das wäre alles nicht geschehen.«

»Ja. Und mir tut's leid um Ihren Freund, diesen Björn.«

»Danke. Aber wir waren schon beim Du. Ich bin Lena.«

Die Aktivistin sieht sie an, als suche sie Anzeichen dafür, auf den Arm genommen zu werden. »Wenn du dienstlich hier bist –«

»Bin ich nicht«, versichert Lena. Sie spürt, dass Keizu andernfalls dichtmachen würde. »Um ehrlich zu sein, weiß ich nicht einmal, ob ich überhaupt noch im Dienst bin. Mein Boss hat mich in die Zentrale beordert, aber ich bin nicht hingegangen. Jetzt ignoriere ich seine Anrufe. Nicht besonders schlau, was?«

Die Aktivistin mustert sie mit großen Augen und scheint nicht zu wissen, was sie antworten soll.

»Ich bin froh, dass es dir gut geht, Keizu«, sagt Lena.

»Tessa. Oder Tess«, sagt Keizu. »Tessa Novak.«

Lenas Lächeln ist schmal, doch aufrichtig. »Es freut mich, dass du okay bist, Tessa. Wie hast du …«

»Ich war nicht da, als es passiert ist«, sagt Tessa schnell.

Lena kennt diesen kühlen, analytischen Tonfall. Schock durch Trauma. Sie muss behutsam vorgehen. »Was ist mit dem Rest von euch?«

»Die meisten sind gegangen, nachdem die Leiche des Vermessers gefunden wurde. Andi hat uns gewarnt. Wir hätten auf ihn hören sollen. Und wir hätten die Mails ernster nehmen müssen.«

»Mails?«

Tessa nickt kaum merklich. »Anonym gesendet. Drohungen, Einschüchterungsversuche, so etwas. Wir dachten, es ist nur das übliche Getöse der Konzernfritzen.«

»Es ist nicht deine Schuld.« Lena rückt näher. »Möchtest du mir erzählen, was vorgefallen ist? Und was du hier machst?«

Tessa stößt eine Mischung aus nervösem Lachen und abfälligem Schnauben aus. »Ich sage dir, was vorgefallen ist. Ich habe gehört, wie meine Freunde gestorben sind.

Statt ihnen zu helfen, habe ich mich versteckt. Und dann bin ich weggelaufen. *Das* ist vorgefallen. Nichts, was du sagst, wird daran etwas ändern können.«

»Zufällig kenne ich mich mit Schuld ganz gut aus. Hat Andi dir von mir erzählt? Persönliches?«

Tessa schüttelt den Kopf.

»Als ich noch ein Kind war, ist mein Bruder im Kummersee ertrunken. Er wollte mich vor etwas retten, das uns beim Schwimmen angegriffen hat.«

»Was soll das gewesen sein? Ein Tier?«

»Ich weiß es nicht«, antwortet Lena wahrheitsgemäß, aber auch nicht ganz vollständig.

Tessa lehnt sich zurück und mustert sie. »Und da ergibt sich nach all den Jahren die Chance, am Kummersee und seinen Bewohnern Rache zu nehmen. Denn kommt das Endlager, verschwindet der See. Weil das Moor trockengelegt wird. Doch dann passiert die Sache mit diesem Vermesser ... Wow, was für ein Mindfuck!«

Tessa sticht den Finger in die Wunde. Lena erträgt es. »Ich glaube, all das hängt zusammen. Das, was meinem Bruder zugestoßen ist, Björn Thoms' Tod, der Tod von Fatty und –«

»Steffen«, sagt Tessa. In ihren Augen steht Härte. »Er hieß Steffen Reitmeyer. Steffen Reitmeyer und Sarah Harms, das waren ihre Namen. Steffen hätte nächste Woche Geburtstag gehabt. Und Sarah hat darüber nachgedacht, mit ihrem Freund nach Schweden auszuwandern und Kinder zu bekommen.«

*Es wird nicht leichter, wenn man die Namen und ihre Ge-
schichten kennt.*

Tessa seufzt. Es ist ein herzzerreißendes Geräusch.
»Ich war im Wald, auf dem Rückweg von der Kolonnen-
straße, als die Schreie im Camp losgingen. Zuerst wusste
ich gar nichts damit anzufangen. Als ich begriff, dass das
meine Freunde sind, bin ich gerannt. Und da hat es auch
schon geknallt. Eine der Gasflaschen muss hochgegangen
sein. Als ich ankam, brannten die Zelte.« Tessa sieht Lena
in die Augen. »Das war kein Unfall. Das Feuer hat Steffen
und Sarah nicht getötet.«

»Was dann?«

»Da war etwas zwischen den Flammen.«

»Was?« Lenas ganzer Körper kribbelt. »Was hast du
gesehen?«

»Schatten. Bewegungen und Schatten ... Da waren die
anderen längst tot.« Tränen ziehen Spuren durch den
Schmutz auf Tessas Wangen. »Ich habe mich unter einer
Wurzel versteckt und meinen Freunden beim Brennen
zugesehen. Ich konnte sie riechen, verstehst du? Riechen!«

Lena legt eine Hand auf Tessas Arm. Sie lässt es zu.
Ihr Blick geht in die Ferne. »Ich bin erst rausgekommen,
als sich nichts mehr gerührt hat. Steffen und Sarah ...«

In Tessas Augen steht das Grauen. Doch Lena lässt sie
weitererzählen. Sie muss mehr erfahren.

»Sie lagen an verschiedenen Stellen. Sarah ein Stück
abseits, so als hätte sie noch versucht wegzulaufen. Ihre
Kehle ... Da war so viel Blut und ... und ...«

»Scht!«, macht Lena. »Schon gut.« Sie zieht Tessa an sich. Die Brust der jungen Frau bebt unter Schluchzern. Sie riecht nach Erde, Schweiß und Rauch. »Was ist weiter passiert?«

»Da war ein Plätschern. Am Seeufer. Vielleicht habe ich es mir auch nur eingebildet. Ich bin gerannt, zurück in den Wald. So schnell ich konnte. Ich hatte eine Scheißangst.«

»Hast du im Freien geschlafen?«

Tessa nickt verschämt. »Ich hab mich versteckt, bis es hell wurde. Dann bin ich nach Osten gegangen, bis ich auf den Kolonnenweg gestoßen bin. Von da aus weiter nach Horlow. Und hier bin ich mitten in diesen bekackten Presserummel geplatzt.« Sie lacht auf und wechselt übergangslos in ein Seufzen. »Wenn du mich nicht erkannt hättest und mir gefolgt wärst, wäre ich schon über alle Berge.«

Lena ist beeindruckt von Tessas Willensstärke. Sie muss halb erfroren, ausgehungert und zu Tode verängstigt sein. »Du hast unglaubliches Glück gehabt, dass du nicht bei deinen Freunden im Camp warst«, sagt Lena. »Sonst wärst du auch tot.«

Tessa hebt mechanisch die Schultern und lässt sie wieder fallen.

»Du musst zur Polizei gehen, Tessa«, sagt Lena. »Meine Kollegen müssen erfahren, was du gesehen hast.«

»Später. Erst mal will ich nur noch weg.«

»Okay«, sagt Lena. Druck schadet jetzt nur. »Was hast

du während des Angriffs überhaupt ganz allein im Wald gemacht?«

»Das Gerät abgeholt, mit dem wir heute den See untersuchen wollten. Wegen der Straßensperren konnte unser Kurier es erst nach Einbruch der Dunkelheit bringen. Ich verdanke dem Scheißding wohl mein Leben. Ich werde später zurückkommen müssen, um danach zu suchen. Falls es dann noch da ist, heißt das. Ansonsten bin ich mein Erspartes los.« Tessa öffnet den Kühlschrank des Campers und nimmt sich eine Wasserflasche.

»Der See hütet seine Geheimnisse«, sinniert Lena.

»Sorry, was?«

»Tessa, ich muss dich um etwas bitten, bevor du gehst. Es wird dir nicht gefallen.«

46

»Ich werde jetzt meinem Partner texten.« Lena zieht ihr Handy aus der Tasche. »Und dann musst du mich zum See bringen.«

Tessa versteift sich.

»Keine Angst, nicht zu eurem Lager«, erklärt Lena. »Dahin, wo du dich mit eurem Kurier getroffen hast. Dahin, wo du gewesen bist, als die anderen angegriffen wurden.«

Tessa leert schweigend ihre Wasserflasche. »Wow«, sagt sie schließlich. »Du hast echt Eier.«

»Was für ein Kompliment.« Lena muss lächeln. »Heißt das, du hilfst mir?«

»Ich weiß, was du vorhast. Und warum.« Tessa erwidert das Lächeln nicht. Vielmehr liegt ein fast feierlicher Ernst in ihrer Stimme. »Du hast recht. Es muss getan werden. Ich führe dich hin. Aber ich bin nicht sicher, ob ich das mit dir bis zum Ende durchziehen kann.«

»Das verlange ich gar nicht. Du kannst jederzeit aussteigen.«

Es klopft.

»Das wird Malik sein«, sagt Lena und öffnet die Tür des Campers. Sie stellt Tessa vor, dann gibt Lena ihrem Kollegen einen Überblick, was sie erfahren hat.

Malik reagiert sichtlich erschüttert. Noch weiht Lena ihn nicht in ihren Plan ein. Er täte alles, ihr die Schnapsidee auszureden. Sie setzt ihn fürs Erste darauf an, Tessa ein Frühstück und frische Klamotten aus ihrem eigenen Gepäck zu organisieren. Als Tessa unter die Dusche des Wohnmobils steigt, nutzt Lena die Gelegenheit, um nach ihrem anderen Sorgenkind zu sehen: Tante Marlies.

Bislang kam keine Nachricht von Andi über den Verbleib seiner Mutter. Kein Anruf, keine SMS, nichts. Unter der Nummer, von der aus Marlies Kujau Lena kontaktiert hat, meldet sich nur die Mailbox.

Draußen sieht es nach Regen aus. Der Wind hat aufgefrischt und jagt tief hängende Wolken über den Himmel. Das Wetter passt zu Lenas Stimmung: trüb und unruhig.

Sie huscht quer über den Platz, den Kopf zwischen die Schultern gezogen. Ein Kamerateam fängt unter den ungeduldigen Blicken der Einsatzkräfte letzte Stimmungsbilder ein. Die meisten Reporter haben die Sperrzone verlassen oder sitzen in ihren rollenden Büros, um Agenturmeldungen und Leitartikel zu tippen. Lena möchte gar nicht wissen, was sie über Horlow, die Geschehnisse am See und die beiden Polizisten zu vermelden haben, die bei ihrem Job, Unschuldige zu schützen, so kläglich versagt haben. Es würde sie nur ablenken.

Die Türglocke der Kujaus klingt hohl, so als spüre

sie die Abwesenheit ihrer Besitzerin. Während Lena wartet, streicht sie über die im Oktoberwind zitternden Greifvogelfedern an Tante Marlies' Traumfänger. Hoffentlich zieht Andreas mit. Malik mag der netteste und zuverlässigste Kollege der Welt sein, aber ihm fehlt diese verantwortungslose *Scheiß-drauf*-Attitüde, die Andi so liebens- und hassenswert zugleich macht.

Schritte hinter der Tür. Das Schloss klickt. Lena streckt sich. Sie ist bereit, Andreas ihren wahnwitzigen Plan ins Gesicht zu schleudern.

Die Haustür wird geöffnet. Doch dahinter erwarten sie weder Andi noch Tante Marlies. Stattdessen spießt Simon Lintow Lena mit einem Blick aus frostig-blauen Augen auf.

»Sie«, knurrt er. Die Sehnen an seinem Hals arbeiten.

»Ich«, bestätigt Lena.

Durch den Hausflur stürzt Andreas heran. »Ist es –?«

Als er Lena sieht, stockt er. Er packt ihren Arm und zieht sie an Lintow vorbei in die Diele. »Komm schon rein!«, zischt er. Andi schiebt den Kopf aus dem Windfang, schaut sich um und schlägt die Tür zu.

»Es reicht Ihnen wohl nicht, was Sie angerichtet haben.« Lintow lehnt den muskelbepackten Oberkörper von innen an die Haustür. »Sie können es nicht gut sein lassen, was?«

Andreas seufzt. Auch er scheint sich nicht gerade zu freuen, sie zu sehen. »Was machst du hier, Lena?«

Lena entgleisen die Gesichtszüge. »Was *ich* hier mache?« Sie deutet auf Lintow. »Was macht *er* hier?«

»Ich habe ihn hergebeten.«

»Du hast *was*?«

»Ihn hergebeten.« Andi verschränkt die Arme vor der Brust. »Meine Mutter ist immer noch nicht wieder da. Und ich musste mich mit jemandem beratschlagen.«

»Und da redest du mit ihm statt mit mir?«

»Ick hab keen Schimmer, was bei Ihn beeden schief-jeloofen is.« Wenn Lintow sich aufregt, schimmert sein Berliner Akzent durch. Er schiebt sich zwischen Lena und Andreas. »Vielleicht dürfte ich ja auch mal was dazu sagen? Ich hab mich in den letzten zwanzig Jahren mehr um Marlies gekümmert als Sie zwei beide zusammen. Verstehen Sie mich nicht falsch, das ist kein Vorwurf. Aber ich hab ein Recht, hier zu sein und mir Sorgen zu machen.«

Andis Blick klebt am Boden. Lena will protestieren. Doch in gewisser Weise stimmt es, was Simon Lintow sagt.

»Vielleicht können wir ja wie Erwachsene miteinander reden«, legt der nach. »Also?«

Lena bearbeitet ihre Nagelhäute. Sie nickt widerwillig.

»Halleluja.« Lintow verdreht die Augen. »Wir hätten ohnehin mit Ihnen sprechen müssen, Frau Wolff.«

»Ich wüsste nicht, was es zu besprechen gibt.«

»Es ist etwas passiert, Lena«, mischt sich Andreas ein. »Etwas, von dem du noch nichts weißt.«

Lena sieht auf. Ihre Knie werden weich. »Tante Marlies? Geht es ihr gut? Ist sie …«

Lintow hält ihr eine braune Versandtasche hin. Sie

ist mit Lenas Namen beschriftet. »Das steckte heute früh in meinem Postkasten. Nur zu, nehmen Sie. Ich beiße nicht.«

Lena greift zu. Der Umschlag ist so groß wie ein Taschenbuch und unregelmäßig ausgebeult. Sein Gewicht entspricht dem einer Tafel Schokolade.

Lintow räuspert sich. »Sehen Sie mir nach, dass der Brief offen ist. Ihren Namen hab ich erst gesehen, nachdem ich reingeschaut hatte.«

Lena glaubt ihm kein Wort. Sie schüttet den Inhalt des Kuverts in die Handfläche.

Es ist Tante Marlies' Brille.

Lena reißt die Augen auf und sucht Blickkontakt mit Andi.

»Es ist noch ein Brief dabei«, sagt er.

Mit zittrigen Fingern tastet Lena in den Umschlag. Sie zieht ein gefaltetes A4-Blatt hervor. Darauf steht in ungelenken, aber lesbaren Buchstaben:

Geh. Keine Polizei.
M.

»Die Handschrift deiner Mutter?«

Andi bestätigt.

»Und, was sollen wir jetzt machen?«

Lintow schnauft ungeduldig. »Das, was da steht: Nehmen Sie Ihre ganze Bagage, die Möchtegern-Weltenretter, die Schmierfinken und Fernsehhansel, das verdammte CSI Lüchow-Dannenberg und zischen Sie endlich ab!«

Lena lässt sich nicht beirren. »Das ergibt keinen Sinn. Weshalb entführt jemand ausgerechnet deine Mutter?«, fragt sie Andi. »Und warum kriegt er den Brief, und nicht du oder ich direkt?«

»Rede ich gegen Wände?«, braust Lintow auf. »Ich bin derjenige, der sich seit Jahren um Marlies kümmert! Der oder die Entführer wissen, dass sie mir am Herzen liegt.«

»Lena, bitte!« Andi sieht aus, als versänke er am liebsten im Erdboden. »Deine Monster schreiben wohl kaum Drohbriefe. Wir müssen davon ausgehen, dass die *Wächter* –«

»Geh zu Weickert!« Lena schneidet ihm mit einem Seitenblick zu Lintow das Wort ab. »Lass dir helfen! Bitte!«

Andreas schüttelt den Kopf. »Ich habe angerufen und Bescheid gegeben, dass meine Mutter wiederaufgetaucht ist. Die Suche ist abgeblasen.«

»Willst du stillhalten und hoffen, dass deine Mutter einfach so wiederauftaucht, *Wer wird Millionär?* glotzt und Erdnüsse knabbert, als wäre nichts gewesen? Wie naiv bist du eigentlich?«

»Und du hast die Weisheit mit Löffeln gefressen, oder was? Wir wissen nicht, wer diese Leute sind und wie ernst sie es meinen.«

»Bitte, es gibt keinen Grund, sich anzugiften!« Lintow fährt sich über die Stoppelfrisur. »Wir müssen ruhig bleiben, wenn wir Marlies wiederhaben wollen.«

»Himmel, Andi, sprich mit mir!« Lena streckt hilflos

die Hände von sich. »Bin ich denn die einzig Vernünftige in diesem Kaff?«

»Simon hat recht. Wir müssen tun, was die Entführer verlangen.« Andis Blick kommt nicht über seine Zehenspitzen hinaus. »Ende der Diskussion.«

»Danke, Andreas!« Lintow macht einen Schritt auf Lena zu. »Frau Wolff, ich weiß, wir hatten nicht den besten Start miteinander. Manchmal habe ich mein Temperament nicht unter Kontrolle. Ich ... Das mit dem Stacheldraht auf dem Weg zum See, also ... das war ich. Es tut mir leid. Ich war so sauer, dass jemand hier Giftmüll verklappen will und Sie als Einheimische diese Leute auch noch beschützen. Verstehen Sie?« Lintow blickt Lena treuherzig an. »Sehen Sie, ich müsste Ihnen das gar nicht erzählen.«

»Und warum tun Sie es dann?«

»Als Zeichen des guten Willens. Sie können mich sogar anzeigen, falls Sie das wollen. Dass wir uns nicht riechen können, darf nicht zur Gefahr für Marlies werden.«

»Da sind wir uns ja ausnahmsweise mal einig.«

»Wenn Sie das Beste für Marlies wollen, verlassen Sie Horlow.« Lintow klingt nun lammfromm. »Ich will nicht, dass eine alte verwirrte Frau für einen Konflikt bezahlen muss, mit dem sie nicht das Geringste zu tun hat. Wir dürfen die Situation nicht noch weiter anheizen.«

»Erzählen Sie das den Familien der toten Kids von *Future/Zero*. Oder Björn Thoms' Eltern.«

»Lena, bitte.« Andreas massiert seine Schläfen. »Es geht um meine Mutter.«

Lena schaut zwischen Andi und Simon Lintow hin und her. Sie schnaubt. »Schön. Welche Wahl habe ich denn?«

»Nehmen Sie es nicht persönlich«, gibt sich Lintow konziliant. »Sie sind jederzeit in Horlow willkommen, wenn diese Sache vorüber ist.«

»Wie großzügig.« Lena schiebt sich an den Männern vorbei zur Tür. »Und du, Andi? Meldest du dich, sobald du deinen Kopf aus seinem Hintern gezogen hast?«

»Lena, warte!«

Doch sie wartet nicht. Die Worte »Lena, warte« haben sich abgenutzt, seit sie zu Andis Mantra geworden sind.

»Lena!« Er holt sie im Windfang ein. »Hey!«

»Was?« Sie stoppt. »Wenn du ihm mehr vertraust als mir, musst du zusehen, wie du klarkommst.« Lena kümmert es nicht, ob Lintow sie hört oder nicht. Er beobachtet sie durch den Hausflur.

Plötzlich fällt Andreas Lena um den Hals. »Ich traue ihm nicht«, haucht er neben ihrem Ohr. Laut sagt er: »Pass auf dich auf!«

»Ja. Ja, mach ich.« Steif erwidert Lena die Umarmung.

»Versprich, dass du nichts unternimmst, was meine Ma in Gefahr bringen könnte!«, raunt Andi.

Lena deutet ein Nicken an.

»War schön, dich wiederzusehen.« Andis trauriges Lächeln bricht Lena das Herz. In seinen Augen steht keine Hoffnung, seine Mutter jemals zurückzubekommen. »Was hast du jetzt vor?«, fragt er.

»Tja, was wohl? Ich verlasse Horlow.« Lena achtet darauf, dass Lintow den zweiten Teil ihrer Antwort nicht hören kann. »Ist besser, wenn du den Rest nicht so genau weißt.«

47

Lena eilt über den Dorfplatz zurück zum Wohnmobil. Gern hätte sie Andi berichtet, dass Keizu den Angriff auf das Zeltlager überlebt hat. Aber jeder Mitwisser ist eine Gefahr für ihr Leben.

An Bord des Wohnmobils haben Tessa und Malik das Frühstück beendet. Im Camper riecht es jetzt nach Kaffee und Duschgel. Tessa ist in eine Jeans sowie einen Calvin-Klein-Pullover aus Lenas Gepäck geschlüpft.

»Irgendwelche Neuigkeiten?«, erkundigt sich Malik. »Ist Marlies Kujau wiederaufgetaucht?«

Lena schnappt sich den am wenigsten schmuddeligen Kaffeebecher aus der Miniküche des Campers und berichtet von der Entführung, dem Drohbrief und dem Zusammentreffen mit Simon Lintow.

Als sie geendet hat, schüttelt Malik den Kopf. »Ich blicke nicht mehr durch. Warum entführt jemand *Marlies Kujau*, um *dich* loszuwerden? Wieso nicht *deine* Mutter?«

»Weil sie mir schon immer näherstand als meine eigene Mutter.« Es fühlt sich sonderbar an, das laut auszusprechen. Aber es ist die Wahrheit.

»Also stecken die *Wächter* hinter der Entführung? Hängt dieser Lintow mit drin?«

»Möglich.« Lena überlegt. »Wahrscheinlich sogar.«

»Von was für *Wächtern* redet ihr?«, mischt sich Tessa ein. »Haben die meine Leute ermordet?«

»Ich weiß es nicht«, antwortet Lena wahrheitsgemäß. »Ich versuche, alle Vermutungen beiseitezulassen und mich darauf zu konzentrieren, was wir wissen. Und das ist nicht viel.«

»Welche Auswirkungen hat die Entführung von Marlies Kujau auf uns?«, fragt Malik.

»Ich musste Andi versprechen, nichts zu unternehmen, was seine Mutter gefährden könnte. Offiziell reisen wir ab.«

»Das trifft sich gut. Denn wir haben eine Menge Schönwetter zu machen. Das Büro hat sich gemeldet. Wir sind vorerst vom Dienst freigestellt. Wir sollen uns heute noch in der Zentrale einfinden, um den Wagen und unsere Sachen abzugeben.«

Lena räuspert sich. »Ich sagte, *offiziell* reisen wir ab.«

»Und inoffiziell?«

»Er weiß nichts von deinem Plan, oder?« Tessa deutet mit dem Daumen auf Malik.

»Was für ein Plan?« Malik fixiert Lena.

»Darüber sprechen wir noch. Wir müssen davon ausgehen, dass die Entführer uns beobachten. Also sollten wir zusehen, dass wir aus Horlow rauskommen.«

Malik und Tessa erheben keine Einwände.

»Gut, wir packen jetzt und verabschieden uns Richtung Lüchow. Das ist glaubwürdiger, als wenn wir behaupten, nach Hause zu fahren. Immerhin müssen wir alle noch unsere Aussagen bei Weickert machen.«

»Wäre es nicht sinnvoll, das bald zu tun?«, fragt Tessa.

Lena verneint. »Dann kommst du da so schnell nicht mehr weg. Du bist Zeugin des Angriffs auf euer Camp gewesen. Ich gehe davon aus, dass eine Mordkommission eingesetzt wird. Und die wird dich ausquetschen. So viel Zeit haben wir nicht.«

»Sollten wir uns vielleicht bei Björn Thoms' Angehörigen melden?«, fragt Malik mit dünner Stimme. »Ich habe das Gefühl, wir schulden ihnen das.«

»Was willst du ihnen denn sagen?«, fragt Lena und legt ihrem Kollegen die Hand auf die Schulter. Er blickt zu ihr auf. »Lass sie in Ruhe trauern, Malik. Für so etwas ist später noch Zeit. Jetzt sollten wir verschwinden. Tessa, fahr du voraus. Es ist unauffälliger, wenn wir getrennt unterwegs sind. Du kommst mit der Kiste hier klar?«

»Das war die letzten achtzehn Monate mein Zuhause.«

Sie muss fest hinter den Idealen von *Future/Zero* stehen, wenn sie bereit war, Andreas den Camper im Gegenzug für seine Dienste zu überlassen. Er wird sich wundern, wohin das Wohnmobil verschwunden ist.

»Kennst du den Parkplatz Nemitzer Heide?«, fragt Lena.

Tessa nickt.

»Da treffen wir uns. Von dort fahren wir Kolonne.«

Kaum dass Lena und Malik das Wohnmobil verlassen

haben, erwacht der Caravan mit einem Röhren zum Leben und tuckert schwankend aus Horlow.

Während Malik das Gepäck verlädt, stattet Lena ihrer Mutter einen Besuch ab. Sie findet sie in der Töpferwerkstatt, wo vor langer Zeit erst Tom und später ein trauriges kleines Mädchen sein Kinderzimmer hatte.

Sylvia Wolff erschafft gerade eine Scheußlichkeit, die an einen Hund mit Hörnern und unangenehm großen Fangzähnen erinnert. Lena kann nicht anders, als sich vorzustellen, wie das Mistvieh lebendig wird.

»Du verlässt uns?«, fragt ihre Mutter, ohne aufzusehen.

»Ich muss hier raus. Erst mal nach Lüchow und dann ... mal sehen.«

»Wie steht es um Marlies?«

»Unverändert. Andi und Lintow kümmern sich.« Lena weiß nicht, wieso, aber es widerstrebt ihr, den Drohbrief zu erwähnen.

»Sie kreuzt wieder auf.« Sylvia Wolff setzt ihrer Skulptur eine Glasperle als Auge ein. Mitten auf der Stirn des Untiers.

Was geht nur in ihr vor, wenn sie sich so etwas ausdenkt?

»Hör mal ...«, druckst Lena. »Ich weiß nicht, ob ich wiederkomme. Nach Hause, meine ich. Nicht nur jetzt, sondern generell. Nach allem, was passiert ist ...«

Endlich hält Sylvia Wolff inne. Sie mustert ihre Tochter. »Horlow verlangt einem einiges ab. Durchhaltevermögen, Zähigkeit. Innere Stärke. Das alles hat dir schon immer gefehlt, liebe Lena. Da bist du wie dein Vater.«

Lena ballt die Hände zu Fäusten. »Mach's gut, Mama.« Sie spuckt die drei kleinen Wörter von sich wie etwas Giftiges. Zwanzig Sekunden später stürmt sie durch das Bestiarium im Vorgarten ihres Elternhauses und springt in den VW. »Fahr los!« Lena schlägt die Tür so heftig zu, dass Malik auf dem Fahrersitz zusammenzuckt.

»Kein schöner Abschied, was?« Ein Tritt aufs Gas lässt den Weiler im Rückspiegel schrumpfen. »Vielleicht kannst du – können *wir* – Horlow und den Kummersee eines Tages an einer entlegenen Ecke von unserem Gedächtnis begraben.«

»Das versuche ich seit Jahren. Nur leider ist es noch nicht vorbei.« Lena starrt aus dem Fenster und verliert sich in den vorüberhuschenden Bäumen. Woher soll sie den Mut nehmen für das, was sie gleich von Malik und Tessa verlangen muss?

48

Malik lenkt den Kombi nach Südwesten auf die B 493. Wie verabredet wartet Tessa an der Nemitzer Heide. Das ist keine Selbstverständlichkeit. Es gibt nichts, was sie noch hält; nichts, das sie an ihre Zusage bindet, Lena bei ihrem Vorhaben zu unterstützen. Auch eine Ökokriegerin wie Keizu hat ein Zuhause und geliebte Menschen, die auf sie warten.

Malik grüßt mit der Lichthupe. Das Wohnmobil antwortet mit dem Warnblinker. »Und nun?«

»Hinter ihr her.«

»Wohin fahren wir?«

Zeit, Malik reinen Wein einzuschenken.

»Wir fahren wirklich nach Lüchow«, sagt Lena. »Aber dann weiter im Bogen nach Südosten, in die Altmark. Von da geht es Richtung Norden durchs Moor und zurück –«

»Zum Kummersee. Warum bin ich nicht überrascht?«

»Du kannst jederzeit aussteigen. Ich lasse dich gern an einem Bahnhof raus oder wo immer du hinwillst.«

»Und wer passt dann auf dich auf? Nein, mitgefangen – mitgehangen. Außerdem geht es um Björn Thoms. Ich habe etwas gutzumachen.«

»Danke, Malik.« Ein Fels löst sich in Lenas Brust.

»Meinst du, wir kommen durch? Glaubst du, im Osten gibt es keine Polizeisperren? Wenn die Kollegen da unsere Ausweise prüfen, wissen sie, dass wir suspendiert sind.«

»Der Kummersee liegt auf der Kreisgrenze von Lüchow-Dannenberg und Stendal. Aber von Süden ist der Kolonnenweg am See auch aus dem Altmarkkreis zu erreichen. Ich baue darauf, dass die Kommunikation über die Landesgrenzen weder besonders schnell noch effektiv sein dürfte. Vielleicht nimmt man auf der anderen Seeseite das Thema nicht ganz so ernst. Zumal es da kilometerweit nichts als Moor und Wald gibt.«

»Mhm«, macht Malik. Überzeugt klingt es nicht.

»Wir lassen die Autos an der Wirler Spitze stehen und schlagen uns über die Forstwege durch. Den gleichen Weg hat gestern der Kurier von *Future/Zero* genommen.«

»Wie weit müssen wir laufen?«

»Drei, vier Kilometer. Vorausgesetzt, da sind wirklich keine Polizeiposten, die wir umgehen müssen.«

»Ich weiß immer noch nicht, was wir wieder am Kummersee wollen.«

»Darüber sprechen wir gleich mit Tessa. Hab Geduld, ja?«

»Bleibt mir denn etwas anderes übrig?«, fügt sich Malik.

Eine halbe Stunde später parken sie auf einem Grasstreifen an der Landstraße 1. Mit leichtem Gepäck und unauffällig gekleidet machen sie sich auf den Weg. Bis sie den Kolonnenweg erreichen, begegnen sie keiner Menschenseele. Erst am Aussichtspunkt Klocksberg, an der ehemaligen Grenze, erspähen sie weit, weit im Westen zwei Pünktchen in der Landschaft. Es könnte eine Streife sein, die auf dem *Grünen Band* unterwegs ist. Doch bevor es kritisch werden könnte, haben sich Tessa, Malik und Lena längst in die Büsche geschlagen. Auf schnurgeraden Forstwegen marschieren sie im Regen fallender Blätter gen Norden. Über ihnen rollen Wolken mit der Farbe von Blei über den Himmel. Es ist ein wahrlich trister Herbsttag.

»Ich habe nachgedacht«, sagt Tessa irgendwann. »Ich bringe euch dahin, wo die Kiste liegen müsste. Von mir aus montiere ich das Ding auch noch und zeige euch, wie es funktioniert. Aber danach müsst ihr allein klarkommen. Mich kriegen keine zehn Pferde da raus. Nicht nach dem, was meinen Leuten zugestoßen ist.«

»Okay, das verstehe ich.« Lena hat sich so etwas bereits gedacht. »Wir sind für jede Hilfe dankbar«, sagt sie. »Ich an deiner Stelle wäre längst mit Heulkrämpfen zusammengebrochen.«

»Kommt noch.« Tessa seufzt. »Lasst uns erst mal diese verdammte Alubox finden.«

»So, es reicht!« Malik stoppt. »Ich mache keinen Schritt mehr, bevor ich nicht weiß, wovon ihr redet und was in drei Teufels Namen wir vorhaben. Was ist in dieser Kiste? Warum suchen wir danach?«

»Du hast eine Engelsgeduld.« Lena lächelt. »Ich wäre gar nicht erst losgefahren, ohne Bescheid zu wissen.«

»Was. Ist. In. Der. Kiste?« Jedes Wort eine Frage für sich.

Lena wechselt einen Blick mit Tessa. »Sagst du es ihm?«

49

»Ich habe mich letzte Nacht mit einem unserer Kuriere am Kolonnenweg getroffen«, erklärt Tessa. »Er hat uns ein mobiles 3-D-Sonar besorgt. Leihweise. Damit wollten wir heute die Unterwasserwelt des Sees scannen. Als die Schreie im Lager losgingen, hab ich die Kiste fallen gelassen und bin gerannt. Sie müsste also noch irgendwo –«

»Nein, nein, nein.« Malik schüttelt den Kopf. »Ganz dumme Idee.«

»Völlig unabhängig davon, wer oder was das Camp angegriffen hat: *Future/Zero* war kein zufälliges Ziel«, führt Lena aus. »Hatte die Attacke mit der Pressekonferenz zu tun? Wäre möglich. Was aber, wenn Tessas Freunde nicht dafür umgebracht wurden, was sie gefunden haben, sondern für das, was sie *hätten finden können*?«

»Ja, das lässt mir auch keine Ruhe«, stimmt Tessa zu. »Hier wird in Erwägung gezogen, ein Biotop zu zerstören, über das wir kaum etwas wissen. Im Kummersee steckt mehr, als die Endlagerkommission ahnt. Der See ist viel tiefer als andere Gewässer in der Region. Das hängt mit seiner Entstehung als Erdfall zusammen. Unter Wasser gibt es vielleicht Karsthöhlen, ganze Systeme von Hohl-räumen, die nicht erkundet sind. Da unten könnte sich alles Mögliche verbergen. Aber wegen der Lage im ehemaligen Sperrgebiet existiert nicht einmal eine ordentliche Gewässerkarte.«

Lena bohrt die Hände in die Hosentaschen, damit die anderen ihr Zittern nicht bemerken. Tessa liefert exakt die Stichworte, die eine Untersuchung des Kummersees unumgänglich machen.

»Dieses 3-D-Sonar macht das alles sichtbar?«, fragt Malik.

»Soweit die Messimpulse vordringen«, bestätigt Tessa.

»Wenn etwas in diesem verdammten See rum-schwimmt, finden wir es damit«, ergänzt Lena.

»Du willst allen Ernstes mit diesem Sonardings auf den See rausfahren?« Malik zieht die Stirn kraus. »Nach allem, was passiert ist?«

»*Wegen* allem, was passiert ist. Wegen meines Bruders, wegen Björn Thoms, wegen Steffen Reitmeyer und Sarah Harms ...«

Malik setzt sich wieder in Bewegung. Zwar nur langsam, aber die Richtung stimmt. Sie hat ihn fast überzeugt. »Wieso jetzt?«, will er wissen. »Der See ist gesperrt. Weshalb eine Nacht-und-Nebel-Aktion riskieren? Warum warten wir nicht das offizielle Naturschutzgutachten ab?«

Auf diese Fragen hat Lena nur egoistische Antworten.

Weil ich Gewissheit brauche. Weil die Schuld mich auffrisst. Weil ich das Warten nicht ertrage.

»Was immer dort draußen geschieht, geschieht jetzt«,

sagt sie. »Und wenn ich bei der Beerdigung Björn Thoms' Eltern gegenüberstehe, möchte ihnen sagen können, was ihrem Sohn zugestoßen ist. Oder glaubst du, dass er wirklich urzeitlichen Raubtieren begegnet ist?«

Tessa zieht fragend eine Augenbraue in die Höhe.

Malik antwortet, indem er entschlossen auf den Gitterbetonplatten des alten Kolonnenwegs ausschreitet.

Jeder Meter, der sie dem Ziel näher bringt, steigert Lenas Anspannung. Tessa ist die Belastung ebenfalls anzumerken. Sie presst die Kiefer so fest aufeinander, dass die Adern an ihren Schläfen hervortreten.

Wie hätte ich reagiert, wenn mich jemand am Tag nach Toms Tod hinaus an den See gezerrt hätte?

Es ist noch keine vierundzwanzig Stunden her, da hat Lena Fatty und Keizu in ihrem Lager besucht. Ein Tag seit dem Treffen mit Tante Marlies im Morgengrauen. Ein Tag, seit Malik am Telefon gesagt hat, dass die Suchmannschaften etwas gefunden hätten.

Ein Tag, seit ich am Strand fast über Björns Leiche gestolpert bin. Das alles war erst gestern.

Der Kummersee hat die Eigenschaft, die Zeit einzusaugen, durchzukauen und völlig deformiert wieder auszuspucken. Jahre verrinnen gefühlt binnen Stunden, Minuten blähen sich zu Tagen.

Und bevor man sichs versieht, hat dieser Ort ein halbes Leben verschlungen.

»Wir sollten vom Kolonnenweg runter. Weiter vorn werden die Cops sein.« Tessas Mahnung bewahrt Lenas Gedanken vor dem Ertrinken.

»Eine andere Möglichkeit gibt es nicht?«, fragt sie.

Tessa schüttelt den Kopf. »Nur über den See.«

»Wir halten uns parallel zum Weg«, schlägt Malik vor. »Kannst du dich im Wald orientieren?«

Tessa bejaht. Also schlagen sie sich ins Unterholz, bis das Betonband der alten Militärstraße eben noch zwischen den Bäumen hindurchschimmert.

»Hier ungefähr müsste es gewesen sein«, sagt Tessa nach ein paar Minuten Fußweg. »Ich zieh los und suche die Box.«

»Runter!«, stößt Malik hervor. »In Deckung!«

Durchs Geäst erspäht Lena auf dem Weg einen Streifenwagen vor einer Absperrung aus Flatterband. Polizisten kann sie nicht ausmachen. »Hoffen wir mal, dass die Kollegen deine Kiste nicht gefunden haben«, flüstert sie.

»Was sollen sie machen? Sie gehört ihnen ja nicht«, flüstert Tessa zurück.

»Sie würden sie als Beweismittel beschlagnahmen«, wirft Malik ein. »Und wenn sie dich an einem Tatort rumturnen sehen, werden sie dich auch einkassieren.«

»Ich passe auf.« Tessa schnallt den Rucksack ab. »Ich komme wieder, so schnell ich kann.«

Malik hält sie zurück. »Wo ist das Boot für euer Sonar?«

»Einen knappen Kilometer weiter reicht der Kolonnenweg fast ans Seeufer heran. Der Bootsanhänger steht hinter einem Holzstoß. Zumindest stand er gestern noch da.«

Lena ist beeindruckt. »Ihr habt alles durchdacht, was?«

»Wir sind Profis«, kommentiert Tessa lakonisch. Sie horcht zum Betonweg. »Da kommt ein Auto. Kann eigentlich nur noch mehr Polizei sein.«

»Warten wir ab?«, fragt Malik.

Tessa verneint. »Hier sitzen wir auf dem Präsentierteller. Ich hole das Sonar. Wir treffen uns am Boot. Wenn ich in einer halben Stunde nicht da bin, haben sie mich erwischt.« Ohne möglichen Widerspruch abzuwarten, schiebt sie die Parkakapuze hoch. Tessa lässt den Streifenwagen passieren, dann überquert sie geduckt den Weg und verschwindet im Wald.

Lena sieht ihr nach. »Toughes Mädchen.«

»Allerdings«, stimmt Malik zu. »Erinnert mich an jemanden.«

»Komm«, sagt Lena mit Blick zum Kummersee. »Lass uns tun, was getan werden muss, bevor ich es mir anders überlege.«

50

Der Bootsanhänger ist nicht schwer zu finden, wenn man weiß, wo man suchen muss. Allerdings hat sich jemand beim Verstecken Mühe gegeben. Ein Tarnnetz sorgt für Sichtschutz. Äste, Zweige und Blätter sind darin eingearbeitet. Unter dem Überwurf kommt ein orcaschwarzes Schlauchboot zum Vorschein. Es ist größer und robuster, als Lena sich vorgestellt hat. In der Breite misst es gut zwei Meter bei knapp doppelter Länge. Der Boden ist aus geriffelten Aluminiumplatten zusammengesetzt, darauf ist ein Steuerstand montiert. Am Heck sitzt ein kräftig aussehender Yamaha-Außenbordmotor.

»Eines muss man diesen Kids lassen.« Malik betrachtet das Boot. »Sie machen keine halben Sachen.«

»Und sie sind bestens vernetzt.« Lena deutet auf den Rumpf aus gummiartigem Kunststoff. Auf der Flanke des Schlauchboots wurde mit schwarzem Panzertape ein Schriftzug überdeckt. Die Form des Klebebands lässt noch die Buchstaben *THW* erahnen.

»Der Anhänger ist in Rostock zugelassen«, stellt Malik fest. »Die kommen ganz schön rum.«

»Das Ding kriegen wir nie ins Wasser gehievt. Was, denkst du, wiegt das? Zweihundert Kilo? Mehr?«

Malik stemmt die Arme in die Hüften. »Wir müssen den Trailer rückwärts zum Ufer schieben.«

Der Kummersee blitzt keine hundert Meter entfernt durch die Vegetation. Im Herbstwind verliert sich das Murmeln der Wellen im Rauschen der Bäume. Aber Lena weiß, dass es da ist.

Es wird immer da sein. Und sei es nur, um mich zu verhöhnen.

»Die *F/Zero*-Leute haben eine Schneise geschlagen, schau!« Malik deutet zum See. Die Äste zum Abdecken des Bootes stammen aus einem Korridor, in dem der Uferbewuchs entfernt wurde. »Da können wir den Anhänger bis an die Wasserlinie rollen.«

»Tja, ich würde sagen, dann bleibt uns nichts anderes zu tun, als Tessa die Daumen zu drücken.«

Malik kreuzt die Finger. »Hoffen wir, dass sie Weickerts Leuten nicht in die Arme läuft.«

»Ja, und dass das Sonar noch an Ort und Stelle ist.«

»Ich hab nachgedacht«, sagt Malik, während sie warten. »Sobald wir wieder zu Hause sind, suche ich mir einen Schreibtischjob.«

Maliks Ankündigung tut weh, doch Lena kann ihn verstehen. »Frag mich mal. Wenn das hier durchgestanden ist, bin ich reif für die Rente«, witzelt sie.

»Oder das.« Malik seufzt. »Da ist noch etwas, Lena.«

Angesichts von Maliks Miene erlischt ihr Lächeln. »Ja?«

»Ich fahre allein auf den See raus. Du bleibst hier.«

»Was? Bist du bescheuert? Auf keinen Fall!«

»Du hast versprochen, nichts zu unternehmen, was Marlies Kujau gefährden könnte.« Maliks Stimme ist ruhig und sachlich. Das macht es schwer, mit ihm zu streiten. »Die Aufforderung, zu verschwinden, war an dich adressiert, Lena. Und soweit es die Kidnapper betrifft, bist du heute Morgen aus Horlow abgereist.«

»Nein, Malik.« Sie baut sich vor ihm auf. »Nein!«

»Ich diskutiere das nicht. Nach allem, was wir wissen, wird der Kummersee beobachtet. Denk an die Drohne. Wem hat die wohl gehört? Was ist, wenn die *Wächter* dich auf dem Wasser sehen? Und dann – entschuldige, dass ich es so drastisch formuliere – Andreas' Mutter ein Ohr absäbeln? Oder noch Schlimmeres mit ihr anstellen?«

Lena setzt zu einer Erwiderung an, aber Malik hebt einen Zeigefinger. »Keine Widerrede! Falls diese Aktion gefährlich wird, sollten wir uns nicht beide dem Risiko aussetzen. Läuft was schief, muss einer von uns Weickert benachrichtigen. Nur wir zwei können ihm die ganze Geschichte liefern.«

Lena funkelt Malik an.

»Komm, Lena! Seit ich dich kenne, bist du freiwillig nie auch nur in die Nähe von Wasser gegangen«, legt Malik nach. »Du bist eine Landratte. Du musst nichts beweisen.«

Manchmal hasst Lena ihn, weil Malik sie so verdammt gut kennt. Und weil er so penetrant rational sein kann.

»Beschissenes Machoarschloch«, schimpft sie, ohne es ernst zu meinen.

Malik grinst. »Dann hätten wir das ja geklärt.«

Ein Knacken im Unterholz würgt jede weitere Diskussion ab. Keuchend bricht Tessa aus den Büschen. Sie trägt eine Alubox vom Format einer Einkaufskiste.

»Hab's!« Mit einer triumphierenden Geste stellt sie das Sonar ab. »Gebt mir einen Moment.« Sie sinkt zu Boden.

Lena reicht ihr eine Wasserflasche. »Probleme?«

»Nee.« Tessa trinkt mit schnellen Schlucken. »Die Cops hatten die Box gefunden. Haben aber nichts weiter damit angestellt, als ein Kärtchen mit einer Nummer dazuzulegen.«

»Spurensicherung«, folgert Malik.

Tessa kämpft sich auf die Beine. Schweiß klebt ihr die Haare in die Stirn. Sie öffnet die Kiste und prüft den Inhalt.

Lena hält den Atem an.

»Alles da«, vermeldet Tessa schließlich. »Lasst uns loslegen. Wenn eure Freunde merken, dass ihnen Beweismittel abhandengekommen sind, werden sie ausschwärmen. Bis dahin solltet ihr auf dem Wasser sein.«

»Malik fährt allein. Ich bleibe am Ufer.«

»Sicher? Das ist ein Job für zwei. Einer steuert, der andere behält das Sonar im Auge.«

»Risikominimierung«, sagt Lena knapp.

»Euer Ding.« Tessa zuckt die Schultern. »Kommt, lassen wir den Kahn zu Wasser. Ich zeige euch, wie alles funktioniert.«

Unter Schwitzen und Stöhnen bugsieren sie den Trailer über Wurzeln und Steine. Sie benötigen für die nicht einmal hundert Meter bis an die Uferlinie fast zwanzig Minuten. Doch dann senkt sich das Schlauchboot fast wie von selbst ins Wasser.

Tessa montiert eine Konstruktion aus Metallstangen am Bug. Lena und Malik sehen ihr zu und versuchen, zu Atem zu kommen.

Schließlich wischt Tessa sich die Hände ab und zieht etwas aus der Alubox, das wie ein Tablet-PC mit Knöpfen und Drehreglern aussieht. »Das hier«, erklärt sie, »ist ein 3-D-Sonar, ausgelegt auf Structure-Scans in HD-Qualität. Der Signalgeber sitzt vorn am Boot. Anders als beim traditionellen Sonar schickt er die Signale in einem dreidimensionalen Kegel auf den Seeboden. Die Reflexionen werden auf dem Bildschirm zweidimensional interpretiert. Kommt ihr mit?«

Lena und Malik tauschen einen unsicheren Blick.

»Gut. Jetzt wird es komplizierter: Structure-Scan unterstützt Down-Scan-Imaging. Das Display zeigt live, wie es unter dem Boot aussieht. Per Trackback könnt ihr zurückscrollen, um Bodenstrukturen oder biologische Ziele wie Fischschwärme anzusehen und Wegpunkte zu markern. Klar so weit?«

Malik hebt die Hand. »Kannst du das noch mal erklären? Alles, was nach ›jetzt wird es komplizierter‹ kam?«

»Du kannst zurückspulen und GPS-Punkte setzen«, übersetzt Lena.

Tessa nickt. »Ihr müsst nur in gleichmäßigen Bahnen den See abfahren und die Aufzeichnung laufen lassen. Das Sonar zeichnet hundertfünfzig Meter Breite auf. Der Down-Scan packt sechzig Meter Tiefe. Das sollte für den Kummersee genügen.«

»Bist du sicher, dass du nicht doch mitfahren willst, Tessa?«, erkundigt sich Malik. »Du kennst die Technik, und –«

»Ich bin raus.« Tessa spricht leise, dafür mit Nachdruck. »Ich weiß nicht, was meine Leute erwischt hat. Aber falls es aus diesem See kam, will ich weg sein, bevor ihm das Sonar das erste *Ping* um die Ohren haut.«

Da begreift Lena, wie verängstigt Tessa wirklich ist.

Und wenn sie ehrlich ist, geht es ihr nicht anders.

51

Malik klettert ins Schlauchboot. Obwohl der Wind den Wellen Schaumkronen aufsetzt, liegt es stabil im Wasser.

Tessa befestigt das Sonardisplay neben dem Steuerrad. »Du kommst zurecht? Start hier, lenken da, vorwärts, rückwärts, stopp.«

»Kriege ich hin«, bestätigt Malik.

»Was machen wir mit eurem Zeug, wenn wir fertig sind?«, erkundigt sich Lena.

Tessa winkt ab. »Ich gehe davon aus, dass Malik direkt vom Boot festgenommen wird. Immerhin bewegt ihr euch in einem Sperrgebiet. Sobald die Anzeige geschrieben ist, bekommen wir normalerweise unseren Krempel wieder. Die Cops kennen das Spielchen. Seid nur so nett, und lasst meinen Namen aus dem Spiel, ja?«

Lena verspricht es. »Wie können wir dich erreichen?«

»Gib mir dein Handy.«

Lena zückt ihr Telefon und reicht es weiter.

»Ich speichere dir eine Nummer ein. Die gilt noch drei Wochen. Wir wechseln öfter.« Auf Lenas verständnislosen Blick lächelt Tessa humorlos. »Vergiss nicht, für deine Kollegen sind wir die Bösen.«

»Nur so aus Interesse«, fragt Malik, »wie erkenne ich ein Seeungeheuer auf dem Display, wenn ich einem begegne?«

»Im Kummersee dürfte nichts Größeres schwimmen als ein Hecht oder Karpfen«, antwortet Tessa. »Alles, was sich bewegt und länger und dicker ist als, sagen wir, dein Bein, wäre eine Anomalie. Etwas, das hier nicht hingehört.«

»Okay.« Malik schluckt. »Und was mache ich, falls so eine *Anomalie* auf der Anzeige auftaucht?«

»Vollgas geben.«

Niemand lacht. Es herrscht beklommenes Schweigen.

»Na dann.« Tessa schultert ihren Rucksack. »Zeit, sich zu verabschieden. Passt auf euch auf. Ich will nicht, dass ihr so endet wie meine Freunde.«

»Oder Björn Thoms«, ergänzt Malik im Flüsterton.

»Oder Björn Thoms«, wiederholt Tessa. Nach kurzem Zögern fügt sie hinzu: »Wisst ihr, dafür, dass ihr im falschen Team spielt, seid ihr echt ganz in Ordnung. Die Klamotten schicke ich an deine Dienststelle, Lena.« Sie schlägt die Kapuze hoch. »Ihr meldet euch?«

»Eins noch, Tessa«, stoppt Lena sie. »Da ist eine Sache, die lässt mir keine Ruhe.«

»Raus damit! Ist vielleicht deine letzte Chance zu fragen.« Tessas Augen weiten sich. »Meine Güte! Wie sich das angehört hat. Ich wollte sagen: Wer weiß, wann wir uns wiedersehen.«

»Geschenkt. Als ich mit Andi in eurem Lager war –«

»Wir haben uns ganz schön danebenbenommen, oder?« Tessa errötet. Mit einem Mal sieht sie sehr jung aus.

»Du sagtest, die Welt giere nach Antworten. Und dass ihr sie liefern würdet. Was wolltet ihr auf der Pressekonferenz heute bekannt geben? Warum leuchtet der See bei Nacht?«

»Ich dachte, ihr wärt längst selbst drauf gekommen! *Jim Knopf und die Wilde 13.*«

Malik stutzt. »Bitte, was?«

Tessa grinst. »Die Antwort findet sich in *Jim Knopf und die Wilde 13*. Das Buch von Michael Ende?«

Malik schüttelt den Kopf. »Tut mir leid. Ich raff es nicht.«

»Das Meeresleuchten?«, erinnert sich Lena. Und dann noch einmal lauter: »Das Meeresleuchten!«

Tessa formt mit Daumen und Zeigefinger eine Pistole, zielt auf sie und schnalzt mit der Zunge.

Malik hingegen breitet Hilfe suchend die Arme aus und schüttelt den Kopf.

»In *Jim Knopf und die Wilde 13* müssen Jim Knopf und Lukas, der Lokomotivführer, das Meeresleuchten reparieren«, erklärt Lena.

»In 20.000 *Meilen unter dem Meer* kommt es auch vor«, ergänzt Tessa. »Manche Mikroorganismen, Dinoflagellaten genannt, haben die Fähigkeit zur Biolumineszenz. Sie leuchten. Meist wird das durch Berührungen ausgelöst.

Wind, Wellengang oder vorbeischwimmende Fische reichen aus.«

»Und wie kommen diese Dinger in den Kummersee?«

»Das ist es ja!«, Tessa sprudelt über vor Begeisterung. »Dinoflagellaten sind in Süßwasser nichts Ungewöhnliches. Aber biolumineszierende Arten sind bislang nur aus dem Meer bekannt, aus Salzwasser! Und selbst da lassen sich kaum so hohe Konzentrationen an Mikroorganismen nachweisen, wie wir sie hier vorgefunden haben. Der See ist voll davon! Unter uns liegt ein Salzstock. Vielleicht hat die isolierte Lage und der natürliche Salzgehalt des Wassers gereicht, um eine neue Spezies entstehen zu lassen.«

Lena blickt auf die Wellen hinaus. »Meintest du das, als du sagtest, dass Fauna und Flora im Kummersee eine eigenständige Entwicklung genommen haben?«

Tessa bejaht. »Es könnte noch mehr endemische Arten geben, versteht ihr? Tiere und Pflanzen, die so nirgends sonst auf der Welt existieren. Deshalb die Pressekonferenz. Das sollte unsere Sternstunde werden.« Ein gequälter Ausdruck huscht über das Gesicht der Aktivistin.

»Tessa, das ist jetzt sehr wichtig.« Lena traut sich kaum, es auszusprechen. »Gibt es Anhaltspunkte auf unbekannte Arten, die komplexer sind als Einzeller?«

»Mikroorganismen stehen am Anfang der Nahrungskette. Fragst du, ob ich die Existenz von Größerem in Betracht ziehe? Etwas, das in den Jahrhunderten der Besiedlung dieser Gegend nie jemand bemerkt hat? Beutegreifer, die sich unabhängig im oder am See entwickelt haben könnten?«

Lena nickt. Es klingt lächerlich. Doch – Tom mitgezählt – gibt es bereits mindestens vier Tote.

Tessa verzieht den Mund. »Unwahrscheinlich. Dafür ist der See zu klein.«

»Aber ausschließen kannst du es nicht, oder?«

»Ich bin keine Biologin.« Tessa reibt sich die rasierte Seite ihres Kopfes. »Wenn du wissen willst, ob ein Monster im Kummersee lebt, gibt es nur eine Möglichkeit. Leinen los und findet es heraus! Viel Glück, Leute!« Mit diesen Worten verschwindet sie im Unterholz.

»Du hast sie gehört«, kommentiert Malik.

Hinter Lena erwacht der Außenbordmotor mit einem Knurren zum Leben. Das Geräusch erinnert an ein Raubtier.

52

Der Kummersee hat einen Durchmesser von etwas über eineinhalb Kilometern. Das heißt, Malik muss bei einer Scanbreite von hundertfünfzig Metern ein Dutzend Bahnen ziehen, um die Wasserfläche von knapp zwei Quadratkilometern abzutasten. Tessa hat eine Suchgeschwindigkeit von sechs bis sieben Stundenkilometern empfohlen. Hat Lena richtig gerechnet, brauchen sie in diesem Tempo zwei Stunden, um den See abzufahren. Kaum vorstellbar, dass sie so lange unbehelligt bleiben. Malik wird die Erkundung im Norden beginnen. Vielleicht bemerken ihn die Einsatzkräfte am Tatort des *Future/Zero*-Zeltlagers dort nicht sofort. Eine Viertelstunde mehr oder weniger Zeit für die Erkundung könnte den entscheidenden Unterschied machen. Besonders, wenn die Kollegen ein eigenes Boot im Einsatz haben.

Sie checken die mitgebrachten Walkie-Talkies. Dann gibt es nichts weiter zu sagen.

»Gehen wir's an!« Malik manövriert durch den Schilfgürtel aufs offene Wasser.

»Sei vorsichtig!«, ruft Lena ihm nach. Am liebsten

würde sie einen Rückzieher machen. Oder selbst am Steuer sitzen und das Risiko tragen. Andererseits ist sie dankbar, dass Malik ihr diese Bürde abnimmt.

Könnte sie das überhaupt? Sich den Fluten anvertrauen?

Der verdammte See wartet doch nur darauf, dass ich ihm zu nahe komme ...

»Es funktioniert!«, quäkt Maliks Stimme durchs Walkie-Talkie. »Ich kriege ein deutliches Bild.«

»Irgendwelche Probleme?«

»Nicht genug Hände für Steuer, Sonar und Funkgerät.«

»Und was siehst du?«

»Nichts Ungewöhnliches. Am Ufer geht es steil runter. Der Hang ist ganz schön zerklüftet. Vermutlich sind das diese Erdfälle und Felseinbrüche, von denen die Rede war. Sonst habe ich bislang nur Fische auf dem Display, gerade groß genug für die Pfanne.«

»Okay. Melde dich, wenn du die Bahn geschafft hast!«

»Roger«, bestätigt Malik. »Bin ich sehr laut?«

Lena horcht in den Wind. Eine Bö trägt ein Grummeln heran. »Es geht, solange du langsam fährst.«

Keiner von ihnen spricht aus, dass es nur eine Frage der Zeit ist, bis Weickert und Kollegen das Boot bemerken. Sie können nur auf ihr Glück hoffen: Durch den Schilfgürtel erahnt Lena die dahinterliegende Wasserfläche und Malik allenfalls. Vielleicht unterliegen die Einsatzkräfte am Tatort den gleichen Sichtbeschränkungen.

Mit einem Knacken meldet sich das Funkgerät. »Zweite Bahn durch. Nichts Neues.«

Lena bestätigt. Sie wandert am Ufer entlang, trippelt auf und ab, zur Untätigkeit verdammt. Nicht, dass sie eingreifen könnte, falls es Probleme gäbe.

Mist! Wenn ich Malik doch wenigstens sehen könnte!

Lena kaut an dem Wenigen, das von ihren Fingernägeln noch geblieben ist.

»Dritte Bahn, Fische und Felsen«, tönt es aus dem Walkie-Talkie. »Ich komme jetzt ins tiefere Wasser.«

»Verstanden«, meldet Lena. »Hast du Sichtkontakt zu dem Strandabschnitt, an dem die *F/Zero*-Kids ihr Lager hatten?«

»Negativ, zu viel Grünzeug. Hat aber den Vorteil, dass Weickerts Leute mich auch nicht sehen können.«

Das sollte Lena beruhigen, doch das Gegenteil ist der Fall. Ihr neunjähriges Ich wirft einen beunruhigenden Gedanken auf:

Was, wenn nicht Malik in Gefahr ist, sondern du selbst?

Lena läuft ganz allein am Ufer entlang. Nicht anders als Thoms, bevor es ihn erwischt hat. Im Falle von *Future/Zero* hat *Was-auch-immer* nicht einmal davor haltgemacht, zwei Menschen zugleich anzugreifen.

Vielleicht ist es jetzt hinter dir her, warnt Lenas jüngere Version. *Es kommt, um dich zu holen!*

Ein Knacken ertönt. Lena fährt zusammen. Doch es ist nur das Funkgerät, kein Ast unter der Pranke eines Monsters.

»Nächste Bahn«, verkündet Malik.

Lena signalisiert, dass sie verstanden hat. Der jähe Adrenalinstoß ebbt ab. Dennoch kann sie sich des Gefühls nicht erwehren, nicht allein zu sein.

Es muss eine Möglichkeit geben, Sichtkontakt zu Malik herzustellen. Wenn doch nur der Fackel-Turm der DDR-Grenzer noch stünde ...

Lena sieht sich um. Zwischen Brombeerranken und Röhricht lehnt eine Weide knorrig und verdreht über Flachwasserzone und Schilfgürtel.

Kurz entschlossen besteigt Lena zum ersten Mal seit ihrer Kindheit einen Baum. Mit jedem Ast, den sie erklimmt, wächst der sichtbare Ausschnitt der Wasserfläche. Schließlich erstreckt sich beinahe der gesamte Kummersee vor ihr. In der Ferne schiebt sich das Boot wie ein schwarzer Keil durch das zinnfarbene Wasser.

Trotz des Panoramablicks vergisst Lena keine Sekunde, warum sie hier ist und wo sich dieses Hier befindet.

Und wenn das Biest klettern kann, das sich am See herumtreibt?, überlegt Lenas jüngeres Ich. *Dann sitzt du in der Falle.*

Ich würde es kommen sehen. Und ich habe meine Waffe. Ich bin hier oben sicher, hält die Erwachsene dagegen.

Zumindest solange du nicht abstürzt und dir das Genick brichst, kontert die Neunjährige. Tatsächlich pfeift der Wind, und der Baumwipfel schwankt bedrohlich.

Bloß nicht nach unten schauen ...

Lena zwängt sich in eine Astgabel und greift zum

Funkgerät. »Malik? Ich habe den Standort gewechselt. Ich kann dich jetzt sehen. Wie läuft's?«

»Nichts von Interesse. Dafür friere ich mir den Arsch ab. Bist du sicher, dass das keine Niete —«

Den Rest des Funkspruchs übertönt das Quaken eines Megafons. Die Kollegen am Ufer haben das Boot entdeckt.

Lena lauscht, was die blecherne Stimme zu verkünden hat. Sie versteht nur Bruchstücke, doch die Botschaft ist eindeutig: » ... Sperrzone ... an Land ... sofort ...«

»Das war so klar«, funkt Malik. »Und jetzt?«

»Mach weiter. Wenn sie ein Boot auf dem Wasser hätten, würden sie dich nicht nett bitten, ans Ufer zu kommen. Dann wären sie gleich zu dir rausgefahren.«

»Wie du meinst. *Du* gehst ja nicht in den Knast.«

»Ich back dir 'nen Kuchen mit Feile drin«, antwortet Lena.

Keine Antwort. Dafür bremst Malik, schwenkt um und nimmt für eine neue Bahn wieder Fahrt auf.

Abermals krakeelt die Megafonstimme. »Achtung! Hier ... Polizei! ... unverzüglich ... letzte ...«

Malik wird langsamer. Die Bugwelle flacht ab und verebbt, bis das Schlauchboot ohne Antrieb dahingleitet. Schließlich treibt es zwei- oder dreihundert Meter vom nordöstlichen Seeufer entfernt. Nur das Schaukeln der Wellen bewegt es noch.

Lena kann nicht erkennen, was los ist. Sie greift zum Funkgerät. »Dranbleiben, Malik. Was sollen Weickerts Leute machen? Ein Loch ins Boot schießen?«

»Da ist ...« Störgeräusche dringen aus dem Walkie-Talkie.

»Malik? Bitte wiederholen! Gibt es ein Problem?«

Beim zweiten Versuch dringt Maliks Stimme kristallklar durch den Lautsprecher. Was sie verkündet, jagt Lena eine Gänsehaut über den Rücken. »Ich glaube, ich hab da was!«

53

»Wiederhol das noch mal!«, bittet Lena.

Die Antwort benötigt einen Moment, in dem Malik mit dem Sonar zugange ist. Er ist zu weit weg, um Details erkennen zu können. »Unter mir ist definitiv etwas! Ich habe angehalten, um mir das genauer anzuschauen.«

»Roger.« Lena beugt sich vor. »Was ist es?«

»Eine Struktur am Grund. Laut Anzeige in gut zehn Metern Tiefe. Ich setze einen GPS-Punkt!« Wieder macht sich Malik an der Technik zu schaffen.

»Was für eine Struktur? Los, Malik! Sprich mit mir!« Lena schwindelt es. Die Aufregung rumort in ihrem Magen. Die Stelle, an der vor einem halben Leben Tom unter den Wellen verschwand, kann nicht weit vom Boot entfernt sein.

»Sieht aus wie ...«, Malik sucht ein passendes Wort. »Eine Röhre könnte man das nennen. Ich bin kein Experte, aber das scheint mir zu regelmäßig für etwas Geologisches. Führt in den Steilhang. Daneben liegen ... ich weiß auch nicht.«

Das ist sein Bau!, ruft Lenas neunjähriges Ich zwischen ihren Schläfen. *Wir haben sein Nest gefunden!*

»Könnten das Steinhaufen sein?«, rätselt Malik. »Und ... Was ist *das* denn? Ist das –« Der Satz bleibt unvollendet.

Lena will Malik rufen, kommt jedoch nicht durch. Er muss den Finger noch auf der Sprechtaste haben. Im Hintergrund quakt nun auch wieder das Polizeimegafon.

»Komm schon, Malik, komm!«, murmelt Lena. »Was ist da los?« Die Sekunden ziehen dahin.

»Lena?«, meldet er sich endlich. »Da ist etwas! Im Wasser. Keine Ahnung, was. Dem Sonar nach zweieinhalb oder drei Meter lang. Es kommt auf mich zu!«

Lenas Magen sackt ab. »Mach, dass du da wegkommst!«

»Was zum Henker kann das sein?« Malik lehnt sich über den Rumpf des Boots, um zu sehen, was unter der Wasseroberfläche geschieht.

»Malik!«, ruft Lena ins Walkie-Talkie. »Schmeiß den scheiß Motor an und fahr!«

»Jetzt sind es schon zwei!« Malik blickt zwischen See und Sonar hin und her. »Hast du gehört? Zwei!« Seine Stimme vibriert. Vor Aufregung? Aus Angst? Schwer zu sagen durch den Lautsprecher des Funkgeräts.

»Weg da!«, brüllt Lena. »Sofort!«

»Ja. Ja, du hast recht«, stammelt Malik über Funk.

Vor Lenas geistigem Auge entspinnt sich eine Schreckensvision: Malik, wie er vergeblich den Anlasser betätigt. Der Außenborder, der nur ein Stottern von sich gibt.

Schatten, die auf das Schlauchboot zuschießen. Etwas, das mit einem Satz die Wasseroberfläche durchbricht. Und dann nur noch Krallen und Zähne, Schreie und Blut.

»Malik! Verdammt noch mal!«, schreit Lena. Dass sie damit eventuell anderen Polizisten am Ufer ihre Position verrät: zweitrangig.

Endlich trägt der Wind das Tuckern des Außenbordmotors über den See. Das Schlauchboot schiebt sich vorwärts. Weg von der Gefahr unter Wasser.

Erst als Malik die Mitte des Sees hinter sich gelassen hat, verlangsamt er die Fahrt. Er lässt das Boot gleiten und späht zum Strand herüber.

Lena winkt. »Alles klar?«, ruft sie ihn über Funk.

»Hab sie abgehängt! Nichts mehr auf dem Sonar.« Maliks Stimme überschlägt sich fast. »Was zum Teufel war das? Keine Fische jedenfalls. Zu groß. Die Bewegungen haben auch nicht gepasst. Wenn ich es nicht besser wüsste –«

Ein Knall ertönt.

Lena hört das peitschende Geräusch gleich mehrfach: vom Ufer, durch das Walkie-Talkie, als Widerhall in den Wäldern.

Im Schilf schwingt sich ein Entenpaar unter empörtem Geschnatter in die Luft. Auf dem Boot zuckt Malik, als sei er gegen eine Wand gelaufen. Er greift sich an die Brust und sinkt am Steuerstand in die Knie.

Über Funk kommt ein Laut. Es klingt wie »Ack!«. Dann bricht Malik zusammen. Die Verbindung reißt ab.

Noch immer gellt der Knall in Lenas Ohren. Erst mit Verzögerung begreift sie, was sie gehört hat.

Das war ein Schuss!

Jemand hat auf Malik geschossen. Und getroffen. Lenas Eingeweide stürzen ins Bodenlose.

»Malik!« Sie schreit ins Funkgerät. »Kommen, Malik!«

Das Walkie-Talkie bleibt stumm.

»Maliiik!« Lena kreischt den Namen auf den See hinaus.

Hat er den Kopf gedreht? Oder ist das Wunschdenken?

Irgendwo links von Lenas Beobachtungsposten zetert die Megafonstimme wieder los.

Ein verunglückter Warnschuss? Kein Polizist würde jemals ... Und kam der Schuss nicht vom anderen Ufer?

Plötzlich eine Bewegung. Auf dem Schlauchboot.

Malik lebt!

Abermals probiert es Lena über Funk. Vergeblich.

Was, wenn der Schütze beschließt, sein Werk zu vollenden?

Scheiße, kann er mich sehen?

Der Gedanke durchzuckt Lena wie eine Kugel des Attentäters.

»Malik, melde dich!«, fleht sie mit eingezogenem Kopf das Walkie-Talkie an. »Komm schon!«

Entweder hat er das Bewusstsein verloren, oder das Funkgerät befindet sich außer Reichweite, wenn es nicht sogar ins Wasser gefallen ist.

»Wenn du mich hörst, gib mir ein Zeichen!« Lena starrt auf den See und wagt es nicht zu blinzeln.

Eine Hand taucht über dem Rumpf auf.

»Ja!« Lena ballt die Faust. »Bleib unten, Malik! Da ist ein Heckenschütze!«

Was tun? Wären die Kollegen um Hauptkommissar Weickert mit einem eigenen Boot vor Ort, wären sie längst auf dem Weg. Nein, die sind keine Hilfe. Zum Schwimmen ist es zu weit. Und im Wasser lauern immer noch diese *Dinger*. Sind sie unterwegs zu Malik – angelockt von seinem Blut? Er wäre leichte Beute ...

»Malik, du musst da weg. Runter vom See!« Der Mut der Verzweiflung spült eine Idee in Lenas Verstand. Sie prüft die Ausrichtung des Schlauchboots. »Hör zu, du wirst jetzt alle Reserven mobilisieren. Du musst dich aufraffen. Kurz und schnell. Schaffst du das?«

Wieder die Hand über der Bordwand.

»Okay, super!« Lena kann nicht glauben, was sie nun vorschlägt. Aber besser das, als Malik verbluten zu lassen.

Oder ihn gar an diese Dinger –

»Ich zähle bis drei, dann greifst du nach oben, zum Gashebel. Zieh dran und blockier das Steuer. Das Schilf am Strand wird dich bremsen! Verstanden?«

Lena wartet nicht auf das Handzeichen. »Eins, zwei, drei ... und los!«

Malik stemmt sich hoch. Doch er greift nicht zum Gas. Stattdessen reißt er den Sonarempfänger aus der Halterung.

»Was soll das? Runter mit dir!«, stößt Lena ins Funkgerät. Der Attentäter kann jederzeit erneut feuern. »In Deckung! Sofort!«

Malik taucht wieder ab, hinter die flache Bordwand. Hoffentlich unsichtbar für den Heckenschützen. Eine Ewigkeit passiert nichts.

Scheiße, Scheiße, Scheiße! Hat er das Bewusstsein verloren?

Dann streckt Malik eine Hand empor. Sie tastet am Steuerstand entlang zum Gashebel.

Malik zieht daran.

Das Schlauchboot schießt los. Wie erhofft in Richtung des Tatorts am *Future/Zero*-Lager. Es gibt keinen großen Knall, keine Explosion, mit der das Boot auf den Strand trifft. Nur ein Rauschen und Knacken im Uferbewuchs. Das Tuckern des Außenborders verstummt.

Malik ist runter vom See. Weg von um sich ballernden Killern und unter Wasser jagenden Schatten. Doch Erleichterung will sich nicht einstellen. Die plötzliche Stille überrollt Lena. Nur das Rascheln des Schilfs im Wind und das Plätschern der Wellen sind noch zu hören.

Fuck. Und nun?

54

Lena springt den Baum mehr herab, als dass sie klettert. Am Fuß der Weide angekommen, checkt sie ihre Dienstwaffe. Dann spurtet sie ohne Rücksicht auf Dornenranken und andere Stolperfallen durchs Uferdickicht.

Zerkratzt und mit pumpendem Brustkorb erreicht sie den Kolonnenweg. Nun kommt sie besser voran. Doch eine lähmende Angst schießt in Lenas Gedanken: *Haben die Kollegen am Ufer überhaupt mitbekommen, was passiert ist? Ist Hilfe unterwegs?*

Es geht um Sekunden. Der Notarztwagen braucht Ewigkeiten hier hinaus, und der nächste Ort, an dem ein Rettungshubschrauber landen könnte, liegt jenseits des Waldes, Kilometer entfernt.

Lena stoppt. Sie wühlt ihr Handy aus der Tasche. Im Stillen bittet sie einen Gott um Empfang, an den sie seit Kindertagen nicht mehr glauben kann.

Der Sperrbildschirm zeigt neben dem Logo des Mobilfunkanbieters einen Balken. Außerdem die Statusmeldungen:

Lena wählt den Notruf. Die Verbindung steht. Noch bevor sich jemand meldet, feuert sie ihre Botschaft ins Telefon: »Auf dem Kummersee wurde ein Polizist angeschossen. Wunde im Oberkörper. Der Verletzte befindet sich auf einem Schlauchboot am Ostufer. Er ist fünfundvierzig Jahre alt und … Ich kenne seine Blutgruppe nicht. Aber er braucht bestimmt eine Transfusion. Anfahrt für den Notarzt über den alten Kolonnenweg. Beeilen Sie sich!«

»Hilfe ist unterwegs. Wer spricht –«

Lena legt auf. Sie gestattet sich drei Atemzüge. Dann wählt sie Weickerts Nummer.

»Frau Wolff!« Der Hauptkommissar nimmt sofort ab. »Ich habe versucht, Sie zu erreichen! Ist alles in Ordnung?«

»Haben Sie ihn? Haben Sie Malik?«

»Er ist auf dem Weg ins Krankenhaus. Mit einem Streifenwagen.«

»Wie schlimm ist es?«

»Ich bin kein Arzt.« Weickert zögert. »Er hat einen Steckschuss. Keine Austrittswunde. Aber entweder ist seine Lunge kollabiert, oder sie füllt sich mit Blut. Deshalb haben wir nicht auf den Rettungswagen gewartet.«

Die Worte schmerzen, als stünde nun Lena selbst unter Beschuss. »Hat Malik noch etwas gesagt?«

»Er war bewusstlos, als er in unseren Tatort gekracht ist.«

»Der Schütze muss vom Nordufer gefeuert haben. Schicken Sie ein Team da rüber! Und warum haben Sie kein Boot im Einsatz?«

»Warum, verdammte Axt, hatten *Sie* eins? Mit so einer Hornochsen-Aktion konnte keiner rechnen!«

Lena schnaubt. »Egal. Hören Sie, wir müssen den See abriegeln. Bewaffnen Sie Ihre Einheiten, großes Kaliber. Können Sie noch einmal den Hubschrauber besorgen? Wir haben etwas –«

»Frau Wolff, es reicht! Wir wissen, was wir tun. Ganz im Gegensatz zu Ihnen. Bei allem Verständnis für Ihre Situation, aber was haben Sie am See zu suchen? Denken Sie, wir richten aus Spaß ein Sperrgebiet ein? Damit wir in Ruhe planschen können?«

»Nein, natürlich nicht. Wenn Sie mir zuhören würden –«

»Jetzt hören *Sie mir* zu!«, poltert Weickert. »Wegen Ihnen schieben wir Überstunden. Sie brauchen sich nicht zu bedanken, gern geschehen! Gehört zum Job! Und ja, wir sind fantasielose Provinzbullen, die nicht verstehen, was hier vorgeht. Aber das herauszukriegen gehört ebenfalls zu unserem verdammten Job, nicht zu Ihrem!«

»Wenn ich kurz –«

»Ich bin noch nicht fertig! Ich weiß nicht, welchen Unfug Ihnen Frau Kujau und meine geschätzte Kollegin erzählt haben. Doch seien Sie versichert: Ich kann und werde nicht zulassen, dass Sie mitten in einer Ermittlung

Ihren Hirngespinsten von Verschwörungen und Monstern nachjagen und alles nur schlimmer und schlimmer machen.«

Lena stutzt. *Woher weiß er von alledem? Mit wem hat er gesprochen? Mit meiner Mutter? Mit Andi?*

Andreas' Vater war Polizist. Und wenn Bernd Kujau ein *Wächter* war, hatte er unter seinen Arbeitskollegen vielleicht Mitwisser ...

»Frau Wolff? Sind Sie noch da?«

»Ja«, antwortet Lena. »Bin ich.«

»Ich meine es ernst. Ich will, dass Sie mir erst für Ihre Aussage wieder unter die Augen kommen. Und zwar auf dem Revier, im Warmen.« Weickert senkt die Stimme, als rede er einem Schulkind gut zu, das er zuvor hat tadeln müssen. »Meine Leute haben Anweisung, Sie in Schutzgewahrsam zu nehmen, sollten sie Sie innerhalb der Sperrzone antreffen. Ich hoffe, Sie verstehen, dass wir nur unsere Arbeit erledigen.«

»Selbstverständlich.«

»Sind Sie noch in der Nähe?«

»Nein«, lügt Lena. »Ich bin am Auto.« Wüsste Weickert, dass sie nur einen Steinwurf entfernt steht, würde er seine Drohung wahr machen und sie festsetzen. »Wohin haben Sie Malik gebracht?«

»Salzwedel, Altmark-Klinikum.«

»Ich fahre zu ihm.«

Uwe Weickert grunzt, als glaube er kein Sterbenswörtchen. »Ich drücke die Daumen. Das meine ich, wie ich es sage. Aber bitte: Überlassen Sie den See und alles, was damit zu tun hat, uns. Habe ich mich klar ausgedrückt?«

»Glasklar.« Lena beendet das Gespräch. Ihre Gedanken rasen. Wie weit geht die Verschwörung? Ist Weickert ein *Freund und Helfer?* Kann sie ihren eigenen Kollegen noch vertrauen? Und wenn ja, welchen? Oder hat sie die Grenze von Misstrauen zur Paranoia überschritten?

Dass du paranoid bist, bedeutet noch lange nicht, dass sie nicht hinter dir her sind, kommentiert Lenas jüngeres Ich.

Was ist dort draußen im Kummersee? Was haben Eiszeitbestien und leuchtende Mikroorganismen damit zu tun? Welches Übel lauert unter den Wellen?

Björn Thoms' Tod, die Morde an den Mitgliedern von *Future/Zero*, der Anschlag auf Maliks Leben, Marlies Kujaus Entführung, die *Wächter* und am Ende: Tom.

Die Wahrheit über all das wird nie herauskommen, wenn ich sie nicht ans Tageslicht zerre.

Aber wie geht es jetzt weiter? Lena hat keinen Schimmer. Es ist kaum mehr als eine Übersprunghandlung, dass sie ihr Telefon checkt. Zwei verpasste Anrufe von Uwe Weickert. Gewissenhaft folgt Lena auch dem Sprechblasensymbol, das eine neue SMS anzeigt. Sie rechnet mit der Mitteilung, dass sich der Hauptkommissar auf der Mailbox verewigt hat. Doch die Nachricht stammt von Malik. Abgeschickt vor siebzehn Minuten. Zu diesem Zeitpunkt hat er mit einem Loch in der Brust auf dem Boot um sein Leben gekämpft.

Lena tippt aufs Display. Die SMS ist nur zwei Zeilen lang.

E525 833 0888
N112 955 2624

Für viele wäre Maliks Nachricht nur eine Aneinanderreihung von Zahlen und Buchstaben. Doch Lena hat eine
Ahnung, was es damit auf sich hat. Aber um sicherzu-
gehen, muss sie aus dem Wald raus. Die Internetverbin-
dung genügt nicht, um ihren Verdacht zu überprüfen.

Lena nimmt den Weg zum Auto, den sie gekommen
sind, mit viel Abstand zu Weickerts Truppe. Ohne Zwi-
schenfälle erreicht sie die Landstraße. Tessa und das
Wohnmobil sind fort. Für sie hat der Horror am Kummersee ein Ende. Nun beginnen die Schuldgefühle der Über-
lebenden.

Falls Lena das alles überstehen sollte, drohen ihr dieselben Qualen. Wegen Björn Thoms, und wenn es richtig
scheiße läuft, auch wegen Malik. Aber dank Tom hat sie
Übung in dieser Art der Selbstgeißelung.

Lena lenkt den Kombi nach Westen, das Handy immer
in Griffweite. Jederzeit könnte sich das Krankenhaus melden, sofern Malik sie als *In-Case-of-Emergency*-Kontakt im
Telefon gespeichert hat.

Am Marktplatz von Arendsee zeigt Lenas Samsung
endlich 4G-Empfang. Sie parkt, startet den Browser und
gibt eine Adresse ein. Ungeduldig trommelt sie auf das
Armaturenbrett. Der Schmerz, der ihre ramponierten Finger durchzuckt, hilft, klar zu denken.

Das Geoinformationsportal baut sich auf. Lena zerlegt
die Zahlenfolge aus Maliks Kurznachricht in ihre Einzel-

teile und füllt die Eingabemaske aus. Die Seite wird aktualisiert. Lena hält die Luft an. Noch bevor der Kartenhintergrund geladen ist, vergrößert sie den Bildausschnitt auf Maximum. Ein Aquamarinfarbton flutet das Display. Lena zoomt heraus, um auch den letzten Zweifel auszuräumen.

Sie blickt ins wasserblaue Auge des Wendlands. Das Positionsicon befindet sich mitten im Kummersee.

Malik hat ihr eine GPS-Koordinate geschickt.

»Ach, Malik.« Lena schickt einen Seufzer an den Wagenhimmel des Kombis. »Was hast du da nur gefunden?«

Egal was, es schien ihm wichtig genug, sein Leben dafür zu riskieren. Statt in Deckung zu gehen, hat er das Sonar an sich gerissen, um genau diese Position zu übermitteln. Malik hätte sterben können. Für diese Ortsangabe.

Was immer im Kummersee verborgen liegen mag, der Attentäter war bereit, dafür zu morden. Er hat erst geschossen, als Malik die Struktur unter Wasser gefunden hatte. Und nachdem das Schlauchboot für die Angreifer in den Wellen außer Reichweite war. Wollte der Schütze vollbringen, was ihnen nicht gelungen ist?

Es gibt nur eine Möglichkeit herauszubekommen, was vor sich geht. Und diese Möglichkeit dreht Lena den Magen um. Vor allem, weil sie es nicht allein tun kann. Sie kennt nur einen Menschen auf der Welt, der ihr dabei helfen könnte. Aber dazu muss sie sich entscheiden, ob sie dieser Person vertraut.

Lena scrollt durch die Kontaktliste ihres Handys.

Soll ich? Oder lieber nicht? Wie viele Enttäuschungen sind eine zu viel?

Lena wählt die Nummer von Andreas Kujau.

55

Als Andi hört, dass Malik angeschossen wurde, willigt er sofort ein, mit ins Krankenhaus zu fahren. Sie verabreden sich am Ende der Schotterpiste, die von der Landstraße nach Horlow abzweigt. So vermeidet Lena, im Sperrgebiet auf andere Polizisten zu treffen oder von Marlies Kujaus Entführern gesehen zu werden. Das ist wichtig, denn wenn aus Andis Hilfe eine Gefahr für seine Mutter resultieren könnte, würde er einen Rückzieher machen. Was nur verständlich wäre.

Auch Andreas scheint jedes Risiko minimieren zu wollen. Er kommt Lena weit vor der vereinbarten Stelle am Straßenrand entgegen. Sie stoppt den Golf. Andi lässt sich wortlos auf den Beifahrersitz fallen.

Lena wendet auf der Straße. Viel Verkehr herrscht nicht. Es hat sich offenbar herumgesprochen, dass auf diesem Weg kein Durchkommen zum Kummersee ist. Und Horlow selbst ist nur ein öder Rundlingsweiler, wie es im Wendland Dutzende gibt. Ein Besuch dort ist Schaulustigen und Medien die Strafe für das Eindringen in die Sperrzone nicht wert.

Lena steuert Salzwedel an, wo Malik im Altmark-Klinikum im OP vermutlich gerade um sein Leben ringt. Kurz vor Lüchow durchbricht sie die Stille im Auto. »Danke, dass du gekommen bist. Ich hätte verstanden, wenn du dich geweigert hättest.«

»Ich musste eh mal raus.«

»Was hast du deinem Aufpasser erzählt?«

»Lintow?« Andi zuckt die Achseln. »Was schon? Die Wahrheit. Dass mir die Decke auf den Kopf fällt. Dass er sich melden soll, sobald sich etwas tut.«

»Und deine Mutter?«

»Du hattest recht.«

»Womit?«

»Damit, dass es naiv ist zu glauben, sie würde einfach so wiederauftauchen. Die Entführer haben ja nicht mal Forderungen gestellt, abgesehen davon, dass du aus Horlow verschwinden solltest.« Andi fummelt an seiner Armbanduhr. »Vielleicht ist sie längst tot. So wie die *F/Zero*-Kids oder Thoms. Hoffentlich kommt wenigstens dein Partner durch.«

»Ich hab nachgedacht, Andi. Eventuell ist deine Ma nicht in so ernster Gefahr, wie du glauben sollst. Die *Wächter* sind mit Horlow verflochten. Falls die sie haben, kennen sie Marlies persönlich. Die Schwelle, ihr etwas anzutun, liegt höher als bei einer Fremden. Überhaupt: Warum sollten die Kidnapper ihre Geisel umbringen? Dann wäre ihr Druckmittel futsch, und du würdest zur Polizei gehen.«

»Sollte ich das? Zur Polizei gehen?«

»Ich weiß nicht, wie ich sagen soll ... Wenn mein Papa und andere aus dem Ort in dieser Sache mit drinhingen, ist die Wahrscheinlichkeit groß, dass dein Vater ebenfalls Bescheid wusste. Wer wäre besser geeignet, die Welt vor etwas Bösem zu beschützen, als ein Polizist? Er könnte die Ermittlungen zu Toms Tod im Sinne der *Wächter* gelenkt haben. Wir können nicht ausschließen, dass noch andere zu diesem Komplott gehören. Weickert, zum Beispiel. Er ist alt genug, um mit deinem Pa gearbeitet zu haben.«

Andi rauft sich die Haare. »Du traust ihm nicht?«

»Hast du mit ihm gesprochen? Über die *Wächter*? Und darüber, was ich gesehen habe, als Tommy und ich angegriffen wurden?«

Andreas schüttelt den Kopf. »Nein. Allein schon wegen des Drohbriefs und meiner Ma nicht.«

Lena glaubt ihm. Aber woher wusste Weickert dann von der Verschwörung?

Na, woher wohl? Entweder hat er mit deiner Mutter gesprochen ... oder er ist in die Sache verstrickt.

»Denkst du, die *Wächter* sind bei alledem die Bösen?«, fragt Andi. »Oder gehen die Guten für ihre ach so hehren Ziele über Leichen?«

»Falls es im Kummersee Monster gibt, haben die auf jeden Fall nicht auf Malik geschossen«, weicht Lena aus.

»Du kennst *Krieg der Sterne*, oder?«

Lena zieht die Brauen hoch. »Wer nicht?«

»Als Luke Skywalker den Todesstern in die Luft gejagt hat, dachte er da über die Putzkräfte und das Küchenpersonal auf dem Ding nach? Letztendlich waren diese Opfer ein notwendiges Übel, das die Rebellen im Dienst der guten Sache in Kauf genommen haben.«

»Einen Mordanschlag auf einen Polizisten in einem Gummiboot würde ich nicht unter *notwendiges Übel für die gute Sache* verbuchen.«

»Will ich damit ja auch gar nicht sagen. Nur kann die Überzeugung, das Richtige zu tun, eine verdammt starke Rechtfertigung für extreme Taten sein.«

»Verteidigst du die *Wächter*?« Lena riskiert einen Seitenblick. »Gehörst du dazu?«

»Genau! Ich habe meine Mama selbst entführt, um dich aus Horlow zu verscheuchen.« Andi lacht auf. »Warum soll ich dich noch mal begleiten? Ach ja, damit du mit deiner Paranoia nicht so allein bist! Ich weiß nicht einmal, was zum Geier ihr auf dem See zu suchen hattet. Musst du vergessen haben, mir zu erzählen. Ich dachte nämlich, ihr verlasst die Gegend.«

Lena kaut auf der Unterlippe. Andi wird nur helfen, wenn sie ihm die Wahrheit sagt. »Wir haben die Untersuchung durchgezogen, von der ich glaube, dass sie der Grund war, warum die Kids von *F/Zero* sterben mussten.«

»Aha«, macht Andreas. »Geht es nicht noch nebulöser?«

»Wir waren mit Keizu – Tessa – am See. Und –«

»Tess lebt?« Andi fährt hoch.

»Sie war nicht da, als es passiert ist.«

»Gott sei Dank.« Andreas lässt den Kopf in den Nacken fallen. »Was habe ich nur verbrochen, dass keiner mit mir redet?«

Lena holt Luft. »Tessas Leute haben fluoreszierende Einzeller im See nachgewiesen. Das erklärt das Leuchten. Sie vermuten, dass die Tierwelt im See eine eigenständige Entwicklung genommen haben könnte. Um das zu prüfen, haben sie dieses 3-D-Sonar besorgt, von dem du erzählt hast. Nach der Attacke auf *Future/Zero* haben Malik und ich uns mit Tessas Hilfe der Sache angenommen. Eigentlich nur Malik. Ich bin am Ufer geblieben, damit die Entführer deiner Ma mich nicht sehen, falls sie am See sind. Dann hat etwas unter Wasser das Boot angegriffen. Bevor die Viecher vom Strand aus Schützenhilfe bekamen, hat Malik am Grund eine Entdeckung gemacht.«

Lena sieht zu Andi hinüber. Er starrt sie an. »Wie deine Mutter gesagt hat: Dort draußen, unter den Wellen, liegt etwas verborgen.«

»Und was?«

»Wenn wir Pech haben, der Todesstern.«

56

Die Altmark-Klinik liegt im Norden von Salzwedel. Lena lenkt den Kombi auf den Parkplatz einer nahe gelegenen Apotheke. Läuft alles wie geplant, wird es nur ein kurzer Stopp.

»Okay. Da wären wir«, sagt Andreas, als Lena den Motor abstellt, aber keine Anstalten macht, aufzustehen oder ihren Gurt zu lösen. »Wollen wir nicht aussteigen?«

Lena bleibt stumm.

Wie soll ich nur anfangen?

Sie wird Andi weder ködern noch bestechen. Wenn er auf das eingeht, was sie vorzuschlagen hat, muss er es aus freien Stücken tun. So viel könnte schiefgehen. Und Andreas schuldet ihr nichts. Im Gegenteil.

Andi scheint ihre Hilf- und Sprachlosigkeit zu spüren. »Du und ich, wir wissen doch beide, dass man uns nicht zu Malik lassen wird. Nicht, wenn er notoperiert wird. Und auch nicht danach, auf die Intensivstation.« Andis Tonfall ist der gleiche, mit dem er früher Lena bei ihren Angstattacken gut zugeredet hat. »Warum bin ich hier, Lena?«

Lena legt die Stirn aufs Lenkrad und zählt in Gedanken von zehn rückwärts. Sie spürt Andis Hand auf der Schulter. Mit dem Daumen streicht er über ihr Schlüsselbein. So viel Trost liegt in dieser Berührung.

Lena schiebt Andis Hand sanft beiseite und setzt sich auf. Dann weiht sie ihn in ihre Idee ein. Je länger sie redet, desto mehr sinkt Andreas in sich zusammen. Er drückt den Rücken gegen die Beifahrertür, bereit, den Öffner zu betätigen, falls Lenas offensichtlicher Irrsinn auf ihn überzuspringen droht. Schließlich verstummt sie und wartet auf eine Reaktion. Andi ist blass um die Nase wie ein Geist.

»Los, sag was!« Lena erträgt sein Schweigen nicht. Das Schweigen und seinen Blick, in dem sie ihr eigenes Gefühlschaos wiedererkennt. Unbedingter Wille und Unsicherheit, Angst und nie gekannte Klarheit.

»Ich habe nur eine Frage.« Andis Worte vergehen fast im Prasseln des Herbstregens auf dem Blech des Wagens.

Lena rechnet mit so etwas wie *Hast du dir das gut überlegt?*, oder *Bist du jetzt komplett übergeschnappt?*.

Aber Andreas fragt: »Würdest du das auch von jemand anderem verlangen?« Er klingt, als sei er wieder dreizehn und mitten im Stimmbruch.

Lena denkt darüber nach. »Ich kann das nicht ohne dich durchziehen«, antwortet sie betont ruhig. »Jedenfalls nicht so. Und nicht heute.«

Andi nickt. »Verstehe. Und morgen? Wäre dein Plan morgen immer noch derselbe?«

Gute Frage. Ist ihr Vorhaben dem Affekt geschuldet?

Wie viel ihrer Entschlossenheit resultiert daraus, dass sie kaum noch etwas zu verlieren hat?

»Ich werde dich nicht anlügen«, sagt Lena. »Ich weiß nicht, was morgen ist. Ich weiß nur, dass es dann zu spät sein könnte, etwas zu unternehmen. Aufdecken und Bloßstellen, das sind unsere Waffen. Wenn das Geheimnis nicht länger geheim ist, gibt es keinen Grund mehr, Menschen umzubringen oder zu entführen. Transparenz und Öffentlichkeit sind Gift für jede Verschwörung.«

Andi antwortet nicht. Mit der Fingerspitze zieht er die Schlieren der Regentropfen auf der Scheibe nach. »Ich verstehe, was du erreichen willst«, sagt er schließlich. »Aber du hast keine Vorstellung, in welcher Katastrophe das enden kann. Dein Monster ist nicht mal die größte Gefahr.«

»Mir ist bewusst, dass das ein schmaler Grat ist.«

»Schmaler Grat? Du bist drauf und dran, dein Leben aufs Spiel zu setzen, vielleicht sogar meins und das von meiner Mutter. Du weißt, welcher Qual du dich aussetzt.« Andi stellt keine Fragen, er konstatiert das Offensichtliche. »Wenn du es nicht packst, werde ich den Karren nicht allein aus dem Dreck ziehen können. Dann kann ich dich womöglich nicht retten, ohne meinen Hals zu riskieren.«

»In der Geschichte der Menschheit wurde noch nie ein Leben *gerettet*. Man zögert nur das Unvermeidliche hinaus.«

»Tiefgründig. Aber du lenkst ab. Also noch mal: Wenn ich mitmache, übernehme ich keinerlei Verantwortung für dich.«

»Musst du auch nicht.« Lena will abgeklärt klingen. Doch sie kann nicht verhindern, dass sich Trotz und verletzter Stolz in ihre Stimme schleichen. »Für alles, was passiert, stehe ich gerade.«

»Klar. Red dir das nur ein.« Andreas birgt das Gesicht in den Händen und reibt sich die Lider. Er richtet sich mit einem lang gezogenen, zischenden Einatmen auf. »Ich bin dabei. Unter einer Bedingung.«

»Die da wäre?«

»Ich bin bei dieser absolut hirnrissigen Aktion der Boss. Du machst, was ich sage, wenn ich es sage. Tanzt du aus der Reihe, ist die Sache gestorben.« Andis Tonfall unterstreicht, dass es keinen Verhandlungsspielraum gibt.

»Verstanden«, bestätigt Lena. »Noch etwas?«

»Die Kamera kommt mit. Ich will das alleinige Verwertungsrecht für sämtliche Aufnahmen.«

»Soll mir recht sein.« Daran hatte Lena auch gedacht, aber sie hatte Angst, den Bogen zu überspannen.

»Dann sind wir uns ja einig«, sagt Andreas, als hätten sie über etwas so Banales wie das Abendessen entschieden. »Wie sehen unsere nächsten Schritte aus?«

»Ich schaue nach Malik. Du machst eine Shoppingtour.« Lena verzieht die Mundwinkel. Mit viel gutem Willen könnte man ihre Miene als grimmiges Lächeln interpretieren. »Und heute Nacht gehen wir den Dingen auf den Grund.«

57

Andi wird den Rest des Nachmittags unterwegs sein. Er weiß am besten, was sie für ihren nächtlichen Ausflug benötigen. Dafür wird er bis Lüneburg oder Braunschweig fahren müssen. Natürlich wäre es naheliegend, Equipment in der Region zu leihen. Aber niemand darf erfahren, was sie planen. Wenn das Vorhaben gelingen soll, muss der Grad ihrer Geheimniskrämerei dem der *Wächter* ebenbürtig sein.

Lena verabschiedet Andreas mit der Bitte, ihr die Einkäufe später in Rechnung zu stellen. Sie wartet, bis die Rücklichter des Golfs um die nächste Ecke verschwunden sind, dann wendet sie sich dem Krankenhaus zu.

Das Altmark-Klinikum ist ein Klinkerklotz, der an die Speicherbauten mittelalterlicher Hansestädte erinnert. Der Haupteingang verbirgt sich unter einem Rondell aus Stahlstreben und Glas.

Lena desinfiziert sich am Eingang die Hände. Das Brennen der Sprühlösung an ihren blutenden Nagelhäuten und eingerissenen Fingernägeln treibt ihr die Tränen in die Augen. Natürlich kann sie nicht einfach in den OP stürmen. Sie ist keine Angehörige und wird es schwer haben, überhaupt Informationen über Maliks Zustand zu bekommen. Ihr einziger Joker ist ihr Dienstausweis.

Beim Pförtner fragt sich Lena zur Notaufnahme durch. Der Druck, den Schritt immer weiter zu beschleunigen, ist immens. Am liebsten würde sie rennen. Je näher sie ihrem Ziel kommt, desto realer wird die Möglichkeit, dass der Tod vor ihr da gewesen ist. Dass sie ein weiteres Leben auf dem Gewissen haben könnte.

Die Wartezone der Notfallambulanz ist – wie auch der Rest des Altmark-Klinikums – in Krankenhausweiß und Pastelltönen gehalten. Viel ist nicht los. Ein Mädchen im Grundschulalter weint sich an der Schulter seiner Mutter aus. Der Arm der Kleinen ist frisch eingegipst. Zwei Stühle weiter trägt ein Handwerker zu seinem Blaumann einen Turbanverband. Am Rand des Wartebereichs lugt ein schwarzer Haarschopf hinter der aktuellen Ausgabe eines Boulevardblatts hervor. *DER HORRORSEE* posaunt die Schlagzeile über einem Luftbild des Kummersees.

Lena tritt an die Empfangstheke. Jenseits der Glasfront des Tresens bearbeitet eine Schwester das Keyboard ihres PCs. »Wie kann ich helfen?«, fragt sie, ohne aufzusehen.

»Hallo.« Lena spricht so ruhig, wie ihre Panik gestattet. »Ein Polizist ist hier eingeliefert worden, Malik Nasiri. Ich bin seine Partnerin, Lena Wolff.« Sie drückt ihren Dienstausweis an die Scheibe.

Die Schwester wirft einen flüchtigen Blick auf das Plastikkärtchen, dann hämmert sie weiter auf die Tastatur ein. »Wenn es ein Arbeitsunfall war, bekommt er eine Bescheinigung vom Durchgangsarzt.«

»Er wurde angeschossen.« Lena spürt die neugierigen Blicke in ihrem Rücken. »Können Sie mir sagen, wie es ihm geht? Bitte?«

Die Frau hinter dem Tresen – Karola Gerling, ihrem Namensschild nach – sieht auf. Über der Halbrandbrille ziehen sich ihre Augenbrauen zusammen, bis man ein Blatt Papier dazwischen festklemmen könnte. »Tut mir leid, wir dürfen keine Auskunft geben.« Sie klingt teilnahmslos, doch nicht unfreundlich. Natürlich weiß sie, um welchen Patienten es geht. Schusswunden dürften nicht gerade Arbeitsalltag sein.

»Bitte!« Lena drängt näher an die Glasfront der Anmeldung. »Kommt er durch? Ich muss das wissen! Ich war dabei, als es passiert ist. Ich –«

»Ihr Kollege ist noch im OP. Es tut mir leid, aber mehr kann ich Ihnen im Moment leider wirklich nicht sagen.«

»Können oder wollen Sie nicht?«

»Haben Sie Kontakt zu Herrn Nasiris Angehörigen? Wir verständigen gern –«

»Schauen Sie in sein verdammtes Telefon! Vermutlich stehe ich da sogar als Notfallkontakt drin!«

»Herr Nasiri hatte kein Handy bei sich.« Karola Gerlings Blick zuckt an Lena vorbei in den Wartebereich. »Und es gibt keinen Grund, laut zu werden. Sonst muss ich den Sicherheitsdienst hinzuziehen.«

Gerade will Lena der Schwester zeigen, was *laut* bedeutet, da ertönt eine Stimme hinter ihr. »Frau Wolff? Wollen wir kurz vor die Tür gehen?«

Lena fährt herum. Sie blickt in ein bekanntes Gesicht.

58

»Nasiri wird operiert. Er hat innere Blutungen, der rechte Lungenflügel ist kollabiert.«

Lena beißt in ihre Faust, bis sie fast selbst Blut schmeckt.

»Der Oberarzt meint, er sei in kritischem Zustand, aber werde es schaffen«, sagt Nella Milani schnell. Mit erhobenem Daumen signalisiert sie der Empfangsschwester, dass sie die Situation im Griff hat.

»Gott sei Dank!« Lena versucht, Zuversicht in ihre Stimme zu legen. »Malik ist zäh. Er hatte dreimal Corona. Das hat ihn auch nicht kleingekriegt.«

»Sie sind kreidebleich, Frau Wolff.« Nella Milani wirft ihre Zeitung auf das Tischchen mit Lesestoff für die Wartenden. Sie fasst Lena am Arm. »Kann ich Sie auf einen Kaffee einladen? Unter Kolleginnen?«

Lena lässt sich in die Krankenhauscafeteria führen. So ganz kann sie die Nachricht, dass Malik durchkommen wird, noch nicht glauben. Dieses eine Mal scheint es der Kummersee verpatzt zu haben.

Während Milani Kaffee besorgt, inspiziert Lena das

Angebot in der Auslage. Ihre letzte richtige Mahlzeit ... Verdammt, wie lange ist die her?

Lena belädt an der Salatbar einen Teller mit Grünzeug, Croûtons und Fetawürfeln und ertränkt das Ganze in Joghurtsoße. Ihr ist absolut nicht nach Essen zumute, aber ihr Körper braucht Nahrung. Heute Nacht wird sie dankbar sein für jede zur Verfügung stehende Kalorie.

»Ohne Uniform hätte ich Sie fast nicht erkannt«, sagt Lena, als Nella Milani den Kaffee über den Tisch schiebt. »Hat Weickert Sie abgestellt, um Malik zu bewachen?«

»Ehrlich gesagt habe ich längst dienstfrei. Mehr als eine Doppelschicht kann mein Chef mir nicht aufbrummen.« Die Polizistin schlürft von ihrem Heißgetränk und verzieht das Gesicht. »Ich gehe zwar auf dem Zahnfleisch, aber bevor ich mich hinhaue, wollte ich nach Ihrem Kollegen sehen und mit dem Sicherheitsdienst sprechen. Weickert konnte niemanden entbehren. Er braucht immer noch jeden Mann am Kummersee, sagt er.« Das Wort *Mann* wird von einem Augenrollen begleitet.

»Glauben Sie, dass für Malik weiter Gefahr besteht?« Lena spießt eine Cocktailtomate auf. »Könnte der Schütze sein Werk hier zu Ende bringen, wenn er wollte?«

»Nun, Nasiri wird nach der OP auf die Intensivstation verlegt. Da kommt niemand einfach so rein. Die Security schaut regelmäßig in seinem Zimmer vorbei, und die Dienststelle in Salzwedel erhält Nachricht von uns.«

Lena nickt. Ob das ausreicht? Sie kann nur hoffen, dass Malik in guten Händen ist.

»Waren Sie zusammen mit Nasiri auf dem Wasser?«, fragt Milani.

Lena sieht keinen Grund, ihre Kollegin anzulügen. »Ich war am Ufer.«

»Haben Sie etwas gesehen?«

»Nein.«

»Eine Ahnung, wer geschossen haben könnte?«

Lena schüttelt kauend den Kopf.

»Was haben Sie am See gemacht? Sollten Sie nicht in Ihre Dienststelle zurückkehren? Ich tippe mal, der Bootsausflug war nicht Teil Ihres Einsatzbefehls.«

»Wir wollten eine Untersuchung fortführen, die die Aktivisten von *Future/Zero* begonnen hatten, aber nicht mehr abschließen konnten.«

»Wow.« Milani stutzt. »Verbrüderung mit dem Feind? Sie stecken voller Überraschungen. Um was ging es dabei?«

»Warum ist das wichtig?« Lena legt ihr Besteck mit einem Klirren auf den Resopaltisch. Sie lehnt sich zurück und mustert ihr Gegenüber. »Jemand wollte Malik umbringen. Das ist das Einzige, was jetzt zählt.«

»Selbstverständlich!« Milani nippt abermals am Kaffee, dann stellt sie die Tasse mit angeekelter Miene beiseite. »Aber es würde uns bei der Suche nach dem Täter helfen, sein Motiv zu kennen.«

»Das zu ermitteln ist *Ihr Job*«, sagt Lena. Es klingt abweisender als beabsichtigt. Immerhin ist Milani in ihrer Freizeit hier, um für Maliks Sicherheit zu sorgen.

»Glauben Sie mir, ich mag meinen Job. Nur manchmal überlege ich, ob es nicht einfachere Arten gibt, sein Geld zu verdienen«, seufzt Milani. »Zum Beispiel, wenn Zeugen mir nur die halbe Wahrheit sagen. Hat Ihre Untersuchung denn etwas erbracht?«

»Wir hatten erst angefangen.«

»Weickert hat ein Walkie-Talkie im Boot gefunden. Sie standen mit Ihrem Kollegen in Kontakt, bevor der Schuss gefallen ist. Hat er sich danach noch einmal gemeldet? Informationen durchgegeben?«

Lena verneint.

»Entschuldigung, dass ich Sie so löchere. Berufskrankheit. Sie kennen das.« Milani greift abermals zu ihrer Tasse. Sie lässt den Kaffee darin kreisen und schiebt ihn dann doch wieder fort. »Eine Frage hätte ich noch, wenn Sie gestatten. Sie wissen nicht zufällig etwas über den Verbleib des Mobiltelefons von Herrn Nasiri?«

»Nein. Die Schwester sagte, er hatte es nicht bei sich.«

»Der Sonarempfänger fehlte auch. War das Gerät in Betrieb, als er auf dem See unterwegs war?«

Lena beißt sich auf die Zunge. Sie möchte Milani ja einweihen. Aber das Risiko ist zu groß, dass sie mit ihrem Boss redet. Dass Malik Sonarmodul und Handy offensichtlich ins Wasser befördert hat, spricht dafür, dass Lena mit ihrem Misstrauen Weickert gegenüber nicht allein steht. »Davon weiß ich nichts«, sagt sie. »Vielleicht ist Maliks Telefon über Bord gegangen, als er getroffen wurde.«

»Möglich.«

»Und das Sonargerät könnte bei *F/Zero* sein. Der

größte Teil der Truppe ist gestern Abend abgereist. Noch bevor ...«

»Vor dem Feuer, ja.« Milani nickt. »Ich will ehrlich zu Ihnen sein, Frau Wolff, weil Sie sonst auch nicht mit offenen Karten spielen. Das Sonar ist heute Vormittag vom Tatort am *Future/Zero*-Camp verschwunden. *Puff!* – und weg!« Die Polizistin schnippt mit den Fingern. »Und dann taucht es an dem Boot montiert wieder auf, mit dem Ihr Kollege verbotenerweise auf dem See unterwegs ist. Verrückt, nicht wahr?« Milani beugt sich vor, sodass Lena gar nicht anders kann, als ihr ins Gesicht zu sehen. »Haben Sie eventuell eine Theorie dazu?«

»Weickert wird deswegen hässliche Fragen beantworten müssen, stimmt's?«, fragt Lena zurück und erntet das erhoffte Lächeln. »Okay, das ist meine Theorie: Ihr Chef hat keine Ahnung, dass Sie hier sind. Sie ermitteln auf eigene Faust.«

»Erwischt.« Milani errötet. »Sagen Sie bitte nichts, ja?«

»Wenn Sie mich auf dem Laufenden halten, was die Suche nach dem Schützen angeht.«

»Okay, einverstanden.«

»Gab es noch etwas Neues zu Herrn Thoms? Wegen dieser Sache ... mit den Zähnen?«

Milani weicht Lenas Blick aus. »Da fragen Sie mal besser den Hauptkommissar.«

»Werde ich. Danke, dass Sie nach Malik gesehen haben.«

»Gern.« Milani steht auf und schiebt eine Visitenkarte über die zerkratzte Tischplatte. »Für den Fall, dass Sie lieber mit mir als mit Weickert reden wollen.« Die Polizistin verlässt die Cafeteria mit Schritten, denen die Doppelschicht nicht anzumerken ist.

Lena dreht das Pappkärtchen zwischen den Fingern. Bei einem weiteren Kaffee – so schlecht schmeckt er gar nicht – lässt sie das Gespräch mit Nella Milani noch einmal Revue passieren. Es ist nicht verkehrt, eine Verbündete zu haben, die Weickert ebenso misstrauisch begegnet wie sie selbst.

Trotz Milanis Versicherungen hat Lena ein mulmiges Gefühl, was Malik angeht. Wenn ein Cop im Dienst verletzt oder gar angeschossen wird, quillt die Notaufnahme normalerweise über vor besorgten Kollegen. Warum ist das hier und heute anders? Liegt es nur daran, dass Weickerts Leute schwer beschäftigt sind? Falls es jemand auf Malik abgesehen haben sollte, ist der Krankenhaussicherheitsdienst keine Hürde. Und wenn es Lena gelänge, den Hauptkommissar zu überzeugen, doch eine Wache zu Maliks Schutz abzustellen? Könnte sie jemandem aus Weickerts Stab vertrauen? Wem kann sie *überhaupt noch* vertrauen?

Kurz entschlossen wählt Lena eine Nummer. Die Nummer von jemandem, der selbst ein Interesse hat, dass die Vorgänge am Kummersee aufgeklärt werden, und der auf Malik aufpasst, während sie mit Andi Licht ins Dunkel bringt.

Womöglich rennen wir sehenden Auges ins Verderben, denkt Lena, während sie dem Tuten im Handy lauscht.

Doch besser, man stellt sich dem Bösen, als dass es einem hinterrücks auflauert.

Noch heute Nacht ist Schluss mit Rätselraten.

Samstag, 11. November 1989

Es ist ein seltsamer Geburtstag. Sogar noch seltsamer als ihr neunzehnter vor nunmehr dreizehn Jahren. Damals hatte sie ihr *Geschenk* zwei Tage verfrüht von Doktor Heinemann drüben in Lüchow erhalten. Sie war schwanger. Wer hätte ahnen können, dass das Antibiotikum nach der Wurzelbehandlung die Wirkung der Pille außer Kraft setzt?

Ihren Geburtstag 1976 verbrachte Sylvia Wolff – zu diesem Zeitpunkt noch Sylvia Humpert – weinend in den Armen ihres späteren Mannes. Ein Gefühlschaos aus Scham, Verzweiflung und nackter Panik hatte sie fast eine Woche lang davon abgehalten, sich ihren Eltern anzuvertrauen. Viel später erst, als sie die Existenz des Kindes, das nun auf den Namen Thomas Georg Wolff hört, nicht länger leugnen konnte, begriff sie ihre bevorstehende Mutterschaft tatsächlich als Geschenk.

Heute weint Sylvia nicht. Weder vor Glück – wie so viele andere – noch vor Gram, weil ihr Mann Erik nicht bei ihr sein kann, um mit ihr zu feiern. Und das, obwohl er sich für ihren Geburtstag extra Urlaub genommen hatte.

Über Wochen hatte sich *Drüben* etwas zusammengebraut. Vorgestern Abend war es dann so weit. Kurz nach neun hat Siggi Thießen Erik rausgeklingelt. Sylvia hasst es, nur zwei Häuser vom Chef ihres Mannes entfernt zu wohnen. Doch dieses Mal ging es nicht ums Einspringen für einen kranken Kollegen oder dergleichen. Als sie fragte, was denn passiert sei, dass ihr Mann zu dieser Stunde an einem freien Tag losmüsse, hat der Leiter des Grenzübergangs Lauenburg mit nur einem Satz geantwortet. Der Sinn seiner Worte wollte sich Sylvia gar nicht erschließen, so abwegig schien ihr Inhalt: »Die Mauer ist gefallen.«

Seitdem ist Erik weder zu Hause gewesen, noch hat er sich gemeldet. Nicht einmal ein Anruf, um seiner Frau zum Geburtstag zu gratulieren. Vermutlich fehlt ihm die Zeit. Seit heute ist die Grenze auch in Lauenburg offen, und am Übergang ist die Hölle los. Tom war schon mit Andi und dessen Vater Trabbis gucken, bis Bernd Kujau ebenfalls aufs Revier gerufen wurde. Wie es scheint, findet die große Sause anderorts und ohne das Geburtstagskind statt.

Doch nicht nur Sylvias Stimmung ist gedrückt an diesem Tag, an dem das ganze Land feiert. Auch die anderen Partygäste tun wenig, um diese Bezeichnung zu verdienen. Der weitgehend noch intakte Hackfleischkörper des Mettigels auf dem Klapptisch ist dafür der beste Indikator. Auch sonst wirkt Willi Godehardts Gartenlaube, Horlows inoffizieller Festsaal, heute glanzlos. Die Lichterkette mit den bunten Birnen blinkt verloren unter der Decke vor sich hin. Die Lautsprecher von Frieda Rathenaus Kofferradio haben bislang keine einzige Note ausgespuckt, nicht einmal das dieser Tage omnipräsente *Looking for Freedom*. Keinem ist nach Musik oder Tanz zumute. Alle sitzen festgenagelt auf den Bänken der Bierzeltgarnitur und hangeln sich von Sondersendung zu Sondersendung. Selbst Sylvias Mutter hängt an den Lippen der Reporter. Und mit ihrer Schwester Maike, die extra aus Hamburg gekommen ist, hat sie kaum drei Sätze gewechselt.

Die Einzige, die nicht seit Stunden gebannt auf den Fernseher in der Ecke starrt, ist Lena. Die Kleine hält sich an den Käsespießen schadlos und testet, wie weit sie die Kerne der Trauben spucken kann. Niemand stört sich daran. Alle sind mit den Bildern von der innerdeutschen Grenze beschäftigt.

Es ist, als hätte jemand den *Eisernen Vorhang* aufgezogen, um kräftig durchzulüften. Nur dass die frische Luft im Zonenrandgebiet nicht nach Freiheit, Freudentaumel und Zuckerwatte duftet, sondern nach Unsicherheit. Noch weiß niemand, was die neu erlangte Reisefreiheit der DDR-Bürger für Horlow bedeutet. Der Ort hat sich stets über seine Grenzlage definiert: das letzte Dorf vorm Todesstreifen, der finale Außenposten der BRD im Wendland, das wie ein Stachel in den Osten ragt.

Was hieße es für Erik und seine Arbeit, wenn die Grenze dauerhaft fiele? Was wird aus den Hilfsgeldern aus Bonn? Ohne Zonenrandgebietsförderung stünde die

Hälfte der Häuser in der Gegend leer. Gleichzeitig dürften die Flüchtlinge, die seit Monaten über Prag und Ungarn in den Westen strömen, die Situation auf dem Arbeitsmarkt weiter anheizen. Friedhelm Virchow hat gerade erst eine neue Anstellung gefunden, und Frank Godehardt eine Lehrstelle. Wenn jetzt Heerscharen von Übersiedlern kommen ... Die Ossis sind genügsamer als die verwöhnten Westdeutschen, glaubt Sylvia.

Kein Wunder also, dass nachdenkliche Mienen die Tafel säumen. Marlies Kujau blickt besonders missmutig. Ob es daran liegt, dass sie heute ebenfalls ohne ihren Mann auskommen muss?

Sylvia greift zur Flasche mit dem selbst angesetzten Obstler aus dem Hause Rathenau. Der hat bis jetzt noch jede Party in Horlow in Schwung gebracht. Sie füllt zwei Gläser und schiebt eines davon über den Tisch.

»Hier. Das hilft.«

Marlies stürzt den Fusel ansatzlos hinunter. »Danke.«

»Du bist nicht gerade eine Stimmungskanone, weißt du das?«

»Tut mir leid, Liebes.« Die Nachbarin antwortet, ohne den Blick vom Fernseher zu lösen.

»Was ist los?«

»Ich glaube, das da«, Marlies deutet zur Mattscheibe, »das geht nicht gut aus. Ist der Anfang vom Ende für uns.«

»Ich dachte, du würdest dich freuen.« Sylvia schenkt nach. »Nach allem, was du durchgemacht hast.«

Marlies verzieht das Gesicht. »Du meinst, weil ich von *Drüben* geflohen bin?« Sie leert abermals das Glas.

Sylvia lächelt unsicher. Sie kennen sich jetzt über zehn Jahre, seit Marlies mit Bernd und Andi nach Horlow gezogen ist. Eigentlich ist ihre Freundin eine Frohnatur. Doch nun sitzt sie mit mahlenden Kiefern und verschränkten Armen da. So als empfinde sie den Fall der Mauer als persönlichen Affront.

Vielleicht bereut sie es, rübergemacht zu haben, statt zu bleiben und mit ihren Landsleuten auf die Straße zu gehen, denkt Sylvia. »Ich wollte dir nicht zu nahe treten. Entschuldige, falls ich etwas Falsches gesagt habe«, sagt sie.

»Schon gut, Liebes. Das ist es nicht.« Marlies seufzt. »Ich will nur nicht, dass *drüben* alles den Bach runtergeht. Das wird es nämlich, wenn die Einheit kommt. Uns ist es doch in Horlow mit zwei Deutschlands immer gut gegangen, oder?«

Ohne es direkt anzusprechen, legt Marlies Kujau den Finger in Horlows Wunde. Es ist ein offenes Geheimnis, dass Siggi Thießen und Erik Wolff am *kleinen Grenzverkehr* in Lauenburg gut verdienen. Unter den Zöllnern kennt man sich, beidseits der Grenze. Bonn und Berlin sind weit weg. Im Hinterland halten Bernd Kujau und seine Kollegen von der Polizei eine schützende Hand über alles, was keiner wissen muss. Alltägliches und Luxusartikel, unbescholtene Bürger, die eine unauffällige Passage brauchen ... auch der eine oder andere Republikflüchtling ist hier durchgekommen. Alles eine Frage des Preises.

Sylvia will gar nicht wissen, wie das funktioniert. Für

sie zählt nur, dass Horlow mit harter Arbeit, Fördergeldern und Improvisationstalent bei der Vermittlung zwischen beiden deutschen Staaten gerade so über die Runden kommt. Um die Details kümmert sie sich nicht. Sie hat genug damit um die Ohren, Hausfrau und Mutter zu sein. Den Traum, eines Tages als Bildhauerin Geld zu verdienen, hat sie spätestens bei Lenas Geburt über den Haufen geworfen. Herrgott, sie wird heute zweiunddreißig. Sie weiß, dass das Leben kein Zuckerschlecken ist.

»Meinst du denn, die Einheit kommt?«, erkundigt sich Sylvia. »Und dass sich dann alles ändert?«

Marlies schnaubt. »Schau sie dir doch an. Krenz, Stoph, Honecker, Schabowski ... alte, schwache, graue Männer. Die sind am Ende. Wenn die Russen nicht eingreifen –«

Andreas und Tom stürmen unter Johlen in die Gartenlaube und beenden so das Gespräch vorerst.

»Mama! Sieh mal, was ich in Opas Werkstatt gefunden habe!« Tom wedelt mit einem vergilbten Papier. »Eine Karte!«

»Wow, zeig her!« Sylvia kann nicht anders, als zu lächeln.

Tom entfaltet das postergroße Blatt. Seine Wangen glühen vor Begeisterung. Volker Rathenau hebt mahnend den Finger an die Lippen und deutet zum Fernseher.

»Hier, guck! Ein See!« Tom trommelt auf eine blaue Blase inmitten all des Brauns und Grüns auf der Karte. »Wenn die Grenze weg ist, dürfen wir dann da schwimmen gehen?«

Marlies Kujaus Miene verfinstert sich abermals. Doch bevor sie präventiv ein mütterliches Verbot aussprechen kann, das den Jungs die Freude über ihre Entdeckung madig machen würde, greift Sylvia ein.

»Es ist November!« Sie streicht ihrem Sohn über die Haare. »Jetzt kommt erst einmal der Winter. Im Sommer sehen wir weiter.«

Tom und Andi grinsen um die Wette. Für die beiden war das ein Ja.

Sylvia hat den Kummersee noch nie mit eigenen Augen gesehen. Das haben nur die Alten in Horlow. Aber wenn die Grenze fällt, erschließt sich im Osten eine neue Welt.

Ein See vor der Haustür, schwimmen gehen ... Vielleicht kommen sogar Touristen und bringen Geld und Arbeit.

Es muss ja nicht alles schlecht sein, was *drüben* passiert. Manchmal ändern sich die Dinge zum Guten.

V.
Wölfin

59

Zwischen Lenas Anruf und der Ankunft des Bullis der Firma *Alphaplus Sonderbauplanung* liegen keine fünfundvierzig Minuten. Detlev Kosinski hat am Telefon keine Fragen gestellt, er ist einfach losgefahren. Als er jetzt auf dem Parkplatz gegenüber dem Krankenhaus vom Fahrersitz steigt, glänzen seine Augen feucht.

»So sieht man sich wieder.« Kosinski umarmt Lena.

»Danke, dass du so schnell gekommen bist«, begrüßt sie ihn. »Um ehrlich zu sein, wusste ich nicht, wen ich sonst anrufen sollte.«

»Ich bin in der Pension eh fast die Wände hochgegangen. Außer in die Glotze zu starren, an Björn zu denken und mir Vorwürfe zu machen, hatte ich nicht viel zu tun. Abreisen konnte ich nicht. Soll mich zur Verfügung halten, für deine Kollegen.« Kosinski räuspert sich. »Also, wie kann ich helfen?«

Lena berichtet von den jüngsten Ereignissen: *Future/Zero*, Marlies Kujaus Entführung, die Erkundungsfahrt auf dem See, der Anschlag auf Malik, die *Wächter* und der Verdacht, dass eine Verschwörung bis in Polizeikreise reicht. Zuletzt weiht Lena Detlev Kosinski in ihren Plan ein.

»Wahnsinn, das alles«, fasst der zusammen, als sie geendet hat. »Aber an der Sache könnte was dran sein. Dieser Weickert hat mehr Fragen über dich gestellt, Lena, als über Björn.«

»Dann verstehst du, warum ich mir Gedanken mache. Ich will einfach sichergehen, dass Malik im Krankenhaus nicht in Gefahr ist. Ist halt so ein blödes Gefühl.«

»Keine Angst, ich passe auf. Ist doch das Mindeste. Hauptsache, du findest heraus, was Björn zugestoßen ist.« Kosinski spuckt aus. »Urzeitviecher. So ein Blödsinn!«

»Falls dich das Personal nicht zu Malik lässt ...«

»Denen werde ich was husten. Ich mach das schon, Lena. Wirklich! Oh, ich glaube, da kommt dein Taxi.« Kosinski deutet auf den Kombi, der auf den Parkplatz rollt und mit der Lichthupe grüßt.

»Danke, Detlev.« Lena verabschiedet sich mit einer weiteren Umarmung. »Einfach nur danke!«

»Ich mach's nicht für dich. Ich mach's für Björn.«

»Ja, für Björn«, stimmt Lena leise zu und steigt ins Auto. Sie hebt die Hand zum Abschied und sieht zu, wie Kosinski im Rückspiegel kleiner wird und schließlich verschwindet.

»Malik?«, erkundigt sich Andi.

»Er packt es.«

»Ein Glück.«

»Detlev Kosinski passt auf ihn auf. Rollentausch.«

Das war's. Kein weiteres Gespräch. Schweigend fahren sie in die Dämmerung. Auf die Frage, ob er alles bekommen habe, nickt Andi nur knapp. Seiner Miene nach wäre es ihm lieber gewesen, er hätte den Laden geplündert und niedergebrannt vorgefunden. Lena kann das gut nachvollziehen. Es wäre die perfekte Ausrede gewesen, sich die Sache noch einmal zu überlegen.

Auf der Rückfahrt umfahren sie Horlow und den Kummersee, dieses Mal Richtung Norden, bis fast an die Elbe. Weickerts Einheiten haben dazugelernt. Zwei Streifenwagen blockieren die Stelle, an der die Landstraße den Kolonnenweg entlang der ehemaligen Grenze quert. Andreas passiert den Polizeiposten, ohne langsamer zu werden.

Einen knappen Kilometer weiter schaltet Andi die Scheinwerfer aus und biegt in den erstbesten Feldweg, der sie zurück nach Südosten bringt. Dorthin, wo jener Ort liegt, der für Lena so anziehend und tödlich zugleich ist wie eine Flamme für eine Motte.

Im Schritttempo kriechen sie über die Gitterbetonplatten durch die Wälder. Es ist stockfinster. Wenn Andi bremsen muss, benutzt er die Handbremse, um nicht durch die Bremslichter Aufmerksamkeit zu erregen. Auf Höhe der Nordspitze des Sees lenkt er den Golf in eine Feuerschneise. Für eine Patrouille ist der schwarze Kombi kaum zu entdecken.

Im Schummerlicht einer abgedeckten Taschenlampe öffnet Andreas die Heckklappe.

»Weihnachten kommt früh dieses Jahr«, bemerkt Lena angesichts des Anblicks im Laderaum.

Andi zieht gequält einen Mundwinkel hoch. »Ich stehe knietief im Dispo. Wäre gut, wenn du diesen Wahnsinnstrip überleben würdest, um die Rechnung zu begleichen.«

Dann beginnt die Schlepperei. Das Gewicht auf Lenas Schultern scheint sie in den aufgeweichten Waldboden drücken zu wollen. Zugleich reißt ihr die Transportbox vor dem Bauch beinahe die Arme ab. Sie haben keine zweihundert Meter geschafft, als ein Schauer niedergeht. Lenas Körper vollbringt das Kunststück, gleichzeitig zu kochen und zu frieren. Zweimal zu gehen ist keine Option. Das Risiko, erwischt zu werden, ist zu groß. Deshalb verzichten sie auch auf den Einsatz von Taschenlampen. Das einzige Licht stammt vom Display des Handys, wenn sie per GPS ihre Position prüfen.

Trotz aller Vorsicht fühlt sich Lena wie auf dem Präsentierteller, sobald der Mond durch die Regenwolken bricht. Dem Blick eines *Wächters* oder dem eines Polizisten mögen sie mit Glück entgehen. Nur sind längst nicht alle Augen hier draußen menschlich ...

Sie sprechen nicht. Andi brütet still vor sich hin. Vermutlich sorgt er sich um seine Mutter. Aber vielleicht ringt er auch mit der Furcht, dem zu begegnen, was einst seinen besten Freund in die Tiefe gerissen hat.

Jetzt bereut Lena, in der Krankenhauscafeteria nicht kräftiger zugelangt zu haben. Sollte das hier schiefgehen, wäre ein Salatteller ihre Henkersmahlzeit gewesen.

Salat! Was für ein armseliger Abgang ...
Nicht darüber nachdenken!

Lena balanciert auch so schon am Rande der geistigen Gesundheit. Angstzustände wechseln sich mit unbegründeter Euphorie ab. Ob ihr Psychofritze von früher ihr Vorhaben als *sich dem Problem stellen* eingeordnet hätte? Ohne es zu wollen, kichert sie.

»Schön, dass du dich amüsierst«, schnauft Andreas. Er ist ebenso schwer bepackt wie Lena selbst. »Ich könnte dir Horrorstorys erzählen, was bei so einer Aktion passieren kann. Vor allem nachts und ohne jedes Vorwissen.«

»Entschuldige.« Lena bemüht sich, zurechnungsfähig zu klingen. »Das letzte Mal, als ich durch den Wald zum See geschlichen bin und mir mein Begleiter Gruselgeschichten aufgetischt hat, schien die Sonne. Schlimmer als damals kann es nicht kommen.«

Andi stellt seine Transportkiste mit leisem Klirren ab. »Nimm das ernst, Lena. Du setzt nicht nur dein Leben aufs Spiel, sondern auch meins.«

Sofort fühlt sich Lena schuldig. Ihre Gefühle springen von einem Extrem ins nächste; wie zu Zeiten der guten alten posttraumatischen Belastungsstörung nach Toms Tod.

»Ich hab furchtbar Schiss, Andi.« Lena sinkt auf den Rand ihrer Alukiste. »Egal, wie es heute Nacht ausgeht, Tom und Björn Thoms bleiben tot. Tessas Freunde ebenso. Und wenn ich mich auf den Kopf stelle.« Sie erhebt sich und schließt Andreas in die Arme. »Ich bin dir unendlich dankbar, dass du mitkommst.«

Andi liegt steif wie ein Brett in ihrer Umarmung. Lena löst sich und ergreift seine Hand. »Bring mich noch zum See, dann mache ich allein weiter. Du musst das nicht bis zum Ende durchziehen.«

»Allein hast du nicht die geringste Chance. Es wäre pures Glück, wenn du nicht draufgehst.« Andreas schüttelt den Kopf. »Nein, so leicht wirst du mich nicht los.« Er tätschelt die Kameratasche. »Ich komme mit und filme. Die Aufnahmen kannst du dann irgendwann mit deinen Kids im Fernsehen anschauen. Der Name Kujau wird in einem Atemzug mit Dirk Steffens und Harald Lesch genannt werden.«

Lena legt die Hand auf Andis Wange und streicht über seinen Struppelbart. »Das ist eine schöne Vorstellung. Sei nur nicht enttäuscht, falls wir nichts finden. Oder wenn es nicht deine Kinder sind, mit denen ich vorm Fernseher sitze.«

»Optimistisch bleiben! Also, gehen wir es an?«

Lena spürt Andis Lächeln eher, als dass sie es sieht. Sie lächelt zurück, obgleich ihr schlecht vor Angst ist. Zwischen den Bäumen ist bereits das Glühen des Kummersees zu erahnen – eine Neonreklame für den Tod.

60

Es kommt Lena vor, als habe das Leuchten an Intensität eingebüßt. Noch immer glimmt und glüht es im See. Doch es nimmt dem Spektakel die Magie, wenn man weiß, dass dort Kleinstlebewesen um die Wette funkeln. Kennt man erst Falltür und doppelten Boden, ist selbst der größte Zaubertrick seiner Faszination beraubt.

»Da wären wir.« Lena prüft ein letztes Mal die GPS-Position. »Home sweet home.«

Die Wellen murmeln keine fünf Meter entfernt am Sandstrand. Der Schilfgürtel an diesem Uferabschnitt ist durchlässig und licht. Dahinter liegt nichts als phosphoreszierende Schwärze.

Lena lässt ihren stählernen Rucksack von den Schultern gleiten und reckt sich. Ihre Kraftreserven sind bereits angegriffen. Aber sie darf gegenüber Andi keine Schwäche durchscheinen lassen. Er bliese die Aktion sonst ab. »Okay, sag an«, gibt sie sich tough. »Womit starten wir?«

»Wie wäre es, wenn wir unsere Klamotten loswerden?«

Was anzüglich klingen soll, entlockt Lena nicht mal

einen müden Seufzer. Sie zieht sich aus. So aufgeheizt sie von der Schlepperei auch sein mag, die Herbstkälte schlägt sofort die Fänge in jedes noch so kleine Fleckchen entblößter Haut. »Alles?«, fragt Lena, als sie bei der Unterwäsche angekommen ist.

»Alles«, bestätigt Andi.

Lena streift BH und Pantyshorts ab. Da gibt es nichts, was Andi nicht schon gesehen hätte. Trotzdem wendet er sich ab und wühlt in einer der Transportboxen. Was er zutage fördert und Lena vor die Füße wirft, sieht aus wie der Balg eines pechschwarzen Tieres.

»Ich hoffe, der passt. Ich musste deine Größe schätzen.« Auch Andi zieht sich aus, peinlich darauf bedacht, ihr im Mondlicht die Kehrseite zuzuwenden.

Lena zwängt sich in das elastische Gewebe. Es umfängt sie wie eine fingerdicke zweite Haut. An Armen und Beinen ist das Material flexibler. Lena zerrt am Reißverschluss des Einteilers, da kommen ihr Ronnie James Dio und sein größter Hit in den Sinn.

Holy Diver –

You've been down too long in the midnight sea ...

Sie ist kurz davor durchzudrehen.

Lena bindet die Haare zu einem Knoten und zwängt sie unter die Kapuze. Der Neoprenanzug sitzt wie angegossen.

Ich werde es tatsächlich tun!

Lena kehrt an jenen Ort zurück, der ihr alles genommen hat; der ihr Leben zerstört hat. Sie wird ins Herz der

Finsternis hinabsteigen, in die feuchten Eingeweide dieses Monsters namens Kummersee.

Andi wirft Lena Handschuhe und etwas zu, das aussieht wie Ballerinas, beides ebenfalls aus Neopren. Sie schlüpft hinein. Nun liegen nur noch Augen, Nase und Mund frei. Alles andere ist von Kleidung gewordener Nacht umhüllt.

Ihre Straßenklamotten wickelt Lena zu einem Knäuel, die Dienstpistole in der Mitte. Es kostet Überwindung, die Waffe abzulegen, doch unter Wasser wird ihr die Heckler & Koch nichts nutzen. Sie verstaut das Bündel in einer der Transportboxen.

»Du bist noch nie zuvor getaucht, richtig?«, fragt Andi.

»Ring hochholen im Hallenbad. Ich bin fast gestorben vor Angst. Immerhin war's das tiefe Becken.«

»Großartig.« Andi vergräbt das Gesicht in den Händen. »Statt Flossen könnten wir uns auch gleich Badelatschen aus Beton anziehen.«

Lena schweigt. Im Dunkeln kann sie Andis Mimik nicht erkennen. Vermutlich läuft er vor Verzweiflung grün an.

»Also, die wichtigste Regel beim Tauchen lautet: *Geh niemals allein runter!* Aber mit dir im Schlepptau ...« Andi wirft die Arme zum Himmel. »Gott, was tue ich hier eigentlich?«

»Für klare Verhältnisse sorgen? Mutig sein? Die Initiative ergreifen? Such dir was aus.«

»Okay, folgendes Angebot. Es ist gegen jede Vorsicht und widerspricht aller Vernunft. Ich gehe solo rein, schaue, was da unten ist, und bin in Nullkommanichts wieder bei dir am Ufer. Deal?«

»Vergiss es. Ich muss das tun. Du weißt, warum.«

»Ich hatte befürchtet, dass du das sagen würdest.« Andi seufzt. »Schön, dann ist *das* unser Deal: Sollte etwas schieflaufen und ich muss wählen, meine Haut zu retten oder deine, steht mein Entschluss. Tut mir leid. Aber Tauchen bei Nacht, dazu im Freiwasserabstieg, ist auch ohne Händchenhalten für eine panische Anfängerin saugefährlich. Das ist ein Selbstmordkommando. Besonders in diesem Tümpel.«

»Fertig?«, fragt Lena. »Ja, es ist eine dumme Idee. Kapiert. Aber du hast dich aus freien Stücken entschieden mitzukommen, und du kannst jederzeit aussteigen. Zieh es durch oder lass es bleiben.«

»Wie du willst. Ich versuche gar nicht erst, dir Fachworte oder die Funktionsweise der Technik beizubiegen. Das wird der schlimmste Horrortrip deines Lebens. Du wirst kaum scharf drauf sein, ihn später zu wiederholen.«

»Worauf du Gift nehmen kannst. Ich hoffe, du hast dir den Kassenbon geben lassen. Ich werde den ganzen Scheiß nämlich am Montag zurückgeben.«

Wenn ich dann noch unter den Lebenden weile.

Andi hat recht. Es wird die Hölle. Deshalb drängt es Lena zur Eile, bevor die Wasser des Kummersees ihre Willenskraft aufweichen. »Also, was muss ich wissen, um nicht als Fischfutter zu enden?«

61

Andreas behängt Lena mit Equipment. »Das ist deine Tarierweste oder auch Jacket. Das Inflator-System reguliert den Auftrieb. Roter Knopf: Luft rein, grauer Knopf plus Hochhalten: Luft raus.«

Lena nickt. Das Fachchinesisch ignoriert sie.

»Hinten an der Rückenschale sitzen die Pressluftflaschen.« Andreas klopft auf die Metallzylinder. »Doppelacht, zweihundert Bar.«

»Was auch immer das heißen mag«, kommentiert Lena, als sie mit einem halben Dutzend Schläuchen verkabelt wird.

Andi schnallt eine übergroße Sportuhr an ihr Handgelenk. »Dein Tauchcomputer startet bei Wasserkontakt. Er speichert Tiefe und Tauchdauer. Falls was passiert, ist der in der Notaufnahme Gold wert.«

»Wie beruhigend.« Lena steigt in Flossen mit Fersenband, mit denen sie nur watscheln kann. Ein Messer im Rambo-Format gurtet Andi an ihren Oberarm. Dann geht er in die Knie und schlingt eine Bauchtasche und einen Ballastgürtel um ihre Hüften. »Acht Bleigewichte zu je einem Kilo. Die Luftblasen im Neopren halten dich warm, geben aber auch Auftrieb. Den müssen wir ausgleichen.«

Ihr freier Arm bekommt einen LED-Scheinwerfer aufgepflanzt. »Ich komme mir vor wie ein Weihnachtsbaum. Wie zum Teufel soll ich mich mit dem ganzen Zeug noch bewegen können?«, mault Lena.

»Erstens hängt dein Leben von diesem ganzen Zeug ab. Und zweitens wirst du das Gewicht unter Wasser gar nicht spüren.« Andreas reicht ihr gleich drei verschiedene Taucherbrillen. »Die Brille muss perfekt zur Kopfform passen.« Nach kurzer Anprobe sucht Andi eine Maske aus. Doch statt sie Lena aufzusetzen, spuckt er geräuschvoll hinein und verreibt den Speichel auf der Innenseite des Visiers. »Hilft gegen 's Beschlagen.«

»Was würde ich nur ohne dich machen.« Lena zieht die vollgesabberte Brille über den Kopf.

»Du siehst aus wie eine schlecht gelaunte Heuschrecke!«

Lena geht nicht auf das Kompliment ein. »War's das?«

»Das Wichtigste zum Schluss.« Andreas greift über ihre Schulter. »Das ist der Atemregler, auch Lungenautomat genannt.«

Lena kennt so etwas aus Filmen, aber in der Hand hatte sie so ein Ding noch nicht. Es sieht aus, als hätte jemand einen Schlauch in einen Rauchmelder gesteckt und mit einer Knirscherschiene verbunden, wie Lena sie seit Jahren trägt, damit sie sich während ihrer Albträume die Zähne nicht zu Stümpfen schmirgelt.

»Du beißt auf das Silikon«, erklärt Andreas. »Nicht zu

fest, aber auch nicht zu locker. Dann atmest du ganz normal, nur halt durch den Mund. Verstanden?«

Lena bejaht.

»Atme nicht zu hektisch. Sonst geht dir die Luft aus, noch bevor du unten bist. Versuche, mehr aus- als einzuatmen.«

»Verstanden.«

»Hier sitzt das Finimeter. Damit prüfst du den Füllstand deiner Flaschen«, fährt Andi fort.

»Wie lange reicht die Luft?«

»Normalerweise? Lang genug, um einmal über den Seegrund zu spazieren. Aber bei dir höchstens eine Stunde. Eher fünfundvierzig Minuten. Anfänger atmen meist zu schnell und zu tief.«

»Ich gebe mir Mühe, möglichst gar nicht zu atmen.«

»Schon klar. Rechts vor deiner Brust befindet sich ein zweiter Atemregler, Oktopus genannt. Das ist ein Backup, falls es Probleme mit dem ersten gibt oder du jemand anderen mit Luft aus deinen Flaschen versorgen musst«, führt Andreas aus. »Du solltest beide testen, um ein Gefühl für das Atmen durchs Gerät zu kriegen. Das Equipment ist zwar neu, aber wir müssen sichergehen, dass alles funktioniert.«

Andreas macht sich an den Ventilen hinter Lenas schmerzendem Rücken zu schaffen. Zögerlich beißt sie auf die Silikonschiene des Lungenautomaten. Während ihre Zunge noch über den ungewohnten Fremdkörper tastet, zieht Andi ihr die Maske über Augen und Nase.

Bevor Lena sichs versieht, nimmt sie ihren ersten zischenden Atemzug durch den Lungenautomaten. Sie keucht auf und verliert prompt das Mundstück.

»Gut!« Andi greift nach dem Regler. »Wie ist es?«

»Schmeckt wie normale Luft«, stellt Lena erstaunt fest.

»Ist ja auch normale Luft, nur komprimiert. Jetzt den hier!« Andreas setzt Lena den Ersatzregler an die Lippen, den er als Oktopus bezeichnet hat. Abermals atmet sie ein. Wieder ertönt ein Zischen und Schnauben.

»Und?«, erkundigt sich Andi.

Lena hebt einen Daumen und nimmt einen weiteren Zug. Nur durch den Mund atmen zu können fühlt sich an wie bei einer Erkältung. Die dichte Nase zusammen mit der Sichtfeldeinschränkung durch die Maske und der Enge des Neoprens verursacht ein Gefühl der Beklemmung.

Damit kommst du klar! Hörst du? Du musst klarkommen!

Doch das Unbehagen, das Lena in ihren Eingeweiden spürt, ist der perfekte Nährboden für aufkeimende Panik. Sie reißt die Brille hoch und spuckt den Regler von sich.

»Alles klar?«, will Andi wissen.

»Was soll sein?« Lena holt pfeifend durch die Nase Luft.

Andreas mustert sie mit verschränkten Armen. Er schüttelt den Kopf. »Das ist eine derart beschissene Idee –«

»Ich komme klar!« Lena zwingt ihre Atmung in normales Tempo zurück.

»Du bist der Boss.« Andi sieht sich um. »Aber egal,

wie es jetzt weitergeht, wir sollten sehen, dass wir weg-kommen.«

»Okay, dann mach!«, drängt Lena.

»Also schön. Die nächste Runde wird härter.« Andi lässt die Aluboxen mit ihren Klamotten und dem Rest der Ausrüstung in den Büschen verschwinden. »Schauen wir, wie gut du wirklich klarkommst. Ins Wasser mit dir!«

Lena watschelt zur Uferlinie. Diesen Moment hat sie in ihren Albträumen dreiunddreißig Jahre lang wieder und wieder durchlebt.

Die Rückkehr in den Kummersee.

Dieses Mal mit Andi an ihrer Seite anstelle von Tom.

Dieses Mal sind die Schauermärchen mehr als nur der Versuch eines Bruders, seinem Schwesterchen Angst ein-zujagen. Die Schrecken der Realität haben die Gruselge-schichten längst überflügelt.

Lena macht einen weiteren Trippelschritt. Zum ersten Mal seit einem halben Menschenleben umspült das Was-ser des Sees wieder ihre Knöchel. Das Glucksen der Wel-len klingt ausgelassen, ja geradezu beseelt. Als könne es der Kummersee kaum erwarten, seine alte Freundin end-lich in die Arme zu schließen.

Wie schön, dass du wieder da bist!

62

»Jetzt geht es ans Eingemachte. Das ist der finale Test.«

Lena konzentriert sich auf Andis Worte. Die Saat der Panik in ihrem Magen ist aufgegangen und gedeiht prächtig.

»Taste dich vor. Wenn dir das Wasser an die Hüfte reicht, gehst du in die Hocke, bis nur noch deine Augen rausgucken. Atme eine Minute ruhig ein und aus. Packst du das nicht, brauchst du den Rest erst gar nicht zu versuchen.«

Lena folgt den Anweisungen. Jeder ihrer Schritte animiert unzählige Mikroorganismen in der Uferzone, geisterhafte Kaskaden blauen Lichts auszustoßen.

»Wir machen das zusammen, okay?« Andreas greift ihre Hand. »Eins, zwei, und runter!«

Je tiefer sie in den See sinkt, desto mehr prescht Lenas Herzschlag voran. Wie ein Amok laufendes Morsegerät, mit dem ihr neunjähriges Ich verzweifelt um Hilfe telegrafiert.

Eine Welle schwappt gegen ihre Brille. Einzeller glimmen vor ihren Augen. Instinktiv hält sie die Luft an. Dann fällt ihr der Regler zwischen ihren verkrampften Kiefern wieder ein. Sie nimmt alle Willenskraft zusammen und ... atmet.

Flüssigkeit läuft in Lenas Mund und den Hals hinab. Ihr Körper reagiert mit einem Hustenreiz.. Sie muss das Wasser loswerden. Muss den Kummersee aus ihrem Innersten befördern. Sie erstickt. Geht jämmerlich zugrunde.

Wie Tom.

Wasser strömt in ihre Kehle. In die Luftröhre. Bis in ihre Seele. Es füllt sie aus. Ertränkt sie.

Wie Tom.

Genau wie Tom!

Wasser –

Doch da ist nichts.

Nur Panik.

Nur das Zischen des Lungenautomaten, der es Lena erlaubt, zwischen den Elementen zu wandeln. Ein Fisch gewordener Mensch, zu Gast in einem fremden Universum.

Abermals holt sie Luft.

Scheiße, ich atme unter Wasser!

Zum ersten Mal gibt sich Lena der Hoffnung hin, es schaffen zu können.

Ich werde mein Ende nicht in einem nassen Grab finden!

Die Testminute vergeht so schnell und zugleich so langsam wie noch keine Minute in Lenas Leben zuvor.

Schließlich signalisiert Andi ihr mit einem Händedruck, dass sie auftauchen soll. Er zieht den Regler aus dem Mund. »Touché, Wölfchen! Hätte nicht gedacht, dass du das Zeug dazu hast.«

»Ich auch nicht«, antwortet Lena wahrheitsgemäß.

»Willst du es noch einmal probieren? Weiter draußen? Ohne Boden unter den Füßen?«

»Nein, ich kriege das hin. Und vielleicht brauche ich die Luft nachher noch.«

»Wir halten den Tauchgang so kurz wie möglich. Ich habe keinen Bedarf, deinen Kollegen unseren nächtlichen Badeausflug zu erklären. Und ehrlich gesagt, nach dem, was in den letzten Tagen gelaufen ist, fühle ich mich auch nicht gerade wohl hier.«

»Ich weiß, was du meinst. Wir sehen nach, was da unten ist, und machen, dass wir zurück aufs Trockene kommen. Keine Extratouren, versprochen!«

Sie stehen im flachen Wasser und blicken in die Nacht. Alles Mögliche könnte aus der Dunkelheit zu ihnen zurückstarren.

»Hast du bekommen, um was ich dich gebeten hatte?«, fragt Lena.

Andreas löst eine der beiden Aluminiumstangen, die an seinen Pressluftflaschen befestigt sind. Sie ist armlang und so dick wie ein Daumen. Auf der Oberseite ist eine Nut eingefräst, in der eine zweite, dünnere Stange in einem Führungsschlitten ruht. Daran sind spannbare Gummiriemen angebracht. Am Ende sitzt ein Griff mit einem Auslöser unter einem Schutzbügel. Die ganze Konstruktion erinnert an eine zu lange Pistole.

»Vorsicht damit«, warnt Andreas. »So was setzt man

zum Speerfischen ein. Ist in Deutschland zwar verboten, aber kaufen kann man die Dinger trotzdem.«

Lena wiegt die Harpune in der Hand. »Auf was muss ich achten?«

»Du hast nur einen Schuss. Im Ernstfall – wie einem Kampf – dauert Nachladen zu lange. Wenn du abdrückst, musst du dir sicher sein. Und du musst dicht ans Ziel ran. Die Reichweite beträgt sechs oder sieben Meter. Danach bremst das Wasser das Projektil zu stark ab.«

»Nur mal angenommen, da unten lauert etwas auf uns ... Kann ich es damit töten?«

»Das ist keine Jagd, Lena!«

»Ja, ja. Trotzdem. Reicht die Power, um einen Angreifer zu stoppen?«

»Aus der Nähe durchschlägt das Ding eine Tischplatte.«

Lena greift die Harpune fester. Sie nickt zufrieden.

»Dann los jetzt.« Andreas zeigt in die schwarzblaue Finsternis. »Der Koordinate nach müssen wir zweihundertsiebenundzwanzig Meter in diese Richtung schwimmen. GPS funktioniert nur an der Wasseroberfläche. Und wir sparen Luft, wenn wir erst später runtergehen. Unser Ziel liegt in zehn Metern Tiefe.«

»Wir dürfen die Lampen nur unter Wasser anmachen, sonst sieht man uns. Wie sorgen wir dafür, dass wir uns nicht verlieren?«

Andreas wickelt eine Schnur aus Kunststoff von einer Spindel. »Das ist unsere Buddy-Leine. Du hast fünf Meter Spiel. Wehe, du kommst auf die Idee, dich auszuklinken.

Dann jage ich dir die Harpune in deinen knochigen Hintern.« Mit einem Karabiner befestigt er die Leine an Lenas Schultergeschirr. »Die wichtigsten Handzeichen unter Wasser: Hoch und runter signalisierst du mit dem Daumen. Sobald etwas nicht in Ordnung ist, spreizt du die Finger und wedelst mit der Hand. Gibt es ein Problem mit dem Druck, fasst du dir an die Ohren. Stimmt was nicht mit der Ausrüstung, zeig darauf. Kapiert?«

»Kapiert.«

»Ist alles okay, formst du mit Zeigefinger und Daumen einen Kreis, etwa so.«

Lena schaut nach unten zu seiner Hand. In der gleichen Sekunde knufft Andi sie auf den Oberarm. »Ha! Reingeguckt!«

»Wie alt bist du? Zwölf?« Lena muss in Erinnerung an das dumme Kinderspiel lachen. Sie ist dankbar, dass Andi seinen Humor selbst jetzt nicht verloren hat. Auch wenn er nur zur Kompensation seiner Angst dient.

»Bereit?«, fragt er.

»Nein. Aber bringen wir es hinter uns.«

Andi betätigt den Inflatorknopf und füllt die Jackets mit Luft. »Okay. Dann mal los!«

Lena stößt sich ab und paddelt. Noch einmal tastet sie mit den Flossen nach unten, zum Grund. Doch sie tritt nur Wasser. Ihr Magen stülpt sich um, als befände sie sich im freien Fall. Sie lässt alle Sicherheit und jeden Halt zurück. Nun ist sie ganz dem Kummersee ausgeliefert.

Sie haben vielleicht zwei Dutzend Flossenschläge gemacht, da öffnet der Himmel abermals seine Schleusen.

Regentropfen prasseln auf die Wellen wie winzige Meteo-riten. Die Einzeller im See reagieren mit leuchtenden Ent-ladungen.

Lena erinnern die Kreise, die der Regen ins Wasser tupft, an Toms Geschichte. Sie muss an die Tränen des Müllers denken, an denen sich der See gelabt hat. Jener See, der dem armen Mann erst die Frau und dann das Kind genommen hat. Dieselben verfluchten Wasser, die auch Lena den Bruder geraubt haben. Nun schwebt sie darin.

Es gibt kein Zurück.

63

Es hat etwas Surreales, durch das phosphoreszierende Glimmen zu pflügen. Jeder Flossenschlag verursacht eine kleine blauglühende Bugwelle. Doch Lena ist weit davon entfernt, das Schauspiel zu genießen. Zu groß ist ihre Furcht, etwas könnte unter ihr durch die Tiefe gleiten. Etwas mit scharfen Zähnen und einem einzelnen tellergroßen Auge.

»Was zum Henker kann das sein?«

Lena kann die Faszination und die Furcht in Maliks durch das Walkie-Talkie schrillender Stimme immer noch hören.

»Wir sind da.« Andi bremst Lena mit einem Zupfen an der Buddy-Leine. Er deutet auf seine GPS-Uhr. »Das sind die Koordinaten aus der SMS.«

Sie treten Wasser. Um sie ist nichts als Schwärze und das gelegentliche Aufblitzen der Dinoflagellaten. Vielleicht ist ihr Glühen an dieser Stelle etwas ausgeprägter. Aber sonst gibt es nichts Auffälliges – zumindest nicht an der Wasseroberfläche.

»Was, denkst du, ist da unten?«, fragt Andreas.

Nichts, wenn Lena ihrer Mutter Glauben schenkt.

Eine psychische Manifestation von Schuldgefühlen und Ängsten, falls es nach Doktor Harpstätter geht.

Oder *Czarnobóg, der schwarze Gott der Slawen*. Das ist es, wovon Marlies Kujau überzeugt war.

Überzeugt ist, verdammt noch mal! Andis Mutter lebt schließlich noch! Oder?

»Antworten!« Lena hebt die Stimme gegen das Prasseln des Regens auf der Wasseroberfläche. »Da unten sind Antworten!«

»Geht es vielleicht noch weniger konkret?«

»Ich habe das Sonarbild nicht gesehen. Aber was immer unter uns ist, es war Malik wichtig genug, um diese SMS zu schicken. Es hätten seine letzten Worte sein können. Er hätte alles Mögliche schreiben können. *Sag meinen Eltern, dass ich sie liebe*, oder etwas in der Art. Doch er hat mir diese Koordinate übermittelt.«

»Und wenn es nur die alte Fischerkate ist?«, ruft Andi durch das Trommelfeuer der Tropfen zurück. »Du kennst die Geschichten!«

»So weit draußen? Glaube ich nicht.«

»Vielleicht sollten manche Geheimnisse lieber geheim bleiben.«

»Lass uns runtergehen!« Lena wird ungeduldig. Das Wassertreten kostet unnötig Zeit und Kraft.

»Denk bei deiner Beerdigung daran, dass ich alles getan habe, um dir das hier auszureden!« Andi schwimmt näher. »Beim Abtauchen musst du den Druck ausgleichen. Wie im Flugzeug. Fang gleich damit an. Dann können sich deine Trommelfelle an die Belastung gewöhnen.«

Lena pustet Luft in ihre verschlossene Nase.

»Gut«, sagt Andreas. »Der See ist hier zehn Meter tief. Da unten lastet der doppelte Atmosphärendruck auf dir. Wir gehen ganz langsam runter. Ich will jeden einzelnen Meter ein Handzeichen, dass alles in Ordnung ist. Verstanden?«

Lena nickt.

»Ich behalte dein Finimeter im Auge. Wenn ich sage, wir müssen wieder hoch, tauchen wir auf. Keine Diskussionen!«

»Klar.«

»Hör jetzt genau zu, deine Gesundheit hängt davon ab, vielleicht sogar dein Leben.« Andi fasst sie an der Schulter, damit sie ihn ansieht. »Es kann tödlich enden, falls du zu schnell hochkommst. Wir gehen mit einem Meter pro Minute nach oben. Nicht mehr. Atme so viel aus wie möglich. Dein Körper muss den Stickstoff im Blut loswerden.«

»Ist gut, begriffen.« Die Panikpflanze in Lenas Magen klettert die Speiseröhre empor und öffnet ihre Blüten. Unter Wasser mit einem Atemregler im Mund vor Angst kotzen zu müssen gehört zu den Erfahrungen, auf die sie gern verzichten würde. »Hast du die Kamera?«

Andi löst eine Hartschalentasche von seinem Geschirr. Darin verbirgt sich ein Gerät, das einem Camcorder aus den Neunzigerjahren ähnelt. »Dieses Baby ist speziell für Einsätze bei Nacht ausgelegt. Die Restlichtverstärkung ist erste Sahne!« Auf der Oberseite signalisiert eine rote Leuchtdiode, dass die Aufnahme läuft. »Lächeln, du bist im Fernsehen!«

Lena presst den Mund zu einem Strich zusammen. Sie friert, trotz des Neoprens. Es ist die Furcht, die ihr die Wärme aus dem Körper saugt, nicht die Wassertemperatur.

Um Lena schwillt das Trommeln der Regentropfen zu einem Crescendo. Der Regen mag optisch wie akustisch Deckung bieten. Aber nicht nur für Andi und sie, sondern auch für alles, was bei Nacht unterwegs ist – auf, am und im See.

»Können wir?«, stößt Lena hervor.

»Okay, dann los, bevor es von oben noch nasser wird als unter unseren Füßen.« Andreas zieht die Maske über.

»Pass auf dich auf da unten«, sagt Lena. »Ich könnte es nicht ertragen, wenn noch jemand wegen mir draufgeht.«

»Ich gebe mir Mühe.« Andi prüft ein letztes Mal die Pressluftflaschen. »Ich bin froh, dass wir uns wiedergetroffen haben, Wölfchen.«

»Ja, ich auch.« Lena schluckt schwer. »Danke. Für alles.«

Andi nickt. Er aktiviert eine tischtennisballgroße LED-Lampe mit einem Senkblei daran und setzt sie ins Wasser. »Die Lichtboje zeigt, wo oben ist. Wenn wir uns verlieren oder mir etwas zustößt, schwimm darauf zu. Aber denk dran: langsam hoch, keine Risiken eingehen.«

Andi klemmt den Lungenautomaten zwischen die

Zähne. Er lächelt um das Silikon herum. Mit einem Zischen lässt er die Luft aus seiner Weste entweichen und verschwindet in den Wellen.

Lena beißt auf das Mundstück des Atemreglers. Sie prüft die Zeit auf dem Tauchcomputer und reduziert den Auftrieb durch das Jacket, wie Andi es ihr gezeigt hat. Dann sinkt auch sie hinab, unter die Oberfläche des Kummersees – der letzte Ort, an den sie je zurückkehren wollte.

64

Die Wogen schließen sich über Lenas Kopf. Luftblasen drängen mit einem Gluckern empor. Das Trommeln der Regentropfen wird zu einem entfernten Grollen. Eine Armlänge tiefer ist es nur noch als Hintergrundrauschen zu hören.

Über Wasser war es stockfinster. Doch hier unten ist die Nacht vollkommen. Lena schwebt durch die Dunkelheit. Die Schwärze des Sees wird zu ihrem All, mit dem Leuchtkörper der Boje als Zentralgestirn. Ringsum glimmen die Einzeller wie Sterne.

Lena sinkt, lässt die Galaxien aus Mikroorganismen über sich zurück. Der LED-Fixstern an ihrem Firmament schrumpft. Solange die Technik mitspielt, tröpfelt kostbare Atemluft aus dem Schlauch über ihrer Schulter.

Aber was, wenn die Ausrüstung versagt?

Sie wird die Leere einatmen, Schwärze sie verschlingen. Lena reißt am Gürtel mit den Bleigewichten. Andi muss sie zurückbringen. Zurück nach oben! Sonst wird sie sterben ...

Im Weltall hört dich niemand schreien, heißt es. Doch

unter Wasser umhüllen schillernde Luftblasen deine Schreie. Sie zittern der Oberfläche entgegen, übergeben deinen letzten verzweifelten Atemzug dem Wind über den Wellen. Der trägt ihn davon, als hättest du niemals existiert.

Stille. Finsternis. Leere. Kälte. Angst.

Panik. Panik. PANIK.

Gleich schält sich der fischbauchweiße Körper eines Jungen mit roter Badehose aus der Schwärze. Ich weiß es!

Tom treibt reglos durch die flüssige Nacht. Seine Locken hängen voller Algen. Im blaublassen Gesicht sucht ein Krebs Schutz zwischen zerfetzten Lippen.

Und dann öffnet Tom die toten Augen und heißt seine Schwester willkommen.

Du bist zurück! Nach all den Jahren bist du endlich zu mir zurückgekehrt!

Tom schließt sie in die verwesten Arme.

Ich werde dich niemals wieder loslassen! Bruder und Schwester vereint, vereint auf alle Tage ...

Etwas zuckt durch Lenas Gesichtsfeld. Ihr Aufschrei löst sich in einer Wolke aus silbrigen Kugeln. Der Atemregler verschwindet in die Dunkelheit.

Das Etwas greift nach ihr. Sie windet sich und strampelt.

Es ist das totale Déjà-vu.

Das Etwas packt ihr Handgelenk, reißt an ihrem Arm, stopft ihr etwas zwischen die Zähne.

Lena holt Luft, um abermals zu schreien ...

... und merkt, dass sie Luft holen kann.

Ein Finger aus Licht sticht in die Finsternis.

Der Scheinwerfer!

Andi hat den Scheinwerfer an ihrem Unterarm angeschaltet und ihr den Lungenautomaten wieder in den Mund gezwängt. Lena leuchtet ihn an, die Augen noch vor Terror aufgerissen, der Puls im Presslufthammermodus. Ihr Gesicht glüht wie das zum Abkühlen ins Wasser getauchte Werkstück eines Schmieds.

Andreas rüttelt an ihren Schultern.

Lena blinzelt, bemüht, ihren Blick an ihn zu heften.

Er deutet mit dem Daumen zur Wasseroberfläche. *Hoch!*

Sie schüttelt den Kopf. *Nein!*

Wieder zeigt Andi nach oben, nun vehementer. *Auftauchen!* Er schwimmt los.

Lena hält ihn fest. Sie ringt den letzten Rest der Angstattacke nieder.

Was hat Andi ihr beigebracht? Aus zwei Fingern formt sie einen Kreis. *Alles okay.*

Dann streckt sie die Faust aus. Sie deutet mit dem Daumen nach unten wie ein römischer Kaiser, der in der Arena über einen unterlegenen Gladiator urteilt. *Abtauchen!*

Lena erwartet, dass Andi sie mit einem Tritt in den Hintern zurück an die Oberfläche befördert. Dass er dem Irrsinn einen Riegel vorschiebt. Womit sie nicht rechnet, ist sein resignierendes Kopfschütteln im Scheinwerferlicht, gefolgt vom Okay-Zeichen.

Wie lange hat die Panikattacke gedauert? Wie weit

sind sie unkontrolliert gesunken? Sind sie schon am Grund?

Zum Glück ist der See hier nur zehn Meter tief. In der Mitte sind es über vierzig ...

Lenas Blick findet die Tauchuhr. Seit dem Abtauchen sind zweiundfünfzig Sekunden vergangen. Die Wassertiefe beträgt zwei Meter und zwanzig. Kaum mehr als das Schwimmerbecken im Freibad.

Ihr Trip steht noch ganz am Anfang.

Andreas deutet auf seinen Tiefenmesser. Er spreizt vier Finger ab, gefolgt vom gesenkten Daumen.

Lena signalisiert, dass sie verstanden hat, und sinkt.

Zwei Meter fünfzig, drei Meter, drei fünfzig ...

Lenas Pulsschlag beruhigt sich, wenn auch nur etwas. Die Panik ist keineswegs verschwunden. Nur unter Kontrolle gezwungen. Außerhalb des Lichtkegels streicht sie im Dunkeln umher und wartet darauf, erneut zuzuschlagen.

Mit einem Flossenschlag stoppt Lena die Abwärtsbewegung. Sie macht das Okay-Zeichen für Andi.

So steigen sie weiter ab in die Tiefen des Kummersees. Fünf Meter unter der Oberfläche ist die Lichtboje nur noch ein kleiner Punkt weit über ihnen. Fluoreszierende Einzeller gibt es hier unten nicht mehr, dafür zieht gelegentlich ein neugieriger Fisch vorbei. Die Welt schrumpft auf den Bereich, den die Strahler zu erhellen vermögen. Was jenseits davon liegt? Wer weiß das schon.

Hic sunt dracones – hier sind Drachen.

Mit diesen Worten kennzeichneten frühe Kartografen

unbekannte Gebiete, illustriert mit Seeschlangen und Meeresungeheuern. Ganz sicher ist dies so ein Ort.

Hic sunt dracones ...

Sechs Meter. Und immer wieder für Andi so tun, als wäre alles in Ordnung; mit den Händen lügen. Ein Wattegefühl legt sich auf Lenas Trommelfelle. Noch kann sie dagegen anpusten. Schmerzen hat sie nicht. Wenigstens das bleibt ihr erspart.

Bei sieben Metern Tiefe kann sie unter sich im Lichtstrahl den Grund des Sees ausmachen. Es ist eine Mondlandschaft, tot und kahl. Nichts als Sand und Steine, Geröll und Trümmer.

Sollte es hier so aussehen?

Andreas tippt Lena auf die Schulter. Er kontrolliert das Finimeter und gibt etwas Luft in ihre Weste. Plötzlich lässt der Abwärtsdrall nach. Das Gewicht der Ausrüstung löst sich in nichts auf, bis Lena schwebt. Nun fühlt sie sich noch mehr, als habe eine Rakete sie in der Leere des Alls ausgesetzt.

Sie haben neun Meter Tiefe erreicht. Jetzt heißt es Ausschau halten. Danach, was Malik so wichtig schien, dass er seine letzte Kraft dafür investiert hat.

Andreas schwenkt die Kamera. Im Lichtstrahl tauchen Steinhaufen auf. Sie erinnern an Hügelgräber im Miniaturformat. Dazwischen sieht der Seeboden aus, als hätte ihn eine Wildschweinrotte auf Nahrungssuche aufgewühlt.

Andi überprüft den Kompass. Er deutet auf die Geröllansammlungen. Lena schwimmt ihm nach. Die Stille macht sie wahnsinnig. Es ist wie bei einem Horrorfilm. Jederzeit könnte etwas aus der Dunkelheit schnellen, untermalt von zu lauter, atonaler Musik ...

Zumindest um Höhlenbären und Säbelzahnkatzen muss sie sich hier unten keine Gedanken machen. Aber sollte es nicht trotzdem Tiere geben? Krebse, Muscheln, so etwas? Oder wenigstens Wasserpflanzen? Doch nichts als Geröll und Steine, so scharfkantig und steril, als hätte sie eine riesige Faust aus dem Seeboden gerissen. Nur was in aller Welt könnte unter Wasser so gewütet haben?

Lena sinkt auf den Grund. Ihre Flossen wirbeln Sand auf. Er schwebt davon wie der Staub vergangener Jahrhunderte.

Dies ist kein Ort für Menschen. Dies ist ein Ort zum Sterben, ein Ort des Todes, raunt ihr neunjähriges Ich.

Die Sicherungsleine ruckt. Lena hat ihre fünf Meter Spielraum ausgeschöpft. Andi dreht sich um und macht eine fragende Geste. Im harten LED-Licht wirkt sein Gesicht, als sei er hinter der Sichtscheibe seiner Tauchbrille eingesperrt.

Der Anblick beunruhigt Lena, auch wenn sie nicht mit dem Finger darauf zeigen kann, wieso. Der Anzug, die Schläuche, die Maske, die bebenden Luftblasen vor seinen Augen ... All das bringt eine dunkle Saite in der entlegensten Ecke ihres Verstands zum Klingen.

Es ist nur ein Gefühl, eine Assoziation ... ein *Bild*. Es gleitet Lena umso flinker durch die Hände, je entschlossener sie danach zu greifen sucht. Ein glitschiger Fisch im trüben Wasser ihrer Gedanken.

Was ist los?, fragt Andi mit einem Heben des Kinns. Er hüpft über den Seegrund auf sie zu.

Lena weicht zurück. Angst spült in einer Springflut durch ihren Körper. Todesangst.

Andreas streckt die Arme aus. Er deutet mit den Handflächen zu Boden.

Komm runter, Wölfchen! Alles ist gut, beruhige dich!

Lena hört ihn fast in ihrem Kopf. Aber sie kann sich nicht beruhigen. Eine Erinnerung durchzuckt sie wie ein Blitz. Der widerspenstige Fisch aus ihrem Gedächtnis zappelt im Kescher.

Klarheit erhebt sich aus der Asche von Lenas Ängsten. Sie weiß jetzt, was im Kummersee sein Unwesen treibt. Und welche Bestie Tom in die Tiefe gezerrt hat.

Es ist das schlimmste Monster von allen.

Doch die Erkenntnis kommt zu spät.

Andreas reißt die Augen auf. Eine Wolke aus Blasen bricht aus seinem Gesicht. Lena glaubt, den zugehörigen Aufschrei sogar hören zu können. Es ist eine Warnung.

Sie wirbelt herum.

Durch einen Perlenschnurvorhang aus Gasbläschen blickt Lena in ein einzelnes riesiges Auge. Wie vor dreiunddreißig Jahren. Doch dieses Mal gibt es kein Entkommen.

Angelockt von den Eindringlingen in seinem Reich, hat es sich angeschlichen.

Lenas *Monster*.

Oder das, was sie dafür gehalten hat.

65

Der Taucher umklammert ein gezacktes Kampfmesser. Jenseits des tellergroßen Sichtfensters seiner Maske liegt Finsternis. Der Unbekannte steckt in einem ölig-schwarz glänzenden Anzug. Mit dem Lufttank, dem Zyklopenvisier und den wie Stoßzähnen geschwungenen Faltenschläuchen an den Seiten seines Kopfes sieht er aus wie ein Albtraumwesen. Besonders für ein verängstigtes neunjähriges Mädchen, das gerade erst das Jugendschwimmabzeichen in Silber gemacht hat.

Der Fremde hebt die Waffe und stürzt los.

Lena dreht sich weg. Sie stolpert über die Flossen und schlägt auf den Grund. Die Tauchflaschen fangen das meiste ab. Dennoch treibt ihr der Aufprall die Luft aus den Lungen.

Der Angreifer driftet über sie, das Messer voran.

Lena reißt die Beine hoch, um den stahl- und gummiummantelten Körper abzulenken. Die Klinge zischt nur Zentimeter an ihrem Hals vorbei.

Sein Schwung trägt den Froschmann weiter. Lena rollt zur Seite. Ihr Lichtstrahl zuckt durchs Wasser.

Sie rappelt sich auf. Im aufgewirbelten Sediment ist die Sicht gleich null.

Aus der Deckung des unterseeischen Sandsturms setzt der Fremde zur nächsten Attacke an. Lena reißt die Harpune hoch. Aber der Taucher ist zu nah. Er prallt gegen sie und begräbt sie unter sich.

Lena strampelt. Der Angreifer ist zu schwer, um ihn abzuwerfen. Er bringt das Messer in Position.

Wo steckt Andi? Warum hilft er mir nicht?

Lena hebt die Harpune. In ihrer Verzweiflung drückt sie ab, ohne zu zielen.

Der Speer schießt in die Dunkelheit. Der Blick des überraschten Tauchers folgt dem Projektil.

Lena nutzt die Ablenkung. Sie zieht ihr eigenes Messer und schwingt es in einem Bogen. Die Klinge schrammt über das Visier des Fremden. Der zuckt zusammen und tastet nach seiner Maske.

Mit aller Kraft wirft Lena sich zur Seite.

Der Angreifer verliert den Halt.

Sie robbt davon. Doch sofort ist der Froschmann – *das Monster* – wieder auf ihr. Er nagelt sie mit seiner schieren Masse fest und ringt ihr das Messer aus den Händen. Dann bringt er seine eigene Stichwaffe in Anschlag.

Lena hebt die Arme. Die gezackte Klinge zittert über ihrem Gesicht. Es ist ein unfaires Armdrücken. Mit der Gewalt einer Hydraulikpresse drückt der Taucher seine Waffe nach unten. Zentimeter für Zentimeter.

Er wird mich umbringen.

Die Erkenntnis ist so bitter wie endgültig. Noch schwerer wiegt die Gewissheit, dass Andi sie im Stich gelassen hat.

Der Strahl von Lenas Lampe fällt ins Visier des Fremden. Hinter einem Spinnennetz aus Rissen glühen die Augen eines zu allem entschlossenen Mannes. Die Anstrengung lässt die Adern auf seiner Stirn hervortreten.

Lena kennt ihn nicht. Aber dieser Unbekannte wird ihr Mörder sein. Hier und jetzt.

Das Messer bohrt sich ins Neopren ihres Anzugs. Direkt über ihrem hämmernden Herzen.

Wird es sehr wehtun? Soll ich die Augen schließen? Das Ende akzeptieren? Vielleicht geht es dann schneller. Gleich, gleich ist es vorbei ...

Plötzlich blitzt eine zweite Messerklinge im Scheinwerferlicht. Der Angreifer verschwindet in einer Eruption von Luftblasen. Durchtrennte Schläuche peitschen durchs Wasser. Der Taucher lässt von Lena ab und schlägt um sich.

Andi hat dem Fremden die Luftzufuhr gekappt. Jetzt hält er ihn von hinten fest. Außer Reichweite für das Messer.

Lena entweicht ein Jubelschrei. Fast verliert sie den Atemregler. Sie will es sehen. Will zuschauen, wie der Mistkerl ersäuft. So wie Tom. So wie sie selbst damals beinahe ertrunken wäre.

Tief einatmen, Arschloch!

Die Polizistin in ihr erschrickt vor diesen Rachegelüsten. Sie hat längst begriffen, dass der Unbekannte nichts mit dem Tod ihres Bruders zu tun hat. Er ist zu jung, um Toms Mörder sein zu können.

Andi umklammert den immer heftiger zappelnden Fremden. Der Unbekannte kämpft nun selbst um sein Leben.

Schließlich, nach weiteren endlosen Sekunden, gibt Andi den Mann frei. Der Taucher stößt sich vom Grund ab und strampelt der Oberfläche entgegen.

Eine Welle der Enttäuschung brandet über Lena hinweg. Gleichzeitig weiß sie, dass es richtig ist, was Andi getan hat.

Er kommt auf sie zu. Eine fragende Geste in ihre Richtung. *Alles klar?*

Ich wäre fast gestorben. Aber sonst: alles bestens!

Lena steht kurz vor einem hysterischen Anfall. Ihr Atem geht stoßweise und viel zu schnell. Trotzdem signalisiert sie, dass sie okay ist.

Andreas leuchtet ihren Anzug ab. Er zeigt auf etwas.

Lena sieht an sich hinab. Über der Wölbung ihrer linken Brust sickert ein Blutfaden durch einen Spalt im Neopren. Er kräuselt sich im Wasser wie der Rauch einer erloschenen Kerze.

Das Messer hat die Haut nur geritzt. Aber viel hat nicht gefehlt, und der See hätte die nächste Leiche bekommen.

Die Wunde brennt. Doch mit dem Schmerz kommt auch die Erleichterung. Die Gefahr ist vorüber. Es sei denn, es gibt hier Haie, die das Blut wittern. Haie oder andere Ungeheuer ...

War es damals wirklich ein Taucher, der Tom und mich angegriffen hat? Warum hat er das getan? Und was hat Björn Thoms dann so zugerichtet?

Andreas macht eine Flatterbewegung mit der Hand. Er richtet den Daumen nach oben. *Wir sollten auftauchen!*

Lena schüttelt energisch den Kopf. Wie ist das Handzeichen für *nur ein Kratzer?*

Nein, sie bleibt. Jemand muss herausbekommen, was in diesem See wichtig genug ist, dafür zu morden.

Lena winkt Andi heran. *Mach schon!*, fordert sie lautlos. *Weiter!*

Sie wendet sich um und paddelt los. Doch dann erstarrt sie. Mitten in der Bewegung.

Etwas kratzt über ihre Rippen. *In ihr. Unter ihrer Haut.*

Dieses Mal ist der Schmerz sofort da. Eine weiß glühende Lanze, die sich in ihre Seite bohrt. Sie presst die Kiefer aufeinander, bis sie kurz davor ist, das Mundstück des Lungenautomaten zu zerbeißen.

Ungläubig beleuchtet Lena die Blutwolke, die aus der Wunde in ihrer Flanke quillt. Der Strahl ihrer Lampe erfasst ein Messer. Der Lichtkegel wandert weiter über den Arm, der die Waffe führt. Auch wenn das Gesicht jenseits des Visiers im Dunkeln liegt: Dieser neue Angreifer gleicht seinem Vorgänger wie ein Ei dem anderen. Er hebt die Faust mit der Klinge, um Lena den Rest zu geben.

Sie sinkt in die Knie. Wie konnte sie nur die wichtigste Grundregel beim Tauchen vergessen?

Geh niemals allein runter!

66

Der Taucher blickt auf Lena hinab.

»Jetzt sind es schon zwei!«, hört sie im Geiste Malik durch das Walkie-Talkie sagen.

Der Angreifer holt aus.

Ein Ruck geht durch Lenas Körper. Der Schmerz zwischen ihren Rippen explodiert. Das Sicherungsseil reißt sie nach hinten. Die Klinge schießt keine Handbreit an ihrem Gesicht vorbei. Der Froschmann stolpert ihr nach.

Etwas zischt über Lena hinweg. Noch im Fallen dreht sie den Kopf. Im Oberschenkel des Angreifers steckt plötzlich ein armlanger Pfeil. Von einem Blutnebel umwölkt, ragt seine Spitze aus der Rückseite des Beins.

Lena begreift: Andreas hat sie an der Buddy-Leine aus der Reichweite des Messers gezogen und dann seine Harpune abgefeuert.

Der Aufprall auf dem Grund des Sees spült eine weitere Schmerzwelle über Lenas Rippen. Statt zu schreien, versenkt sie ihre Zähne in der Silikonschiene des Atemreglers. Kurz liebäugelt sie mit einer Ohnmacht.

Nur verschwommen registriert Lena, dass Andi auf

den Angreifer zustürzt. Doch der weicht dem Kampf aus. Er flüchtet, das Kabel mit der Abschussvorrichtung der Harpune im Schlepp.

Andreas lässt ihn ziehen. Er schwimmt zu Lena hinüber. Im Schein der Lampe wedelt er das austretende Blut beiseite, um besser sehen zu können, und betastet ihre Flanke.

Lena friert. Ob das vom Schock kommt, vom Wasser, das in den Anzug dringt, oder vom Blutverlust, kann sie nicht sagen. Ein galliger Geschmack erfüllt ihren Mund.

Wie tief ist das Messer eingedrungen? Bis in Niere oder Milz? Die Wunde tut höllisch weh, und ihr ist kotzübel.

Lena zwingt sich, flach und regelmäßig zu atmen. Ihr Blick folgt dem Lichtbündel von Andis Lampe. An der linken Seite ihres Brustkorbs gähnt ein Riss im Neopren, so lang wie ein DIN-A4-Blatt. Darunter klafft zwischen gezackten Hautlappen eine Wunde, in der parallele gelbweiße Striche durchs Rot des Fleisches schimmern.

Fuck, das sind meine Rippen!

Lena schwindelt es. Zugleich schärft das ausgeschüttete Adrenalin ihren Verstand. Vermutlich zielte die Messerattacke auf ihr Herz. Die Klinge muss vom Knochen abgerutscht sein und –

Gott! Ich müsste tot sein!

Tränen schießen in Lenas Augen. Verschwommen nimmt sie Andis emporgereckten Daumen vor ihrer Nase wahr. *Aufstieg. Sofort!*

Lena nickt. Es ist vorbei.

Sie lässt sich auf die Beine ziehen. Der Schmerz ist auszuhalten. Die Kälte des Wassers betäubt die Wunde. Schlimmer als die physischen Qualen ist die Erkenntnis, gescheitert zu sein.

Was nützt das Wissen, dass Tom von einem Taucher in die Tiefe gezogen wurde, wenn ich nicht weiß, warum? Wem oder was sind wir zu nahe gekommen? Welches Geheimnis ist es wert, dafür über die Leichen von Kindern zu gehen?

Andreas prüft Schläuche und Pressluftflaschen. Dann legt er den Arm um Lenas Hüfte und gestikuliert. Wahrscheinlich will er wissen, ob sie den Aufstieg schafft. Lena hebt die Hand und formt einen nachlässigen Kreis. Was bleibt ihr auch anderes übrig?

Sie steigen empor, bis der Tiefenmesser auf acht Metern steht. Andi zeigt an, dass sie ausharren müssen. Der Griff ans Zwerchfell und das lang gezogene, vorgebeugte Luftausstoßen sollen sie daran erinnern, tief auszuatmen, um den Stickstoffgehalt in ihrem Blut zu senken.

Lena nutzt die Zwangspause, um den Seeboden abzuleuchten. Durch den Kampf mit den Tauchern ist ihr jedes Gefühl für Orientierung abhandengekommen. Ein Blick auf den Kompass lässt vermuten, dass sie sich südlich ihres Zielpunkts befinden. Also richtet Lena den Strahler nach Norden, zum Uferhang.

So weit der Scheinwerfer reicht, erstreckt sich Geröllwüste. Der Lichtkegel streicht über die Steinhaufen, die ihnen beim Abtauchen aufgefallen sind. Lena ist sicher, dass sie künstlich aufgetürmt wurden. Nur warum? Haben die fremden Taucher etwas mit den unterseeischen

Abraumhalden zu tun? Wenn ja, was haben sie auf dem Grund des Sees gemacht? Oder sind die Froschmänner ihnen nur gefolgt, um sie zu erledigen?

Andreas tippt Lena an. Er deutet aufwärts, fünf plus zwei Finger. *Aufstieg auf sieben Meter.*

Lena paddelt, bis der Tauchcomputer die entsprechende Tiefe anzeigt. Ihre Rippen pochen.

Dann sieht Lena sie, im Fokus ihrer Lampe, zwischen den Steinhaufen. Dort, wo der Seegrund sanft zum Ufer ansteigt: zwei parallele graue Linien. Sie beginnen im Sand und verlaufen im rechten Winkel zur Böschung. Der Raum dazwischen ist angefüllt mit Schatten.

Was immer das ist, es passt zu dem, was Malik auf dem Sonar gesehen hat. Er hat es eine *Röhre* genannt.

Ein frischer Schwall Adrenalin dimmt den Schmerz in Lenas Seite. Sie zupft Andreas am Arm. Sein Blick folgt dem Strahl von Lenas Lampe. Doch er macht keine Anstalten, hinüberzuschwimmen, obgleich die Struktur am Seeboden kaum einen Steinwurf entfernt liegt.

Abermals zieht Lena an seiner Hand und deutet auf die wie mit dem Lineal gezogenen Linien.

Andi schüttelt den Kopf. Er zeigt auf ihre Wunde, dann nach oben. *Weiter aufsteigen! Keine Widerrede!*

Missmutig schlägt Lena mit den Flossen. Laut Tauchcomputer sind sie erst fünfzehn Minuten unterwegs.

Wenn sie jetzt aufgeben, war alles umsonst.

Ein Unbekannter in einem Tauchanzug tritt an die Stelle eines Monsters. Ein Rätsel ersetzt ein anderes. Was wäre gewonnen? All die Schmerzen, all das Leid ... vergebens.

Wenn ich Malik wiedersehe, was könnte ich ihm sagen, warum die Kugel ihn getroffen hat? Was sage ich Björn Thoms' Familie, weshalb er sterben musste?

Es wird keinen zweiten Versuch geben. Die Angreifer werden die *Wächter* warnen. Wer sonst hätte ein Interesse daran, das Geheimnis des Kummersees so vehement zu schützen? Die Verschwörer werden weder Lena noch den See aus den Augen lassen. Gleiches gilt für ihre Kollegen bei der Polizei, wenn die mitbekommen, dass sie sich über sämtliche Anweisungen hinweggesetzt hat und bei einem heimlichen Tauchgang im Kummersee angegriffen und verletzt wurde.

Lena lässt den Strahl ihrer Lampe über die Linien am Grund streichen. Die Struktur – die *Röhre* – wird tiefer, je weiter sie Richtung Uferhang führt.

Was zur Hölle ist das?

Andi signalisiert, den nächsten Meter aufzusteigen.

Lena horcht in sich hinein. Ist die Verletzung wirklich so schlimm?

Scheiße, ja! Du kannst die Haut zurückklappen und auf deinen Rippen Xylophon spielen!

Natürlich ist die Verletzung schlimm. Vor allem, weil Lena unter Wasser nicht mitbekommt, wie viel Blut sie verliert. Sie muss schleunigst genäht werden.

Aber welche Wunde wiegt schwerer? Die körperliche? Oder die seelische, die des Nichtwissens? Die Frage, warum all das passiert ist und immer noch passiert. Die

Frage, welche Schuld ein neunjähriges Mädchen am Tod ihres Bruders trägt. Und die, ob Lena Björn Thoms, *Future/Zero* und Malik sehenden Auges ins Verderben hat rennen lassen.

Andi tickt sie an. Vier Finger, dann die Geste zur Wasseroberfläche.

Lena führt den Zeigefinger an die Spitze des Daumens. Ihre Entscheidung steht. Wie sagt man in Tauchersprache *Nimm's mir nicht übel, aber ich muss das tun?*

Eine flüchtige Bewegung, und der Karabiner mit der Sicherungsleine sinkt dem Grund entgegen.

Lena taucht ab. Sie paddelt ohne Hast, so schnell es Stechen und Pulsieren in ihrer Seite eben zulassen. Sie sieht sich nicht um. Andi wird sie nicht aufhalten. Er hat deutlich gemacht, dass er den Tauchgang abbräche, sollte sie aus der Reihe tanzen.

Mit leeren Händen an die Oberfläche zurückzukehren ist keine Option. Nicht, nachdem Lena ihre schlimmsten Ängste überwunden hat und in den Kummersee hinabgestiegen ist. Nicht, nachdem sie ihr Ziel so dicht vor Augen hatte.

Nein, sie wird der Sache auf den Grund gehen. Und wenn sie dabei draufgeht – was eine erschreckend realistische Prognose dafür ist, wie der Solotauchgang enden könnte. Aber wenigstens wird Lena wissen, warum ihr Leben ab jenem Tag im August 1990 so furchtbar schiefgelaufen ist.

67

Lena schwimmt der Struktur entgegen, die sie beim Aufstieg entdeckt hat. Gelegentlich huscht ein Lichtstrahl vorüber, der nicht von ihrer Lampe stammt. Andi folgt ihr also.

Maliks *Röhre* schneidet schräg in den unterseeischen Teil des Uferhangs. Um was immer es sich handeln mag, Menschen haben es errichtet. Die Parallelen am Grund des Kummersees entpuppen sich als fußbreite Mauern aus Beton. Über eine Länge von zehn oder zwölf Metern fassen sie einen etwas mehr als schulterbreiten Graben ein, der ins Gestein führt. Die Anlage wirkt wie eine Einflugschneise unter Wasser. Fehlen nur noch zwei Reihen Blinklichter an den Seiten. An ihrem Ende verschwindet die Konstruktion in Geröll und Finsternis. Dort ist der Graben so tief, dass Lena darin stehen könnte, ohne gesehen zu werden.

Schutt und Steine ringsum müssen vor Kurzem noch den Hohlraum zwischen den beiden Mauerwangen gefüllt haben. Der Seegrund mutet deshalb wie ein frisch gepflügter Acker an, weil die Fremden *das hier* gesucht haben. Nur was ist es? Wer hat es gebaut? Und wozu? Besonders alt sieht es nicht aus.

Lena schaut sich um. Andi ist zwei Meter hinter ihr. Sie faltet die Hände vor der Brust – das geht nicht eben schmerzfrei vonstatten – und deutet eine Verbeugung an. Es ist eine Geste zwischen Entschuldigung und Dank, dass er sie nicht allein gelassen hat.

Lena zeigt auf die Ausgrabungsstätte unter ihnen und zuckt die Achseln.

Andreas schüttelt den Kopf. Seine Miene hinter der Maske drückt Unglauben aus. Ob über Lenas Dickschädel oder das Unterwasserbauwerk, das gar nicht hier sein dürfte, bleibt Interpretationssache.

Meter für Meter tastet sich Lena durch den Graben. Der Schmerz an den Rippen verblasst angesichts ihrer Entdeckung. Links und rechts wachsen die Felsen mit jedem Flossenschlag Richtung Hang stetig höher, bis Lena zu beiden Seiten auf Beton und Stein blickt. Wo die Rampe auf den Fels treffen müsste, endet sie in einem Geröllhaufen. Hier ist das Baumaterial gebrochen, gesplittert und voller Fehlstellen. Sogar im sonst glatten Untergrund klaffen Risse. Nur wenige Kräfte bringen Derartiges zustande. Aber Lena hat eine Ahnung, was das angerichtet haben könnte: Sprengstoff.

Unwahrscheinlich, dass die Angreifer mit der Sprengung zu tun hatten. Einzelne Fäden von Seegras zwischen den Trümmern zeigen, dass das Bauwerk vor längerer Zeit zerstört wurde. Die Fremden haben den Graben also nur freigeräumt. Andreas und Lena müssen die Taucher kurz vor Abschluss der Arbeiten gestört haben.

Am oberen Rand der Geröllmassen führt ein Hohlraum tiefer in den Hang. Vor ihnen liegt ein verschütteter Tunnel.

Endlich! Des Rätsels Lösung, einen Steinhaufen entfernt. Wir müssen nur noch zupacken.

Lena zerrt Felsbrocken von der Spitze des Hügels aus Sprengschutt. Ihre Wunde schmerzt. Sie stöhnt in ihren Atemregler.

Was macht eigentlich Andi?

Lena dreht sich nach ihm um und blickt ins Objektiv der Kamera. Sie verspürt einen Anflug von Verärgerung, dass Andreas filmt, statt ihr zu helfen. Doch das Gefühl verraucht. Egal, was sie hier entdeckt haben: Es ist bedeutend. Und mit den Aufnahmen werden sie ihren Fund beweisen können.

Nehmt das, verfluchte Wächter!

Lena wartet, bis Andreas einen Schwenk über Mauern, Graben und Schutt vollendet hat. Dann winkt sie ihn heran.

Andi begreift sofort, was sie von ihm will. Nachdem er den Füllstand der Pressluft kontrolliert hat, hebt er die Hand und streckt dreimal fünf Finger aus. Er zeigt auf seine Uhr, anschließend nach oben. Und zwar mit Nachdruck. *Eine Viertelstunde. Keinen Augenblick länger.*

Lena signalisiert, dass sie verstanden hat.

Sie stürzen sich auf den Geröllhaufen. Genau genommen stürzt Andreas sich darauf. Lena leuchtet und filmt ihn beim Arbeiten. Bald ist der Spalt zwischen Schuttke-gel und anstehendem Fels darüber breit genug, um hin-durchsehen zu können. Zu Lenas Enttäuschung verbirgt sich dahinter nichts als Leere. Sie blickt in einen unregel-mäßig verlaufenden Gang. Der sieht natürlich aus. Nur hier und da deuten Werkzeugspuren an, dass die Wände von Menschenhand geglättet wurden. Eine Biegung ver-hindert tiefere Einblicke in den Hohlraum. Nur warum fasst jemand den Eingang zu einer Unterwasserhöhle mit Mauern ein? Und weshalb wurde der Zugang gesprengt?

Andi stößt weitere Steine vom Geröllberg. Immer wie-der blickt er auf die Tauchuhr. Ihnen bleiben neun Minu-ten.

Lena stellt die Kamera ab und wühlt Schutt beiseite, soweit es die schmerzende Flanke zulässt. Im Schein der Lampe sickern Schlieren ihres Bluts ins Wasser. Wie viel hat sie schon verloren? Einen halben Liter? Mehr? Lena hat keine Ahnung.

Wie fühlt es sich an, wenn man verblutet?

Mittlerweile haben sie den Spalt so weit verbreitert, dass man sich hindurchzwängen könnte. Jedoch nie und nimmer mit den Flaschen auf dem Rücken. Doch Lena wird nicht auftauchen, bevor sie einen Blick hinter die Biegung des Ganges geworfen hat. Von Andi unbemerkt windet sie sich aus Tarierweste und Rucksackgeschirr. Ihr geschundener Körper protestiert. Sieben Minuten verblei-ben. Dann müssen sie aufsteigen. Aber bestimmt ist eine Luftreserve einkalkuliert. Oder?

Lena umklammert ihre Pressluftflaschen vor der

Brust. Sie klettert neben Andi auf den Geröllhaufen. Er erkennt, was sie vorhat, und hält sie fest. Mit einer energischen Geste deutet er auf ihre Rippen.

Lena löst seine Finger von ihrem Arm und lügt ein *Ich-bin-okay*-Zeichen. In Wahrheit bringt ihre Seite sie fast um. Wortwörtlich.

Da musst du jetzt durch. Durch die Schmerzen und durch das Loch zwischen Höhlendecke und Geröll.

Andi tippt mit dem Zeigefinger auf die Tauchuhr. Er zeigt eine Drei. So viele Minuten gibt er ihr jenseits des Steinhaufens.

Lena bestätigt. Sie würde alles abnicken, um Ahnungslosigkeit gegen Erkenntnis zu ersetzen. Auf der Spitze des Geröllbergs kauernd streift sie die Flossen ab. Sie streckt die Füße ins Unbekannte. Ihre Sohlen tasten sich auf der Rückseite des Hügels hinunter. Mühsam schiebt sie ihr Becken durch die Lücke. Die Wunde an ihrer Seite quittiert jede Bewegung mit neuen Schmerzen. Sie muss sich beherrschen, nicht den Atemregler auszuspucken und ihre Qualen ins Wasser zu schreien.

Einer Limbotänzerin gleich biegt Lena den Oberkörper zurück. Sie hält die Luft an. Hoffentlich reißen die Schläuche nicht. Die Felsen sind scharfkantig und –

Leichter als gedacht rutscht sie den Schutthaufen hinab in den unbekannten Gang. Andreas reicht ihr das Geschirr mit den Pressluftflaschen und die Flossen nach. Dann folgt auch die Kamera. Was immer sie in dieser Höhle entdecken: Andi will es auf Festplatte haben. Er schickt sich sogar an, ebenfalls durch die Passage zu klettern.

Wenn er stecken bleibt, sind wir gefangen, warnt Lenas innere Stimme. Ertrinken ist die schlimmste Todesart, die sie sich ausmalen kann. Der nach Sauerstoff lechzende Körper. Der Kampf gegen den Atemreflex, bis man in seiner Verzweiflung schließlich Wasser in die krampfenden Lungen saugt. Alles bei vollem Bewusstsein. Wie muss Tom sich gefühlt haben, als er ...

Lena schüttelt die Horrorvorstellung ab, einen schrecklichen Tod zu sterben, nur weil Andi im Durchlass hängen bleibt. Derart grausam ist nicht einmal der Kummersee.

Der Vorrat an Pressluft wird auch so bald erschöpft sein. Bis dahin müssen sie sich umgeschaut haben, wieder durch den Spalt gekrochen und aufgetaucht sein.

Lena wartet nicht, bis Andreas sich durch die Lücke gequetscht hat. Sie steigt in die Flossen, schnappt die Kamera und paddelt los. Jetzt heißt es, jede Sekunde Tauchzeit und Atemluft zu nutzen.

Der Gang ist schmaler als der Graben am Seegrund. Zweifellos handelt es sich um eine zugearbeitete Höhle. Spuren an den Wänden zeugen davon, dass Arbeiter Felsnasen weggemeißelt haben, die den Durchgang blockierten.

Lena schwimmt zur Tunnelbiegung. Der Knick ist so scharf, dass sie immer noch nicht sieht, was dahinterliegt. Die Uhr tickt. Eineinhalb Minuten. Dann muss sie umdrehen, um lebendig herauszukommen.

Lena schaut sich um. Andreas hat die Passage hinter sich gebracht und legt sein Geschirr wieder an. Er ist gelenkiger, als sie ihm zugetraut hätte.

Lena nimmt einen zu tiefen Zug aus der Pressluftflasche und hält den Atem an. Sie biegt um die Ecke.

Der Gang steigt zwei Dutzend Meter an, bevor er abrupt endet.

All das für ... nichts?

Dann findet der Strahl der Lampe etwas, das nicht in eine Unterwasserhöhle gehört. Dort, wo der Tunnel in einer Kammer im Fels mündet.

Stufen. An der Wand führen Stahlsprossen empor.

68

Kein Zaudern. Keine Zeit zum Überlegen.

Lena stellt die Kamera ab. Sie zupft abermals die Flossen von den Füßen und erklimmt die Leiter. Die Tritte führen durch die Decke der Kaverne in einen senkrechten Schacht. Weiter oben verschwinden sie in der Dunkelheit.

Lena klettert. Es fühlt sich an, als zerreiße ihr Brustkorb von innen. Tränen sammeln sich an der Gummidichtung ihrer Tauchmaske. Nur die Anspannung und unbändiger Wille halten sie noch aufrecht. Um sich von den Schmerzen abzulenken, zählt sie die Stufen.

Zehn, elf ... Lena schiebt sich in den Schacht. Mit den Flaschen auf dem Rücken passt sie gerade so hindurch.

Fünfzehn, sechzehn ... Das runde Loch im Fels, die Sprossen aus verkrustetem Stahl – gleich wird sie einen Gullydeckel beiseiteschieben und in grellsten Sonnenschein blinzeln. Mitten auf dem Boulevard aus gelben Ziegelsteinen im Lande *Oz*. Und Lena wird rufen: »*Andi, ich glaube, wir sind nicht mehr in Horlow* ...«

Neunzehn, zwanzig ... Wo zur Hölle führt dieser Tunnel hin? Wie weit ist es noch bis zur Oberfläche? Und steigt sie nicht zu schnell auf? Wie war das noch mit dem Stickstoff im Blut?

Scheiß drauf! Weiter!

Einundzwanzig ... Lichtstrahlen kriechen von unten durch die Enge. Andreas klettert ihr nach. Wie viel Luftreserve hat er kalkuliert? Fünf Minuten? Weniger?

Zweiund–

Der Strahl der Lampe bricht ab. Eine schwarze Scheibe versiegelt den Schacht.

Eine Luke? Ein Deckel? *Verdammt!*

Lena hätte nicht mehr die Kraft, den Verschluss aufzustemmen. Und die Leiter ist zu schmal, um Andi vorbeizulassen. Umzukehren wäre das einzig Vernünftige. Sie blickt auf die Uhr. Die Tauchzeit ist abgelaufen. Sie müssen raus, und zwar schnell.

Oder wir ersaufen wie die Kanalratten bei einem Wolkenbruch.

Doch Lena braucht die Bestätigung, dass sie alle Optionen ausgereizt hat, dass es wirklich nicht weitergeht. Sonst würde sie dieser Schacht auf ewig in ihren Träumen verfolgen.

Sie reckt den Arm nach der schwarzen Scheibe über ihrem Kopf, darauf gefasst, auf Widerstand zu treffen.

Eine letzte Enttäuschung und –

Lenas Finger verschwinden. Dann die Hand und schließlich ihr Arm. Plötzlich begreift sie.

Das ist eine Wasseroberfläche!

Aufregung macht die Rasierklingen zwischen den Rippen vergessen.

Lena zieht sich die Sprossen empor. Ihr Kopf durchstößt die Wasserlinie. Doch nicht das Zauberreich von *Oz* und auch nicht die Erdoberfläche erwarten sie. Dafür waren es längst nicht genug Stufen.

Aber wo, verdammt noch mal, bin ich dann?

Lena lässt den Lichtstrahl über speckig glänzende Wände gleiten. Wasser tröpfelt von einem Dom aus Felsgestein. Er schwebt drei, vier Meter über dem Grund, durchlöchert vom Sickern des Regens.

Lena befindet sich in einer Höhle, über Äonen aus dem Fels gewaschen. Der Hohlraum – groß wie ein Ballsaal – muss zum Salzstock unter dem See gehören. Jenem Ort, von dem einige der Meinung sind, er könne den giftigsten Müll der Menschheit sicher in seinen steinernen Innereien verwahren.

Lena kriecht aus dem Schacht am Boden der Grotte und taumelt in die unbekannte Welt unter Tage. Das Zischen des Lungenautomaten hallt von den Wänden. Sie fährt über das feuchte Gestein. Salzkristalle bleiben auf ihrem Handschuh zurück. Erst da realisiert Lena, dass sie sich nicht mehr unter Wasser befindet. Sie spuckt das Mundstück des Reglers aus und nimmt einen vorsichtigen Atemzug. Die Luft schmeckt salzig wie in einem Solebad; abgestanden, aber atembar.

Lena schiebt die Tauchmaske hoch, um die Wunde an ihrer Seite in Augenschein zu nehmen. Sie blutet, wenn auch nicht so stark wie befürchtet. Das rohe Fleisch um den Schnitt fühlt sich kalt und aufgequollen an.

Lena muss würgen. Während sie noch gegen das Kotzen ankämpft, platscht hinter ihr Wasser auf den Boden.

Andi hat das Ende des Schachts erreicht. Seine Verwunderung über die Existenz dieses Ortes hält nur Sekunden. Dann fällt der Lichtkegel seiner Lampe auf Lena.

»Willst du dich umbringen?« Er schleudert den Atemregler von sich. »Wir sind sechs Minuten über der Zeit! Du hättest stecken bleiben können!«

»Bin ich aber nicht.« Lenas Erwiderung klingt kraftlos. Sie streift das Flaschengeschirr ab und sackt zusammen.

»Lena!« Sofort ist Andi bei ihr. »Alles klar?«

Lena stützt sich schwer auf die Knie. »Geht schon.«

»Lass mal sehen.« Auch Andi legt die Druckluftflaschen ab. Dann untersucht er die Messerwunde. Er berührt Lena kaum, trotzdem zuckt sie vor Schmerz zusammen. »Das muss genäht werden. Und wir müssen die Blutung stoppen.« Andi zieht sein Messer.

Lena weicht zurück.

»Keine Angst.« Andi säbelt den linken Ärmel seines Neoprenanzugs ab. »Was ist das hier?« Er zeigt ins Dunkel.

»Keine Ahnung«, presst Lena durch die Zähne hervor. »Schätze mal, eine nicht kartierte Höhle.«

»Nicht kartiert?« Andi trennt den Neoprenschlauch auf.

»Wegen der Grenzlage. Man wusste lange nicht mal, dass gleich neben Gorleben ein zweiter Salzstock existiert.«

»Faszinierend. Woher weißt du das alles?« Andi schlingt den provisorischen Verband um ihren Brustkorb.

»Woher ich das ...« *Er lenkt mich ab!*

Die Schmerzen ballen sich zu einer Kugel aus sengendem Licht. Sie explodiert in einer Supernova, als Andi das Neopren an ihrer unverletzten Seite verknotet. Lena schreit.

»Sorry. Ich musste sicherstellen, dass deine Innereien nicht aus dir rauskullern.«

»Na danke«, knurrt Lena, gefolgt von einer Reihe Flüche. Die schlimmsten Qualen vergehen. Die Bandage verleiht ein Gefühl von Stabilität, auch wenn die Wunde immer noch höllisch wehtut und dumpf pulsiert.

Lena richtet sich mit einem Ächzen auf. »Lass uns rausfinden, warum jemand für ein Loch im Fels tötet.«

»Sicher?« Andi zeigt auf ihre Flanke. »Ein Arzt sollte –«

»Sicher.« Lenas Tonfall unterbindet jeden Widerspruch.

»Kannst du denn gehen?«

Statt zu antworten, macht sich Lena auf, die Höhle zu erkunden. Jenen Ort, den geheim zu halten Tom und Björn Thoms und die *F/Zero*-Kids mit dem Leben bezahlt haben.

69

Die Form des unterirdischen Hohlraums entspricht einem liegenden Ei. Der Einstieg zum Tunnel mit der Leiter befindet sich im schmalen Drittel. Von der Decke tropft es unablässig. Der Kummersee erinnert daran, dass er noch da ist; jederzeit gewillt, das fragile Gewölbe über ihnen zu zerschmettern und ihnen unter Gestein, Salz und Wasser ein nasses Grab zu bereiten.

»Meinst du, die Taucher gehörten zu den *Wächtern*?«, Andis Stimme klingt in der Höhle merkwürdig flach.

»Ich weiß nur, dass sie uns umbringen wollten«, erwidert Lena. »Wäre nicht schade drum gewesen, wenn du dem Kerl die Kehle statt der Schläuche durchgeschnitten hättest. Und dem anderen hättest du die Harpune meinetwegen in die Stirn jagen können.«

»Du hast eine komische Art, Danke zu sagen.«

Lena errötet. Andreas hat recht. Ohne sein Eingreifen wäre sie ...

Nicht darüber nachdenken!

»Danke, Andi«, sagt sie. »Du hast mir das Leben gerettet. Wärst du nicht gewesen, wäre ich nicht mehr hier.«

»Schon gut, vergiss es.« Andreas lächelt. Er lässt den Scheinwerferkegel über die Höhlenwände gleiten. »Fragt sich, was die hier wollten.«

»Ohne Hilfe von Maschinen muss es eine höllische Plackerei gewesen sein, den Zugang vom Schutt freizuräumen«, denkt Lena laut. »Die Heimlichtuerei wird die Arbeit nicht leichter gemacht haben. Vermutlich wollten sie fertig werden, bevor jemand mitkriegt, dass sie überhaupt da sind.«

»Von wegen wilde Bestien! Der Mord an Thoms war so blutig inszeniert, damit die Behörden die Untersuchungen stoppen. Diese Typen haben ihn umgebracht, um hier freie Bahn zu haben.«

»Möglich. Natürlich wären dann Wissenschaftler angerückt und hätten nach irgendwelchen Urzeitviechern gesucht. Aber das hätte gedauert und den Tauchern Zeit verschafft.«

»Klingt plausibel.«

»Björn Thoms' Leiche war auch eine Botschaft an mich. Die *Wächter* wissen von Tom. Sie wollten die Angst eines Mädchens vor seinem ganz privaten Monster ausnutzen, damit ich jedem, der sie hören will, meine Geschichte erzähle. In der Hoffnung, dass mir jemand glaubt und die Sicherheitsbehörden den See dichtmachen.«

»Und die beiden Aktivisten von *Future/Zero* mussten sterben, weil diese Schweine Wind vom Sonar bekommen hatten?«

»Und weil sie nicht wussten, was Tessa und ihre

Freunde auf der Pressekonferenz verkünden wollten. Niemand sollte hiervon erfahren.«

»Und die leuchtenden Mikroorganismen ...«

» ... haben die *Wächter* selbst ins Wasser gekippt.«

»Keine Ahnung, ob so etwas möglich ist. Aber da ihr mit den Vermessern am See wart, konnten sie tagsüber nur eingeschränkt arbeiten. Und nachts hätte man ohne die Lichtshow ihre Scheinwerfer im Wasser gesehen.« Andreas schürzt anerkennend die Lippen. »Nebenbei bemerkt: Die Ausrüstung dieser Taucher, das war High-End-Equipment. Trockentauchanzüge und Rebreather. Nicht so ein Amateurzeug, mit dem wir rumschippern. Das waren Profis. Bergungstaucher, schätze ich.«

»Das alles ist viel zu komplex, nur um die Existenz von ein paar Tunneln und einer Höhle geheim zu halten. Zu teuer, zu aufwendig.« Lena leuchtet in eine Nische im Fels. Sie ist leer. »Jemand hat das geplant. Und zwar seitdem klar war, dass der See und seine Umgebung untersucht werden. Diese Typen hatten nur nicht damit gerechnet, dass es so schnell losgehen würde. Da haben sie angefangen zu improvisieren.«

»Wer hat die Mittel für so etwas?«

»Das geht auf jeden Fall weit über die Möglichkeiten von einer Handvoll Dorfhanseln mitten im Nirgendwo hinaus. Nur warum das alles?«

»Eine Kalter-Krieg-Geschichte?«, schlägt Andreas vor. »Wenn die Höhle eine Verbindung ans Ostufer hat, hätte man prima Schmuggelware und Menschen über die

Grenze schleusen können. Spione, Republikflüchtlinge und so.«

»Die Grenze ist seit mehr als drei Jahrzehnten passé. Wen juckt das heute noch?«

Andi filmt schweigend durch die Grotte. »Schau mal!«, ruft er plötzlich. »Hier drüben!«

Lenas Blick folgt seinem Lichtstrahl zu einem Trümmerhaufen. »Gesprengt. Wie am Grund des Sees.«

»Mhm«, macht Andi. »Das war mal ein Tunnel. Könnte der Ausgang zur anderen Seite gewesen sein.«

»Vielleicht ist was dran an deiner Kalter-Krieg-Theorie. Aber selbst wenn hier geschmuggelt wurde, weshalb hat man die Höhle versiegelt? Es hat doch bestimmt zig Fluchttunnel und geheime Grenzübergänge gegeben, oder nicht?«

»Interessanter ist folgende Frage.« Andi senkt die Stimme. »Warum wollen diese Typen mit den Trockentauchanzügen so dringend hier rein?«

Lena stockt. »Vielleicht suchen sie *das da*.« Ihr Lichtkegel tastet in eine Nische hinter einem Felsvorsprung. Auch Andreas richtet seine Lampe in die Seitenkammer.

Eine Tarnplane, mit Steinen und Dreck bedeckt, verbirgt dort ein Objekt von der Größe eines Schreibtisches.

Andi bringt die Kamera in Anschlag. »Ladies first!«

Lenas Herz klopft, als wolle es durch den Schnitt in ihrer Seite entkommen. Sie streckt die Hand aus und tastet über das Plastikgewebe. Etwas Hartes, Glattes ist darunter.

Lena wischt Schmutz und Steinchen beiseite. Sie krallt die Finger in die Plane.

Will ich es wirklich wissen?

Wie ein Zauberer am Höhepunkt der Vorstellung enthüllt Lena mit einem Ruck das Geheimnis.

Und wird enttäuscht.

Wenn dies das Böse sein soll, das im Kummersee schlummert, dann ist es spektakulär unspektakulär.

In der Nische stehen vier identische Transportboxen aus Aluminium, wie man sie in jedem Baumarkt kaufen kann. Jeweils einen Meter lang und breit und einen halben Meter hoch. In Schablonenschrift ist ein Schriftzug aufgesprüht:

SWL 4 001

Sonst deutet nichts darauf, was sich im Inneren befindet. Lena sieht zu Andi. Er zuckt die Achseln und schüttelt den Kopf.

Die Kisten sind mit Schmetterlingsverschlüssen verriegelt. Schlösser gibt es nicht.

»Soll ich reinschauen?«

»Es ist deine Party.« Andis Stimme klingt zu hoch, die Lässigkeit ist nur gespielt.

Lena atmet so tief ein, wie Neoprenverband und Wunde es zulassen. Mit metallischem Schnappen entriegelt sie die Verschlüsse an einer der Boxen.

Was soll schiefgehen? Dass ein Kastenteufel hervorschnellt und uns zu Tode erschreckt?

Dann zögert sie doch.

Und wenn es eine Falle gibt?

Vorsichtig hebt Lena den Deckel so weit, bis er eine Handbreit über der Kiste schwebt. »Kannst du erkennen, ob was darunter ist? Drähte oder so?«, ruft sie Andreas zu.

Der Lichtkegel von Andis Strahler wandert tiefer. »Nichts. Nur eine Styroporplatte oder dergleichen. Alles gut.«

Lena stellt den Deckel beiseite und sieht in die Box.

»Und, was ist drin? Gold, Juwelen, der Schatz vom Silbersee?« Andi kichert nervös. Für vier Schatzkisten voller Reichtümer würde so manch einer zum Mörder werden.

Lena weiß nicht, was sie sagen soll.

»Was ist denn los?« Andi tritt näher.

Zusammen mit dem elektronischen Auge der Kamera starren sie in die Box. Gold ist das nicht.

»Fuck«, sagt Andi.

»Ja«, bestätigt Lena. »Das ist *fuck*. Das ist richtig *fuck*.«

70

Im Innenraum der Kiste schützt ein Schaumstoffeinsatz drei Zehnerreihen hochkant stehender Container aus Hartplastik, jeder so groß und dick wie ein Aktenordner. Auf die Behälter ist in roten Blockbuchstaben ein Wort in kyrillischer Schrift aufgedruckt. Die zugehörige Übersetzung liefert ein neonfarbener Aufkleber:

ZERBRECHLICH!

Wesentlich beunruhigender sind die Warnzeichen, die jede einzelne Verpackungseinheit zieren. Eines der Symbole kannte Lena bereits, bevor sie lesen konnte. Totenkopf mit gekreuzten Knochen heißt: *Finger weg! Giftig!*

Das zweite Piktogramm ist rund und in gelb-schwarzen Signalfarben gehalten. Es ähnelt dem Zeichen für eine Gefährdung durch Strahlung, nur dass keine Dreiecke abgebildet sind, sondern drei Kugeln. Sie sind mit einem Punkt in der Mitte verbunden, der von einem Kreis umgeben ist.

Lena kennt das Symbol nicht. Aber sie hat eine Ahnung, was es bedeuten könnte. Eine schreckliche Ahnung.

Die Dokumentenmappe, die in der Alukiste obenauf liegt, bestätigt ihre Befürchtungen. Auf dem Aktendeckel prangen Hammer und Zirkel im Ährenkranz mit schwarz-rot-goldener Banderole, umrahmt vom Leitspruch:

Für den Schutz der Arbeiter-und-Bauern-Macht!

Es ist das Logo der NVA – der Nationalen Volksarmee der ehemaligen DDR. Darunter steht in blutroten Lettern:

Geheime Kommandosache

Und dann folgt etwas, das Lena mit der Wucht eines Vorschlaghammers trifft.

»*Sonderwaffenlager 4 001*«, liest sie vor. »*Projekt: Czarnobóg.*«

»Der schwarze Gott der Slawen.« Andreas schluckt.

»Deine Mutter.« Lena wispert, als könne ein lautes Wort die tödliche Macht der Gottheit entfesseln. »Sie hat es gewusst. Die ganze Zeit über.«

»Fuck, fuck, fuck! Was machen wir jetzt?«

»Nur damit wir die gleiche Sprache sprechen ...« Lena ist schlecht. Jede Faser ihres Körpers drängt sie wegzulaufen. »Was denkst du, was das ist?«

»Chemiewaffen.« Andi trippelt einen halben Schritt rückwärts und wieder vor. »Ich denke, das sind gottverdammte Chemiewaffen. Giftgas oder so!«

Nicht das, was sie hören wollte. Aber Lena nickt. »Glaube ich auch.«

»Die DDR hatte doch kein Chemiewaffenprogramm!« Andis Stimme schrillt.

»Atomwaffen hatten die auch nicht. Trotzdem waren die Bomben der Russen im Osten stationiert.«

»Das ergibt alles keinen Sinn. Wie kommen vier Kisten mit russischen Chemiewaffen in eine Höhle unter einem See mitten im Nirgendwo?«

»Ich bin so schlau wie du. Vielleicht in den Wirren der Wende geklaut und gebunkert, um später Kasse zu machen? Oder von der Stasi in einem ihrer Spionagetunnel versteckt, um zu vertuschen, dass Honecker in Moskau die chemische Keule eingekauft hat? Sie konnten das Zeug ja schlecht in den Ausguss schütten.«

»Das wäre ein ganzer Haufen Motive, um dafür zu morden.« Andi stockt. »Und wenn ihr damals an dem Tag schwimmen gewesen seid, als die Taucher hier alles dichtgemacht haben? Und die dachten, ihr hättet was gesehen?«

Treffer. Genau ins Schwarze.

Da ist es wieder, das altbekannte Gefühl des Fallens in Lenas Bauch. Der Drang, an den Nägeln zu kauen, bis sie bluten, ist übermächtig. Zum Glück trägt sie Handschuhe.

»Okay, wir müssen hier weg. Sofort!« Andreas reibt sich die Stirn. »Unsere Freunde von vorhin dürften mittlerweile zurück auf dem Trocknen sein. Sie werden mit

Verstärkung zurückkommen. Mach die Kiste zu, und dann nichts wie los!«

»Nein! Das können wir nicht!« Lena ist selbst überrascht von der Vehemenz ihres Widerspruchs. »Stell dir vor, diese Kampfstoffe geraten in die falschen Hände!«

»Welches sind denn bitte die *richtigen Hände* für Massenvernichtungswaffen? Hast du mal an Nawalny und Skripal gedacht? An das, was Assad in Syrien gemacht hat? Oder an den Anschlag der Aum-Sekte auf die U-Bahn von Tokio? Das ist 'ne Nummer zu groß für uns. Wir müssen die Behörden alarmieren. Was ist mit deinen Kollegen am See?«

»Weickert könnte zu den *Wächtern* gehören. Wir wissen nicht, ob wir ihm trauen können.«

»Dann rufen wir eben diese Milani an!«

»Andi, wenn rauskommt, dass auf deutschem Boden Chemiewaffen versteckt sind, kann uns eine kleine Polizistin vom Lande auch nicht mehr weiterhelfen. Das geht bis in die höchsten Kreise. Denk nur mal an die politische Lage in puncto Russland! Wer immer das Zeug hier eingelagert hat, will es jetzt wiederhaben. Die können keine Mitwisser gebrauchen. Die machen kurzen Prozess mit uns.«

»Schön. Und was sollen wir deiner Meinung nach tun?«

»Du bist Dokumentarfilmer. Also filme! Nimm das auf! Wir brauchen Beweise. *Dann* gehen wir zu den Behörden. Mit einer Absicherung im Rücken, dass alles publik wird, sollte uns etwas zustoßen.«

»Lena, das ist kein Spionagethriller. Du bist nicht Erin Brockovich!«

Es ist grotesk. Sie stehen da und streiten vor einem Stapel Kisten, deren Inhalt noch tödlicher ist als der Atommüll, der unter dem Kummersee eingelagert werden soll.

»Wir verlieren Zeit«, sagt Lena schließlich. »Gib mir fünf Minuten, okay? Nur fünf Minuten, dann machen wir, dass wir wegkommen. Denk dran, du hast die Rechte an allem, was wir aufnehmen. Das ist der Deal. Das ist jetzt deine Chance, groß rauszukommen.«

Andi atmet geräuschvoll aus. »Also los.« Er hebt die Kamera.

Lena setzt an, im Stile einer Investigativjournalistin ihre Geschichte zu erzählen. Andreas würgt sie ab. »Vergiss das! Den Kommentar legen wir später drauf. Wir beschränken uns auf die Boxen. Ich filme, du blätterst die Gebrauchsanleitung durch, oder was auch immer in diesem Ordner drin ist. Tempo!«

Andi hat recht. Die Zeit ist knapp. Nur ein Weg führt hier rein und raus. Sie müssen weg sein, bevor die Taucher zurückkommen. Lena breitet vor dem Kameraauge die Papiere aus der Kiste aus. Die rund zwei Dutzend Seiten quellen über vor Diagrammen, Formeln und Tabellen.

»Alles russisch«, stellt Lena fest. Die einzigen deutschen Wörter sind der auf jedes Blatt gestempelte Warnhinweis:

Geheime Kommandosache

»Ich mache später Standbilder. Die können wir überset-zen.« Andi lässt den Zeigefinger kreisen. »Weiter!«

Nachdem Lena Seite für Seite vor die Linse gehalten hat, schwenkt Andreas über die Plastikcontainer in der Alubox. Von dort aus zoomt er in die Totale, filmt den Kis-tenstapel, die Abdeckplane, die Nische in der Höhle. »Das war's. Abgang!«, sagt er und lässt die Kamera sinken.

»Nicht ganz«, widerspricht Lena.

»Was denn noch?«

»Die Boxen. Wir müssen uns überzeugen, dass das darin ist, was wir denken.«

»Oh nein! Ohne mich!« Andi schüttelt den Kopf. Aber Lena zieht bereits einen der Kästen aus dem Schaumstoff-bett.

»Halt einfach drauf«, fordert sie.

»Du bist ja irre!«, erwidert Andi. Doch er filmt weiter.

Lena legt die Plastikbox behutsam auf die noch ver-schlossenen Alukisten. Der Behälter erinnert an eine Si-cherheitskassette, in der man Wertsachen und Doku-mente aufbewahrt. Der Deckel ist mit einem Klebesiegel verplombt. Eine Zahlenfolge darauf gibt eine Kontroll-nummer oder Produktionscharge an.

Lena bricht das Siegel und öffnet den Schnappver-schluss. Jeder ihrer Herzschläge pulsiert in der Messer-wunde, dröhnt zwischen den Schläfen.

Die Kassette enthält zehn transparente Gläschen in passgenauen Styroporaussparungen. In jedem Gefäß zit-tern gut einhundert Milliliter einer milchigen Flüssigkeit im Gleichtakt mit Lenas Hand. Die Ampullen sind säuberlich etikettiert und mit den bekannten Warnzeichen versehen.

»Zufrieden?«, fragt Andreas hinter der Kamera.

»Nicht ganz. Wir benötigen mehr als Aufnahmen. Wir brauchen einen physischen Beweis.« Lena streckt die Hand aus. »Die Dokumente kriegen wir nicht heil nach oben.«

»Das ist nicht dein Ernst, oder?«

Lena ignoriert den Einwand. Vorsichtig zieht sie eine der Ampullen aus dem Futteral.

Bloß nicht fallen lassen! Nicht fallen lassen. Nicht ...

Sie zupft das Folienetikett vom Glas und steckt es in ihre Gürteltasche. Dann bugsiert sie das Fläschchen mit spitzen Fingern zurück an seinen Platz.

»Ich dachte, du würdest ... Egal, los jetzt! Bevor wir Besuch bekommen.« Andi wendet sich ab und eilt zum Tunnel am anderen Ende der Höhle.

Lena bebt am ganzen Körper angesichts der schrecklichen Macht, die unter ihren Händen ruht. Leid, Tod, Vernichtung. Nur gebändigt von millimeterfeinem Glas.

Czarnobóg, der schwarze Gott der Slawen.

Lena will die Kassette mit dem chemischen Kampfstoff schließen und mit Andi den Rückweg antreten. Doch sie zögert. Schon einmal ist sie aus den Fluten des Kummersees gestiegen und mit ihrer Geschichte auf taube Ohren gestoßen.

Was, wenn sie dir wieder nicht glauben?

71

Wieder ins Geschirr mit den Pressluftflaschen zu steigen ist eine Tortur. Der Schmerz brüllt und faucht unter Lenas Verband wie ein waidwundes Tier. Eile ist geboten. Das Finimeter offenbart, dass Lenas Luftvorrat knapper ist als gehofft.

Der Rückweg gerät zu einer Aneinanderreihung von Strapazen: der Leiterschacht, der Tunnel und schließlich die Engstelle am gesprengten Ausgang zum See. Über aller Hektik und der Beklemmung über die Entdeckung in der Höhle schwebt die Angst vor einem erneuten Angriff. Hinter jeder Ecke, hinter jeder Tunnelbiegung könnten die *Wächter* lauern. Ohne Zögern würden sie Andi und Lena die Kehlen aufschlitzen oder ihnen Harpunen in die Köpfe jagen. Sie täten das, was Andreas zuvor nicht übers Herz gebracht hat. Die *Wächter* haben bereits getötet, um ihr Geheimnis zu wahren.

Wider Erwarten gelangen Lena und Andi unbehelligt zurück in die kühle, schwarze Weite des Kummersees. Keine Spur von den Verschwörern. Das einzige Licht in der Düsternis stammt nicht von Suchscheinwerfen, sondern ist ein blaues Glimmen weit über ihnen. In diesem Unterwasserpolarlicht erstrahlt die LED-Sonne der Lichtboje und weist die Richtung für den Wiederaufstieg.

Andi reduziert die Zwischenstopps zum Stickstoffabbau auf Mindestmaß. Das tiefe Ausatmen, um die Gaskonzentration im Blut zu senken, fühlt sich an, als schütte jemand Säure über Lenas Rippen. Wieder und wieder gibt sie das Okay-Zeichen, um einen quälenden Meter weiter aufsteigen zu dürfen.

Seit der Acht-Meter-Marke hängt die Füllanzeige ihres Pressluftvorrats im roten Bereich. Hätte Andi ihr vor dem Tauchgang nicht versichert, über das Ersatzmundstück notfalls eine zweite Person mit Atemluft versorgen zu können, wäre Lena längst in Panik verfallen. Doch auch so schnürt ihr die Furcht, keine Luft mehr zu kriegen, die Kehle zu.

Die letzten Meter sind die schlimmsten. Um nicht gesehen zu werden, schalten sie die Lampen aus. Noch einmal packt Lena die alte Angst vor dem Unbekannten. Vor dem, was unter ihr durch Finsternis und Kälte streift; vor den Monstern der Vergangenheit; vor Toms bleichen, aufgequollenen Händen, die umhertasten auf der Suche nach seiner Schwester.

Lena durchstößt die Wasseroberfläche. Das Gefühl ist unbeschreiblich. Umrahmt von einem Kranz fluoreszierender Einzeller, spuckt sie den Atemregler von sich und atmet ein. Tief und immer tiefer. Sauerstoff flutet ihre Lungen und lässt den Kopf schwindeln. Für einen kurzen köstlichen Endorphinrausch ist sogar die Messerwunde vergessen.

Scheiße, ich hab's geschafft!

Sie hat sich dem Kummersee gestellt. Sie ist in seine Eingeweide hinabgestiegen, hat ihm sein Geheimnis entrissen und ist zurückgekehrt.

Noch vor einer Stunde hätte Lena nicht darauf gewettet, diesen Augenblick erleben zu dürfen. Sie pumpt Luft in die Tarierweste, um sich oben zu halten. Dann umarmt sie Andi. Dafür nimmt sie sogar einen Schwall Wasser im Mund in Kauf.

Ist schließlich nur gutes altes H_2O, nicht die flüssige Seele der Finsternis.

Die verschluckten Einzeller mögen ihr verzeihen!

»Lass uns sehen, dass wir an Land kommen.« Andi ist die Erleichterung anzuhören.

»Nichts dagegen. Ich frier mir den Arsch ab. Und ich müsste dringend mal telefonieren!« In Lenas Stimme liegen Freude und Anspannung, Erlösung und Angst dicht beieinander. Noch sind sie nicht in Sicherheit. Die Handys sind jetzt ihre Lebensversicherung. Die Handys und Lenas Dienstwaffe. Und die wartet am Strand, zusammen mit verführerisch trockenen Klamotten.

Andi prüft das GPS. »Da lang geht es zu unseren Sachen.« Die Schatten am angezeigten Uferabschnitt unterscheiden sich nicht von denen in jeder anderen Richtung. Sie schwimmen los.

»Hey, Wölfchen«, Andi blickt beim Paddeln zur Seite. »Kann ich dich was fragen?«

Lena ist mit Schmerzenhaben und Frieren beschäftigt. Trotzdem ringt sie sich ein zustimmendes Grunzen ab.

»Du und Malik«, druckst Andi. »Seid ihr ...?«

Lena weiß, was er meint. »Nein. Anderes Ufer.«

»Du meinst, er –« Andi stockt. »Oh! Okay!«

Lena kann ein Kichern nicht unterdrücken.

»Es ist der total falsche Zeitpunkt für so was, und ich bin Jahrzehnte zu spät ...«

Ja, es ist der falsche Zeitpunkt. Lenas Kräfte sind am Ende. Dennoch ist sie neugierig, was kommt. »Frag schon!«

»Wenn das vorbei ist – ganz und gar, meine ich –, würdest du dich dann von einem alternden Skaterboy in der Midlife-Crisis zu einem Date ausführen lassen?«

»Unbedingt!« Lena lacht in die Wellen. »Nur bitte weit weg von jeder Art von Gewässer!«

Andi grinst. »Was immer du willst.«

»Lädst du mich ein? Immerhin wirst du mit dem Video eine Menge Kohle machen. *Andreas Kujau lüftet das Geheimnis des Kummersees!* Du könntest die Exklusivrechte versteigern. Dazu kommen die Talkshows, deine eigene Primetime-Doku, vielleicht ein Buch ...«

»Ja, kann sein«, sagt Andi, doch überzeugt wirkt er nicht.

Ihm ist eingefallen, dass seine Mutter vermisst wird.

Lena bringt es nicht übers Herz, ihm zu sagen, dass Marlies vermutlich tot ist, wenn sie von Projekt *Czarnobóg* wusste. Sie schüttelt den Gedanken ab. Immer eins nach dem anderen. Das Rauschen des Schilfs kündet bereits vom nahen Ufer. Lena hält es vor Kälte kaum noch aus. Sie ist müde, so unendlich müde ... »Bitte sag mir, dass du unser Zeug mit einer GPS-Koordinate markiert hast und wir nicht den halben Strand absuchen müssen.«

Andreas knipst seinen Strahler an. Links vor ihnen blinkt etwas auf. »Fahrradreflektor. Hängt am Busch mit der Kiste.«

Sie passen die Richtung an. Dann verspürt Lena das schönste Gefühl, seitdem dieser Albtraum begonnen hat:

Sand. Da ist Sand unter ihren Schwimmflossen.

Sie stößt ein Geräusch aus, halb Lachen und halb Wimmern. Mit jedem Meter den Strand hinauf ziehen Gewichte und Ausrüstung stärker an ihr. Lena kämpft gegen die Versuchung, sich fallen zu lassen. Sie stünde nicht mehr auf.

Ein mühseliger Schritt, und noch einer. Dann ist es vollbracht. Die nächste Welle läuft eine Armlänge hinter ihren Fersen aus.

Lena ist dem Kummersee entronnen.

Auf die Knie gestützt, ringt sie um Atem. Angesichts der Steine, die von ihrem Herzen fallen, wirken Pressluftflaschen und Bleigürtel plötzlich leicht.

Andreas wankt herüber, die Kamera in der Hand. »Komm hoch und lass dich drücken!«

Lena fällt ihm um den Hals. Andi erwidert die Umarmung, so gut es die Ausrüstung zulässt. Trotz der kreischenden Schmerzen in ihrer Seite genießt sie seine Nähe. Lena spürt, wie die Tränen in ihr aufsteigen, und löst sich. Sie zittert am ganzen Körper.

»Geschafft, Wölfchen! Wir haben's wirklich geschafft.«

Sie sehen einander in die Augen.

Andi streckt die Hand aus und streicht über ihre Wange.

Lenas Unterlippe bebt.

Andreas beugt sich vor. Sein Atem streichelt ihre Haut.

»Es ist vorbei, oder?«, fragt Lena, bevor er sie küssen kann.

»Nein, tut mir leid, Frau Wolff. Das ist es nicht.«

Es ist nicht Andi, der da antwortet.

72

Lena erschrickt. Andi versteinert.

Lichtbündel aus einem halben Dutzend Taschenlampen treffen sie. Schatten lösen sich aus den Büschen und kommen auf sie zu. Statt weitere Taucher zu schicken, haben die *Wächter* ihnen am Ufer aufgelauert. Sie müssen über Nachtsichtgeräte oder Wärmebildkameras verfügen.

Lenas Hand zuckt an die Hüfte. Sie greift ins Leere. Die Dienstwaffe liegt bei den Klamotten. Sollen sie fliehen? Nur wohin? Zurück in den See?

Sinnlos mit den fast leeren Pressluftflaschen.

Über Äste und Steine den Strand entlang? In diesem Aufzug?

Keine Chance ...

»Denkt nicht mal daran«, sagt ein Mann hinter dem Gleißen eines Strahlers. »Ihr kämt nicht weit.«

Lena kennt die Stimme. Sie hebt die eigene Lampe und findet das zugehörige Gesicht. Playmobilmännchenfrisur und Hipstervollbart. Darüber spiegelt eine Brille das Scheinwerferlicht.

»Licht aus und Hände hoch!«, schnauzt Lars Virchow.

Er richtet einen Revolver auf Lenas Brust. Neben ihm steht mit verkniffener Miene und verschränkten Armen Willi Godehardt an der Seite seines Sohns Frank. Die beiden sind unbewaffnet. Dafür ruht in Volker Rathenaus Händen ein auf Hochglanz poliertes Jagdgewehr mit Zielfernrohr. So selbstverständlich, wie der Revierförster die Waffe auf Andis Kopf anlegt, zielt er nicht zum ersten Mal auf einen Menschen. Was die Frage beantworten dürfte, wer auf Malik geschossen hat.

»Habt ihr es gefunden?« Eine Gestalt schiebt sich humpelnd zwischen den Horlowern hindurch. »Natürlich habt ihr das!«

»Lintow! Na, das ist ja eine Überraschung.« Lena fletscht die Zähne, damit sie nicht klappern vor Wut und Angst und Kälte. »Wie geht's dem Bein? Tut weh, so eine Harpune, was?«

»Beschissene Schlampe!« Lintow hält ihr etwas vor die Nase, das Lena mit Schrecken als Maschinenpistole identifiziert. Eine Taschenlampe ist daran befestigt. »Wenn's nach mir ginge, wärst du längst –«

»Ich muss doch sehr bitten!« Ein weiterer Mann tritt aus der Dunkelheit. Er hat die gleiche durchtrainierte Pitbull-Statur wie Simon Lintow, wirkt jedoch weniger plump – rundes Gesicht mit hohen Wangenknochen unter dünnem aschfarbenem Haar, irgendwo zwischen Ende vierzig und Anfang fünfzig. Sein stechender Blick identifiziert ihn als den Taucher, der Lena zuerst am Grund des Kummersees angegriffen hat. »Warum lassen wir Frau Wolff und Herrn Kujau nicht erst einmal zu Atem kommen?« Der Fremde spricht im Tonfall eines Mannes, der es gewohnt ist, zu führen – ruhig und bestimmt. Ein ab-trainierter Akzent – Osteuropa? – schwingt in seiner Stimme mit. »Die beiden sehen erschöpft aus. Was meinen Sie, Simon?«

»Zu Befehl«, knurrt Lintow. Er spuckt aus und tritt zurück. Lintow und der Unbekannte haben die Tauchan-züge gegen schwarze Militärkleidung ohne jedes Hoheits-zeichen getauscht. Gehören sie zu irgendwelchen Resten von Stasi oder NVA? Zu einem Geheimdienst? Zu den Russen?

Spielt keine Rolle. Wir sind geliefert.

Fehlt nur noch der Mitwisser der Polizei im Kreis der Verschwörer. Aber vielleicht täuscht sich Lena in Uwe Weickert ja auch. Sie könnten seine Hilfe jetzt gut gebrauchen.

»Sie stecken die Nase zu tief in Angelegenheiten, die Sie nichts angehen, Frau Wolff.« Der Fremde stemmt die Arme in die Hüften. »Was soll ich nur mit Ihnen machen?«

Lena ignoriert die Frage. »Ihr habt meinen Bruder umgebracht!« Sie wendet sich an ihre früheren Nachbarn. »Und ihr? Ihr habt es alle gewusst. All die Jahre. Was habt ihr dafür gekriegt, dass ihr dichthaltet? Sagt schon! Wie viel war das Leben eines Kindes wert?«

Lenas Anschuldigungen verfliegen im Wind. Sie ern-tet nichts als Schweigen.

»Verdammte Feiglinge! Man sollte euch –«

»Lass gut sein, Lena.« Sie spürt Andis Hand zwischen

den Schulterblättern. »Ihr Preis wird nicht besonders hoch gewesen sein.«

Der Fremde lächelt schmallippig. »Sie tun Ihren Mitbürgern unrecht. Die Männer, die für den Tod Ihres Bruders verantwortlich waren, starben noch am gleichen Tag wie er selbst.«

»Lassen Sie mich raten: Wurden sie beseitigt, weil sie zu viel wussten? Oder weil ihnen ein neunjähriges Mädchen durch die Lappen gegangen ist?«

»Sie nehmen sich ein bisschen wichtig, Frau Wolff. Ein Autounfall, soviel ich weiß. Ein Lastwagen nahm ihnen die Vorfahrt.«

»Sicher.« Lena schnaubt. »Und Björn Thoms wurde von einem Höhlenbären und einer Säbelzahnkatze angefallen.«

Im Kreis der Verschwörer wischt sich Lars Virchow hektisch über die Brille.

»Jetzt wird mir einiges klar!«, ruft Andi aus. »Du bist Paläontologe geworden. Stimmt's, Lars? Ganz wie du immer gesagt hast. Wie habt ihr die Bisse gemacht? Zähne von ausgestorbenen Viechern in einer Zange? Und die Fußspuren? Hat Lintow die Leiche an den Strand gebracht? Mit präparierten Flossen an den Füßen?«

So wie Virchow reagiert, ist jeder Schuss ein Treffer. Er weicht Lenas Blicken aus. »Ich war das nicht! Simon hat ihn betäubt und ins Wasser gezogen. Ich habe nur –«

»Danke, Herr Virchow. Das reicht!« Die Drohung in den Worten des Fremden ist nicht zu überhören.

Andi scheint zu spüren, dass Lena kurz davorsteht, sich auf Lintow zu stürzen. Er schiebt sich vor sie.

Die Waffen der Verschwörer zucken in die Höhe.

Andreas hebt die Hände. »Denkt ihr, es kommt nicht heraus, dass das alles nur Fake war? Eine Inszenierung?«

»Spielt keine Rolle«, brummt Willi Godehardt. »Alle Welt wird denken, diese Ökospinner hätten das eingefädelt, um den See zu schützen.«

»Und aus Rache habt ihr sie dann überfallen und das Lager abgefackelt, um eure Spuren zu verwischen«, ergänzt sein Sohn Frank grinsend. »Wir haben sie noch gewarnt, aber sie wollten ja nicht hören. War doch so, nicht wahr, Paps?«

Der alte Godehardt nickt grimmig. »Jeder weiß, dass das Wolff-Mädel 'n Rad ab hat, seit ihr Bruder abgesoffen ist.«

»Der ist so was zuzutrauen«, bestätigt Volker Rathenau.

»Detlev Kosinski war zum Zeitpunkt des Brandes nicht mal in der Nähe«, wendet Lena kraftlos ein. »Und Malik und ich waren bei der Polizei, auf der anderen Seeseite.«

»Um euch ein Alibi zu verschaffen! Ihr könntet die Baumknutscher schon vorher umgelegt haben«, erklärt Frank Godehardt den gewünschten Tathergang. »Und unser guter Andreas hat dann nur noch das Feuer gelegt. Er würde doch alles tun, damit seine durchgeknallte kleine Freundin von früher die Beine für ihn breit macht!«

»Herrgott! Das waren halbe Kinder!«, grollt Andi.

»Bastarde!« Lena schmerzen die Worte der Nachbarn und Freunde ihrer Eltern mehr, als sie sollten. »*Ihr* habt sie umgebracht! Ihr widerwärtigen, verlogenen –«

»Halt dein dreckiges Mundwerk!«, fährt Virchow dazwischen. »Wir haben niemanden umgebracht! Das war –«

»Schluss damit!«, donnert der Fremde. Doch sofort fasst er sich wieder. »Frau Wolff, sehen Sie es den anständigen Menschen von Horlow nach, dass sie für ihre Heimat einstehen.«

Andreas lacht auf. »Sie meinen, dass diese Landeier für Sie die Drecksarbeit erledigen?«

Andi deutet hinter seinem Rücken auf etwas. Die Geste ist für die übrigen Männer unsichtbar. Lenas Blick zuckt gerade lange genug zur Seite, um zu sehen, auf was er sie aufmerksam machen will.

Es ist die Kamera. Sie steht neben ihnen im Sand. Die Diode auf der Oberseite leuchtet. Vermutlich sind nur Füße auf der Aufnahme, aber der Ton dürfte entscheidend sein. Doch was nützt der Mitschnitt eines Geständnisses, wenn sie ebenso beseitigt werden wie Thoms und Tessas Freunde?

Andreas mustert Lintow und seinen Vorgesetzten. »Wissen denn unsere ach so tapferen *Wächter*, auf was sie da hocken? Was im See verborgen liegt?«

»Oder schieben Sie immer brav die Bargeldumschläge rüber, damit niemand Fragen stellt?«, sekundiert Lena.

Wieder ist es Lars Virchow, der antwortet. »Das Geld bringt später mal meine Töchter durch die Uni.«

»Darauf zu verzichten hätte deinen Bruder nicht wieder lebendig gemacht«, ergänzt Volker Rathenau. »Wir müssen sehen, wie wir über die Runden kommen. Glaubst du, irgendjemand interessiert sich für uns? Die in Hannover oder Berlin? Die gleichen Typen haben uns schon zur Wende vergessen. Und jetzt verschachern sie Horlow als Atommüllkippe. Nein, wir müssen uns selber helfen!«

»Und dabei macht ihr nicht mal vor meiner Mutter halt?«, empört sich Andreas. »Sie ist eine von euch, verdammt!«

Stirnrunzeln und Achselzucken bei den Horlowern. Lintow und sein Vorgesetzter beraten sich im Flüsterton.

»Keine Ahnung, wovon du redest, Kujau.« Virchow fuchtelt mit seiner Waffe herum.

»Scheiße, Lars, wir reden von Entführung und Mord!«, mischt sich Lena ein.

»Streng genommen reden wir sogar von Massenmord, von Genozid.« Andi nickt dem Fremden zu. »Kommen Sie, verraten Sie Ihren *Wächtern* das schmutzige Geheimnis! Sagen Sie ihnen, was sie all die Jahre bewacht haben!«

»Was meint er damit, Simon?« Frank Godehardt klingt mächtig verwirrt.

Volker Rathenau senkt das Jagdgewehr und schwenkt es vor die Füße von Lintow und seinem Vorgesetzten. »Gibt es da etwas, das Sie uns sagen wollen, meine Herren?«

Die meisten Taschenlampenstrahlen zeigen nun auf den Fremden. Lena nutzt die Ablenkung und tastet nach ihrer Gürteltasche. Sie schließt die Finger um den Gegenstand darin. Sie will nicht, dass jemand davon weiß. Sie will nicht, dass Andi mitbekommt, dass sie ihn hintergangen hat.

Aber wenn es sein muss, kann ich alles beweisen ...

»Sie kennen die Vereinbarung.« Lintows Vorgesetzter sieht aus, als leide er an plötzlichen Kopfschmerzen. »Der Bergungstrupp ist unterwegs. Morgen wird das alles Geschichte sein. Und nächste Woche hat jeder von Ihnen den versprochenen Bonus auf der Bank. Zusammen mit unseren bisherigen Zuwendungen ist das mehr als genug, um sich etwas Neues aufzubauen. Alles, was Sie tun müssen, ist, sich an die Absprachen zu halten.«

»Ich pfeif auf die Absprachen.« Lars Virchow spannt den Hahn seines Revolvers. »Wenn da unten keine Stasiunterlagen liegen, was dann?«

Lena lacht. Sie kann nicht anders. Es bricht aus ihr heraus. »Unterlagen? Von der Stasi? Ernsthaft? Ist es das, was man euch erzählt hat? Dass ihr verfluchte Aktenordner bewacht? Ihr denkt, dass Tom *dafür* gestorben ist?«

Alle Blicke ruhen jetzt auf Lintow und dem Fremden.

»Was ist dort unten?« Volker Rathenaus Gewehrlauf sticht nach vorn, als habe der Förster ein Bajonett aufgepflanzt.

»Schön, Sie wollen es nicht anders.« Der Fremde macht einen Schritt zur Seite. »Simon, würden Sie bitte?«

Lintow tritt vor und hebt die Maschinenpistole.

73

Projektile malen eine blutige Punktlinie über Lars Virchows Brust. Er bricht zusammen, ohne einen Schuss abzugeben. In seinem Gesicht steht totale Überraschung. Zuckend haucht er sein Leben aus.

Volker Rathenau stolpert rückwärts, das Jagdgewehr im Anschlag.

Lintow schwenkt die Maschinenpistole. Er nimmt nicht einmal den Finger vom Abzug.

Rathenaus Schädel explodiert. Horlows Förster wird gefällt wie ein Baum.

Ein Kreischen gellt in Lenas Ohren, Schreie absoluten Entsetzens. Es sind ihre eigenen.

»In Deckung!«, brüllt Andi. Nur wo?

Der Tod findet jeden, auf den der Strahl von Lintows Lampe fällt. Schon streicht der Lichtkegel über Frank Godehardt. Der sucht hakenschlagend sein Heil in der Flucht. Erde und Steinchen spritzen hinter ihm auf.

Die Maschinenpistole hämmert. Lintows Augen reflektieren teilnahmslos das Mündungsfeuer. Die zweite Salve sitzt. Lintow schießt Godehardt junior in Rücken und Hinterkopf. Er ist tot, bevor sein Körper auf den Boden schlägt.

Franks Vater wedelt mit den Armen. *Ich ergebe mich,* sagt die Geste. Doch Lena sieht auch Willi Godehardt sterben. Die Kugeln zerfetzen seinen Hals, sprengen dem alten Mann fast den Kopf von den Schultern.

Lintow und sein Vorgesetzter werden mit Blut gesprenkelt, aber sie weichen keinen Millimeter zurück.

Pulverdampf beißt in Lenas Nase.

Simon Lintow stoppt den Beschuss. Seine Nachbarn und Freunde aus Horlow sind ausgelöscht. Gnadenlos, ohne Zögern.

Lintow dreht sich im Kreis, sucht sein nächstes Opfer. Er findet Lena und legt auf sie an.

Andi rollt zur Seite und stößt Lena zu Boden. Schützend schließt sie die Faust um den Gegenstand in ihrer Hand. Kugeln zischen über sie hinweg. Lena reißt die Arme hoch, um den Sturz abzufangen. Doch das Gewicht der Tauchausrüstung rammt sie auf den Strand. Der Schmerz in ihrer Flanke detoniert. Blitze durchzucken ihren Verstand. Die Welt verschwimmt.

Lintow vollzieht Lenas Fall mit einer Garbe aus der Waffe nach. Sandfontänen hüpfen fauchend auf sie zu.

Dann: ein Klicken statt des erbarmungslosen Tackerns der Maschinenpistole.

Aus dem Augenwinkel sieht Lena, wie Andreas sein Messer zieht. Er stürmt vorwärts. Auf Lintow zu. Er ist zehn, zwölf Meter entfernt.

Der Fremde ruft eine Warnung. Noch acht Meter.

Lintow wirbelt herum. Er macht sich an seiner Waffe zu schaffen. Sechs Meter.

Lena kreischt. Vor Schmerz. Aus Angst. In wilder Hoffnung. Vier Meter.

Lintow reißt den Arm hoch. Drei ...

Andreas hebt das Tauchmesser.

Er ist schnell. Er kann es schaffen! Na los!

Zwei Meter ...

Andis Hinterkopf zerplatzt in einer Wolke aus Knochensplittern, Hirnmasse und Blut. Sein Körper prallt schwer gegen Lintow. Der verliert das Gleichgewicht und stürzt. Sein Vorgesetzter bringt sich mit einem Sprung außer Reichweite der Fallenden.

Lena heult auf.

Lintow wühlt sich unter Andi hervor. Er tastet nach seiner Waffe.

Immer noch liegt jener kleine Gegenstand in Lenas Hand, den sie heimlich vom Grund des Kummersees heraufgebracht hat. Ihr Beweis; ihre Versicherung, dass man ihr dieses Mal Glauben schenken wird.

Czarnóbog, der schwarze Gott der Slawen.

Die Essenz des Bösen, destilliert zu unsagbaren Zwecken und gebannt in ein gläsernes Gefängnis.

Lintow hat sich von Andis Leichnam befreit. Er rappelt sich auf. Die Maschinenpistole zuckt empor, um auch die letzte Zeugin ihres Blutrausches zum Schweigen zu bringen.

Lena springt auf. Sie ignoriert die Schmerzwelle, die

über sie hinwegrollt. Sie holt aus und visiert die Felsen zwischen Lintow und dem Fremden an.

Lintow zielt.

Lena wirft die Ampulle mit dem Kampfstoff. Sie wartet nicht, was passiert. Sie wirbelt herum und rennt, den Strand hinunter zum See. Hinter ihr erklingt das helle *Pitsch!* von splitterndem Glas. Gefolgt vom Rattern der Maschinenpistole.

In Lenas Rücken ertönen Glockenschläge. Lintow hat die Tauchflaschen erwischt. Ein Querschläger trifft Lenas Ohr und verschwindet jaulend in die Nacht. Blut rinnt ihren Hals hinab. Neben ihr spritzen Kugeln ins Wasser. Nur Zentimeter entfernt.

Dann hört Lena Schreie. Voller Überraschung, voller Horror. Grausames Zeugnis der entfesselten Macht chemischer Kriegsführung.

Wie weit reicht dieses Zeug? Wie rasch verbreitet es sich?

Wie tötet es?

Lena hechtet vorwärts, in die Wellen. Sie stößt sich ab und strampelt. So schnell sie kann. Keine Zeit für Maske und Kapuze. Ihre Füße verlieren den Kontakt zum Grund.

Nur der Kummersee kann ihr Leben jetzt noch retten.

Lena taucht.

Scheiß auf die Schmerzen!

Scheiß auf das Brennen in den Lungen!

Dunkelheit und Kälte umarmen sie. Lena lässt sich auf den Seeboden sinken. Die Qualen in ihrem geschundenen Körper sind unerträglich. Der Querschläger hat nicht viel von ihrem Ohr übrig gelassen. Blind tastet sie hinter sich.

Wo ist der verdammte Atemregler?

Und wenn Lintows Kugeln die Stahlflaschen auf ihrem Rücken in wertlosen Ballast verwandelt haben?

Dann muss ich auftauchen. Ins Gas.

In Lenas Brustkorb wüten Todesangst und Panik, wilde Tiere in der Falle. Sie will atmen. Will, dass das alles endlich vorbei ist. Dass die letzten Minuten nicht passiert sind ...

Mein Gott! Er hat sie ermordet. Einfach erschossen! Frank und Willi Godehardt, Volker Rathenau, Lars Virchow ... alle tot!

Fuck, fuck, FUCK

SIE HABEN ANDI UMGEBRACHT!

Luft! Ich brauche LUFT!

Endlich findet Lena den Atemregler. Sie rammt ihn zwischen die Lippen.

Scheiße, ja! Er funktioniert!

Lena saugt und saugt. Sie hechelt, sie hyperventiliert.

Sofort bereut sie jedes Sauerstoffatom, das sie auf diese Weise verschwendet. Sie muss unten bleiben. Bis sich das Giftgas verzogen hat ...

Wie lange reicht die verdammte Pressluft noch?

Ohne Maske und ohne Licht kann Lena das Finimeter nicht ablesen. Schon beim Aufstieg aus der Höhle ist die Reserve so gut wie aufgebraucht gewesen.

Lena schließt die Augen und zwingt sich, an gar nichts

zu denken. Sie atmet so ruhig, so langsam, so wenig wie möglich.

Geht dir die Luft aus, bist du tot.

Tauchst du zu früh auf, bist du tot.

Wirkt das Gas da oben nicht und Lintow und der Fremde überleben, dann BIST DU TOT!

Die Regeln sind simpel, wenn nichts weiter auf dem Spiel steht als das eigene Leben.

74

Halb sitzt, halb liegt Lena am Grund des Kummersees. Reglos und einsam, verletzt und verletzlich.

Über ihrem Kopf laufen die Wellen kaum knöchelhoch am Strand aus. Doch in Lenas Innerstem türmt ein Sturm Brecher aus Angst und Schuld auf. Der See wirft ihr alles an Kälte und Finsternis entgegen, was sein schwarzes Herz aufzubieten hat. Als sinne das Gewässer auf Rache, weil Lena und Andi ihm seine Geheimnisse entrissen haben.

Zeit ist relativ, heißt es. Jetzt, wo Lena zwischen Leben und Tod schwebt, verliert sie jede Bedeutung. Sie dehnt sich, flackert, leiert wie eine kaputte Kassette in einem Walkman.

Zugleich hängt Lenas Verstand an einem seidenen Faden. Es spielt keine Rolle, dass sie die Hand vor Augen nicht erkennen kann. Es ist nicht wichtig, ob sie die Lider öffnet oder schließt. Sie sind da, selbst wenn sie gar nicht da sein können: Lena sieht die Toten. Und die Toten sehen sie.

Tom ist der Erste. Er kauert in seiner knallroten Badehose keine Armlänge entfernt von seiner Schwester und beobachtet sie aus toten Augen.

Da ist Lenas Vater. Mit blauen Lippen flüstert Erik Wolff lautlos Lenas Namen, als könne seine Tochter ihn im Leben halten, wenn er die beiden Silben nur oft genug wiederholt.

Da ist Björn Thoms, zerfetzt und entstellt von dem Bösen, zu dem nur Menschen fähig sind. Tessas Freunde begleiten ihn: jung, idealistisch, tot.

Da sind die Dorfbewohner mit ihren zerschossenen Gesichtern und durchlöcherten Körpern, Opfer der eigenen Gier und Naivität. Bei ihnen ist Marlies Kujau, Horlows Kassandra, entführt und vermutlich ermordet, weil sie Dinge wusste, die sie nicht hätte wissen dürfen.

Sie alle sind hier unten bei Lena, am Grund des Sees, während über den Wellen Wolken aus Giftgas wabern.

Und zuletzt ist da auch Andreas Kujau.

Der gute alte Andi, der nichts und niemanden erst nimmt.

Andi, der tief im Herzen nie aufgehört hat, Lena zu lieben.

Andi, der sie *Wölfchen* nennt, als wären sie immer noch Kinder, rein und unberührt von der Falschheit und den Lügen der Erwachsenen.

Andi, der sich geopfert hat, um Lena zu retten.

Ach, Andi ...

Die Toten bilden das stille Publikum für die längsten Minuten in Lenas Leben. Hinter einem Vorhang aus Luftblasen taxiert sie ein riesiges Auge. Auch wenn Lena damals nur die Maske eines Tauchers vor sich hatte: Für sie wird dieses Auge stets die ultimative Angst verkörpern.

Es ist alles nur in deinem Kopf!, brüllt Lenas neunjähriges Ich zwischen ihren Schläfen. *Nur in DEINEM KOPF!*

Es gibt kein Monster im Kummersee, und es gab nie eins. Kein unheimliches Ding, das Unschuldige hinabzieht, keine ruhelosen Geister ertränkter Kinder. Nur die Monster, die die Menschen selbst geschaffen haben.

Nur deine ganz persönlichen Dämonen.

Lena hat das Gefühl, Blut zu schwitzen. Ihr ist heiß. Das zerfetzte Ohr pulsiert. Immer wieder wird ihr schwarz vor Augen. Sie rammt die Faust gegen die aufgeschlitzte Seite, lässt sich vom Schmerz zurücktragen. Die Atemluft wird dünner und dünner. Ein Quell in der Wüste, der im Beisein einer Verdurstenden versiegt. Die Spanne, die Lena zwischen ihren Atemzügen abzählen kann, verkürzt sich beständig weiter. Sie erstickt auf Raten. Lava in der Lunge, flüssiges Eis um sie.

Ich sterbe.

Ihr Geist hat diese Tatsache bereits akzeptiert. Nur die fleischliche Hülle kämpft noch dagegen an.

Was wartet da oben schon auf mich? Nur Leid und Tod.

Lena ringt sich einen weiteren flachen Atemzug ab.

Hat es sich für Tom so angefühlt? Als sein Organismus kapitulierte und entschied, es keine Sekunde länger ohne Sauerstoff auszuhalten? Als sein Atemreflex Luftröhre und Lunge geöffnet hat für die Fluten des Sees?

Lenas Tränen vermählen sich mit den Wassern des Kummersees. In all der Schwärze tut sich ein noch viel dunkler Tunnel vor ihr auf und droht, sie zu verschlucken. Die Qualen an Körper und Seele sind nicht mehr zu steigern.

Dann, ganz plötzlich, verblassen die Schmerzen.

Lena kommt zur Ruhe. Eine angenehme Schwere bemächtigt sich ihrer. Die Luft ist aufgebraucht. Sie verliert das Bewusstsein. Es ist ein schönes Gefühl. Friedlich. Gelöst.

Ein letztes Mal öffnet Lena noch die Lider. Die Toten sind verschwunden. Nur Tom ist noch bei ihr. Sein Gesicht ist wieder so makellos und unschuldig, wie sie es in Erinnerung hat. Ihr Bruder lächelt und streckt ihr eine Hand entgegen. Es ist ein Angebot, ein Versprechen: Wir werden uns wiedersehen. Nimm meine Hand und –

Nein! Ich will nicht sterben! Nicht so!

Lenas Finger finden den Verschluss des Gurts, der die Stahlflaschen auf ihrem Rücken fixiert. Sie strampelt sich frei, streift den Gürtel mit den Gewichten ab und spuckt den nutzlosen Atemregler von sich.

Mit letzter Kraft stößt sich Lena vom Grund ab. Entweder das Gas ist verflogen, oder sie wird einen schrecklichen Tod sterben. Ein Tod, gegen den das Ertrinken im Kummersee der leichtere Abgang gewesen wäre.

75

Mit zugekniffenen Augen bricht Lena durch die Wasseroberfläche. Gierig atmet sie ein.

Die Luft schmeckt kühl, nach Regen. Normal eigentlich. Doch wer weiß schon, wie Giftgas schmeckt?

Lena öffnet die Lider. Weder toxische Wolken noch
giftige Nebelschwaden hängen über dem Ufer. Sie wird
auch nicht von Schüssen durchsiebt. Nichts rührt sich.
Die Strahlen fallen gelassener Taschenlampen leuchten
kreuz und quer über den Strand. Es ist mucksmäuschen-
still.

Lena will nicht dorthin zurück. Doch sie muss sichergehen, dass dies alles nun wirklich vorbei ist.

Sie stakst das Ufer hinauf. Der Nachtwind beißt in
das, was von ihrem Ohr übrig ist. Die Kälte ist unbeschreiblich.

Lena hebt einen LED-Strahler vom Boden auf. Die
Hälfte der Dioden bleibt dunkel, der Rest flackert wie ein
Windlicht. Dennoch sieht sie mehr, als ihr lieb ist. Sie
stoppt in hoffentlich sicherer Entfernung zu den Glas-
scherben zwischen den Leichen am Strand. Keine zehn

Pferde werden sie dichter an den Horror vor ihr heranbringen.

Sie sind tot. Allesamt.

Lintow liegt mit dem Gesicht nach unten. Wenn er nicht gelernt hat, Sand zu atmen, ist er erledigt. Der Fremde hat den Rücken durchgebogen und starrt aus gebrochenen Augen in den Nachthimmel. Seine Züge sind dunkel angelaufen, Schaum bedeckt Lippen und Kinn.

Lena hat diese Männer umgebracht. Mit einer der furchtbarsten Waffen, die Menschen je erdacht haben. Doch sie empfindet nichts dabei. Weder Reue noch Genugtuung, ja nicht einmal Freude darüber, überlebt zu haben. Da ist nur Leere.

Horlows Verschwörer sind ebenfalls tot. Niedergemäht von Lintow und seiner Maschinenpistole. Mit ihrer Leichtgläubigkeit haben sie selbst den Finger an den Abzug gelegt. Nicht, dass sie so ein Ende verdient gehabt hätten. Aber Lena bemitleidet sie auch nicht. Sie ist nur erleichtert, dass Lars Virchow, Volker Rathenau und die Godehardts noch so daliegen, wie sie gefallen sind. Denn das bedeutet, dass sie es bereits hinter sich hatten, als Lena den Kampfstoff geworfen hat.

Zwischen all dem Blut, den Taschenlampen, den Patronenhülsen und dem Gewirr aus Körpern liegt Andreas.

Ein gnädiger Tränenschleier erspart Lena allzu grausame Details. Doch es reicht, um das Loch in Andis Schädeldecke zu erahnen und die daraus verspritzten graurosa Klumpen. Sie enthielten die Gefühle, Erinnerungen und Träume eines ganzen Menschenlebens.

Lena sinkt zu Boden. Sie übergibt sich unter Krämpfen. Die Schmerzen in ihrer Seite sprengen dabei jede Skala.

Sich danach auf die Beine zu kämpfen kostet Überwindung. Aber Lena braucht dringend etwas, um sich warm zu halten. Blutverlust und Unterkühlung lassen ihren Körper taub werden. Sie widersteht der Verlockung, den Mund mit Wasser aus dem See zu spülen. Lieber erträgt sie den sauren Geschmack des Erbrochenen, als jemals wieder mit dieser Brühe in Berührung zu kommen.

Lena stolpert in weitem Bogen um das Schlachtfeld, das Schnellfeuerwaffe und Giftgas hinterlassen haben. Sie findet die Kiste mit ihren Sachen ausgeleert. Kleidung liegt in der Gegend verstreut. Sie kramt zusammen, was die Durchsuchung trocken überstanden hat. Ihr Telefon und das von Andi sind weg, ihre Dienstwaffe ebenfalls. Aber wenigstens ihre Schuhe sind noch da.

Zitternd vor Kälte und wimmernd vor Schmerz löst Lena den provisorischen Verband und schlüpft aus dem Neoprenanzug. Sie geht dafür zwischen die Büsche, obwohl keine Seele in der Nähe ist, die sie sehen könnte. Das Gefühl, beobachtet zu werden, hat sich ihr in Erinnerung an dieses verfluchte Stück Erde für immer eingebrannt.

Das Neopren los zu sein und in Kleidung zu steigen ist ein erster Schritt, sich wieder wie ein Mensch zu fühlen. Der Schlitz in ihrer Seite blutet kaum noch. Aber die Wundränder sind dick und aufgequollen. Die Rippen darunter pochen. Lenas Flanke ist der einzige Teil ihres Körpers, der sich nicht eiskalt anfühlt, sondern glüht. Mithilfe von Andis T-Shirt legt sie einen Druckverband an. Beinahe verliert sie das Bewusstsein. Die Schmerzen an ihrem Ohr sind gegen das Inferno an ihrem Oberkörper fast eine willkommene Abwechslung.

Wo ist mein Handy? Ich muss Verstärkung rufen!

Doch wen soll sie anrufen? Wem kann sie vertrauen? Dass Weickert nicht bei den übrigen *Wächtern* war, bedeutet keinesfalls, dass er nicht dazugehört.

Die Toten am Strand zu durchsuchen kommt nicht infrage. Nicht nur wegen eventueller Rückstände des Giftgases, sondern auch, weil Lena den Leichen nicht zu nahe kommen möchte. Da ist kein Platz in ihrer angeknacksten Psyche für noch mehr Gespenster. Sie wird ohne Handy und Waffe auskommen müssen. Auch die Tauchausrüstung lässt Lena zurück. Nur den LED-Strahler nimmt sie mit. Besser ein flackerndes Licht als gar keins.

Für eine letzte Sache wagt sich Lena dann doch noch einmal zum Strand. Den Beweis für das Geheimnis des Kummersees mag sie in einem Akt der Notwehr gegen ihr jämmerliches Leben eingetauscht haben. Aber dort am Ufer liegt etwas, das ihre Geschichte erzählen wird.

Dieses Mal hat sich das Mädchen mit dem ertrunkenen Bruder keine Gruselgeschichte ausgedacht.

Andis Kamera wartet da, wo Lena sie zuletzt gesehen hat, im Sand zwischen Kummersee und sieben toten Männern.

Das Gerät ist auf die Seite gekippt, doch die Leuchtdiode auf der Oberseite zeigt, dass die Aufnahme noch immer läuft. So wie das Objektiv ausgerichtet ist, dürfte auf dem Speicherchip genug von dem Grauen gelandet sein, das sich heute Nacht hier abgespielt hat.

Lena hebt die Kamera auf. Sie schwenkt über das Chaos am Strand. Dann beendet sie die Aufzeichnung.

Die Welt wird das zu sehen kriegen, verspricht sie Andi im Stillen. *Und im Abspann wird dein Name stehen.*

Lena zieht die Speicherkarte aus ihrer Fassung und versteckt den Chip im Polster ihres BHs. Die Kamera setzt sie zurück in den Sand. Sie gehört hierher. Zu ihrem Kameramann. Zu Andi.

Lena schiebt die Hände unter die Achseln und taumelt los. Sie wankt dem einzigen Ort entgegen, wo sie hinkann.

Lena geht nach Hause. Nach Horlow.

76

Bald versiegt das Licht der beschädigten LED-Lampe. Die Dunkelheit im Wald ist nicht so absolut wie am Grund des Kummersees, doch kaum weniger erdrückend.

Lena stolpert voran. Es fällt ihr schwer abzuschätzen, wie weit sie gegangen ist. Sie lehnt sich an eine Kiefer. Das Moosbett unter ihren Füßen ist unwiderstehlich weich.

Ausruhen. Nur ganz kurz ...

Nein! Du musst weiter!

Lena kneift sich ins verletzte Ohr. Der Schmerz zündet sämtliche Neuronen ihres Gehirns. Sie wischt Blut von ihren Fingern und torkelt weiter. Unmöglich zu sagen, wie lange sie durch das Meer der Bäume irrt. Minuten? Stunden? Es ist noch dunkel. Wenn sie zwischendurch nicht weggetreten ist, ist dies immer noch dieselbe Nacht, in der –

Lena prallt von Hindernis zu Hindernis. Strauchelt, rappelt sich auf, streicht Blätter aus ihren Haaren. Der Wind wispert durchs Herbstlaub. Regen benetzt Lenas Gesicht und lässt es glänzen, als hätte sie bereits all die Tränen geweint, die ihr noch bevorstehen.

Hilfe. Ich brauche Hilfe. Ich ...

Ihr fallen die Lider zu. Es ist nur eine Frage der Zeit, dann stürzt sie über eine Wurzel oder einen Ast. Wenn sie Glück hat, bricht sie sich das Genick. Hat sie Pech, bleibt sie hier liegen, um allein und verlassen zu verbluten oder zu erfrieren.

Etwas schält sich aus der Düsternis. Zuerst glaubt Lena an eine Sinnestäuschung. Starrt sie angestrengt genug in die Schwärze, sieht sie dort alles Mögliche: Augen, Gaswolken, sich in Agonie windende Menschen, die Toten. Doch das, was da jetzt vor ihr auftaucht, ist real. Eine halbdurchsichtige Wand erstreckt sich zu beiden Seiten in die Nacht.

Lena tritt an die Mauer aus Draht und Metallpfählen. Sie krallt die Hände in die sechseckigen Waben des *Neuen Zauns*, des Bollwerks der *Wächter* zum Schutz des Kummersees und seiner Geheimnisse.

Im rechten Winkel biegt Lena von ihrem Kurs ab. Das Hindernis zu übersteigen liegt außerhalb ihrer Kraftreserven. Aufgeschlitzt und verheddert im Stacheldraht draufzugehen wäre ein ebenso furchtbarer Tod, wie zu ertrinken oder im Gas zu ersticken. Aber was wäre ein guter Tod?

Lenas Fingerspitzen folgen dem Metallgeflecht. Wenn sie sich parallel zum Zaun hält, gelangt sie an die Schotterpiste. Doch so weit muss sie gar nicht gehen. Nach kurzem Marsch greift Lena ins Nichts. Mühsam dreht sie den Kopf. Einem stählernen Vorhang gleich öffnet sich der Maschendraht zu einem Spalt.

Zwei Jungs, die im Wald herumstromerten. Beste Freunde, die an einem heißen Sommertag auf solch ein Loch in einem Zaun gestoßen sind. Damit hat alles angefangen. Vor einem halben Leben ... Tom und Andi, jetzt sind sie wieder vereint.

Lena schluchzt. Unter Qualen schlüpft sie durch den Riss und nimmt schlingernd ihren Kurs wieder auf. Bald zeichnet sich jenseits der Bäume ein Lichtschimmer gegen das Schwarz der Nacht ab.

Horlow.

Lena wickelt die Arme um den Oberkörper und schwankt auf den Lichtschein zu. Den Wald hinter sich zu lassen fühlt sich an, als betrete man nach stundenlangem Waten durch Tiefschnee eine geräumte Straße. Jeder Schritt fällt nun leichter als der vorherige.

Horlow wirkt verlassen. Kein Wunder, liegt doch ein beträchtlicher Teil der Einwohner ermordet am Ufer des Kummersees. Mit den Verschwörern ist auch das allgegenwärtige Gefühl der Bedrohung verschwunden.

Das Fachwerkhaus Horlow Nummer zehn ist erleuchtet. Lena schlurft darauf zu. Nicht einmal die Keramikmonstrositäten im Vorgarten halten sie jetzt noch auf. Nur wenige Schritte, dann ist sie zu Hause.

Es ist vorbei. Endlich vorbei ... Ob ich mir mit Malik im Krankenhaus ein Zimmer teilen darf?

Die Gedanken an ein Bett und die Nähe eines Freundes lassen Lena fast lächeln. Doch zuerst möchte sie heulen, bis der Schlaf sie übermannt. Vielleicht ja sogar in der schützenden Umarmung ihrer Mutter. Dort könnte eines Tages aus Trost vielleicht sogar Vergebung erwachsen.

Das Läuten des Westminsterschlags in der Diele zählt zu den schönsten Geräuschen, die Lena je gehört hat.

Schritte erklingen. Ein Klicken im Schloss, dann öffnet sich die Haustür.

»Kind!« Sylvia Wolffs Gesicht verschwimmt hinter dem Weichzeichner von Lenas Tränen.

»Mama. Kannst du einen Krankenwagen rufen? Ich ... ich brauche Hilfe.«

Lena sinkt in die Arme ihrer Mutter.

77

Aus der Bewusstlosigkeit in die wache Welt überzuwechseln fühlt sich an, wie abermals aus den Tiefen des Kummersees aufzutauchen. Zu den Schmerzen an Lenas Seite und am Ohr hat sich ein Pochen hinter den Schläfen gesellt. Noch halb besinnungslos tastet sie nach ihren Wunden. Sie sind verbunden. In ihrem Mund macht sich der bittere Geschmack von Paracetamol breit. Sie friert nicht mehr, obgleich sie nur Unterwäsche trägt. Eine Daunendecke liegt über ihrer Brust. Auf den Wangen spürt sie bullige Hitze. Ein Feuer prasselt.

»Bist du wach?«, fragt eine Stimme im Flüsterton.

»Geht so.« Mehr Krächzen als Sprechen. Lena zwinkert gegen den Nebel unter ihren Lidern an.

Das ist kein Krankenzimmer. Und auch kein Klinikbett.

Lena ruht auf der Wohnzimmercouch ihres Elternhauses. Sylvia Wolff mustert sie mit ernster Miene von einem der Designersessel aus. In der Hand hält sie ein Glas voller Eiswürfel und klarer Flüssigkeit.

»Mama!« Lena schreckt hoch.

»Scht!« Ihre Mutter streicht ihr die Haare aus der Stirn. Sie riecht nach Alkohol.

»Sie sind alle tot, Mama«, nuschelt Lena. »Draußen, am See. Ich muss Verstärkung rufen.«

»Wir kümmern uns darum. Alles kommt in Ordnung.«

»Du verstehst nicht ...«, protestiert Lena, doch sie lässt sich zurück ins Kissen drücken.

»Warum nur, Kind? Warum?« Sylvia Wolff sieht aus, als hätte sie seit Tagen nicht geschlafen. Oder viel geweint. Sie seufzt in ihr Glas. »Warum musstest du zurückkommen? Konntest du es nicht gut sein lassen?«

Lena greift nach der Hand ihrer Mutter. »Ich weiß jetzt, wie Tom gestorben ist. Und warum. Er –«

»Tommy starb, weil zwei übereifrige und unerfahrene Männer in Panik geraten sind. Sie dachten, ein ungehorsames Mädchen und sein Bruder hätten etwas zu sehen bekommen, was nicht für ihre Augen bestimmt gewesen ist.«

Die Worte kommen aus dem Durchgang zum Esszimmer.

Lena kennt diese Stimme, kennt sie seit Kindertagen.

»Es tut mir leid«, formen Sylvia Wolffs Lippen lautlos.

»Die Männer wurden zur Verantwortung gezogen«, fährt die Stimme fort. »Aber das hat Tommy natürlich nicht wieder lebendig gemacht. Also gestalteten meine Auftraggeber und ich deinen Eltern den Verlust etwas erträglicher.«

Lena würde Marlies Kujaus Kieksen unter Tausenden

Stimmen heraushören. Die kleine Frau mit der dicken Brille und der Prinz-Eisenherz-Frisur tritt um die Couch herum. Am Eckregal, auf dem das einzig verbliebene Familienfoto der Wolffs steht, hält sie inne. Sie nimmt das Bild zur Hand und streicht darüber. Dann sinkt sie in den freien Sessel.

»Tante Marlies? Was ...?« Lena blinzelt zwischen der Nachbarin und ihrer Mutter hin und her. Marlies Kujau wirkt weder dement noch verwirrt, sie macht einen fitten Eindruck.

»Die Entführung ...« Plötzlich wird Lena das Ausmaß ihres Irrtums bewusst. »*Du* hast das alles inszeniert! Wieso –«

Marlies Kujau schneidet ihr mit einer Geste das Wort ab. »Seit ich nach Horlow gekommen bin, haben wir hier am Ende der Welt gut davon gelebt, keine Fragen zu stellen und gelegentlich jemandem über die Grenze zu helfen. Siggi Thießen, mein Bernd, dein Vater ... der ganze Ort hat profitiert.« Sie atmet geräuschvoll durch die Nase ein und wieder aus, als leide sie – und nicht Lena – unter einem Trauma. »Bis zur Wende.«

»Mein Papa hat Republikflüchtige ins Land gebracht? Gegen Bezahlung?«

»Ach, Lenchen, Lenchen. Treuherzig bis zum Schluss.« Marlies Kujau schüttelt den Kopf. »Nein, politisch Verfolgte waren es nicht, die wir in den Westen geschleust haben. Im Gegenteil.«

»Du lügst. Mein Vater hat keine Spione geschmuggelt. Er hätte nie bei etwas Illegalem mitgemacht.« Lena sucht

Bestätigung bei ihrer Mutter, doch Sylvia Wolff weicht dem Blick ihrer Tochter aus.

»Mitgemacht?« Marlies Kujau zieht die Brauen hoch.

»Er hat nicht nur *mitgemacht*. Es war *dein Vater*, Lena, der für die Einwohner von Horlow eine letzte Übereinkunft ausgehandelt hat, als alles den Bach runterging. Finanzielle Sicherheit für das Bewahren eines Geheimnisses.«

»Aber Tom —«

»Nichts hätte Tommy je wieder zurückgebracht. Dein Vater wusste das. Er hat sich entschieden, dich zu belügen, damit Horlow leben kann. Alle hier haben gemeinsam eine unaussprechliche Schuld auf sich genommen, als sie die Todesumstände deines Bruders vertuschten. Doch es geschah für ihre Familien. Und damit auch für dich. Dein Vater hat das nie verkraftet.«

Verzeih mir.

Jetzt wird Lena einiges klar. »Hätte mein Papa den Deal für den Kummersee nicht angebahnt, wäre Tom noch am Leben. *Er* hat die *Wächter* gegründet.«

»*Wächter!*« Marlies Kujau schnaubt. »Überall haben wir heutzutage Gleichberechtigung, aber nach uns *Wächterinnen* kräht kein Hahn. Als ob nicht längst wir die Hosen anhätten. Was, Sylvia?«

»So sind Männer halt«, antwortet Lenas Mutter tonlos.

»Richtig, richtig.« Marlies Kujau lacht. Es klingt wie das Raspeln eines Mahlwerks. »Aber denk nur an deinen Mann und an meinen Bernd! Und dann schau uns an. *Wir* sind noch da und —« Sie verstummt mitten im Satz.

Blaulicht leuchtet vor dem Fenster auf.

»Ich gehe.« Sylvia Wolff springt auf, als könne sie es kaum erwarten, den Raum zu verlassen.

Die Ankunft der Polizei scheint Marlies Kujau nicht weiter zu beunruhigen.

Wäre ich schnell und stark genug, diese falsche Schlange zu erwürgen, bevor Mama mit Weickert zurückkommt?

Lena begnügt sich damit, Marlies Kujau anzufunkeln. »Den Morgen am Transformatorhäuschen, weshalb hast du mir da von Projekt *Czarnobóg* und den *Wächtern* erzählt?«

»Denkst du, ich wollte das alles? Mord und Totschlag? Nein, Lenchen! Ob du es glaubst oder nicht, ich wollte dich warnen. Zu deinem eigenen Besten!«

»Und warum hast du mir den Rest verschwiegen? Ich hätte mit meinem Chef sprechen können. Vertraulich. Wir –«

»Sei nicht naiv, Lena. Weißt du, was dann passiert wäre? Was *mit mir* passiert wäre?« Marlies Kujau schüttelt den Kopf. »Ich habe dir gesagt, was ich konnte. Du hast ja keine Ahnung, mit wem du es zu tun hast.«

»Wieso sagst du es mir dann nicht endlich? Ihr hattet über dreißig Jahre Zeit. Dreißig Jahre, um reinen Tisch zu machen! Warum erst jetzt? Warum habt ihr so lange gewartet?«

»*Czarnobóg* lag sicher begraben. Tief unter der Erde, bedeckt von Abermillionen Litern Wasser und Tonnen von Gestein. Simon und ich sind geblieben, um dafür zu sorgen, dass sich daran niemals etwas ändert. Manche Geheimnisse sind nicht dazu bestimmt, je wieder das Tageslicht zu erblicken. Alles wäre gut gewesen, wenn ihr nicht hergekommen wärt. Erst dieses törichte Endlager hat uns zum Handeln gezwungen.«

»Nicht wir oder das Endlager! Die verdammten Geheimnisse sind schuld an alldem!« Tränen der Wut und der Enttäuschung rinnen über Lenas Wangen. Wie kann man sich nur so in einem Menschen irren? »Du hast meinen Vater und alle in Horlow darüber belogen, was sie da bewachen.«

»Es war besser so. Sie haben geglaubt, was sie glauben wollten.«

»Warum habt ihr mir nie gesagt, was damals wirklich mit Tom passiert ist? Es ist alles so sinnlos. Niemand hätte sterben müssen!«

»Sie sind gestorben, weil du nicht hören wolltest! Ich habe dir gesagt, du sollst niemandem hier vertrauen. Und ich habe dir gesagt, dass du verschwinden sollst! Sie hätten den Vermesser freigelassen, wenn ihr gegangen wärt.«

»Klar, als ob. Deine Leute haben Björn Thoms wie ein Lamm zur Schlachtbank geführt.«

Schritte im Flur unterbrechen das Gespräch. Ein zweites Mal hat Lena mit ihrer Einschätzung danebengelegen. Die Verschwörung reicht bis in Polizeikreise. Doch es ist nicht Uwe Weickert, der gefolgt von Lenas Mutter in den Raum stürmt.

Es ist Nella Milani.

Noch eine Wächterin.

Kein Wunder, dass die Polizistin sich so für Malik interessiert hat. Vielleicht hat Lenas Begegnung mit Milani im Krankenhaus ihm letztendlich das Leben gerettet. Nicht auszudenken, wenn sie allein mit Malik –

»Virchow, die Godehardts und der Förster sind tot.« Milanis Stimme überschlägt sich fast. »Alle erschossen ...« Sie registriert Lenas Anwesenheit mit irritiertem Seitenblick.

Marlies Kujau signalisiert der Polizistin mit einer Geste, frei zu sprechen. »Simon und unser Kontaktmann?«

»Auch tot. Aber ich weiß nicht, wie.«

»Und mein Sohn?«

Milani wendet den Blick ab. Kopfschütteln.

Marlies Kujau presst die Lippen zu einem Strich zusammen. Ihre ganze Reaktion auf Andis Tod besteht aus einem resignierenden Nicken.

Sylvia Wolff schlägt die Hand vor den Mund. Mit schreckgeweiteten Augen schaut sie zwischen ihrer Nachbarin und der Polizistin hin und her.

»Das ist zu heftig, um es unter den Teppich zu kehren. Weickert ahnt, dass es eine undichte Stelle im Revier gibt!« Milani setzt sich, nur um gleich wieder aufzuspringen. »Merda! Was ist da passiert, Marlies?«

»Ich weiß es nicht.« Marlies Kujau putzt umständlich ihre Brille. Ihr Blick flattert. Fraglich bleibt, ob der feuchte Glanz in ihren Augen dem Schicksal ihres Sohns gilt oder dem von Lintow und ihren Mitverschwörern. »Das Bergungskommando ist bald hier. Sie kümmern sich um alles.«

»Am See liegt ein Haufen Leichen! Darum *kümmert*

man sich nicht mal eben. Wir müssen verschwinden!«
Milani tigert durchs Wohnzimmer. »Ich brauche mehr
Geld, Marlies!«

Die Polizistin läuft eine Armeslänge an der Couch vorbei. Lenas Blick fällt auf die Pistole an Milanis Hüfte.

»Der Anteil der anderen wird auf euch umgeleitet. Ich
sorge dafür, sobald die Kisten abgeholt sind«, verspricht
Marlies Kujau. »Das gilt auch für dich, Sylvia.«

»Was geschieht mit meiner Tochter?« Lenas Mutter
hebt die Stimme kaum über ein Murmeln. Selbst jetzt
scheint ihre Angst noch zu groß, um der Farce ein Ende
zu bereiten.

Sie wollte mich schützen!, begreift Lena. *All die Jahre
wollte sie mich schützen, indem sie mich weggestoßen hat.*

Die Erkenntnis schmerzt.

»Lenchen passiert nichts. Aber meine Leute werden
sie mitnehmen müssen, bis Gras über die Sache gewachsen ist.«

Marlies Kujaus Lüge schreit zum Himmel. Trotzdem
nickt Sylvia Wolff. Sie macht ein Gesicht wie jemand, der
schweren Herzens eine ungeliebte, doch letztlich vernünftige Entscheidung trifft.

Lena hingegen gibt sich keinen Illusionen hin: Soeben
hat die Frau, die wie eine zweite Mutter für sie gewesen
ist, ihr Todesurteil unterzeichnet.

Wieder trippelt Milani knapp außer Reichweite vorbei.

»Wollen Sie wissen, was da draußen unter den Wellen
liegt, Frau Milani?«, fragt Lena. »Ich hab es gesehen. Mit
eigenen Augen.«

»Lenchen, nicht«, protestiert Marlies Kujau schwach.

Die Polizistin lacht auf, schrill und nervös. »Ist mir klar, dass da nicht nur Dokumente lagern. Die DDR ist Vergangenheit. Interessiert keine Sau mehr. Also, was ist es? Honeckers Privatvermögen? Nazigold?« Milani stoppt ihr Gerenne und sieht auf Lena herab. »Eigentlich ist es mir scheißegal, solange ich mein Geld kriege.«

»Da unten lagert Giftgas. Kistenweise. Ich hab es in Aktion erlebt. Lintow und sein Vorgesetzter übrigens auch.«

Sylvia Wolff schnappt nach Luft. »Ist das wahr, Marlies?«

Marlies Kujau lässt den Kopf sinken und stöhnt auf. Nella Milanis Blick zuckt hin und her.

»Papa und dir hat sie auch die Geschichte von den ach so geheimen Stasiunterlagen aufgetischt?« Lena sieht ihrer Mutter ins Gesicht. »Und ihr habt das geglaubt? Ehrlich?«

Sylvia Wolff läuft rot an.

»Sie hat gefragt, ob das wahr ist.« Milani deutet auf Lenas Mutter. Die Polizistin macht einen Schritt auf Marlies Kujau zu. »Falls ja, hat sich mein Preis soeben verdreifacht.«

Milani ist jetzt fast in Lenas Reichweite. Wenn sie nicht an ihrer Berufsehre zu packen ist, dann vielleicht –

78

Sylvia Wolff schnellt hoch. Sie stürzt sich auf Milani.

Die *Wächterin* strauchelt und prallt auf Lenas verletzte Seite. Etwas zerreißt in der Wunde. Ein Schmerzfeuerwerk zündet.

Milani schlägt um sich und tastet nach ihrer Dienstwaffe. Lena kann vor Qualen kaum atmen. Trotzdem krallt sie sich an den Arm der Polizistin.

Milani reißt sich los. Sie stolpert vorwärts, um Abstand zu gewinnen. Doch Sylvia Wolff hat sich ebenfalls aufgerappelt und setzt ihr nach.

Ein Handgemenge folgt.

Plötzlich hat Lenas Mutter die Pistole. »Keine Bewegung!«, brüllt sie. Sie umklammert die Waffe mit beiden Händen. Der Lauf wackelt hin und her, ein Seismograf jahrzehntelang unterdrückter Wut und Angst.

»Schon gut, schon gut!« Milani hebt die Arme. »Vorsicht mit dem Ding!«

Ein Huschen in Lenas Augenwinkel. »Achtung!«, ruft sie.

Ihre Mutter weicht zur Seite aus. Doch zu spät.

Marlies Kujau schwingt den Schürhaken des Kamins.

Zugleich springt Milani vor und will nach der Waffe greifen.

Die Eisenstange trifft Sylvia Wolffs Handgelenke.

Ein Schuss fällt.

Nella Milani zuckt zusammen. Sie greift sich an die Brust. Zwischen ihren Fingern sprudelt Blut hervor. Die *Wächterin* geht mit ungläubigem Gesichtsausdruck zu Boden.

Lena wühlt sich aus der Decke. Sie stöhnt vor Schmerz, doch sie kämpft sich hoch.

Marlies Kujau holt abermals aus. Für ihr Alter bewegt sie sich erstaunlich schnell. Der zweite Hieb mit dem Schürhaken trifft Sylvia Wolffs Unterkiefer. Ihr Kopf schleudert zur Seite. Zahnsplitter prasseln an die Wand. Die Pistole fliegt davon. Lenas Mutter taumelt unter Wimmern rückwärts und kracht in die Hausbar. Ein Scherbenregen geht auf sie nieder. Der Gestank hochprozentigen Alkohols erfüllt das Zimmer.

Sylvia Wolff erschlafft. Sie ist bewusstlos. Oder tot.

Lena stürzt mit einem Kampfschrei los.

Marlies Kujau wirbelt herum. Das Schüreisen knallt auf Lenas Rippen. Es erwischt die unverletzte Seite, doch die Schockwelle lässt sie zusammenklappen. Lena landet in Nella Milanis Blut. In ihrem Rücken hört sie Marlies Kujau nahen.

Lena kriecht davon. Sie sieht Sterne. Ihre Augen tränen.

Wo ist die verdammte Pistole?

Da! Etwas Schwarzes, neben dem Kamin!

Lena wirft sich vorwärts, um an die Waffe zu gelangen, aber ein Schlag trifft sie im Rücken. Sie krümmt sich in Agonie. Ihr Bewusstsein gleitet in einen Tunnel.

Bleib wach, bleib wach, bleib wach!

In Lenas Kehle steigt ein wütendes Heulen auf. Sie reißt die Lider auf, schüttelt die Benommenheit ab. Die Spitze des Schürhakens gerät in ihr Blickfeld. Sie hechtet danach und ringt Marlies Kujau die Eisenstange aus der Hand. Das Werkzeug poltert zu Boden.

Lena hastet hinterher. Sie schließt die Finger um den Holzgriff des Schürhakens, bereit, ihrem Zorn freien Lauf zu lassen; Rache zu nehmen für ein verlorenes Leben. Über Blut und Glassplitter rollt sie sich auf den Rücken, um auf die Beine zu kommen. Sie –

»Schluss jetzt, Lenchen! Lass das fallen!« Marlies Kujaus Stimme ist ganz sanft. Breitbeinig steht sie vor Lena, außer Schlagreichweite. Die Pistole hält sie in der rechten Faust, die linke stützt. Nicht das geringste Zittern erschüttert ihre Hände. Die Heckler & Koch wirkt wie eine natürliche Verlängerung ihrer Arme. Die Haltung der kleinen, alternden Dame zeugt von Selbstverständlichkeit im Umgang mit Schusswaffen.

Der Schürhaken poltert auf die Dielen. Lena sinkt zurück und konzentriert sich darauf, Luft zu bekommen. Pfeile schießen durch ihre Brust.

»Und?«, keucht sie zwischen zwei pfeifenden Atemzügen. »Bringst du mich jetzt auch um, *Tante Marlies*?«

»Es ist nichts Persönliches.« Marlies Kujau befördert

den Schürhaken mit dem Fuß außer Reichweite. »Das war es nie.«

»Natürlich nicht.« Lena spuckt aus. Es ist Blut dabei. Die Verbände an ihrer Seite sind durchweicht. »Es ging nur ums Geschäft, richtig?«

»Pflicht. Es ging um Pflicht.« Marlies Kujau fletscht die Zähne. »Etwas, das ihr jungen Leute nie verstehen werdet.«

»Du bist nicht aus der DDR geflohen, oder? Wer hat dich von *Drüben* nach Horlow geschickt? Ursprünglich, meine ich. Die Russen, die Stasi? Die NVA?«

Keine Antwort.

»Egal, es ist vorbei.« Lenas Brustkorb pumpt. Die Hitze des Kamins treibt ihr den Schweiß auf die Stirn. »Deine Nachbarn und Freunde sind tot, Marlies. Verdammt, *dein Sohn* ist heute gestorben! Lintow hat ihm das Gehirn aus dem Schädel gepustet! Ist sie das wert? Deine *Pflicht*?«

»Simon war mir mehr Sohn, als es Andreas je hätte sein können.« Härte färbt Marlies Kujaus Stimme dunkel. »Es hat mir das Herz gebrochen, als er weggegangen ist. Dir ging es genauso, oder? Und was meinst du, wie sich deine Mutter gefühlt hat, als du sie allein zurückgelassen hast, Lenchen?«

»*Wir alle* hätten gehen müssen. Zusammen! Nach Toms Tod. Weg aus diesem Kaff! Weg von diesem scheiß See!« Tränen rinnen über Lenas Wangen. »Für uns gab es hier nichts mehr außer schlimmen Erinnerungen.«

»Es wäre leichter für deine Eltern gewesen, wenn du mit Tommy gestorben wärst.«

»Als ob ich mir das nicht tausendmal gewünscht hätte!« Lena brüllt Marlies Kujau ihre Wut entgegen. Ein Schauer aus blutigem Speichel regnet herab.

»Mach die Augen zu, Lenchen. Es geht ganz schnell.«

Die Situation ist surreal. Die Kieksestimme gehört einem netten Tantchen, doch es sind die Worte einer Mörderin. Die liebenswerte, schrullige Dame von nebenan war nie mehr als eine Rolle.

»Du wirst mir ins Gesicht schauen müssen.« Lena sucht nach einem verräterischen Zucken, dem Hauch eines Zweifels. Aber da ist nichts. Auf Marlies Kujaus Brille spiegeln sich die Flammen im Kamin. Doch nicht mal sie vermögen, die Kälte aus ihrem Blick zu bannen. »Kannst du das?«, fragt Lena. »Kannst du mich ansehen und einfach abdrücken?«

»Besser ich erledige es als meine Leute.« Die Waffe deutet auf Lenas Stirn. »Es wird nicht wehtun. Ich verspreche es.«

Lena blickt in den Pistolenlauf.

Werde ich den Schuss noch hören?

Statt eines Knalls ertönt ein Knurren von der anderen Seite des Zimmers. Dann stampfende Schritte auf Glassplittern.

Marlies Kujau fährt herum. Sie schießt ohne Zögern.

Eine Keramikstatue explodiert. Die zweite Kugel trifft. Doch sie kann die Urgewalt nicht stoppen, die da heranprescht: eine Mutter, die das einzige Kind schützt, das ihr noch geblieben ist.

Sylvia Wolff nimmt den Einschlag des Projektils nicht wahr. Mit zertrümmertem Kiefer und gezeichnet von Schnittwunden stürmt sie durchs Zimmer. In der Hand hält sie eine gezackte Scherbe von der gläsernen Abdeckung des Barfachs. Bevor ein weiterer Schuss sie erwischen kann, senkt Lenas Mutter den Kopf und rammt Marlies Kujau gegen das Funkengitter des Kamins.

Die Frauen gehen zu Boden. Die Pistole klappert davon. Der Metallaufsteller an der Feuerstelle kippt. Funken stieben auf, und brennende Holzscheite rollen über den Fußboden. Eines entzündet mit einem Fauchen die vergossenen Spirituosen.

Marlies Kujau jault auf. Sie versucht, sich unter Sylvia Wolff hervorzuwinden, die rittlings über ihr hockt. Doch bevor sie sich befreien kann, sticht Lenas Mutter ihr mit einem Aufschrei die Glasscherbe in den Hals. Dabei scheint sie nicht einmal zu bemerken, dass eines ihrer Hosenbeine in Brand geraten ist.

Ein Rauchmelder wird ausgelöst. Lena überwindet ihre Schockstarre und springt auf. Schmerzen und Schwindel ignoriert sie. Sie zieht ihre Mutter von der röchelnden und zuckenden Marlies Kujau. Lena empfindet nicht das geringste Mitleid für die einstige Nachbarin.

Lena reißt die Seite des Vorhangs von der Gardinenstange, die noch nicht Feuer gefangen hat, und erstickt die Flammen an Sylvia Wolffs Kleidung. Schnell untersucht sie die Schusswunde ihrer Mutter. Ein Durchschuss, unterhalb des Schlüsselbeins. Aus einem Stück Stoff macht Lena einen provisorischen Druckverband.

Ein zweiter Rauchmelder schrillt. Das Feuer hat sich ausgebreitet. Flammen springen über Teppich und Vorhänge, greifen nach den Möbeln, verbeißen sich, wo sie Nahrung finden. Lena kann nur entsetzt zuschauen. Zum Löschen ist es zu spät.

»Wir müssen hier raus!« Lena hustet. Schmerzen schütteln sie. »Kannst du gehen, Mama?« Sie kniet sich neben sie, will ihrer Mutter hochhelfen. Aber Sylvia Wolff umfasst Lenas Arm und zieht sie stattdessen zu sich hinab. Ihre Blicke finden sich.

Sylvia Wolffs Lippen formen Worte, die im Gellen der Rauchwarner untergehen. Gern möchte Lena glauben, dass sie sagt, was jede Tochter hören möchte.

Ich bin stolz auf dich. Ich liebe dich, mein Kind.

Aber Lena weiß, dass ihre Mutter sich verabschiedet. »Du musst wach bleiben! Hast du gehört?«, brüllt sie über den Lärm hinweg. »Mama? Bleib bei mir!«

Sylvia Wolffs Augen rollen nach hinten, bis nur noch das Weiße zu sehen ist. Der Griff um Lenas Arm erschlafft. Ihre Mutter hat das Bewusstsein verloren.

»Mama!« Lena tastet ihren Puls. Schwach und schnell. »Ich bring dich hier raus!«

Lena hievt den leblosen Körper hoch. Die Schmerzen in ihrer Seite toben, als reiße sie entzwei. Fast verliert sie selbst das Bewusstsein. Ihre Mutter aufs Knie gestützt, schleppt Lena sich mit Trippelschritten rückwärts. Die

Hitze ist sengend. Rauch brennt in ihren Augen und lässt sie husten.

Nella Milani liegt noch immer vor der Couch, ihr Blick geht gebrochen ins Nichts. Am anderen Ende des Raums hat auch Marlies Kujau aufgehört zu zucken. Nichts rührt sich mehr, außer dem Flackern und Fauchen des Feuers.

Lena quält sich voran. Aus dem Augenwinkel nimmt sie das Familienfoto auf dem Eckschränkchen wahr. Flammen tropfen von der Decke darauf herab.

Diese Familie existiert nicht mehr.

Für einen Herzschlag fühlt es sich richtig an, einfach aufzugeben. Zu bleiben bis zum Schluss. Doch dann zieht Lena ihre Mutter aus der Flammenhölle.

Ein letztes Mal stark sein.

Ein letztes Mal Wölfin sein.

Mit nichts am Leib als blutgetränkten Verbänden und ihrer Unterwäsche stolpert Lena hinaus in die Kälte der Morgendämmerung. Kieselsteine bohren sich in ihre Fußsohlen. Der Reiz, zusammenzubrechen und zuzusehen, wie sich die Vergangenheit in Asche verwandelt, ist übermächtig. Ihr Elternhaus ist verloren. Ein Fenster birst. Flammen streichen über das Fachwerk. Unter dem Reetdach quellen Rauchschwaden hervor.

Lena schleppt ihre Mutter über die Einfahrt bis zur Straße. Dort bricht sie zusammen. Wie aus einer anderen Welt hört sie von weit her das an- und abschwellende Jaulen einer Sirene.

Das Pochen und Stechen zwischen den Rippen wird

immer schlimmer. Das Atmen fällt ihr zunehmend schwer.

Sie blutet innerlich. Das spürt Lena.

Aber war es je anders? Die ganzen letzten dreiunddreißig Jahre?

Eine Stimme erklingt. Jemand ruft nach ihr. Doch Lena hat keine Kraft mehr. Sie schafft es gerade noch, den Kopf zu heben. Ihr Blick fällt auf die Silhouette einer schmächtigen Gestalt am Waldrand. Als Schatten zeichnet sie sich gegen Morgennebel und Rauch ab.

Lena streckt die Hand nach dem Schemen aus. Auch wenn sie sein Gesicht nicht erkennen kann, weiß sie, wer dort auf sie wartet.

Es ist ihr Bruder. Tom.

Er ruft sie zu sich.

Zum Kummersee.

Still ruht der See

Von Katrin Jahns

Die Geschehnisse am Kummersee im Wendland Anfang Oktober zählen zu den blutigsten und undurchsichtigsten Kriminalfällen der jüngeren Geschichte. Mehr als zwei Monate nach den Ereignissen erschüttern gleich zwei Krisen die Republik, die sich aus den Vorfällen in und um Horlow speisen: eine diplomatische Krise und eine des Vertrauens in die Sicherheitsbehörden.
Weiterhin gibt es keine schlüssige Erklärung für mindestens vierzehn Todesfälle. Nach mehreren Personen wird noch immer gefahndet, oder sie gelten als vermisst.
Die Liste der offenen Fragen ist lang: Was hat es mit den drei Agenten des russischen Militärnachrichtendienstes GRU auf sich, deren Festnahme das ohnehin so gespannte deutsch-russische Verhältnis belastet? Was befand sich in den Kisten, die Spezialkräfte der Bundeswehr

Augenzeugenberichten zufolge am Grund des Kummersees geborgen haben? Welche Rolle spielte die ehemalige NVA-Majorin Claudia Möller, die Jahrzehnte unter dem Decknamen *Marlies K.* in Horlow gelebt hat? In welcher Verbindung steht ihr Tod zum Brand im Stasi-Unterlagen-Archiv in Berlin vor zwei Wochen? Und warum verweigert die wichtige Zeugin Sylvia W., die immer noch unter Polizeischutz im städtischen Krankenhaus Lüneburg liegt, weiter jede Aussage?

Zu alldem liefert die zögerliche Informationspolitik der Behörden Munition für jene, die eine Verschwörung wittern.

Mit einer unabhängigen Recherche will ich endlich Licht ins Dunkel bringen. Meine Nachforschungen beginnen bei Detlev K. Anfang Oktober war K. im Sperrgebiet um Horlow als Vermessungsingenieur tätig. Als meine Interviewanfragen unbeantwortet bleiben, suche ich ihn vor Ort auf. Doch Detlev K. will nicht mit mir reden. Ihm ist anzusehen, dass er Angst hat. Nur vor wem?

Detlev K. und Sylvia W. sind nicht die Einzigen, die beharrlich schweigen. Wieder und wieder heißt es *»kein Kommentar«*. Noch bevor meine Recherche richtig begonnen hat, bin ich in eine Sackgasse geraten.

Dann erhalte ich aus Reihen der umstrittenen Umweltschutzorganisation *Future/Zero* eine Adresse zugespielt. Sie gehört zu einem Unternehmen, das fluoreszierende Mikroorganismen für Aquarien züchtet und weltweit vertreibt. Ich habe die Reise zur deutschen Niederlassung der Firma bereits geplant, da pfeift mein Verleger mich zurück. Ich solle die Finger von der Story lassen. Stellenkürzungen stünden an, und er wolle mich nicht verlieren, sagt er. Hängt die Drohung mit den wohlmanikürten Männern mit Schulterholstern unter ihren dunklen Maßanzügen zusammen, die der Chefetage unserer Zeitung einen Besuch abgestattet haben? Mein Boss verneint dies vehement.

Vorgestern erreicht mich schließlich eine anonyme E-Mail. Sie enthält den Link zu einem Video, exakt zwölf Sekunden lang. Es zeigt verstörende Szenen, aufgenommen am Kummersee. Sollten die Bilder authentisch sein, bringe ich meinen Ehemann, meine Tochter und mich selbst in Gefahr, nur weil ich von ihrer Existenz weiß.

Im selben Augenblick, in dem der Clip endet, klingelt mein Telefon. Eine Frau meldet sich und stellt sich als Keizu vor. Sie bietet mir mehr Filmmaterial an und bittet um ein Treffen.

Ich willige ein. Journalistenehre.

Es ist der erste Riss in dieser Mauer des Schweigens, die da verläuft, wo Ost und West einst durch Stacheldraht und Beton getrennt waren.

Jetzt sitze ich an einer Bushaltestelle in einem Hamburger Industriegebiet und friere. Das letzte Auto ist vor zwanzig Minuten vorbeigekommen. Das

Rieseln der Flocken überdeckt die Reifenspuren im Schneematsch. Ich habe eine Schnitzeljagd quer durch die Stadt hinter mir. Meine Informantin ist entweder paranoid, oder sie hat panische Angst, dass jemand anderes als ich sie findet.

Mittlerweile ist es kurz vor zwei am Morgen. Meine Verabredung ist fast eine Stunde überfällig. Ich frage mich, was ich hier mache. Übermorgen ist Weihnachten und

Katrin, du dumme Nuss. Peilst du es nicht? Du wurdest verarscht! Eine tolle Reporterin bist du ...

Katrin Jahns seufzt. Sie speichert den Entwurf ihres Artikels und klappt das Handy zu. Der Akku muss noch reichen, um ein Taxi zu bestellen. Eigentlich ein Luxus, den sie sich nicht leisten kann. Besonders jetzt, wo ihr Job im Politikressort auf dem Spiel steht. Aber Ben rauszuklingeln, um sie abzuholen, kommt nicht infrage. Er müsste die Kleine mitnehmen. Und ihr Mann soll auch nicht Zeuge ihrer Schmach werden.

Katrin haucht in die Hände. Sie wandert unter dem Glasdach der Bushaltestelle auf und ab. Fünf Minuten gibt sie dieser Keizu noch. Dann muss sie sich eingestehen, dass sie einer Wichtigtuerin auf den Leim gegangen ist. Ein Griff ins Klo ...

In der Ferne schneiden Scheinwerfer durch den Vorhang der Schneeflocken. Vermutlich wieder ein Lieferwagen. Amazon betreibt an der Norderelbe ein Versandlager. Doch die Lichter biegen nicht ab. Sie kommen näher.

Katrins Puls beschleunigt, so wie bei jedem Fahrzeug, das sich in der letzten Stunde hierherverirrt hat. Sie tritt aus dem nach kaltem Rauch riechenden Wartehäuschen.

Das Ungetüm, das dort heranrumpelt, verlangsamt die Fahrt. Kann das ihre Verabredung sein? Ihre Informantin? In diesem ... Ding? Zögernd hebt Katrin die Hand zum Gruß.

Die Lichthupe antwortet. Ein Schrotthaufen von einem Wohnmobil rollt an den Straßenrand. Es erinnert an eine Kühltruhe auf Rädern. Noch bevor das Gefährt zum Stillstand kommt, öffnet sich die Beifahrertür.

»Frau Jahns?« Eine Männerstimme. Matt, rau, aber nicht unfreundlich.

Der Strahl einer Taschenlampe trifft Katrin. Sie schirmt die Augen ab und nickt.

»Ihren Ausweis, bitte!«, fordert der Unbekannte.

Als Journalistin ist Katrin Misstrauen gewohnt. Sie zieht Perso und Presseausweis hervor und reicht die Dokumente in die Dunkelheit der Fahrerkabine. Der Lichtstrahl zuckt zwischen ihrem Gesicht und den Plastikkarten hin und her.

»In Ordnung. Steigen Sie ein!« Dieses Mal eine Frauenstimme vom Fahrersitz.

Katrin atmet die mit Abgasen getränkte Nachtluft ein. *Soll ich wirklich ...?*

Niemand weiß, dass sie hier ist. Nicht die Kollegen in der Redaktion und schon gar nicht ihr Chef. Nicht einmal Ben hat eine Ahnung, wo sie ist und warum. Es gibt genug Geschichten von Journalisten, die auf diese oder ähnliche Weise auf Nimmerwiedersehen verschwunden sind. Katrin hat keine Lust, als Nummer in der Statistik von Reporter ohne Grenzen zu enden.

»Wir beißen nicht«, kommentiert der Mann auf dem Beifahrersitz ihr Zögern.

Mach schon! Verbock es nicht! Das wird die Story deines Lebens. Du bist in Good ol' Germany und nicht in Mexiko oder Russland. Hier kriegen Investigativjournalisten Preise und keine Kopfschüsse!

Katrin gibt sich einen Ruck und klettert in die Fahrerkabine.

»Kommen Sie, es ist saukalt.« Der Mann macht ihr Platz und rutscht in die Mitte der Sitzbank. Katrin schätzt ihn auf Mitte oder Ende vierzig, südländischer Typ, Dreitagebart, mit einem unbestimmten Schmerz in der Stimme. »Schalten Sie Ihr Handy aus«, fordert er.

Katrin zieht die Tür zu. Sie deaktiviert ihr Nokia und dreht das erlöschende Display zu ihren Mitfahrern.

Das Wohnmobil setzt sich schwankend in Bewegung. Die Frau am Steuer – markanter Kurzhaarschnitt mit einseitigem Undercut, Armyparker, harter Blick – lenkt den Camper stadtauswärts auf die A1.

Für Whistleblower sind die beiden in ihrem fahrenden Schrotthaufen auffällig wortkarg. Ihre Anspannung lässt sich mit Händen greifen.

»Nicht gerade das unauffälligste Fortbewegungsmittel, wenn man unerkannt bleiben will«, versucht Katrin einen Gesprächseinstieg. »Warum das Wohnmobil?«

»Das ist der *Millennium Falke* der Dokumentarfilmer-szene«, antwortet die Fahrerin.

Falls das ein Scherz sein soll, versteht Katrin ihn nicht. In der Stimme der Frau mit dem Undercut liegt jedoch keinerlei Freude oder Humor. Vielmehr schwingt in ihren Worten Trübsal mit.

»Wenn Sie die Augen zusammenkneifen, können Sie die Sterne vorüberflitzen sehen«, ergänzt der Mann neben ihr mit derselben fast poetischen Schwermut.

Tatsächlich erinnert das Schneetreiben im Lichttunnel der Frontscheinwerfer an eine Szene aus *Star Wars*.

»Wir sind doch wegen des Videos verabredet, oder?«, erkundigt sich Katrin. »Wegen Horlow und dem Kummersee?«

»Keine Angst, Sie bekommen das volle Programm. Ungeschnitten und in Farbe. Das heißt, solange Sie Andreas Kujau als Quelle angeben.« Die Frau am Steuer schickt ihr einen Seitenblick. »Aber ich warne Sie! Kotztüten sind im Handschuhfach. Nehmen Sie lieber eine davon mit.«

»Haben wir telefoniert?« Katrin fällt es zunehmend schwer, Verwirrung und Ungeduld zu verbergen. »Ich hatte Sie mir älter vorgestellt. Sie sind doch Keizu, oder nicht?«

»Keizu?« Die Frau mit dem Undercut lächelt. »Nein, ich bin nicht Keizu. Nicht mehr, jedenfalls. Aber wir bringen Sie zu ihr. Sie hat Ihnen eine Menge zu erzählen.«

ENDE

Danksagung

Ein Buch zu schreiben sei eine einsame Sache, heißt es. Aber so ganz allein ist man dann doch nicht. Eine Menge Leute haben mich während der Entstehung von *Kummersee* begleitet, denen ich danken möchte.

Family first! Danke an Valeska und Mirou. Ohne eure Unterstützung und Nestwärme bleibt die Seite weiß. Eve und Minky, euer Schnurren steckt auf ewig in diesem Buch, auch wenn ihr selbst nicht mehr da seid.

Ein riesiges Danke an die Ullstein Buchverlage, die an mich und meine Geschichte geglaubt haben. Die Zusammenarbeit mit meinem Lektor Benjamin Brückner hätte angenehmer nicht sein können. Danke, lieber Benjamin, für deine Umsicht und deinen Input, der mir geholfen hat, diesen Roman wasserdicht zu machen.

Danke schön gen Norden an Hörbuch Hamburg. Euch habe ich zu verdanken, dass man sich dieses Buch auch mit geschlossenen Augen und Kopfhörern auf den Ohren an einem einsamen Strand zu Gemüte führen kann.

Beim ersten Gedanken an Lena Wolff und den Kummersee hat mich mein Agent Markus Michalek darin bestätigt, diese Idee weiterzuverfolgen. Markus, dich und das Team der AVA International GmbH Literaturagentur in meinem Rücken zu wissen ist das beste Gefühl, das man sich als Autor nur wünschen kann.

Tausend Dank auch an meine Mitstreiterinnen der Schreibgruppe *Frisches Blut*, Sarah Bestgen und Annika Strauss. Der Austausch mit euch ist oft die rettende Insel inmitten von endlosen Wassermassen. Wer Anschlusslektüre sucht, nachdem er dieses Buch hier beendet hat, dem seien *Happy End* (Sarah Bestgen) und *Nachtfahrt* (Annika Strauss) wärmstens ans Herz gelegt.

Ein dickes Dankeschön mit Zucker obendrauf schicke ich an meine Testleser, von deren Wissen und Hinweisen ich profitieren durfte: Von Polizeioberkommissarin Melanie Gößner habe ich gelernt, dass Polizisten anders reden. Dietgard Kühnholz hat mir beigebracht, dass nicht alles, was bei James Bond unter Wasser passiert, wirklich funktioniert. Daniel Becker wiederum hatte ein wachsames Auge darauf, dass die Chemie stimmt, während Rainer Wekwerth zur Stromlinienform des Manuskripts beigetragen hat. Hilfreiche Stilkritik und die besten Musiktipps beim Schreiben kamen von Christian German. Und auch dem kritischen, durch unzählige Krimis geschärften Blick meiner Mutter hat *Kummersee* standgehalten. Danke dir!

Iver Niklas Schwarz
April 2024

Im Namen des Vaters und des Sohnes und der ganz profanen Gier

Ishikli Caner will nicht länger im Auftrag der türkischen Mafia töten. Gerade als ihre Freiheit zum Greifen nahe scheint, entführt der Vatikan ihren Bruder und zwingt sie nach Rom. Besessen von dem Wunsch die katholische Kirche wieder zu alter Größe zu führen, schreckt Kardinal Stefano di Malatesta vor nichts zurück – und hat Ishikli eine furchtbare Rolle in seinem perfiden Spiel zugedacht. Um ihren Bruder zu retten, lässt sie sich darauf ein, doch ahnt sie nicht, welche Opfer sie dafür bringen muss.

Ein atemloser Verschwörungsthriller über Machthunger und Skrupellosigkeit und die Kräfte des Guten.

Philipp Gravenbach
Der achte Kreis
Thriller

Taschenbuch
Auch als E-Book erhältlich
www.ullstein.de

ullstein

Die Hölle ist ein kaltes Herz

Sie ist stumm. Sie kennt ein Geheimnis. Und sie wird gejagt. Nach dem gewaltsamen Tod ihrer Mutter flüchtet ein Mädchen mit letzter Kraft in die Arme der Pariser Polizei. Es trägt ein Foto bei sich, darauf zu sehen: Ishikli Caner, Agentin beim deutschen Militärischen Abschirmdienst und noch bis vor Kurzem Auftragskillerin der türkischen Mafia. Wie kommt das Mädchen an ein Foto von ihr? In welcher Beziehung steht es zu ihr? Bald findet Ishikli heraus, dass nicht nur der französische Staatsschutz hinter dem Mädchen her ist: Auch ein Killer ist ihm auf den Fersen. Und der führt Ishikli in die Schaltzentrale eines mächtigen Pharmakonzerns, der vor nichts zurückschreckt, um seine Interessen durchzusetzen ...

Philipp Gravenbach
Das falsche Blut
Thriller

Taschenbuch
Auch als E-Book erhältlich
www.ullstein.de

ullstein

HOHE BERGE, TIEFE ABGRÜNDE

Ein nächtliches Dorf, nur die beleuchtete Skischanze ragt empor. Mit einem elektrischen Viehtreiber wird ein Mann zur Schanze getrieben. Am höchsten Punkt stößt ihn sein Peiniger hinab – ein Seil um den Hals.

Als Ellen den Toten an der Schanze hängen sieht, erstarrt sie in Panik. Sie kennt das Opfer. Erst vor kurzem ist sie in den Ort ihrer Kindheit am Rande der Alpen zurückgekehrt. Ein schreckliches Verbrechen zwang Ellen vor vielen Jahren zur Flucht. Der grausame Fund reißt die alte Wunde wieder auf. Ist es Zufall, dass der Mord ausgerechnet jetzt geschieht? Wie lange dauert es, bis jemand erkennt, dass Ellen das stärkste Motiv hat?

Lars Menz
Die Schanze
Thriller

Klappenbroschur
Auch als E-Book erhältlich
www.ullstein.de

ullstein

Nur ein Killer fängt einen Killer

Detective Constable Scarlett Delaney ist die Tochter eines Serienmörders. Bei der Polizei hat sie deshalb einen schweren Stand. Doch als der mysteriöse Killer Jackdaw einmal mehr eine Prominente höchst medienwirksam tötet, wittert sie ihre Chance, um endlich die Anerkennung zu bekommen, die ihr zusteht. Zu allem bereit, schreckt sie auch vor der klandestinen Zusammenarbeit mit Henry Devlin, einem zwielichtigen Privatdetektiv, nicht zurück. Sie übertritt mehr und mehr Grenzen, gerät immer tiefer in die düstere Welt Henrys und des Killers hinein. Bis sie erkennt, dass sie nicht die Einzige ist, die auf der Jagd ist. Sondern selbst auf der Liste des Mörders steht.

Daniel Cole
Jackdaw
Thriller

Aus dem Englischen von Sybille Uplegger
Taschenbuch
Auch als E-Book erhältlich
www.ullstein.de

ullstein